PHOENIX

**Bei Phoenix erschienen/ erscheinen folgende Titel:**

| | | | |
|---|---|---|---|
| **Shadowrun** | | | |
| **Chromscherben** | M. A. Stackpole | Coll. | 10550 |
| **Wiener Blei** | Leo Lukas | Roman | 10555 |
| **Nachtstreife** | Björn Lippold | Roman | 10558 |
| **Auf dem Sprung** | Harri Aßmann | Roman | 10567 |
| **Töne der Unendlichkeit** | Harri Aßmann | Roman | 10569 |
| **ASH** | Lara Möller | Roman | 10574 |
| **Pesadillas** | Maike Hallmann | Roman | 10575 |
| **Die Anfänger** | Ivan Nedic | Roman | i.Vorb. |
| **Armalion** | | | |
| **Das Dämonenschiff** | Harald Evers | Roman | 10568 |
| **Kompanie der Verdammten** | Manuel Krainer | Roman | 10562 |
| **Der Tag des Zorns** | Daniela Knor | Roman | 10573 |
| **MechWarrior** | | | |
| **Väterchen Frost** | Stephen Kenson | Roman | 10559 |
| **Triumphgebrüll** | Blaine L. Pardoe | Roman | 10560 |
| **Blutsverrat** | Pardoe & Odom | Roman | 10561 |
| **Soldatenleben** | Loren L. Coleman | Roman | i.Vorb. |
| **BattleTech** | | | |
| **Schrapnell** | Hrsg. M. Immig | Anth. | 10551 |
| **Weitere Titel** | | | |
| **Der große Heliumkrieg** | M.A. Stackpole u.A. | Anth. | 10563 |
| **Lexikon der Horror-Literatur** | Hrsg.:Alpers/ Fuchs/ Hahn | | 10556 |
| **Liverollenspiel-Handbuch** | Evers und Schiele | | 10557 |

Es handelt sich um eine Bibliographie und nicht um ein Verzeichnis lieferbarer Titel. Es ist leider nicht möglich, alle Titel vorrätig zu halten. Sollten Sie Fragen zu Phoenix haben, kontaktieren Sie uns bitte unter

**Fantasy Productions Gmbh**
Postfach 1517, 40675 Erkrath
www.fanpro.com

# Der große Heliumkrieg

Drei Geschichten aus der Welt von
*Crimson Skies™*

**Deutsche Erstausgabe**

Titelbild: Jeff Dierstein

Redaktion: Werner Fuchs / Sarah Wippermann
Lektorat: Arne Niederhut
Satz und Layout: Sarah Wippermann
Umschlaggestaltung: Ralf Berszuck
Druck und Bindung: Elsnerdruck Berlin


Besuchen Sie unsere Website *http://www.fanpro.com*
Printed in Germany 2001

*Phoenix* ist ein Imprint von Fantasy Productions GmbH.


**ISBN 3-89064-563-1**

# WAS WIRKLICH ZÄHLT

## von Michael A. Stackpole

Originaltitel: Fortune's Hunt.
Übersetzung von Reinhold H. Mai

# KAPITEL EINS
## Wie war doch gleich der Name?

Ich wurde langsam wach. Aus eigener Entscheidung, nicht durch irgendwelche Nachwirkungen der Medikamente oder meiner Verletzungen. Meine genähte Kopfhaut juckte, und meine Rippen schmerzten immer noch. Ich öffnete die Augen einen Spalt und hob den Kopf gerade weit genug, um mir den weißen Verband um den Oberkörper anzusehen. In der Mitte war eine leichte Verfärbung sichtbar, an der ich erkannte, dass die Schusswunde in meiner Brust kaum noch nässte.

Das war immerhin ein gutes Zeichen. Der Druck im Rücken sagte mir, dass die Wunde dort – vermutlich die Austrittswunde – ebenfalls gut verheilte. Das ermutigte mich zusätzlich, obwohl mir die Lage der beiden Wunden große Sorgen bereitete. Die Kugel, die sie verursacht hatte, hätte bei direkter Verbindung beider Löcher geradewegs durch mein Herz gemusst, und eigentlich hätte ich gar nicht mehr am Leben sein dürfen.

Ich schaute mich in dem schummrigen Zimmer um und fand mich in meinem baufälligen Kerker allein. Der Stuhl neben der Tür und eine vage Erinnerung an ein paar Gespräche zeigten mir, dass das schon einmal anders gewesen war. Ich sah verwitterte Holzwände, roch schmutziges Stroh. Gelegentlich hörte ich das Muhen einer Kuh. Ich war irgendwo im Hinterzimmer einer Scheune. Ein schlechter Ersatz für ein Krankenhaus oder ein Gefängnis.

Die alten Hancocks-Handschellen deuteten auf gewisse Animositäten zwischen mir und den Wärtern hin. Man brauchte kein Hellseher wie Edgar Cayce zu sein, um das zu erkennen, aber ich hätte zu gerne seine Voraussagen bezüglich meiner Zukunft gehört. Vermutlich wären sie so vage ausgefallen, dass man sie ziemlich nach Belieben auslegen konnte, aber zumindest hätten sie mich überhaupt einer Zukunft versichert, woran ich in diesem Augenblick, ehrlich gesagt, meine Zweifel hatte. Die Handschellen, mit denen ich an dem eisernen Bettgestell angekettet war, machten recht deutlich, dass man mich nicht gehen lassen wollte, und das weckte den dringenden Wunsch in mir, von hier zu verschwinden. Und zwar schnell.

Ich rollte mich auf die rechte Seite und raffte etwas von dem dünnen Laken über meiner unteren Körperhälfte zusammen. Ich wickelte es so gut es ging um die rechte Handschelle, dann hob ich den Arm und schlug ihn hart gegen die Bettkante. Das Laken dämpfte das Geräusch, als Metall auf Metall traf und das Schloss aufsprang. Ich zog die Hand aus der Fessel, bog die Schelle zurück und drückte solange, bis der Lötzinn um den Achsstift brach. Indem ich die Arme der Schelle vor und zurück bewegte, lockerte ich den Stift weit genug, um ihn mit den Zähnen herausziehen zu können. Damit öffnete ich die andere Handschelle.

Ich wusste genau, was ich tat. Hancocks sind berüchtigt für die schwache Feder im Verschlussmechanismus. Ein harter Schlag an der richtigen Stelle genügt, um den Bolzen zu lösen und das Schloss aufschnappen zu lassen. Mit dem Achsstift, dem Zinken einer Gabel oder dem Clip eines Federhalters lassen sich eine Reihe von Schlössern fast so leicht öffnen wie mit einem Schlüssel. Es dauerte keine halbe Minute bis ich frei war, und dabei war mir sehr bewusst, wie schmerzlich langsam ich vorankam.

Gleichzeitig fragte ich mich, woher ich wusste, wie ich mich von den Handschellen befreien konnte. Ich fragte mich, wann und wo ich mir dieses Wissen angeeignet hatte. Ein Schlosser könnte davon wissen, oder vielleicht ein Cop, oder auch ein verurteilter Krimineller, der dem Empire State Bureau of Investigation entkommen war. Möglicherweise ein Luftpirat, der irgendwo auf einem Maisfeld abgestürzt war. Irgendwie sah ich mich nicht als Schlosser. Polizist klang irgendwie auch nicht richtig, aber mir schauderte bei dem Gedanken, ich könnte ein entkommener Sträfling oder ein Luftpirat sein.

Natürlich wären all diese Überlegungen unnötig gewesen, hätte ich gewusst, wer ich eigentlich war. Ich hob die Hand zum Kopf und berührte den Verband. Ein dumpfer Schmerz pochte über meinem rechten Ohr, dicht unter der Naht. Ich hatte mindestens eine Gehirnerschütterung davongetragen, was den Gedächtnisverlust erklärte, wenn nicht sogar – wie ich stark vermutete – einen Schädelbruch. Zusammen mit der Schusswunde in meiner Brust und zwei älteren, längst verheilten Schusswunden am rechten Oberschenkel, ganz zu schweigen von einer Reihe anderer Narben, wurde eines recht deutlich: Womit ich auch immer meinen Lebensunterhalt verdiente, es war kein Beruf, der sich durch Sicherheit kennzeichnete.

Heftige Übelkeit packte mich und schwächte mich nachhaltig. Ich packte das vergitterte Kopfende des Bettgestells und zog mich hoch, bis der Anfall vorbei war. Ich kontrollierte meine Atmung und zitterte unter dem kalten Schweiß. Ich war schwer verletzt, und es war ganz und gar nicht clever, in diesem Zustand einen Fluchtversuch zu unternehmen, aber gleichzeitig musste ich davon ausgehen, keine bessere Gelegenheit zu erhalten. Wenn meine Kerkermeister erkannten, wie weit ich wieder bei Kräften war, würden sie einen Wachtposten aufstellen ... oder vielleicht sogar zu Ende bringen, was sie anscheinend bereits begonnen hatten, falls ich eine zu große Bedrohung darstellte.

Ich stand auf und legte ein paar mühsame Schritte zur Mitte des Raums zurück. Als die kalte Nachtluft meinen nackten, schweißnassen Körper traf, schrumpften gewisse Teile meiner Anatomie und andere überzogen sich mit einer Gänsehaut. Ich brauchte etwas zum Überziehen, aber in ein Laken gehüllt, hätte ich mich nicht schnell genug bewegen können. Na gut, dann eben in jeder Hinsicht frei!

Ich ging zur Tür und öffnete sie einen Spalt. Was ich auf der anderen Seite im goldenen Schein einer Kerosinlaterne sah, bestätigte meine Vermutung, wo man mich untergebracht hatte. Eine junge Frau, barfuss, in einem geblümten Kleid, das blonde Haar links und rechts hochgebunden, kam in die Scheune. In einer Hand hielt sie die Laterne, in der anderen eine Schüssel mit dampfendem Seifenwasser. Etwas davon schwappte über den Rand auf ihren anmutigen Knöchel.

Ich schloss die Tür und drückte mich dahinter an die Wand. Das Schloss knackte, und sie öffnete sich. Die Frau machte einen Schritt ins Zimmer, stellte die Laterne auf den Stuhl neben der Tür und drehte sich um, um sie zu schließen, bevor sie bemerkte, dass das Bett leer war.

Als sie sich wieder zurück drehte, um sich zu vergewissern, trat ich hinter sie und legte ihr die rechte Hand auf den Mund. Den linken Arm legte ich um ihre schmale Taille und zog sie fest an mich. „Ich will Ihnen nicht weh tun, Miss…"

Sie versteifte sich einen Moment, dann wurde ihr Körper schlaff. Sie beugte sich vor, und einen Augenblick glaubte ich, sie wäre ohnmächtig geworden. Dann fasste ihre rechte Hand meinen Ellbogen, ihre Hüfte grub sich mir in den Unterleib, und plötzlich flog ich durch die Luft.

Der Flug war kurz, aber angenehm.

Die Landung weniger.

Sie warf sich auf mich und trieb mir mit einer Wucht das Knie in den Magen, die mir den Atem raubte. Dann versetzte sie mir eine schnelle Gerade ans Kinn, die eine Hancock auf der Stelle geöffnet hätte. Mein Kopf schlug auf den Fußboden und ich versank in gnädiger Ohnmacht.

Als ich wieder erwachte, hatte sich meine Umgebung gründlich verändert. Ich fühlte mich groggy genug, um mir ziemlich sicher zu sein, dass ich betäubt worden war, und meine gut verheilte Brustwunde ließ mich vermuten, dass etwa zwei weitere Wochen verstrichen waren. In dieser Zeit hatte entweder eine Horde Zimmerleute Überstunden gemacht und mein Gefängnis in ein Obergeschosszimmer mit leuchtend gelben Wänden und drei Fenstern verwandelt, und mein eisernes Bettgestell in ein weiches Bett mit warmer Steppdecke, oder man hatte mich verlegt. Letzteres schien mir wahrscheinlicher. Allzu weit war ich wohl nicht bewegt worden, denn durch eines der Fenster konnte ich vielleicht hundert Yards entfernt eine Scheune sehen.

Ich teilte das Zimmer mit drei weiteren Personen, die allerdings nur zu Besuch waren. Zwei von ihnen, die Frau, die mich niedergeschlagen hatte, und ein Mann, der alt genug war, ihr Vater zu sein, standen links und rechts des Dritten. Er hatte sich hingesetzt und wirkte nur wenig älter als der Vater. Ich hatte ehrliche Zweifel, dass auch nur einer von ihnen schon die Fünfzig erreicht hatte, also waren sie vermutlich beide Veteranen des Großen Krieges. Die Hände des sitzenden Mannes lagen auf einem schwarzen Gehstock mit Messingknauf und -spitze, und ich fragte mich, ob er den Stock wegen einer alten Kriegsverletzung benötigte.

Er ergriff als Erster das Wort, mit langsamer, gleichmäßiger Stimme. Seine dunklen Augen beobachteten mich genau, um meine Reaktion einzuschätzen. „Schön, dass Sie wieder unter uns weilen. Wie Sie feststellen werden, sind Sie nicht gefesselt, und ich möchte Ihnen versichern, dass wir Ihnen gegenüber keine feindseligen Gefühle hegen. Genaugenommen haben wir Ihnen das Leben gerettet."

„Dann sollte ich Ihnen wohl danken." Ich beherrschte meine Stimme ebenfalls, oder versuchte es zumindest. Die Worte drangen als Krächzen aus meinem Mund, und der Klang meiner eigenen Stimme erschreckte mich. Sie war tiefer, als ich sie mir vorgestellt hatte. „Wer sind Sie?"

Die drei stellten einen ziemlichen Kontrast dar. Die junge Frau trug ein anderes geblümtes Kleid, weizengelb diesmal, mit Narzissenmuster. Es wirkte abgetragen und unmodern. Ihr Vater hatte ihr blondes Haar und die blauen Augen, aber eine stärkere Gesichtsfarbe und einen robusten Körperbau, was auf harte körperliche Arbeit und ein hartes Leben hindeutete. Er trug eine khakifarbene Stoffhose und ein weißes Hemd, dessen Ärmel bis über die muskulösen Oberarme hochgerollt waren.

Der sitzende Mann dagegen wirkte wie der Held eines Romans von F. Scott Fitzgerald. Er war schlank und groß, mit schmaler Taille und scharfkantigen, eingefallenen Gesichtszügen, wie sie typisch für die Inzucht der gehobenen Schichten waren. Eine Aura der Überlegenheit umgab ihn. Es war nicht einfach Arroganz, sondern ging mehr von etwas Tieferem aus, gestützt auf Erfahrung und Charakter. Etwas, das ihn mit den beiden anderen verband. Das konnte nur eine Art gemeinsame Sache sein.

Angesichts der Vielzahl von Nationen, Fraktionen und Anliegen in Nordamerika hatte ich allerdings nicht den Schimmer einer Ahnung, worum es sich dabei genau handelte.

„Ich werde Ihnen vertrauen." Die Augenbrauen des sitzenden Mannes senkten sich pfeilartig auf die Nasenwurzel hinab. „Ich bin Alister Gaines. Sagt Ihnen der Name etwas?"

Irgendwo im Hinterkopf klickte etwas, aber die Einzelheiten traten mir nur stückweise ins Bewusstsein. „Gaines Industries, einer der größeren Arbeitgeber im Empire State. Sie waren Pilot im Großen Krieg. Ein Colonel, nicht wahr? Abgeschossen, von den Deutschen gefangen und in ein Lager gesteckt. Sie brachen aus und flohen in die Schweiz?"

„Richtig, und ohne meinen Freund hier wäre ich dabei im Rhein ertrunken."

Der Vater nickte. „Dennis Hamilton."

Die Frau schob das Kinn vor. „Er ist Arzt."

Hamilton lächelte. „Veterinär."

Gaines sah sich zu Hamilton um, dann schaute er wieder zu mir herüber. „Dennis war Sanitäter und geriet ebenfalls in Gefangenschaft. Nach dem Krieg hatte er für seinen Geschmack mehr als genug menschliches Leid gesehen und wollte lieber mit Patienten arbeiten, die einander nicht ohne guten Grund angreifen."

Ich blickte zu Hamilton auf. „Aber mich haben Sie wieder zusammengeflickt."

„Auf meine Bitte hin." Gaines' dunkle Augen wurden schmal. „Seine Tochter Marielle kennen Sie bereits."

Ich rieb mir das Kinn. „Sie weiß einen dauerhaften, ernst zu nehmenden Eindruck zu hinterlassen."

Gaines lächelte, im Gegensatz zu Marielle. „So wie Sie mit Ihrer Flucht und den Latein-, Spanisch- und Französischkenntnisse, die Sie beim Verhör unter Beweis gestellt haben."

Ich ließ mir meine Überraschung nicht anmerken. Ich hatte nicht gewusst, dass ich irgendwelche Fremdsprachen beherrschte. Das war eine Information, die ich mir für spätere Verwendung merkte. „Ich nutze meine knappe Freizeit gerne dazu, mich weiterzubilden."

„Der Gedächtnisverlust hat sich also noch nicht gegeben."

Gaines' Kommentar überrumpelte mich, aber ich sah keinen Vorteil darin zu bluffen. „Nein."

„Schade." Er griff in die Tasche und zog eine Edelstahlkette hervor, an der ein Metallplättchen hing. Er warf sie mir zu, und ich fing sie ohne Schwierigkeiten. Die Kette war weiter nichts Besonderes, aber das Metallplättchen schon. Es schien aus billigem Stahl geschnitten, und eine Reihe geheimnisvoller Symbole waren darin eingraviert. Um den Rand der Vorderseite zog sich der Schriftzug „Fortune Teller", aber die beiden letzten Buchstaben des Wortes „Teller" waren zerstört. Etwas hatte ein halbkreisförmiges Stück aus dem Metall gestanzt.

Ich legte die Kette um. Das Metallplättchen lag in Höhe der Brustwunde. „Dieses Ding hat die Kugel abgelenkt."

Hamilton nickte. „Sie hatten ungeheures Glück. Die Kugel hat das Metall getroffen, ist danach an einer Rippe entlang, unter den Muskeln abgedreht und aus Ihrem Rücken ausgetreten. Vermutlich eine .38er. Der Aufprall hat Sie nach hinten geschleudert. Dabei haben Sie sich den Schädel zerdeppert. Jeder, der Sie danach untersucht hat, muss Ein- und Austrittslöcher gefunden und Sie für erledigt gehalten haben."

Ich runzelte die Stirn. „Wer sollte meinen Tod wollen?"

Gaines schüttelte den Kopf. „Das wissen wir nicht, aber wir werden Ihnen all unsere Möglichkeiten zur Verfügung stellen, damit Sie es herausfinden können."

„Wenn Sie das täten. Es wäre vermutlich nützlich, einen Namen zu haben. Macht es einfacher Schecks einzulösen."

„Allerdings." Gaines schmunzelte. „Da Sie sich an Ihren Namen nicht erinnern können, scheint Ihnen die freie Wahl zu bleiben. Irgendwelche Vorschläge?"

Hamilton lachte und deutete auf meine Brust. „Angesichts der Umstände wäre ‚Lucky' vielleicht ganz passend."

„Stimmt, aber Lucky gefällt mir nicht. Zu alltäglich." Ich spielte mit dem Anhänger, dann ließ ich ihn an der Kette von meiner Hand baumeln. „Ein Glückspilz bin ich ganz sicher. Ein Omen, dass ich benutzen werde. Und dieser Anhänger wird mein Talisman."

Ich verneigte mich vor den Dreien.

„Freut mich, Ihre Bekanntschaft zu machen. Gestatten, Fortune Tell."

# KAPITEL ZWEI

## WAS HABE ICH DENN GESAGT?

Das nächste Mal traf ich Alister Gaines zwei Wochen später. Ich war nicht mehr ans Bett gefesselt und wieder zu Kräften gekommen. Marielle hatte sich als strenge Herrin entpuppt, die mich frühmorgens zum Lauftraining weckte, gefolgt von Arbeiten auf der Farm und nachmittags Schwimmen oder Boxen an einem schweren Sandsack in der Scheune. Der Sack und die Boxhandschuhe, die ich dabei trug, hatten wohl ursprünglich einem Bruder oder Vetter Marielles gehört. Die Familienbilder im Wohnzimmer hatten keine Bildunterschriften.

Gaines kam auf die Farm, um mit Dennis zu reden, dann packte er mich in seinen Hudson-Roadster und nahm mich mit. Wir plauderten über verschiedene Themen, von denen die meisten kürzlich in der Zeitung behandelt worden waren. Ich hatte den Eindruck, dass er herausfinden wollte, wie gewissenhaft ich mich meiner Genesung gewidmet hatte. Da ich alle Ausgaben von den Titelberichten über Black Swans

Bündnis mit Empire State bis zu den Kleinanzeigen gelesen hatte, blieb ich ihm keine Antwort schuldig.

„Sie scheinen Fortschritte zu machen. Das ist gut."

Ich grinste und betrachtete sein Profil. „Dann sollte die Nachricht jetzt lauten: ‚Tantchen, der Welpe hat sich erholt. Zeit, ihn freizulassen. In Liebe, Star.'"

Er hob das Patrizierkinn. „Oh, sehr gut. Ich habe mitbekommen, dass Sie die Kleinanzeigen lesen, aber Dennis wusste nicht…"

„Er wusste nicht, dass ich eine Erinnerung vorgetäuscht habe?" Ich nickte. Weil Gaines mir gesagt hatte, dass ich Spanisch sprach, und in den Zeitungen Berichte über Vorstöße mexikanischer Luftpiraten nach Hollywood gestanden hatten, hatte ich Marielle erzählt, mich lückenhaft an Flüge über Mexiko erinnern zu können. Es klang für mich glaubhafter als Einsätze im spanischen Bürgerkrieg. Sie hatte die Information an ihren Vater weitergegeben, und am nächsten Tag war eine Anzeige mit folgendem Text erschienen: „Tantchen, der Welpe zeigt Momente seines alten Ichs, so lebhaft wie damals, als wir im Süden waren. Wir glauben, er ist nicht nur Hühnerhund, sondern halb Boxer. Ein gutes Zeichen. In Liebe, Star."

„Ich hätte mit einem derartigen Täuschungsmanöver rechnen sollen." Gaines' dunkle Augen zogen sich zusammen. „Sie sind ein ausgesprochen cleverer Mann, Mister Tell. Wie viel glauben Sie zu wissen?"

„Einiges." Ich zuckte die Achseln. „Der Einsatz von Kleinanzeigen lässt vermuten, dass Sie in eine Verschwörung verwickelt sind, und zwar eine ziemlich gefährliche. Die Informationen, die Sie auf diesem Weg erhalten haben, hätten sich ohne weiteres telephonisch übermitteln lassen, aber das hätte abgehört werden können. Bei der Durchsicht der Kleinanzeigen sind mir noch andere Botschaften aufgefallen, die von Ihrer Gruppe stammen könnten. Sie sind ein wohlhabender Kriegsveteran, und ich halte es für denkbar, dass Sie Teil der Unionist Militia sind."

Gaines bremste das Automobil und bog auf einen Trampelpfad durch den Wald ab. „Und was halten Sie von der Militia?“

Ich lehnte mich zurück und verschränkte die Arme vor der Brust. „Die Unionistenmiliz will alle Nationen Nordamerikas wieder zu einem Land vereinigen. Männer wie Sie und Dennis Hamilton haben Amerika verlassen, um in einem Krieg zu kämpfen, der Leiden und Tyrannei ein Ende machen und Europa die Zivilisation bringen sollte. Sie haben ihre Aufgabe erfüllt, aber bei der Heimkehr mussten Sie feststellen, dass Ihre hier zurück gebliebenen Landsleute Ihr Opfer in den Dreck gezogen hatten. Die Isolationisten wurden zu Regionalisten, ergriffen die Macht und zerschlugen die Nation, als sie gerade ihre ganze Kraft gebraucht hätte. Dasselbe ist in Russland geschehen und in China wird es so kommen.“

„Wenn die Japaner dort kein Reich errichten.“

„Richtig.“ Ich atmete langsam aus. „Ich kann den Wunsch der Militia verstehen, dieses Land wieder zu einen. Aber Ihre Taktiken behagen mir ganz und gar nicht. Die Bombenanschläge und all das. Sie bringen unschuldige Menschen um.“

„Ich werde Ihnen etwas sagen, Mister Tell: Die angeblich monolithische Struktur der Unionistenmiliz ist pure Fantasie. Es gibt viele Menschen, die für diese Sache kämpfen, aber die Mittel, mit denen sie diesen Kampf führen, sind sehr verschieden. Sie haben mehr als sechs Wochen bei Dennis Hamilton verbracht, auch wenn sie nur in den letzten vierzehn Tagen einen bewussten Dialog mit ihm und seiner Familie führen konnten. Glauben Sie ernsthaft, er könnte Bomben und Terroranschläge unterstützen?“

„Nein.“

„Aber ganz sicher nicht.“

Damit verstummte Gaines. Er lenkte den Wagen um eine lang gezogene Kurve und hielt vor einer Blockhütte an. Durch die Bäume konnte ich etwa fünfzig Yards vor der Hütte einen schmalen Fluss die Felsen überspülen sehen. Das Sonnenlicht glitzerte auf den Wellen. Die Hütte sah aus, als wäre sie aus den Fichten gezimmert worden, durch deren Rodung der Platz für ihren Bau entstanden war. Aus dem Fehlen von Drahtleitungen und dem Holzstoß an der Seitenwand schloss ich, dass die Elektrizität noch nicht bis hierher vorgedrungen war.

Gaines führte mich in die Hütte und deutete auf eine alte Chaiselongue. Die Polster waren ziemlich abgenutzt, auch wenn Häkeldeckchen auf Armstützen und Rückenlehne einen großen Teil des Schadens verbargen. Auf kleinen Hängeregalen ringsum standen Kerosinlaternen, und ein großer, offener Kamin nahm den größten Teil der hinteren Wand ein. Über dem Kaminsims hingen ein Kavalleriesäbel und gekreuzte Gewehre, die vermutlich aus dem Bürgerkrieg stammten.

Links und rechts der Feuerstelle führten Türen in weitere Zimmer. Gegenüber der Couch lag ein offener Durchgang zur Küche, durch den ich einen gusseisernen Herd sah. Eine alte Pumpe und ein großes Waschbecken vervollständigten das Kücheninventar. Das Wasser kam vermutlich direkt aus dem Fluss.

Gaines stand in der Mitte des Zimmers und stützte sich schwer auf den Gehstock. „Ich habe Sie hierher gebracht, um Ihnen von unserer Rolle in der Unionist Militia zu erzählen. Ich habe mir diesen Ort dazu ausgesucht, weil mein Großvater mütterlicherseits die Hütte gebaut hat. Der Kavalleriesäbel gehörte ihm, die Gewehre seinen beiden Brüdern. Sie starben auf dem Wilderness-Feldzug. Ich kann mich noch daran erinnern, wie ich ihn hier besucht habe und er mir die Geschichte jeder kleinen Scharte an der Klinge erzählt hat. Er lehrte mich, dass für den Erhalt der Vereinigten Staaten vergossenes Blut heilig war, und dass jeder, der das bestritt, ein Verräter war und den Tod verdiente."

Während Gaines sprach, blickten seine Augen in eine unbestimmte Ferne. Im Echo seiner Stimme konnte ich beinahe einen älteren Mann hören, der eine furchtbare Verantwortung mit seinem Enkel teilte und ihn für eine Verschwörung rekrutierte, die absolute Treue zum überlieferten Erbe der

Gründerväter verlangte – über die Unionsarmee bis hin zur heutigen Generation. Mich schauderte. Ich hatte das Gefühl, als wäre Gaines von den Geistern der Toten umringt, die sich versammelt hatten, um darüber zu urteilen, ob ich würdig war, mich ihrer Sache anzuschließen.

„Ich bin ein praktisch denkender Mensch, Mister Tell, und mir ist klar, dass man die Union nicht durch Mord bewahren kann. Ich gehöre einer gemäßigten Gruppe innerhalb der Miliz an, die den Einsatz unserer Möglichkeiten, zur Beendigung der Gesetzlosigkeit auf diesem Kontinent, als die beste Waffe gegen die Regionalisten ansieht. Ihr momentaner Zustand ist die Folge eines entsprechenden Planes. Deshalb fühle ich mich verantwortlich für Ihren Gedächtnisverlust, und den Wunsch, Sie für unsere Sache anzuwerben."

Ich rieb mir die Einschussnarbe auf meiner Brust. „Sie waren es nicht, der den Abzug gedrückt hat?"

„Nein, aber das wissen Sie bereits."

Ich nickte. „Wenn Sie auf mich geschossen hätten, wäre ich tot."

„Wie wahr. Ich mag Sie, Mister Tell, aber sollte ich je gezwungen sein, Sie auszuschalten, werde ich nicht zögern, es zu tun."

Ich lächelte ihn vorsichtig an. „Dann werde ich Ihnen keinen Anlass geben, mich als Gefahr einzustufen."

„Ein guter Vorsatz." Gaines nickte. „Über eine Scheinfirma haben wir Geld gesammelt, um die Forschungen Doktor Emil Dragowitschs zu finanzieren."

Ich runzelte die Stirn. „Dragowitsch war im Großen Krieg ein Offizier in der österreichisch-ungarischen Armee. Er hat viele ihrer Flugzeuge entworfen und weiterentwickelt."

„So ist es. Ein brillanter Denker. Wir haben ihn nach dem Zusammenbruch der KuK-Monarchie herübergeholt und seine Anstrengungen bei der Entwicklung neuer, innovativer Flugzeugmodelle finanziert. Er hat ganz in der Nähe der Hamiltonfarm gearbeitet. Wir hatten Agenten unter seine Arbeiter geschmuggelt, die uns Kopien seiner Pläne verschafft haben, aber Dragowitsch hatte den einzigen Prototyp der *Misericorde*. Eine Schubpropellermaschine mit vorwärts geneigten Tragflächen, Vorderstabilisatoren, vier Kanonen, Raketenhalterungen und einer Höchstgeschwindigkeit von 350 Meilen in der Stunde, ohne dass im Sturzflug die Flügel wegbrechen. Zumindest hat Dr. Dragowitsch das so berechnet."

Ich stieß einen anerkennenden Pfiff aus. „Zucker. Noch etwas zäher als die *Raven* und eindeutig eine Angriffsmaschine. Haben Sie das Modell nach dem Dolch benannt, oder er?"

„Es war sein Name, aber wir waren damit einverstanden." Gaines legte den Kopf zur Seite. „Er wusste nicht, dass er für die Unionistenmiliz arbeitete. Jedenfalls hat er, als der Prototyp sich der Fertigstellung näherte, den ihm zur Hilfe angeheuerten Testpiloten gefeuert."

„Einer Ihrer Leute?"

„Genau. Irgendwo hat Dragowitsch Sie gefunden und eingestellt. Wir wussten nichts über Sie. Dragowitsch lud Vertreter der Scheinfirma, für die er zu arbeiten glaubte, Martel Aviation, zu einem Testflug ein. Sie brachten die Maschine in die Luft, flogen einmal um das Feld, zogen sie durch einen Looping, einen Immelmann und noch ein paar andere Kunstflugmanöver, dann landeten Sie wieder. Sie waren gerade zu den am Boden wartenden Zuschauern der Demonstration hinüber gegangen, als zwei Wagenladungen Gangster auftauchten. Es kam zu einer Schießerei und zu Explosionen. Mehrere Menschen starben. Dragowitsch und der Prototyp verschwanden."

Ich versuchte angestrengt, mich zu erinnern, aber ohne Erfolg. „Wer hat mich da rausgeholt?"

„Das haben Sie selbst erledigt." Gaines schmunzelte leicht. „Dennis und Marielle hörten die Explosionen und machten sich auf den Weg zum Flugfeld. Sie stolperten aus einem Maisfeld geradewegs vor ihr Automobil. Sie sind direkt in die Scheinwerfer gelaufen. Die beiden nahmen Sie mit und flickten Sie wieder zusammen. Dann riefen sie mich an. In den Nachrichten wurde der ganze Zwischenfall nur kurz als Streitigkeit zwischen Alkoholschmugglern erwähnt."

„Aber irgendwo da draußen ist eine Gruppe Personen mit der *Misericorde* und Dragowitsch."

„Und ich fürchte, er ist der Schlüssel zu Ihrem Gedächtnis." Alister Gaines nickte ernst. „Wir möchten, dass Sie ihn aufspüren und das Flugzeug zurückholen ... oder zerstören."

„So eine Maschine zu zerstören wird nicht leicht werden."

„Wenn Sie sie benötigen, werden wir Ihnen entsprechende Mittel zur Verfügung stellen. Aber erst müssen Sie herausfinden, wie Dragowitschs Arbeit verraten wurde." Gaines deutete mit dem Stock auf eine der Türen neben dem Kamin. „Dort finden Sie eine komplette Garderobe und einen Satz Ausweispapiere. Die Papiere sind auf den Namen Fortune Tell ausgestellt. Es sollte alles passen. Unser Schneider ist erstklassig. Der größere Koffer hat einen doppelten Boden, in dem zwei .45er-Colts versteckt sind, zusammen mit Holstern und Munition."

„Sie hören sich an, als würde ich abreisen."

„Allerdings, Mister Tell. Morgen werden wir uns auf den Weg in die Stadt machen. Nach New York City. Sie werden im Waldorf wohnen, und morgen Abend werden Sie eine private Feier im Savoy Room besuchen, die zu Ehren von Präsident La Guardia stattfindet."

Ich sah ihn fragend an. „Ist das meine Belohnung dafür, dass ich nicht zu fliehen versucht habe?"

„Nein. Auf dieser Feier werden Sie die Bekanntschaft von Martin Kelly machen, einem Mitarbeiter von Martel Aviation, der zum Testflug der *Misericorde* eingeladen war, aber nicht erschien. Er hat Martel kurz darauf verlassen und berät La Guardia in Luftverkehrsfragen. Sein Bankkonto wurde kürzlich um zehntausend Dollar schwerer, und wir wüssten gerne, wieso. Wir halten es für denkbar, dass er Dragowitsch verkauft hat."

Ich nickte. „Nun, dann werde ich Mister Kelly wohl dazu bringen müssen, sich mir anzuvertrauen."

Die Fahrt nach New York dauerte zwei Stunden, die wir in angenehmer Konversation verbrachten. Gaines erzählte mir einiges über die Personen, denen ich am Abend wahrscheinlich begegnen würde. Meine Deckgeschichte war, dass ich als Agent für eine wohlhabende Familie auf der Suche nach Investitionsmöglichkeiten war. Angesichts der robusten Wirtschaft des Empire States war es durchaus logisch, hier mit der Suche zu beginnen. Ein entsprechender Kreditrahmen war bereits bei der First New York Bank für mich arrangiert worden, so dass entsprechende Nachforschungen den Verdacht zerstreuen würden, ich könnte möglicherweise nur ein mittelloser Hochstapler sein, der versuchte, die Elite der Stadt über den Tisch zu ziehen.

Er setzte mich an der Pennsylvania Station ab und verabschiedete sich mit einem Händedruck. „Viel Glück, Mister Tell. Wir werden uns vermutlich nicht wiedersehen. Man wird sich mit Ihnen in Verbindung setzen, und in Notfällen können Sie Ihr Tantchen wissen lassen, wie es dem Welpen geht."

Ich schüttelte ihm fest die Hand. „Ihnen ist ja wohl klar, dass Sie mir Ihr Leben anvertrauen."

„Ja, aber es muss sein. Nur Kleingeister vertrauen niemandem, gehen keine Risiken ein." Er ließ meine Hand los und ging zurück zur Fahrerseite. „Großes erreicht nur, wer Großes zu wagen bereit ist. Ich stelle mich der Herausforderung."

Ich sah ihm nach, dann winkte ich einem Taxi und fuhr zum Waldorf. In meiner Suite fand ich drei weitere Anzüge im Schrank und eine mit allen sonstigen Notwendigkeiten reich bestückte Kommode vor. Ich packte die Sachen aus, die ich mitgebracht hatte, versteckte die Revolver unter der Matratze und ging spazieren. In einem Doubleday-Buchladen kaufte ich ein Exemplar von *Fer de Lance* von Rex Stout. Das Buch war zwei Jahre alt, und es konnte gut sein, dass ich es schon gelesen hatte, aber woher sollte ich das wissen? Schließlich litt ich unter Gedächtnisschwund. Der Name des Autors vermittelte mir ein beruhigendes Gefühl, und ich griff zu.

In einem Deli aß ich ein Sandwich, dann kehrte ich ins Hotel zurück und widmete mich der Lektüre. Gegen fünf erschien der Page mit einem Frack. Die Jacke war weiß und saß wie angegossen. Ich wusste, wie man eine Fliege band, was mir Anlass zu ernsthaften Bedenken darüber gab, wie ich meine Jugend verbracht hatte.

Fertig herausgeputzt betrachtete ich mich im bodenlangen Spiegel der Schranktür. Nicht zu groß, nicht zu schlank. Mein schwarzes Haar war mit Pomade nach hinten gekämmt. Die Frisur betonte meine Geheimratsecken und verdeckte die Narbe des Schädelbruchs. Über dem rechten Jochbein hatte ich eine kleine Narbe, die schräg in Mundrichtung verlief, aber auf halber Strecke endete. War sie das Souvenir einer Schlägerei, oder hatte ich in Heidelberg Fechtunterricht genommen? Ich wusste es nicht.

Meine Augen waren definitiv mein größtes Plus. Die von einem dunklen Kreis umgebene fahlgraue Netzhaut verlieh meinem Blick eine Intensität, die mich überraschte. Selbst als ich versuchte, möglichst freundlich zu lächeln, sorgten sie für Abstand. Das konnte sich als Vorteil für mich erweisen. Es würde sich zeigen, was es bei Kelly brachte. Ich würde es erst einmal freundlich versuchen, und falls es nicht so lief, wie ich mir das vorstellte, würde ich Druck machen und sehen, ob er sich einschüchtern ließ.

Ein Taxi brachte mich zum Savoy, und ich fuhr mit dem Aufzug hinauf zum Ballsaal. Man hätte ihn sich nicht prächtiger ausmalen können: riesig groß und prunkvoll, mit einer Big Band an einem Ende, deren Melodien einem in die Glieder fuhren und man war beinahe gezwungen, sich im Rhythmus mitzubewegen. Das Fest war in vollem Gange, als ich eintraf, und die Musik schien die Gäste aufzulockern, wie es in der Regel eher Drogen taten... Nicht, dass nicht auch reichlich Alkohol zur Verfügung gestanden hätte.

Das war eine der Seltsamkeiten der Prohibitionsstaaten. Die Herstellung und der Verkauf von Alkoholika war verboten, nicht aber deren Konsum. Sämtliche Astors und

Carnegies und Rockefellers hatten ihre Weinkeller und Fässer voll altem Scotch, und sie dachten nicht daran, sich von irgendeinem Gesetz daran hindern zu lassen, sie zu genießen. Also wurde es so formuliert, dass man ungestraft trinken konnte, was man besaß. Und anscheinend hatten eine Menge Gäste einen Flachmann dabei, sei es als Nerventonikum oder gegen die Kälte.

Und wir wissen ja alle, wie bitterkalt New York im August sein kann.

Ich war keine zwei Minuten im Saal, als schon jemand zu mir herüberkam. Der Mann stellte sich als Theodore Darlington vor, fügte aber hinzu: „Alle nennen mich Trip." Er deutete mit dem Kopf hinüber zu einer Gruppe Männer um Präsident La Guardia. „Kelly ist da drüben und redet mit dem Emperor höchstpersönlich. Ich werde Sie bekannt machen."

Ich folgte ihm. Er musste wohl zu Gaines' Leuten gehören. Einen Moment fragte ich mich, woher Trip gewusst hatte, wer ich war, aber unter meinen Ausweispapieren war auch ein Pass mit Photo gewesen, womit dieses Rätsel schnell gelöst war. Es beunruhigte mich etwas, dass die Milizagenten mich kannten, ich aber keine Möglichkeit hatte, sie zu erkennen, aber es ging dabei schließlich um ihre Sicherheit, nicht um meine. Wenn es mir nicht gelang, Dragowitsch und die *Misericorde* zu finden, war ich wertlos für die Militia, und mich aus dem Weg zu räumen, wäre von ihrer Seite aus nur vernünftig gewesen.

Trip stellte mich dem Präsidenten vor. Er schien ein angenehmer Bursche, stämmig gebaut, mit misstrauischem Blick. Er musterte mich zurückhaltend, wurde aber zugänglicher, als ich erwähnte, dass ich Pilot war, aber im Gegensatz zu ihm, nicht im Großen Krieg geflogen war. Mein Eingeständnis, Pilot zu sein, erregte auch Kellys Aufmerksamkeit, und Trip stellte uns vor.

Die anderen Personen im Kreis waren nicht weiter bemerkenswert, mit Ausnahme von Slim Lindbergh, der mir sehr vertraut erschien. Aber natürlich war es seit dem Soloflug über den Atlantik 1927 auch ziemlich unmöglich geworden, sein Bild nicht zu kennen. Als ich sein Lächeln sah und seinen Händedruck spürte, sah ich vor mir, wie die Spirit of St. Louis in Frankreich aufsetzte. Es hätte eine Erinnerung an Wochenschaubilder sein können, aber die Szene war in Farbe. War ich dabei gewesen?

La Guardia erzählte von einer Mission an der italienisch-österreichischen Front des Krieges. Das gab mir Gelegenheit, mich zu Kelly hinüber zu schieben. Ich lehnte mich etwas vor und flüsterte ihm zu: „Wir sollten uns unterhalten. Über die *Misericorde*."

Kelly wurde bleich. „Ich habe keine Ahnung, wovon Sie reden."

„Bitte, Martin. Beleidigen Sie mich nicht. Ich wohne im Waldorf, in der Kaisersuite. Der Portier weiß, dass ich Sie um Mitternacht zu einem Gespräch erwarte. Er wird Sie einlassen. Verspäten Sie sich nicht." Ich trat zurück und unterstrich die „Einladung" mit einem stechenden Blick.

Er sah beiseite, dann nickte er.

In diesem Moment fiel mir auf, dass die Musik verstummt war, und die Paare auf dem Parkett einen Weg von den Aufzügen herüber zu Präsident La Guardia freimachten. Die Herren strichen hastig ihre Jacken glatt und kämmten sich die Haare, während die Damen das Gesicht verzogen oder ihrem Partner einen Ellbogen in die Rippen stießen.

Der neueingetroffene Gast trug das dunkle Haar hochgesteckt und den Körper in ein trägerloses hellblaues Abendkleid gehüllt. Himmelblaue Augen, tiefer als jedes Meer, funkelten wie Edelsteine in einem edlen, äußerst hübschen Gesicht. Das Kleid betonte den langen Hals und die kräftigen Schultern, und mehr als eine Frau fuhr sich mit einem Finger über den Körper, um zwei Narben nachzuziehen, die auf der blassen Haut der dunkelhaarigen Frau sichtbar waren. Trotz dieser Unvollkommenheiten, oder möglicherweise gerade durch sie und die furchtlose Art, wie sie sie zur Schau stellte, war sie die schönste Frau im Saal. Vermutlich die schönste Frau in ganz New York.

Ich lächelte. Natalia, Black Swan, wusste wirklich, wie man einen Auftritt inszenierte.

La Guardias Lächeln wurde breiter, als sie näher kam, und er streckte die Hand aus. Zu seiner Überraschung glitt sie an ihm vorbei und trat zu mir. Sie hob die Arme, packte meinen Kopf und küsste mich. Fest. Obwohl meine Erinnerung nur zwei Wochen zurückreichte, wusste ich mit absoluter Sicherheit, dass ich so noch nie geküsst worden war.

Dann trat sie einen Schritt zurück und versetzte mir eine Ohrfeige, die mich zu Boden schickte. Erst Marielle, und jetzt Natalia! Wieso hatte ich diese sonderbare Wirkung auf Frauen? Ich stützte mich auf den rechten Ellbogen auf und rieb mir mit der Linken die brennende Wange.

La Guardia sah zu mir herab. „Ich wollte Sie Black Swan vorstellen, Mister Tell, aber wie ich sehe, kennen sie einander bereits."

Ich stand auf. „Möglicherweise. Aus einem früheren Leben."

Black Swan sah mich mit schmalen Augen an. „Mister Tell?"

„Fortune Tell." Ich klopfte mir die Frackärmel ab und zupfte die Hemdmanschetten gerade. „In diesem Leben sind wir uns noch nicht begegnet, das weiß ich."

„Nein, vielleicht nicht." In ihrer Antwort schwang die Andeutung eines russischen Akzents mit. „Es muss in einem anderen Leben gewesen sein, denn der Mann, für den ich Sie gehalten habe, ist inzwischen sicher tot. Oder wenn nicht", fügte sie grimmig hinzu, „wird er es sein, wenn ich ihm das nächste Mal am Himmel begegne."

# KAPITEL DREI
## KENNEN WIR UNS?

Ich lächelte Black Swan an und bot ihr die Hand. „Wenn Sie geschworen haben, meinen Doppelgänger zu töten, muss er Sie furchtbar beleidigt haben. Bitte, gestatten Sie mir, das gutzumachen. Möchten Sie tanzen?"

„Gehen Sie da nicht das Risiko ein, Mister Tell, dass die Beleidigung darin bestand, ein besonders schlechter Tanzpartner zu sein?" Natalia beobachtete mich mit ihren tiefblauen Augen. „Vielleicht riskieren Sie selbst ein Todesurteil?"

Ich schüttelte den Kopf. „Wäre er nur ein schlechter Tänzer, hätten Sie nicht diesen leidenschaftlichen Wunsch, ihn tot zu sehen." Ich deutete mit einer einladenden Geste zur Tanzfläche. „Und jeder Mann, der Sie als Partner enttäuscht, verdient den Tod."

Martin Kelly nippte an seinem Drink. „Vorsicht, Tell. Black Swan hat schon Männer umgebracht für eine solche Dreistigkeit."

*Das würde dir gefallen, nicht wahr, Marty? Wenn sie mich umbringt, bleiben deine Verbrechen unentdeckt, und du entgehst deiner Strafe.*

Natalia spießte ihn mit einem eisigen Blick auf. „Mister Kelly, ich habe schon Männer dafür umgebracht, dass sie gewagt haben vorherzusagen, was ich tun oder lassen würde."

Sie schob ihre Hand in meine und ließ sich auf die Tanzfläche führen. Die anderen Gäste machten uns Platz, und ich sah, wie sie dem Bandleader kurz zunickte. Er drehte sich zu seinem Orchester um. Eine langsame Bläsernummer setzte ein, die es den Paaren erlaubte, zu sinnlicher Synkopierung über das Parkett zu schweben.

Ich zog sie an mich, ihre Linke in der ausgestreckten Rechten, meine Linke auf ihrem Rücken, zur Hälfte auf warmer Haut, zur anderen Hälfte auf dem Kleid. Ihre rechte Hand lag zunächst auf meiner Schulter, wanderte aber zum

Rückgrat, als wir uns über die Tanzfläche bewegten. Das leise Rascheln ihres Kleides formte einen Kokon aus Schall um uns, den nur die Musik durchdrang, und wir waren inmitten der Menge allein.

Ich weiß, einige konservative christliche Sekten halten den Tanz für Geschlechtsverkehr im Stehen, aber ich hatte mich über diese Ansichten immer lustig gemacht. Um den Swing mit seinen frenetischen Bewegungen, Hebe-, Dreh- und Wurffiguren als Beispiel zu nehmen: Tanzen ist erheblich wilder als Sex, und dabei, auch wenn es möglicherweise ebenso schweißtreibend und körperlich anstrengend ist, doch weniger befriedigend. Als ich mich mit Black Swan im Takt zur Musik bewegte, musste ich jedoch eingestehen, dass die Patriarchen dieser Sekten im Gegenteil Meister der Untertreibung waren. Als unsere Körper sich aneinander drückten, Bauch an Bauch, ihre Brüste auf meinem Brustkorb, und ich die Kraft ihrer Glieder spürte, während wir im Einklang schwebten und uns drehten, erreichten wir eine körperliche Vereinigung, an die keines der anderen Paare heranreichte. Ich sah ihr in die Augen, und sie mir, und dennoch wirbelten wir über die dichtgedrängte Tanzfläche mit dem Elan und der Eleganz eines Asses im Luftkampf.

Langsam breitete sich ein Grinsen auf ihrem Gesicht aus, und ich wusste, es war ein Spiegelbild des Grinsens auf meinem. Wir hatten den Tanz beide im Trotz begonnen. Sie auf Grund ihrer Erinnerungen an den Mann, für den sie mich hielt, ich aus dem Wissen heraus, dass es mein Untergang sein würde, ihr gegenüber die geringste Schwäche zu zeigen. Auf dem Parkett stellten wir fest, dass wir einander ebenbürtig waren. Die anderen auf dieser Party mochten uns Macht, Geld, Herkunft voraushaben, aber wir hatten Perfektion in dem, was wir taten. Wir konnten spüren, dass sie alle mit uns tauschen wollten, und diese Erkenntnis verband uns gegen sie.

Wir segelten durch die Menge, woben uns einen Weg durch Berühmtheiten und Berüchtigte. Paladin Blake tanzte mit Michelle Templeton, der Schauspielerin, die in seinen Radioprogrammen die Black Widow verkörperte. So schön sie auch war, sie hielt keinem Vergleich mit Natalia stand. Gangster wirbelten ihre Puppen durch Figuren aller Art, aber wenn wir an ihnen vorbeikamen, wirkten sie wie Granitstatuen. Nach einer Runde kamen wir wieder an Präsident La Guardia und Slim Lindbergh vorbei, und ich kassierte ein Lächeln von einem, ein Kopfnicken vom anderen.

Mit Natalia zu tanzen schenkte mir die Freiheit des Fliegens, erlaubte meinem Geist in Höhen aufzusteigen, die ich in meiner bewussten Erinnerung nicht kannte.

Die Musik endete allzu schnell, aber unser Bündnis nicht. Der Bandleader stimmte eine weitere langsame Swingnummer an, und wir blieben zusammen. Die körperliche Intensität unserer Bewegungen ließ nach, weil wir einander nichts mehr zu beweisen hatten, aber irgendwie hatte unsere Präzision Bestand. Jetzt trugen wir beide ein breites Grinsen und brachen gelegentlich in lautes Lachen aus, so genossen wir unseren Sieg über die anderen Tänzer.

„Noch vier Tänze wie den letzten, Natalia, und wir sind Tänzerasse."

„Sehr wahr, Fortune, aber wo würdest du deine Abschussmarkierungen anbringen?"

Ich überlegte kurz. „Vielleicht dort, wo nur gute Freunde sie sehen."

„Intime Freunde?"

„Absolut." Ich warf ihr einen fragenden Blick zu. „Und du, wo würdest du deine anbringen?"

„Das Wo kümmert mich wenig." Sie warf den Kopf zurück und lachte kehlig. „Die Frage ist, wen ich sie malen lassen würde."

„Eine ausgezeichnete Frage. Es müsste jemand sein, dem du vertraust, jemand mit starker und dabei trotzdem sanfter und geschickter Hand." Ich grinste sie an. „Es müsste jemand sein, der genau weiß, was du willst, und bereit ist, lang und hart zu arbeiten, um es dir zu geben."

„Eine bemerkenswerte Einsicht, Mister Tell." Ihr Blick wurde distanziert, und ich spürte, wie die Intimität, die wir geteilt hatten, nachließ. „Sind Sie ein Mann, dem ich vertrauen kann?"

Ich wurde ernst. „Ich würde sagen, du hast in der Vergangenheit Anlass gehabt, mir nicht zu trauen. Aber ich werde dir vertrauen, und darauf hoffen, dass du mich für würdig erachtest, dieses Vertrauen zu erwidern."

Ich nahm ihre rechte Hand in meine und drückte sie an meine Brust. Dann führte ich ihre Finger über meinen Anhänger, und danach über das Narbengewebe der Einschusswunde. „Der Mann, den du kanntest, ist tot, oder zumindest sehr weit fort und wird möglicherweise nie zurückkehren. So oder so, ich kenne ihn nicht. Ein paar Bekannte versuchen mir dabei zu helfen, meine Erinnerung zurück zu erlangen, aber sie erwarten eine Gegenleistung. Wenn ich ihnen die liefern kann, werde ich herausfinden, wer diesen Körper wirklich sein Eigen nennt."

Ich fühlte, wie ihr Körper leicht erbebte. „Du weißt nicht mehr, wer du warst?"

Ich schüttelte den Kopf.

„Und du weißt nicht mehr, was wir hatten?"

„Ich kann mir nur vorstellen, dass es spektakulär gewesen sein muss."

Sie lachte. „Wir zwei, du und ich, das war mehr als spektakulär."

Wieder verstummte die Musik, und einen Moment herrschte Schweigen zwischen uns. Sie löste die Umarmung, aber ihre rechte Hand verharrte auf meiner Brust. Natalia musterte mich aufmerksam, dann schloss sie halb die Augen.

„Wie es scheint, Mister Tell, werde ich ausgesprochen hungrig."

Ich hob die Hand und legte sie auf die ihre. „Möchtest du etwas zu essen?"

„Ich hätte liebend gerne etwas Warmes im Bauch, ja." Sie sah sich im Ballsaal um, dann fasste sie meine Hand und zog mich sanft auf den Lift zu. „Aber nichts, was hier angeboten wird, könnte mich zufrieden stellen, glaube ich. Wo wohnst du?"

„Im Waldorf, in der Kaisersuite."

„Da, das ist gut." Ihr Lächeln war köstlich. „Ich denke, das Angebot dort wird höchst befriedigend sein."

Natalia bewies eine Meisterschaft der Untertreibung, die ihrer Flugkunst in nichts nachstand. Wir kosteten den Zimmerservice beide voll aus. Wir gaben uns exotischen Genüssen hin, die manch anderer als verboten oder unmoralisch gesehen hätte, die uns jedoch in Höhen der Ekstase trug, wie ich sie bis dahin nicht gekannt hatte. Nach jedem Höhepunkt glitten wir sicher weiter und in einen neuen Aufstieg, der uns noch weiter hinauf führte.

Ich hatte gleichzeitig Angst, dass es enden und dass es niemals enden würde.

Natalia und ich spielten ein Spiel miteinander. Sie wusste, wer ich war, und tat alles, um Erinnerungen daran zu wecken, wer ich gewesen war. Unter ihrer Anleitung und als Ergebnis ihrer Bemühungen stiegen Bruchstücke der Erinnerung in mir auf, aber ihre schiere Präsenz überwältigte jeden Gedanken. Was auch immer wir einmal gehabt hatten, in den Jahren seither waren wir beide gewachsen. Die Intensität unseres heutigen Lebens ließ die Vergangenheit irgendwie fast so trivial wie angenehm nostalgisch erscheinen.

Als das Licht der Morgenröte durch die Gardinen der Suite drang, lächelte Natalia und fuhr mit einem Finger meine Nase hinab. „Weißt du, ich glaube, als Fortune Tell bist du mir lieber. Es ist nicht dein wahrer Name, aber das war der, unter dem ich dich gekannt habe, auch nicht. Jenen Namen hattest du gewählt, um dich von etwas abzusetzen. Das aber warst nicht du, sondern eine Person, die das Gegenteil von dem war, was du zu werden befürchtetest. Aber der Adel in deinem Innern blieb trotzdem erkennbar. Jetzt ist er weit deutlicher."

„Danke.“ Ich beugte mich vor und drückte ihr einen Kuss auf die Stirn. „Aber wenn ich das richtig interpretiere, hast du dich entschlossen, mir nicht zu verraten, wer ich war, als du mich kanntest?“

„Nein. Es war eine Sackgasse.“ Sie räkelte sich genüsslich. „Ich weiß es sicher, denn ich habe Detektive angesetzt, dich zu finden.“

„Um mich zu töten?“

Ihr Blick wurde schärfer. „Für eine Weile, ja. Und dann einfach nur, um herauszufinden, wie es dir ging. Und da du nicht wusstest, wer ich bin, dachte ich mir, dass du möglicherweise auf der Suche nach mir warst, und wir beide dadurch behindert wurden, dass wir Masken getragen hatten, die wir inzwischen aufgegeben haben.“

Ich tastete nach dem Anhänger, als ich aufstand, und ging zur Bar der Suite. „Diese Maske würde ich gerne aufgeben.“

„Sag das nicht, Fortune. Vielleicht war alles andere die Maske.“ Sie zuckte die Schultern, dann kam sie mir nach und nahm das Glas Tomatensaft an, das ich ihr eingeschenkt hatte. „Und möglicherweise würde dir nicht gefallen, wer du einmal warst. Dieser Fortune Tell, er ist ein Mann, den ich nicht gerne in der Versenkung verschwinden sähe.“

„Das werde ich nicht, auch wenn meine Freunde das vielleicht gerne hätten.“ Ich verzog das Gesicht. „Ich hatte völlig vergessen, dass Martin Kelly gestern Nacht zu einem Gespräch hierher kommen sollte.“

„Hat er auf dich geschossen?“ Talia hob eine Augenbraue. „Das hätte ich ihm nicht zugetraut.“

„Ich bezweifle es, aber er ist nach meiner Verwundung sehr plötzlich ziemlich reich geworden.“ Ich stellte das Glas ab. „Jetzt muss ich mich von Neuem auf die Suche nach ihm machen.“

„Warte.“ Sie ging hinüber zu dem Beistelltisch, auf dem das Telephon stand, und es war eine Freude, ihr dabei zuzusehen. Sie ließ sich von der Hotelvermittlung mit einer Nummer in der Stadt verbinden, wobei sie sich gelegentlich über die Schulter zu mir umsah. Sie lächelte in Antwort auf mein beifälliges Nicken, dann sprach sie in den Hörer. Ich erkannte die Sprache als Russisch, verstand aber nichts von dem, was sie sagte.

Sie legte auf und lächelte mich an. „Ich habe Fenn gefragt. Er sagt, Kelly wird in zwei Stunden bei einer Besprechung auf dem Flugfeld der Broadway Bombers erwartet. Fenn holt uns in einem Automobil ab und fährt uns hin."

Fenn war William Fennel, ein großer, hagerer Bursche mit mürrischem Gesichtsausdruck und grauem Haar – ihr Flügelmann. Er schätzte mich mit ein, zwei Blicken ab, ohne etwas zu sagen. Aber da ich den Eindruck hatte, dass er grundsätzlich kein gesprächiger Typ war, fasste ich das nicht als Beleidigung auf. Er reichte Natalia einen Koffer mit Kleidern, und sie ging ins Nebenzimmer, um sich umzuziehen. Dann machten wir uns zu dritt auf den Weg hinunter zur Straße und ins Hauptquartier der Broadway Bombers.

Die Bombers sind eine der bekanntesten Fliegerstaffeln Nordamerikas, und der Anblick ihrer blau-goldenen *Avengers* genügt, den meisten Luftpiraten östlich des Mississippi das Herz in die Hose rutschen zu lassen. Die meisten Mitglieder der Staffel sind Sprösslinge der oberen Zehntausend, was die Protzigkeit ihres Hauptquartiers erklärte.

Normalerweise würde ich einen Begriff wie „Protzigkeit" nicht benutzen, aber hier schien er zu passen. Ich will damit sagen, die Mechaniker trugen fleckenlose Overalls, und auf dem blau-goldenen Hangarboden waren keine Abnutzungsflecken oder Ölspuren zu sehen. Selbst die Wandkalender waren geschmackvoll und die von den Piloten abgeholten *Avengers* glänzten geradezu.

Trotz des hier zur Schau gestellten Reichtums zog Black Swan alle Blicke auf sich. Über den schwarzen Stiefeln trug sie eine khakifarbene Reithose, eine weiße Seidenbluse und eine Fliegerjacke aus schwarzem Leder, die auf Brust und Rücken ihr Logo trug. Ein roter Schal um ihren Hals sorgte für einen Farbtupfer. Ohne die faszinierten Blicke und den einen anerkennenden Pfiff aus dem Hangarinnern zu beachten, ging sie mit mir zu einer Gruppe Männer auf dem Zubringer, unter denen auch Martin Kelly war.

Ich unterbrach das Gespräch der Playboys und stieß Kelly den Finger in die Schulter. „Hab' Sie gestern Nacht vermisst."

Kelly hob eine Hand, um einen Kommentar seiner Zigarren kauenden Kumpel abzublocken, und lächelte mich unbehaglich an. „Ich habe gesehen, wie Sie zusammen mit Black Swan den Savoy Room verlassen haben. Da dachte ich mir, Sie haben was Besseres zu tun, als mit mir zu plaudern."

„Jetzt im Moment nicht. Reden wir."

„Ich habe Ihnen nichts zu sagen!" Kellys Stimme wurde schrill vor Angst. Er stieß mich beiseite, dann rannte er die Bahn hinunter zum Fluss.

Ich wollte ihm nachsetzen, aber einer seiner Freunde packte mich an der Schulter. Ich wirbelte herum und rammte die rechte Faust in seine ausladende Körpermitte. Unter dem Hieb klappte er zusammen und ließ mich los. Als ich mich wieder nach Kelly umdrehte, sah ich ihn die Tür einer Hudson-Redball-Limousine öffnen. Mir war klar, dass ich ihn nicht mehr einholen konnte, aber ebenso gut wusste ich, dass er nicht entkommen konnte.

Über den Fluss und das Ende der Bombers-Rollbahn donnerten fünf Flugzeuge heran. Die vier Kleineren sahen nach Marquette-*Defenders* aus, die in grellem Kanarienvogelgelb lackiert waren, mit roten Farbtupfern an den hinteren Kanten der Tragflächen und Heckflossen. Die Kaliber-.40-Zwillingskanonen in den Tragflächen spien Feuer. Vier Einschlagspuren fräßten über das Rollfeld und trafen sich an dem Automobil.

Kelly wurde regelrecht zerfetzt, als zwei Salven ihn gleichzeitig erfassten. Andere trafen den Benzintank des Hudson. Die Explosion schleuderte die brennende Limousine in die Luft, und die Landung drückte ihr Dach ein. Was von Kelly noch übrig war, lag neben dem Wagen und verbrannte. Der

Qualm seiner Leiche vermischte sich mit der öligschwarzen Rauchwolke, die aus dem Fahrzeug aufstieg.

Aber Kellys Tod war nur noch eine Nebensache für mich, denn das fünfte Flugzeug hatte mich völlig in den Bann geschlagen. Über den *Defenders* flog eine rote Maschine mit breiten schwarzen Streifen auf den Tragflächen. Sie hatte einen Schubpropeller im Heck und vorwärts geneigte Tragflächen, und sie strotzte geradezu von Geschützen. Der Pilot zog das Flugzeug in eine enge Axialrolle und hielt es auf Kurs, um mit lautem Heulen am Hangar der Broadway Bombers vorbeizuschießen. Ich erkannte die vermisste *Misericorde* auf den ersten Blick.

Ich wirbelte herum und rannte zurück zum Hangar. Die Tiefflugattacke der *Defenders* hatte die Bombers-Piloten aus der Nähe der Maschinen in Deckung gescheucht, und ich sprang geradezu die Leiter ins nächste Cockpit hoch, holte die Leiter ein, zog das Kanzeldach zu. Ich überprüfte die Klappenstellung, warf die Motoren an. Dann löste ich die Bremsen und rollte hinaus zur Startbahn.

Die *Defenders* hatten inzwischen eine Schleife gedreht und waren auf dem Rückweg. Es war deutlich, dass sie keine Abwehrmaschine starten lassen wollten. Die *Defender* war nicht gut für Bodenangriffe geeignet, aber diese Staffel hatte die Bombers überrumpelt und flog so tief an, dass die Flakgeschütze auf dem Dach des Hauptquartiers sie nicht anvisieren konnten. Hier und jetzt beherrschten die Angreifer den Himmel, und jeder, der versuchte, von dieser Rollbahn abzuheben, um ihre Herrschaft anzufechten, riskierte zerfetzt zu werden.

Ich stellte mich mit beiden Füßen auf die Bremspedale und rammte den Schubhebel bis zum Anschlag vor. Die *Avenger* bebte, als die Motoren aufröhrten, dann ruckelte sie ganz langsam vorwärts. Ich hielt den Blick auf dem Drehzahlmesser, und als die beiden Motoren fast kochten, gab ich die Bremsen frei und rollte los. Die Maschine machte einen Satz nach vorne und wurde immer schneller. Mit einer leichten Seitenruderbewegung fuhr ich um den brennenden Hudson, dann an einem weiteren Hangar vorbei. Ich zog den Knüppel nach hinten.

Die *Avenger* stieg wie ein Traum. Ich legte sie nach Steuerbord, um aus der Angriffsbahn einer *Defender* zu kommen, dann brachte ich die Nase wieder zurück nach Backbord, als die gelbe Maschine vorbeizog. Ich drückte den Feuerknopf und zog das Feuer der Kaliber-.60-Zwillingsgeschütze über den Rumpf des Flugzeugs. Qualm war nicht zu sehen, aber die Maschine verlor augenblicklich an Höhe und schlug auf die Startbahn, also hatte ich vermutlich den Piloten erwischt. Der Jäger schlidderte Funken schlagend über den Asphalt, dann fingen die Tragflächen Feuer und das ganze brennende Wrack rutschte hinaus auf den Fluss.

Der Flügelmann der *Defender* drehte auf der Stelle nach Backbord ab. Ich zog in eine enge Wende, um ihm zu folgen. Trotz der niedrigen Flughöhe holte die *Avenger* auf. Der Pilot der *Defender* versuchte die größere Wendigkeit seines Jägers auszunutzen und mich abzuschütteln, aber ich blieb dran.

Mir war klar, dass wir ein böses Spiel trieben. Ohne Zweifel war er in Funkkontakt mit seinen Kameraden, damit sie mich aus dem Weg schafften. Ich versuchte ihn gleichzeitig in ein möglichst hartes Kunstflugmanöver zu zwingen, weil der Motor der *Defender* unter hohem Andruck zu Aussetzern neigt, mit vorhersehbaren Folgen. Bei manchen Piloten hat die Marquette deswegen den Spitznamen „Brikett". Wie unser Luftduell ausging, hing davon ab, wer von uns beiden zuerst Erfolg hatte, allerdings standen meine Chancen angesichts des Zahlenverhältnisses nicht allzu gut.

Ich schaltete das Funkgerät der *Avenger* an und schnappte mir das Mikro. „Kommt noch jemand rauf Spielen?"

Ich erhielt nur Rauschen zur Antwort, also hängte ich das Mikrophon wieder ans Instrumentenbrett. Dann schaute ich mich hastig um. Die beiden anderen *Defenders* kamen gerade aus einer Wende auf mich zu. Als sie zur Attacke gerade zogen, wusste ich, dass ihre Piloten schon davon träumten, eine *Avenger*-Silhouette auf den Rumpf zu malen – gleich neben die des Hudson. Ich persönlich hatte andere Pläne. Irgendwie gefiel mir die Vorstellung nicht, als Abschussmarkierung zu enden.

Ich riss den Knüppel zurück und die Nase der Maschine himmelwärts. Ich sah die Sonne vorbeizucken, dann tauchte Manhattan über mir auf. Ich rollte das Flugzeug nach Steuerbord, bis oben und unten wieder ihre korrekte Stellung hatten. Aus der Rolle rutschte ich seitlich ab. Das Manöver trug mich weiter nach Steuerbord, fort von der direkten Konfrontation mit den beiden *Defenders*. Sie legten sich in eine Backbordwende, um mir zu folgen, also rollte ich nach Backbord ab. Dadurch wurde ich zurück auf meinen alten Kurs geworfen, und auf der rechten Tragfläche der *Avenger* stehend, jagte ich direkt auf die beiden kanariengelben Jäger zu. Ich war in erstklassiger Position für einen Vorhaltschuss auf den Näheren.

Die beiden Kaliber-.30-MGs der *Avenger* zogen ihre Einschlagspuren über die rechte Tragfläche des vorderen Briketts und schlugen eine ganze Serie übler Löcher. Mindestens eines der Maschinengewehre musste Brandmunition geladen haben, denn ein dünner Rauchfaden verwandelte sich in eine Fackel, die den halben Flügel wegbrannte. Die *Defender* kippte über die linke Tragfläche weg, streifte ein Hangardach. Dann wirbelte die Maschine in wilden Überschlägen durch die Luft davon, bis sie schließlich explodierte.

Die hintere *Defender* brachte die Nase herum und deckte die geliehene *Avenger* mit Kaliber-.40-Salven ein. Mein Flugzeug schüttelte sich, als die Kugeln in die Backbordtragfläche schlugen, und wachsender Luftwiderstand zog mich seitwärts. Ich rollte nach links, um den Zug auszunutzen, und drehte zu einem Nahschuss ein.

Bevor ich feuern konnte, bekam das Brikett ernsthafte Probleme. Um genau zu sein, zwei Explosivraketen schlugen durch die Unterseite der Maschine. Der Aufprall versetzte der *Defender* einen solchen Schlag, dass sich der Rumpf knapp hinter dem Cockpit aufwärts bog. Als die Sprengköpfe detonierten, rissen die grellen Explosionen die *Defender* auseinander. Der vordere Teil des Rumpfes stürzte fast lotrecht ab, während das Heck davonwirbelte.

Eine zweite *Avenger* donnerte durch den verpuffenden Feuerball aufwärts und rollte an mir vorbei. Ich schlug den Knüppel nach rechts und zog meine Maschine in eine weite Schleife. Die letzte *Defender* machte sich gerade über den Fluss davon. Ich schickte ihr hastig eine Explosivrakete hinterher, aber der Pilot rollte nach Backbord und tauchte weg, so dass sie harmlos vorbei zuckte.

Für ein derartiges Ausweichmanöver musste ihn jemand gewarnt haben. Ich suchte den Himmel nach der *Misericorde* ab. Auf halber Wende sah ich die schwarze Silhouette über Manhattans Wald aus Wolkenkratzern davonhasten. Ich zog die *Avenger* gerade und setzte ihr nach.

Das Funkgerät knisterte. „Hier spricht Major Loyle Crawford von den Broadway Bombers. Brechen Sie die Verfolgung ab und kehren Sie zur Basis zurück."

Ich griff nach dem Mikro und drückte den Sprechknopf. „Nichts zu machen, Major. Ich muss mir dieses Flugzeug holen."

Die Antwort kam augenblicklich, und ihr Tonfall ließ keinen Raum für Diskussionen. „Vielleicht haben Sie mich missverstanden. Bringen Sie den Jäger auf den Boden, Freundchen, oder ich hole ihn runter, und Sie gleich mit."

# KAPITEL VIER

## SIE WAGEN ES, HIER AUFZUTAUCHEN?

Ich widerstand der Versuchung, die *Avenger* im Sturzflug auf die Rollbahn zu drücken, dann zu überziehen und auf das Fahrwerk sacken zu lassen. Bei einem derartigen Showmanöver konnte das Fahrwerk wegbrechen, und durch das immer noch brennende Automobilwrack in der Nähe war die Gefahr eines Unfalls zu hoch. Stattdessen ließ ich Loyle Crawford in meine Sechs-Uhr-Position. Danach setzte ich die *Avenger* in einem lehrbuchartigen Landeanflug auf und rollte zurück zum Hangar.

Natalia kam mir entgegen, um mich zu begrüßen. Der Kuss und die Umarmung retteten mich vor einer Schimpfkanonade, wenn nicht sogar einem Fausthieb des Piloten, dessen Maschine ich entführt hatte. Der Mann spie Gift und Galle. Bis ich Natalias warmen Leib an meinem spürte und ihr langer Kuss mir einheizte, war mir gar nicht klar geworden, wie stark ich unter dem Stress dort oben im Cockpit ausgekühlt war.

Ich lächelte sie an. „Hätte ich gewusst, dass mich bei der Rückkehr ein solcher Empfang erwartet, hätte ich sie alle abgeschossen."

„Sei zufrieden, dass du es überlebt hast." Sie zog sich ein wenig zurück, dann deutete sie mit einer Kopfbewegung dorthin, wo die *Misericorde* verschwunden war. „Dieser Jäger. Ich entsinne mich nicht, den Bautyp schon einmal gesehen zu haben."

„Ich auch nicht."

Ihr Blick durchbohrte mich. „Das heißt bei dir nicht viel, Fortune, und ich wette, du weißt erheblich mehr, als du sagst."

Bevor ich antworten konnte, kam Loyle Crawford heran … gutaussehend, groß und elegant. „Ich weiß nicht, wer Sie sind, Sir, aber niemand entführt ein Flugzeug der Broadway Bombers."

Ich grinste. „Was ein Glück, dass ich niemand bin."

„Nun, Sie fliegen, als hätten Sie das Zeug, sich einen Namen zu machen." Crawford ging kurz in die Hocke, die Unterarme ruhten auf den Knien, und blickte an einer gedachten Linie vom Hangar zu der brennenden Limousine entlang. „Ein Zubringerstart … ich habe gehört, dass ein paar Postflieger in St. Louis dieses Manöver in ihrem Repertoire hatten, bevor die Staaten zerbrochen sind."

„Alles, wovon man abheben kann, ist eine Startbahn." Ich zuckte mit den Schultern. „Diese Clowns machten nicht den Eindruck, als hätten sie uns ungestört abheben lassen."

Crawford stand wieder auf und rieb sich mit manikürter Hand das Kinn. „Ich muss erst die Meldungen durchgehen, bevor ich sicher sein kann, aber ich vermute, dass diese Maschinen zu einer kleinen Miliz im Volkskollektiv gehören: Roberts Sky-Harrowers. Die meisten wurden bei Kämpfen um Amarillo vom Himmel geholt. Scheint, dass die Überreste sich neue Arbeitgeber gesucht haben, aber ich hätte sie nicht so weit östlich erwartet. Und dieses andere Flugzeug..."

Ich nickte. „Sehr ungewöhnlich. Ich wollte es mir mal näher ansehen", fügte ich hinzu, um seiner Frage zuvorzukommen, warum ich es hatte verfolgen wollen.

„Das erfordert Mumm, eine unbekannte Maschine zu jagen." Crawford kniff die Augen zusammen, grinste aber zugleich widerwillig anerkennend. „Dieselbe Art Mumm, die man braucht, um mit Black Swan zu tanzen." Er sah Natalia an. „Ich bin überrascht, dass Sie nicht auch versucht haben, sich eine Maschine zu nehmen und sich die Angreifer zu holen."

Sie blickte ihn aus halbverhangenen Augen an. „Hätte ich eine ernsthafte Gefahr gesehen, hätte ich das getan. Ich habe vollstes Vertrauen in Mister Tells Fähigkeiten, und nachdem Sie sich zu ihm gesellt hatten, reichte das."

„Ein beachtliches Lob." Crawfords Grinsen wurde breit und offen. Er reichte mir die Hand. „Danke, dass Sie mich nicht gezwungen haben, Sie abzuschießen."

„Ich versuche immer zurückzugeben, was ich mir ausleihe."

„Die Einschusslöcher geben ihr nur zusätzlichen Charakter." Der Broadway-Bomber nickte mir zu. „Falls Sie vorhaben, in Empire State zu bleiben, und eine Arbeit suchen, die Bombers können gute Piloten immer gebrauchen."

„Ich werde es mir merken. Es war ein angenehmes Gefühl, Sie an meiner Seite zu haben." Ich schüttelte seine Hand, dann drehte ich mich um und winkte Natalia zurück zum

Flugfeld. „Komm, Natalia. Irgendwo in dieser Stadt finden wir bestimmt das Richtige, um Fortune Tells ersten Kampfeinsatz zu feiern..."

Arm in Arm wanderten wir aus dem Hangar. Wir ließen uns nichts anmerken, bis wir den Wagen erreicht hatten und Fenn uns zurück zu Swans Basis fuhr. Ich gab ihr einen schnellen Kuss, dann lächelte ich. „Und was war der wirkliche Grund, warum du nicht zu mir hoch gekommen bist?"

Sie räkelte sich genüsslich und lehnte sich zurück, ohne mich aus den Augen zu lassen. „Vielleicht wollte ich sehen, wie gut du dich schlägst."

„Ja sicher. Der wahre Grund, bitte."

Natalia stöhnte und legte das linke Bein über meinen Schoß. „Die *Avenger* ist ein furchtbares Flugzeug. Lieber hätte ich vom Boden aus mit Schraubenschlüsseln nach den *Defenders* geworfen."

Ich grinste. „Und vermutlich hättest du sogar so eine heruntergeholt."

„Nur eine?" Talia seufzte, nahm meine Hand und küsste meine Handfläche. „Du hast vergessen, wie gut ich kämpfen kann." Dann erinnerte sie mich an diese und noch einige andere Tatsachen, um sicherzugehen, dass ich sie nie wieder vergessen würde.

Eine kurze Nachforschung in der New York Public Library bestätigte Crawfords Identifikation der Jäger, die wir abgeschossen hatten. Roberts und seine überlebenden Kameraden waren anscheinend ins Banditenlager gewechselt und arbeiteten jetzt vom Freistaat Colorado aus. Ich nahm an, dass der Dieb der *Misericorde* Kelly hatte umbringen lassen, damit er nichts über seine Verbindung zu dem Raub ausplaudern konnte. Mein einziger Hinweis darauf, wie ich weiter vorgehen konnte, waren die Sky-Harrowers, also setzte ich eine Anzeige in die Times, um „Tantchen" wissen zu lassen, dass der Welpe Rocky-Mountain-Fieber hatte und ich ihn in Kürze nach Westen bringen würde, in der Hoffnung, ein Gegenmittel zu finden.

Der Abschied von Natalia war für uns beide bittersüß. Ich teilte ihr mit, dass ich abreisen musste und sie mich nicht begleiten konnte. Sie akzeptierte das und bot mir weder an, mir ein Flugzeug zu leihen, noch mich nach Westen zu bringen. Obwohl ich mich kaum an unsere frühere gemeinsame Zeit erinnerte, wusste ich, dass sie ihre eigenen Wünsche und Bedürfnisse hatte, und deren Verfolgung schloss nicht mit ein, auf dem Kurs, der sie ursprünglich hierher nach Empire State geführt hatte, zurückzukehren. Ich versprach ihr, wiederzukommen, und sie lächelte, als ob sie mir glauben würde. Trotz der Höflichkeitslüge, die nun zwischen uns stand, waren die Umarmung und der Kuss, mit denen wir auseinander gingen, leidenschaftlich genug, um uns beiden zu bestätigen, dass wir noch nicht alle Brücken zwischen uns abgebrochen hatten. Ich wusste nicht, ob ich sie jemals wiedersehen würde, oder ob wir jemals wieder würden miteinander teilen können, was wir einmal gehabt hatten, aber wir waren gute Freunde. Soweit es mich betraf, war das ein gewaltiger Fortschritt.

Ich buchte eine Passage auf dem Luftschiff *Luxor* von New York über St. Louis ins People's Collective. So ziemlich alle aus New York über die Industriestaaten von Amerika fahrenden Luftschiffe waren Ziel von Piratenüberfällen, aber die Zwischenstation in St. Louis bot zumindest einen gewissen Schutz. East St. Louis, am diesseitigen Ufer des Mississippi, unterhielt einen regen Warenaustausch mit dem Volkskollektiv auf der anderen Flussseite, was die ganze Stadt zu einer Art internationaler Freihandelszone machte.

Die *Luxor* gehörte Alexander Airships. Sie war der neueste Luxuszeppelin der Gesellschaft, und dreißig Fuß länger als deren Flaggschiffe *Memphis* und *Tanis*. Die Ausstattung war opulent. Alle Metallflächen waren von dünnem Holzfurnier verdeckt, unter dem dicke Isolationsschichten jedes Geräusch der riesigen Motorgondeln verschluckte, die das Schiff antrieben. Ich buchte eine Privatkabine, die ein wenig kleiner war als der Fonds von Black Swans Automobil, und teilte mir einen Steward mit drei anderen Kabinen auf dem Osirisdeck. Nachdem ich ihm beim Verstauen meines Gepäcks zur Hand gegangen war, zog ich mich in den Salon auf dem Radeck zurück, wo man durch große Bogenfenster, die Abfahrt verfolgen konnte.

Ich setzte mich an einen kleinen Tisch an einem der Fenster und schaute hinaus nach unten, wo die Haltetaue gelöst wurden. Wir glitten durch die Luft davon. Auf den Billardtischen des Salons klackten die Kugeln, und ein paar der Gäste wankten leicht, als das Schiff sich in Bewegung setzte. Wir stiegen sehr flach auf … ärgerlich flach für meinen Geschmack, denn ich erinnerte mich nur zu gut daran, wie die *Avenger* unter meinem Kommando himmelwärts geschossen war.

Ein schwarzer Steward trat an den Tisch. „Was darf ich Ihnen bringen, Sir?"

Ich sah in sein lächelndes Gesicht hoch und blinzelte. Seit ich Fortune Tell war, hatte ich mir nie Gedanken darüber machen müssen, was ich trinken wollte. Die Hamiltons hatten keinen Alkohol im Haus gehabt, und in New York hatte ich zwar Wein und Sekt genossen, aber es waren immer meine Begleiter gewesen, die ausgesucht hatten, nie ich. „Ich weiß nicht genau. Was kannst du empfehlen?"

Der Steward lächelte vorsichtig. „Da wir jetzt in der Luft sind, Sir, können Sie aus einer breiten Palette auswählen."

Ich schaute hinüber zur Bar und sah den Barkeeper die vergoldeten Gittertüren vor den Regalen öffnen. Solange der Alkohol auf dem Boden des Empire State weggeschlossen war, existierte er für die Zollbehörden nicht. In der Luft, im internationalen Luftraum, war der Ausschank von Alkohol erlaubt. Manche Nationen versuchten, diese Praxis in ihrem Hoheitsgebiet zu reglementieren, aber die Erlaubnis zum Alkoholkonsum war ein relativ geringer Preis für den Anschluss an die Luxusluftschiffrouten.

Ich runzelte die Stirn. „Das ist wirklich eine enorme Auswahl."

Ein Passagier, ein großer, schlaksiger Bursche mit knochigen Zügen, lächelte mich an und hob ein Glas mit bernsteingelber Flüssigkeit. „Ein Mann wie Sie", stellte er mit Südstaatenakzent fest, „sollte Bourbon trinken."

Ein Anderer, deutlich kleiner und sehr gepflegt, schüttelte den Kopf. „Kaum. Er ist eher der Mann, der einen Wodka Martini bestellen würde, geschüttelt, nicht gerührt."

Ich lachte leise bei der Vorstellung. „Ein tödlicher Drink, aber wohl doch etwas zu europäisch für meinen Geschmack."

„Ich finde, Sie sollten einfach lecken, saugen und schlucken."

Mein Kopf flog zu der Frau herum, die das gesagt hatte. „Wie bitte?"

Die Blondine war klein von Gestalt, hatte aber ein bezaubernd breites Lächeln. Ihre Zunge zuckte über die Hautfalte zwischen Daumen und Zeigefinger, um eine Prise Salz aufzulecken, dann saugte sie an einem Zitronenkeil und kippte ein Schnapsglas Tequila. „Sehen Sie? Lecken, saugen und schlucken."

Irgendetwas an ihrem Lächeln veranlasste mich, meinen Platz zu verlassen und mich zu ihr zu setzen. „Fortune Tell."

„Freut mich, Ihre Bekanntschaft zu machen, Mister Tell. Ich bin Lorraine Wolfington."

Ich schüttelte ihre Hand, dann nickte ich dem Steward zu. „Zweimal, bitte."

Ihre blauen Augen blitzten mich an. „Sie sollten sich vorsehen, Mister Tell. Man wird Ihnen nicht anrechnen, welchen Umgang Sie pflegen."

Ich folgte ihrem Blick zu den beiden Männern, die mich vorher angesprochen hatten. „Und warum sollten diese beiden Gentlemen etwas an Ihnen auszusetzen haben?"

„Während wir auf die Ankunft der restlichen Passagiere gewartet haben, habe ich ihnen am Billardtisch die Hosen ausgezogen. Gar nicht damenhaft so etwas, wissen Sie."

Ich stellte mir vor, wie sie den Stoß vorbereitete und die Kugel sicher ins Loch schickte; ich musste lächeln. „Ich hätte nicht gedacht, dass ‚Little Lamb' Wolfington sich Gedanken um ihren Ruf macht."

„Um meinen, nein. Aber ich warne andere Leute gerne vor, damit sie später nicht das Gefühl haben, ich hätte sie in eine Falle gelockt." Sie leckte sich die Hand und schüttete frisches Salz darauf, als der Steward unsere Drinks und frische Zitronenstücke brachte. „Und nein, sie würden sich nicht trauen, zu trinken, was Sie trinken."

Ich folgte ihrem Beispiel und kippte den Tequila in einem Zug. Er brannte sich meine Kehle hinab und füllte meine Nasenhöhlen mit Dämpfen, die eine leichten Niesreiz verursachten. Ich unterdrückte ihn und erkannte irgendwo tief in mir, dass ich in der Vergangenheit eine Menge Tequila getrunken hatte. Wahrscheinlich weit mehr als gut für mich gewesen war. Und dass nur ein Bruchteil davon so gut gewesen war wie der, den ich jetzt gerade trank, während Manhattan hinter uns verschwand.

Ich drehte mein Schnapsglas um und stellte es auf den Tisch. „Wie sind Sie darauf gekommen, dass Tequila mein Drink sein könnte?"

Sie zuckte verlegen die Achseln. „Ich habe Sie herein kommen sehen. Als Sie vor dem Fenster standen, haben Sie mich einen Augenblick an einen Flieger erinnert, den ich in Mexiko kennen gelernt habe. Sie erinnern mich immer noch an ihn, vor allem die Augenpartie, obwohl sie nicht seinen irren Blick haben. Es ist lange her. Er ist vermutlich längst tot. Entweder das, oder er hat irgendeiner Katze sechs ihrer neun Leben abgeschwatzt."

„Soweit ich es weiß, war ich nie in Mexiko, aber der Tequila liegt mir. Leisten Sie mir bei noch einem Gesellschaft?"

Sie schüttelte den Kopf. „Im Moment nicht. Ich muss hinunter aufs Hangardeck und mein Flugzeug starten."

Ich nickte. „Ja, ich habe in der Times einen Artikel über die Grosset Air Challenge gelesen, in dem erwähnt wurde, dass Sie teilnehmen wollen. Ich bin etwas überrascht, dass Sie nicht selbst zum Start nach Burbank geflogen sind."

„Neuer Motor und neues Einspritzsystem. Mit dem Kontinentalflug hätte ich sie ruiniert." Lorraine zwinkerte mir zu. „Außerdem habe ich keinen Billardtisch im Flugzeug."

„Wäre auch nicht so leicht, das Rennen zu gewinnen, wenn."

Sie zuckte die Schultern. „Ich bin keine Irina Karoli, aber ich rechne mir Chancen aus. Trotzdem, es hilft, in Form zu bleiben, wenn ich *Peregrine Blue* auf dieser Fahrt regelmäßig aus dem Stall hole." Ihr Blick wurde schärfer. „Ich würde Sie ja mitnehmen, aber ich bin im Training."

„Verstehe schon." Ich deutete mit dem Daumen hinüber zum Billardtisch. „Vielleicht werde ich in der Zwischenzeit auch ein wenig trainieren. Dann können wir hinterher Lügen darüber austauschen, wie gut wir sind."

Im Verlauf der nächsten Tage hatte ich Gelegenheit, Lämmchen auf mehreren ihrer Trainingsflüge zu beobachten. Ihre neue Maschine wirkte sehr stark. Die beiden Motoren erinnerten mich an die *Avenger*, die ich über Manhattan geflogen war, aber sie hatte ein verlängertes Kanzeldach und einen Rücksitz für einen Navigator. Im Grosset-Rennen würde sie solo fliegen, aber *Peregrine Blue* hatte genug Leistung, um das zusätzliche Gewicht mehr als auszugleichen.

Als wir uns St. Louis näherten, verschlechterte sich das Wetter. Tornado Alley machte ihrem Namen alle Ehre. Wir umflogen St. Louis und nahmen Kurs auf Springfield. Der Lufthafen dort hatte einen Zeppelinhangar, der groß genug war, die *Luxor* aufzunehmen, falls das Unwetter uns einholte.

Über den Ozarks kamen wir gut voran, und Lämmchen erklärte, ihre Maschine vor der Landung noch einmal ausfliegen zu wollen. Ich ging hinunter aufs Hangardeck, um mir ihren Start anzusehen, als plötzlich die Warnsirenen aufheulten. Ich rannte zur Reling und wurde beiseite gestoßen, als einer der Sicherheitsagenten der *Luxor* ein auf der Querstange montiertes Lewis-MG am Bügelgriff packte und durchlud.

Aus den Tälern der bewaldeten Berge stieg eine Jägerstaffel zu uns auf. Die Maschinen glichen einander nur in der Bemalung: waldgrüner Rumpf mit schwarzer Nase und Heck und grellrotem Propeller. Die meisten sahen aus, als wären sie aus irgendwelchen Ersatzteilen zusammengeschustert – einschließlich der Maschinengewehre, die innerhalb von Sekunden das Feuer eröffneten.

Das Lewis-MG knatterte, und heiße Patronenhülsen prasselten auf den Metallsteg, als der Wachmann auf die anfliegenden Luftpiraten schoss. Andere Kanoniere stimmten mit ein, und Leuchtspurmunition zerteilte den Himmel, als die Flugzeuge aufstiegen, rollten und wegtauchten. Die *Luxor* bot den Piraten ein leichtes Ziel, aber die selbstversiegelnden Gaszellen des Linienschiffs reduzierten den Heliumverlust auf ein Minimum. Ein Raketentreffer an einer Motorgondel hätte ernsthafteren Schaden angerichtet, aber ich konnte nur ein, zwei Piraten mit entsprechender Bewaffnung entdecken.

Ich fühlte eine Hand auf der Schulter. Jemand riss mich durch die schmale Luke nach hinten, nur Sekunden, bevor eine Geschützsalve über den Rumpf des Zeppelins peitschte. Der Posten, der neben mir am MG gestanden hatte, wurde von den Kugeln zerfetzt. Der Rest der Salve schlug knapp über meinem Kopf ein, als ich durch die Luke fiel. Das Holzfurnier der Deckwände splitterte unter dem Einschlag der Kugeln auf der anderen Seite der Schottwand.

Ich sah mich um und stellte fest, dass ich auf Lämmchen lag. „Sie haben mir das Leben gerettet."

Sie stieß mich beiseite, stand auf und packte meinen Arm. „Gut. Sie dürfen sich sofort revanchieren." Sie zeigte auf ihre Maschine. „Stinkende Piraten bekommen mein Flugzeug nicht in die Finger. Wir verschwinden von hier."

Ich runzelte die Stirn. „Ein unbewaffnetes Flugzeug gegen eine Staffel Piraten?"

Wolfington grinste und warf mir einen Fallschirm zu. „Wahrscheinlich sind sie hinter dem Flugzeug her, also können wir sie von der *Luxor* weglocken."

Ich hatte keinen Zweifel daran, dass sie Recht hatte. „Wo ist Ihr Fallschirm?"

Sie klopfte auf *Peregrine Blues* Metallhaut. „Wenn dieses Baby untergeht, gehe ich mit. Kommen Sie."

„Moment noch." Ich rannte zurück zur Reling, wuchtete das Lewis-MG frei, griff mir einen Munitionsbeutel und rannte zurück zum Flugzeug. „Das kann ich hinten an der Kanzel montieren. Sie sorgen dafür, dass wir nichts abbekommen, und ich sorge dafür, dass die Piraten jede Menge abbekommen."

„Gemacht." Sie drückte einen Wandknopf, der die Starttore des Hangardecks öffnete, dann kletterte sie ins Cockpit. Mit lautem Donnern starteten die beiden Propeller. Ich zog einen Helm über und stöpselte mich gerade rechtzeitig ins Bordfunksystem ein, um ihr kehliges Lachen zu hören.

„Mister Tell, wenn Sie der Pilot sind, den ich in Mexiko kannte, und tatsächlich einer Katze ihre Leben abgeschwatzt haben, dann hoffe ich, dass Sie eins für mich aufgehoben haben." Sie stieß die Schubhebel nach vorn, gab die Bremsen frei und steuerte uns mit voller Beschleunigung hinaus in einen Orkan aus Feuer und Metall. Für einen Herzschlag, als eine MG-Salve ihre Spur über eine Tragfläche zog, hoffte ich mit ihr, dass wir uns in Mexiko über den Weg gelaufen waren, und dass ich mehr Katzenleben in Reserve hatte, als ich ahnte.

# KAPITEL FÜNF

## SIE SEHEN GAR NICHT GUT AUS

Ich hatte schon einige Luftgefechte erlebt, aber noch nie eins wie dieses, und noch nie unter derartigen Umständen. Ich hatte immer selbst am Steuer der Maschine gesessen. Meine Hand war am Knüppel gewesen, meine Füße auf den Pedalen. Ich hatte entschieden, wohin ich flog und was ich tat.

Diesmal nicht.

Lämmchen Wolfington warf *Peregrine Blue* durch eine Serie von Manövern, die uns wie ein Laubblatt im Orkan hin und her schleuderten. Ich stand hinten im Cockpit und musste die Füße gegen die Innenseiten des Rumpfs stemmen und den Fallschirm ans offene Kanzeldach einhängen, um nicht hinausgeschleudert zu werden. Ich hatte das Lewis-MG an der Rückseite der Kanzel festgemacht, so dass ich zum Heck sah, und feuerte so gut ich konnte auf die rings um uns her jagenden Piratenmaschinen.

Immer wieder wirbelte ohne irgendeine Vorwarnung der graue Himmel vorbei, oder die düstere Waldlandschaft unter uns rollte über meinen Kopf hinweg. Das tiefe Donnern der Motoren stieg zu einem gequälten Kreischen an, oder der Wind peitschte in meinen Ohren, dass ich taub zu werden glaubte. Die ganze Zeit schallte Lämmchens trotziges Lachen durch den Kopfhörer und zeigte nie auch nur eine Spur von Anspannung.

Hinter uns sah ich, wie der größte Teil von zwei Staffeln sich auf die *Luxor* stürzte. Man kann sich kaum vorstellen, dass ein Schiff dieser Größenordnung wendig sein könnte, aber der Steuermann schaffte es, den Zeppelin weit genug zu drehen, um die Motorgondeln vor den Raketen der Piraten zu schützen. Ein Geschoss streifte sie und prallte ein, zwei Sekunden vor der Detonation nach oben ab. Einen Herzschlag lang schien es, als wäre die Sonne durch die Wolken gebrochen, dann kollabierte der Feuerball der Explosion zu einer grauen Qualmwolke, die im Sog der Zeppelinpropeller schnell zerfaserte.

Leuchtspur- und Brandmunition erhellte den Himmel, als die Salven in beide Richtungen um die *Luxor* zuckten. Eine Piratenmaschine verlor eine halbe Tragfläche und stürzte brennend ab. Andere schwärmten heran, und ein *Fury*-Pilot zog seine Maschine durch einen langen Angriffskurs, der ihm freies Schussfeld auf mehrere Backbordmotoren lieferte. Obwohl er ein Pirat war, hoffte ich, dass er es schaffte. Dieser Angriff bewies eine Menge Mut, und einen Mangel an

Erfahrung, der keinen Zweifel daran ließ, dass er noch sehr jung war.

Einer der Kanoniere an Bord der *Luxor* sorgte dafür, dass er nicht älter wurde. Feuer schlug aus dem Motorraum des Piratenflugzeugs und hüllte es in eine dichte schwarze Qualmwolke. Die *Fury* rollte langsam vom Luftschiff weg, und die Rolle verwandelte sich schnell in einen Absturz. Die Maschine zog schwarzen Qualm hinter sich her wie eine Trauerfahne.

Zwei der Piratenmaschinen setzten uns nach. Es war ein ungewöhnliches Pärchen: ein schlanker, schneller *Bloodhawk*-Jäger und eine größere, schwerere *Kestrel*. Die langsame Geschwindigkeit und der Doppelrumpf der *Kestrel* machte sie zum perfekten Flugzeug für Zeppelinangriffe. Ich erkannte, was die Piraten vorhatten. Die *Bloodhawk* sollte uns vor die Geschütze der *Kestrel* treiben, damit ihr Flügelmann uns vom Himmel holen konnte.

„Wie sieht's aus, Tell?"

„Wenn Sie es tatsächlich auf Ihr Flugzeug abgesehen haben, Lamb, und nicht vorhaben, es aus Einzelteilen zusammenzuklauben, werden sie uns zur Landung zwingen."

„Ich gehe nur runter, wenn ich es will", lachte sie. „Und diese Kotzbrocken haben nichts, was mich zur Landung überreden könnte."

„Sie werden es trotzdem versuchen. *Bloodhawk* fliegt auf sieben Uhr an, mit einer *Kestrel* als Rückendeckung."

„Das wird hart. Lassen Sie mich wissen, wenn sie an sechs Uhr ist."

„Okay."

Lämmchen kippte *Peregrine Blue* nach Steuerbord und ging langsam tiefer. Der Pilot der *Bloodhawk* schwenkte hinter uns ein. Er kam langsam näher. Mit einer Höchstgeschwindigkeit von 300 Meilen in der Stunde war er ein bisschen schneller als wir. Er flog leicht erhöht an, dann gab er einen Feuerstoß aus seinen Kaliber-.40-Kanonen ab.

„Er ist da."

„In Ordnung, das ist Ihre Gelegenheit, ihn sich zu holen."

Sie riss das Flugzeug in eine Rolle, die es auf den Rücken legte, dann zerrte sie den Knüppel zurück und zog in steilem Sturzflug hoch. Sie beschleunigte auf vollen Schub und flog uns schnell aus dem Manöver heraus. Wir gewannen wieder an Höhe, als der *Bloodhawk*-Pilot seine Maschine auf den Rücken drehte und in eine enge Kehre legte, um wieder hinter uns zu kommen. Während dieses Manövers konnte er nicht auf uns feuern.

Ich hatte dieses Problem nicht.

Während Lämmchen *Peregrine Blue* schnurgerade steuerte, senkte ich das Fadenkreuz des Lewis-MG so glatt und leicht über die *Bloodhawk*, als würde ich einen Billardstoß vorbereiten. Mein erster Feuerstoß kostete den Jäger einen der vorderen Stabilisatoren. Der Nächste schlug durch das Kanzeldach ... was einen dritten Schuss eigentlich unnötig machte, aber ich feuerte ihn trotzdem ab. So schnell findet man kein leichtes Ziel. Die letzte Salve verwandelte den Schubpropeller zu Schrapnell. Damit war die *Bloodhawk* motorlos, pilotenlos und instabil.

Und hoch in der Luft.

Ich stieß den Atem aus. „Weg ist er."

„Klasse! Jetzt hängen wir die *Kestrel* ab."

Deren Pilot hatte allerdings andere Pläne. Er feuerte eine Blendrakete ab, die direkt vor *Peregrine Blue* in einem grellen Lichtblitz explodierte. Die Maschine ruckte, als Lämmchen den Knuppel losließ, um die Hände vor die Augen zu reißen. Ich drehte mich um und bekam nur den letzten Rest der Explosion mit, dann wirbelte ich wieder herum und duckte mich.

Der Pirat hatte der Blendrakete eine Salve seiner Kaliber-.30-MGs hinterhergeschickt. Die Kugeln des Turmfalken schlugen in den Steuerbordmotor unseres Wanderfalken und sprengten die Motorhülle. Ein feiner Nebel aus schwarzem Öl stieg auf und fing Feuer.

„Zeit, sich zu verabschieden, Lämmchen." Sie hatte zwar gesagt, sie wollte mit ihrem Flugzeug untergehen, aber das wäre unnötige Verschwendung gewesen. „Ich hab' den Fallschirm. Wir springen zusammen."

Ich bekam keine Antwort, nicht einmal ein Lachen. Als ich mich umdrehte, bemerkte ich eine im Kanzeldach steckende Platte der Motorabdeckung. Ich griff nach vorne und legte ihr die Hand an den Hals. Er war nicht nass, und ihr Puls war kräftig, also musste ich sie irgendwie retten, aber von der Heckkanzel aus würde das nicht leicht werden.

Ich packte den Munitionsbeutel mit den Reservetrommeln für das MG und kippte ihn aus. Dann griff ich nach vorne und warf die Tasche über den Steuerknüppel, während ich den Riemen festhielt. Als ich den Knüppel im Sack hatte, zog ich ihn zurück und legte den Riemen der Tasche um Lämmchens Sitzlehne.

*Peregrine Blue* stieg steil aufwärts. Als die Maschine senkrecht in der Luft stand, riss der Luftstrom über den Tragflächen ab. Die Motoren kreischten überlastet, dann legte das Flugzeug sich träge auf den Rücken und stürzte ab. Ich schlug auf das Schnappschloss von Lämmchens Gurten. Ihr bewusstloser Körper fiel aus dem Cockpit.

Ich stieß mich mit den Füßen ab und segelte ihr nach, legte die Arme an den Leib, versuchte, die Augen wenigstens einen Spalt weit geöffnet zu halten. Der Wind peitschte mir ins Gesicht und ließ sie tränen. Unter mir breitete sich ein dunkelgrüner Teppich von dichtem Wald mit vereinzelten Flecken helleren Feldbodens aus. Die Flecken wurden immer größer, als wir auf sie zu stürzten. Lämmchen taumelte scheinbar träge durch die Luft.

Ein vernünftiger Mann hätte an meiner Stelle möglicherweise das Heckcockpit verlassen, wäre auf der Tragfläche zum vorderen Cockpit gegangen, hätte Lämmchen aus dem Sitz gezogen und wäre dann mit ihr in den Armen gesprungen. Aber bei aller Vernunft hätte er nicht überlebt. Tragflächenakrobatik mochte in den Anfangstagen der Fliegerei möglich gewesen sein, als die Maschinen noch viel langsamer waren. Bei der Geschwindigkeit, mit der wir durch den Himmel rasten, wäre es damit vergleichbar gewesen, im schlimmsten Orkan einen Spaziergang zu versuchen. Der Fahrtwind hätte mich augenblicklich davongerissen.

Und selbst wenn ich es bis zum vorderen Cockpit geschafft und Lämmchen aus der Kanzel auf die Tragfläche gezerrt bekommen hätte, wären wir vermutlich gleich darauf gestorben. Aller Wahrscheinlichkeit nach wären wir geradewegs ins Leitwerk des Flugzeugs geschleudert worden, und das hätte uns nicht weniger zerschmettert als der Aufprall auf dem Boden. Die einzige Möglichkeit, diese Gefahr zu umgehen, hatte darin bestanden, *Peregrine Blue* auf den Rücken zu drehen und uns herausfallen zu lassen.

Natürlich stand ich so vor einem anderen Problem: Ich musste Lämmchen im Sturz einholen. Ich konnte schneller fallen als sie, indem ich mich windschnittiger machte. Durch gelegentliches Ausstrecken einer Hand konnte ich mich näher an sie heranarbeiten. Dann breitete ich Arme und Beine zum Abbremsen aus, doch der Aufprall war immer noch hart genug, um sie damit doch noch umzubringen.

Ich duckte den Kopf unter einen ihrer peitschenden Arme und bekam sie um den Leib gefasst. Dann verschränkte ich unsere Beine und packte ihren Gürtel. Wir jagten dem Boden entgegen. Ich griff nach hinten und zog an der Reißleine, dann legte ich den rechten Arm um sie und drückte sie an mich.

Der Fallschirm öffnete sich perfekt. Er ruckte an den Gurten, die sich tief in Schultern und Unterleib gruben. Die Schultergurte schnitten mir schmerzhaft in den Oberkörper, als Lämmchen, so leicht sie auch war, mir zu entgleiten drohte. Die rechte Hand rutschte ab, aber ich erwischte sie am Kragen der Fliegerjacke. Meine Linke war noch in ihren Gürtel gedreht, und ich zog sie wieder an mich, hievte sie ein Stück höher und drückte sie an mich.

In diesem Moment lernte ich eine weitere Lektion über meine Vergangenheit. Ich war möglicherweise ein erstklassiger Pilot und guter Scharfschütze, aber ganz eindeutig kein Fallschirmspringer. Ich kam intuitiv auf den Gedanken, dass ich unsere Fallrichtung ein wenig beeinflussen konnte, indem ich an den Leinen zog, aber da ich keine Hand frei hatte, war diese Erkenntnis wenig hilfreich. Ich hatte gehofft, wir würden auf einer Lichtung landen, aber ein kurzer Blick nach unten genügte. Das konnte ich vergessen. Stattdessen betete ich um einen weichen Baum.

Wie es scheint, gibt es so etwas wie eine weiche Kiefer allerdings nicht.

Wir schlugen immer noch mit beträchtlicher Geschwindigkeit auf, und jeder Ast und Zweig, den ich traf, machte mir diese Tatsache auf eine nachdrückliche Weise klar, die mich grün und blau zeichnete. Ich verdrehte mich, so gut es ging, um Lämmchen mit meinem Körper zu beschützen, bis der Fallschirm sich in den Ästen verfing und mich mit einem Ruck stoppte. Lämmchen schlug gegen mich, als ich vom letzten Ast abprallte, dann verlor ich sie aus dem Griff. Ich dachte, sie wäre verloren, da wir immer noch etwa zehn Meter über dem Waldboden waren, aber als ich nach unten sah, lag sie ein Stück tiefer, friedlich, wie für ein Nickerchen auf den Ästen.

Ich drehte mich um und kletterte auf einen Ast, bevor ich mich aus den Gurten des Fallschirms befreite und ihn zusammenpackte. Nachdem ich zu Lämmchen hinab geklettert war, band ich sie mit den Gurten an den Baum und konnte jetzt zum ersten Mal nachsehen, wie schwer sie eigentlich verletzt war. Ihr lederner Fliegerhelm hatte einen kleinen Riss, und sie hatte etwas Blut verloren, aber es sah nicht schlimm aus. Soweit ich feststellen konnte, war ein Stück der Motorabdeckung durch das Kanzeldach geschlagen – mit erheblicher Bremswirkung – und hatte sie seitlich am Kopf getroffen. Sie hatte eine dicke Beule, schien aber sonst okay.

Ich versuchte, so leise wie möglich zu sein, während ich zu Boden kletterte. Allzu viel Sorgen, dass wir entdeckt werden könnten, machte ich mir nicht, denn selbst durch das dichte Wipfeldach der Kiefern konnte ich die schwarze

Rauchsäule sehen, die von *Peregrine Blues* Absturzstelle gen Himmel stieg. Wer auch immer nach uns suchte, würde keine Schwierigkeiten haben, uns von dort aus zu finden. So weit waren wir schließlich nicht davon entfernt. Ich wollte keinen Lärm machen, damit ich auf die Motoren der *Kestrel* achten konnte. Ich hörte sie lauter werden und nahm daher an, das Flugzeug setze zur Landung an.

Am Boden fand ich eine Lücke zwischen den Wipfeln, durch die ich das Luftgefecht weiter beobachten konnte. Die Luftpiraten hatten bis auf eine alle Backbordmotorgondeln des Luftschiffs zertrümmert, was bedeutete, dass der Zeppelin nur noch im Kreis fahren konnte, und auch das nur sehr langsam. Die *Luxor* war in keinem guten Zustand. Der Kapitän stand vor einer Entscheidung. Bei besserem Wetter über St. Louis wären wir nie hierher gekommen, und wir hätten eine Eskorte aus Jägern einer örtlichen Sicherheitsgesellschaft gehabt – vermutlich Blake Aviation Security –, um die Piraten abzuwehren. Aber so wie die Dinge jetzt lagen, war der Zeppelin auf sich gestellt.

Ich sah die Positionslichter des Luftschiffs zum Zeichen der Kapitulation blinken, was mich nicht überraschte. Ohne Zweifel hatte der Kapitän bereits ein Lösegeld für Passagiere und Fracht mit den Piraten ausgehandelt, und eine weitere Summe für die Rückgabe des Zeppelins. Seine Leute hatten sich tapfer geschlagen, aber die Umstände waren gegen sie gewesen, und jetzt musste er das Beste daraus machen.

Was mich allerdings sehr wohl überraschte, war der Anblick eines roten Jagdflugzeugs – der *Misericorde* –, das plötzlich am Himmel erschien und die *Luxor* umkreiste. Ein Flugzeug wie die *Misericorde* wäre beim Angriff auf die Zigarre von unschätzbarem Wert gewesen. Dass sie erst jetzt auftauchte, legte den Schluss nahe, ihr Pilot habe entweder kaum Kampferfahrung oder halte sich für viel zu wichtig. Andererseits war es seinen Leuten gelungen, die *Luxor* zur Kapitulation zu zwingen, also hatte der Pilot, vorausgesetzt, er war der Anführer der Piraten, die Aktion gut geplant.

Und ich musste davon ausgehen, dass er der Anführer war, denn kein Pirat, der Wert darauf legte, seine Laufbahn fortzusetzen, hätte die *Misericorde* einem Untergebenen überlassen.

Das Wummern der *Kestrel*-Motoren erstarb. Vermutlich war die Maschine auf den Feldern in der Nähe aufgesetzt. Ich hörte einen Hund bellen, dann das Krachen einer Schrotflinte, gefolgt von leisem Winseln. Mir wurde flau im Magen. Für die Piraten war es Unsinn, nach Lämmchen und mir zu suchen, selbst wenn sie wussten, wer wir waren. Außer, sie wollten uns dafür bestrafen, dass wir einen von ihnen abgeschossen hatten. Sie hatten offenbar mindestens eine Schrotflinte, und ich nicht einmal ein Taschenmesser.

Ich sah zurück zu Lämmchen, die immer noch bewusstlos war, dann ging ich in die Hocke und hob einen verwitterten Knüppel auf, wie ihn ein Neandertaler für ein urzeitliches Baseballspiel hätte benutzen können. „Na schön, sie waren dumm genug, uns zu folgen. Wir wollen hoffen, sie sind sogar noch dümmer und geben mir die Gelegenheit, sie einzeln zu erledigen. Wenn nicht, wird sich zeigen, wie lange mein Glück anhält."

# KAPITEL SECHS

## SIE MÜSSEN FREMD HIER SEIN

Ich bemerkte den Heckschützen der *Kestrel* zuerst, aber nur, weil er aus der Windrichtung kam. Der Kerl wirkte schmierig und alt, mit einer ausladenden Wampe und dem typischen Watschelgang eines Fettsacks. Sie wissen schon, wenn sich mit jedem Schritt die ganze Hüfte nach vorne dreht, statt die Beine zu bewegen. Er ging um jedes Hindernis im Weg herum, statt darüber zu steigen. Das machte es ihm einfacher, vorwärts zu kommen.

Und mir, ihn zu überraschen.

Ich wusste genau, von wo er kam und wohin er ging, als er mit lautem Schnaufen eine kleine Böschung hochkam. Seine Füße machten beim Schlurfen durchs Unterholz genug Lärm, um meine Schritte restlos zu übertönen. Ich versteckte mich im Schatten des Wurzelwerks eines umgestürzten Baums, als er seinen Wanst den Hang herauf schleppte. Ich sah die Wampe hinter dem Baum auftauchen, bevor ich irgendetwas anderes zu Gesicht bekam, den alten selbstspannenden Webley-Fosbery-Revolver in seiner Rechten eingeschlossen.

Wäre ich Ty Cobb gewesen, hätte ich zugetreten und ihm die Spikes in den Leib gerammt. Stattdessen spielte ich Lou Gehrig und versetzte ihm einen Hieb in Mittelhöhe. Er keuchte gehörig laut auf und klappte zusammen, soweit das bei dem Körperumfang möglich war. Dann taumelte er den Hang wieder hinab. Er prallte von ein paar Bäumen ab und blieb am Fuß des Hügels liegen. Dort schüttelte er den Kopf und versuchte, sich zu orientieren. Schließlich drehte er sich in die Richtung, aus der ich auf ihn zustürmte.

Er schwang den Revolver herum, aber ich schlug ihn beiseite. Das Krachen stammte nicht von meinem Knüppel, sondern von seinem Unterarm. Er schrie sich die Lunge aus dem Leib, bis ich den dritten Hieb angesetzt hatte. Der traf ihn im Gesicht, und er fiel bewusstlos um.

Noch bevor er durch das Blut aus seiner gebrochenen Nase gurgelte, hatte ich mich schon auf ein Knie hinuntergelassen und packte die rechte Hand. Ich versuchte, ihm die Pistole zu entwinden, aber er hatte einen fetten Wurstfinger durch den Bügel gedrückt, und der rührte sich nicht. Ich packte den Finger, um ihn zu brechen und die Waffe an mich zu nehmen. Ein Räuspern stoppte mich.

Der Pilot war eingetroffen, zusammen mit einer doppelläufigen Schrotflinte, die mich mit großen Augen anschaute. Im Gegensatz zu seinem Heckschützen hatte der Pilot lange Haare und einen zottigen Bart. Er sah aus, als hätte er in einem Spucknapf gebadet, und so roch er auch. Er winkte mit der Flinte. „Hände hoch, Mister."

„Wenn Sie mich erschießen, wird Ihr Freund hier ebenfalls eine Menge abbekommen."

Der Pilot spuckte Tabaksaft aus. „Kann ihn eh nicht leiden."

„Oh." Ich lächelte. „Dann wird es Ihnen auch nichts ausmachen, dass ich ihn ein wenig durch die Mangel gedreht habe."

„Sie mag ich auch nicht g'rade." Brauner Tabaksaft tropfte in die dunkleren Teile des Bartes. „Momma hat gesagt, ich soll auf Clarence hier aufpassen, aber für Sie gilt das nicht."

„Schon kapiert." Ich breitete die Hände aus und nahm sie langsam hoch.

„Steh'n Sie auf, und geh'n Sie da rüber, damit ich Sie erschießen kann."

„Warum?"

„Weil Sie einen von uns abgeschossen hab'n."

„Ja, das dachte ich mir schon. Was ich wissen wollte: Warum sollte ich es Ihnen einfacher machen, mich abzuknallen?" Dass ein Mann in meiner Position ihm widersprechen könnte, schien nicht Teil der möglichen Reaktionen zu sein, mit denen er gerechnet hatte. Ich entnahm das dem Stirnrunzeln, mit dem er mich anstarrte. „Tot bin ich so oder so."

„Da ha'm Sie recht, Mister." Er grinste mich mit braunen Zähnen an. „Sorry, Clarence."

Das Echo eines Schrotflintenschusses hallte durch den Wald. Der Pilot schien mit einem Hohlkreuz nach vorn zu springen, als der Schuss im Rücken einschlug. Er stürzte mit einem Aufheulen auf die Knie, dann wirbelte er herum, um das Feuer zu erwidern. Als er sich umdrehte, sah ich die Löcher in der Lederjacke. Die Flinte, deren Schuss ihn getroffen hatte, war offensichtlich mit Vogelschrot geladen gewesen. Ein Treffer ins Gesicht hätte tödlich sein können, aber ein Schuss in den Rücken mit so feinem Schrot konnte ihn nur wütend machen.

Ich riss Clarence Hand hoch, löste die Sicherung und zerrte an seinem Abzugsfinger. Mein erster Schuss ging daneben. Der Lauf der Webley-Fosbery schlug zurück und spannte den Hahn neu, dann glitt er wieder nach vorne und die Trommel drehte in die nächste Position. Ein zweiter Zug an dem fetten Finger, und die Waffe spuckte eine .445er-Kugel, die dem Piloten in die rechte Seite schlug. Sie zerschmetterte den Ellbogen und fuhr ihm weiter in die Rippen. Gleichzeitig gab sie ihm einen Stoß in seine Drehrichtung und sorgte dafür, dass seine Flinte am Ziel vorbeiglitt.

Als er den Abzug durchzog, stand er mit dem Rücken zu mir, und ich verpasste ihm noch zwei Löcher. Sie hoben den Rückstoß der Schrotflinte völlig auf, so dass er einen Moment reglos in der Luft hing, aufrecht, aber außer Balance, und ohne Chance, sich zu fangen. Eine vierte Kugel bohrte sich zwischen seine Schulterblätter und warf ihn nach vorn aufs Gesicht. Er rutschte ein Stück hangabwärts, als seine Beine sich streckten, dann rührte er sich nicht mehr.

Ich sah zu Clarence hinunter. „Na, jetzt wird deine Momma aber böse auf dich werden."

Dann schaute ich an ihm und dem Piloten vorbei und nickte dem bleichen Gesicht zu, das hinter einem Baumstumpf vorlugte. „Einer ist tot, der andere wird sich wünschen, er wäre es. Sie können jetzt rauskommen."

Der geflickte Overall und das Flanellhemd waren groß genug, um Clarence zu passen, und nur von der Länge her angemessen. Ihr dunkelbraunes Haar war zu einem Zopf geflochten, und sie trug eine Baseballkappe der St. Louis Cardinals auf dem Kopf. Ein Meer von Sommersprossen bedeckte die Wangen und zog sich über den Nasenrücken. Aber selbst in diesem Aufzug wäre sie in der Lage gewesen, mit einem Lächeln Tote aufzuwecken. Nicht einmal die Besorgnis in den braunen Augen tat ihrer Schönheit Abbruch.

Sie deutete mit der Schrotflinte auf den Piloten. „Ich hätte ihm normalerweise nicht in den Rücken geschossen…"

Ich schüttelte den Kopf. „Keine Einwände. Ich bin froh über die Rettung."

„Hab' ihn nicht angeschossen, um Sie zu retten." Sie grinste mich schräg an. „Der Drachenflieger hat auf meinen Hund geschossen."

„Mein Beileid zu Ihrem Verlust."

„Hat ihn nicht umgebracht, er humpelt bloß." Jetzt breitete sich ihr Lächeln über das ganze Gesicht aus. „Fettkloß wird mehr Schmerzen haben als Ranger."

„Freut mich zu hören." Ich drehte den Revolver von Clarence' Finger, dann legte ich ihn hin und stand langsam auf. „Und ich meine, was ich gesagt habe. Ich bin Ihnen dankbar, dass Sie mir das Leben gerettet haben. Ich bin Fortune Tell."

„Agnes O'Brien." Sie schaute zum Himmel. „Sind Sie allein?"

„Ich habe noch eine verletzte Bekannte ein Stück da runter. Wenn Sie mir helfen, können wir sie hier wegschaffen, bevor noch wer herunterkommt, um uns zu holen."

Agnes schüttelte den Kopf. „Die beiden haben ihre Mühle mitten auf dem einzigen Feld für Meilen abgestellt. Hier kommt keiner runter. Außerdem zieht ein Gewitter auf. Wecken Sie Fettkloß auf, dann kann er ihre Bekannte zum Haus schleppen. Bei dem Wetter, das uns bevorsteht, würde ich nicht mal ihn hier draußen lassen."

Clarence fühlte sich nicht besonders gut, aber er schaffte es trotzdem, Lämmchen den Hang hinunter zur O'Brien-Farm zu tragen. Das unter hohen Kiefern gelegene Haus war ein heimeliger Bau aus dem Holz des Waldes. Es hatte nur ein Geschoss und das Dach hätte einen neuen Satz Schindeln vertragen können, aber Agnes hielt es fleckenlos sauber. Wir legten Lämmchen in das kleinste der drei Schlafzimmer und sperrten Clarence in das Größere.

Agnes setzte Wasser auf und machte etwas zu Essen, während ich hinaus zum Feld lief, wo die *Kestrel* in einem brachliegenden Teil der Rodung stand. Der Boden war ziemlich hart. Gut für ein Flugzeug, aber es konnte nicht leicht sein, hier etwas anzubauen, auch wenn auf dem Rest des Feldes der Mais anscheinend gut gedieh. Es gab mehr als genug Steine hier, und ich benutzte sie, um die Räder zu blockieren.

Ich stieg in die Maschine und schloss das hintere Cockpit. In der vorderen Kanzel schaltete ich den Batteriestrom ein, startete die Motoren aber nicht. Die Anzeige der Benzintanks stand noch fast auf halbvoll, wodurch ich schätzen konnte, wie weit weg wir vom letzten Auftankpunkt vor dem Angriff waren. Ich nahm mir das Logbuch des Piloten und stopfte es unters Hemd. Als ich schon wieder aussteigen wollte, hob ich aus einer Laune heraus erst noch den Kopfhörer des Pilotenhelms ans Ohr und schaltete das Funkgerät ein.

„...wiederhole, alle Einheiten sammeln sich bei X-Ray Tango Charlie. Instruktionen auf Frequenz 382." Die Männerstimme hatte jene Art kultivierten britischen Akzent, der Englisch beinahe wie eine Fremdsprache klingen lässt, und bei dem man geradezu vor sich sieht, wie der Sprecher die Zähne nicht auseinander bekommt. „General Argent, Aus."

Ich schaltete das Funkgerät aus und blieb einen Moment in der Kanzel sitzen, während draußen der Wind heftiger wurde und Staub über das Dach fegte. Die Stimme klang vage vertraut, aber ich wusste nicht woher. Möglicherweise hatte ich sie gehört, während ich für Dragowitsch geflogen war, oder auch schon vorher. Vielleicht in Mexiko, falls Lämmchen Recht hatte, oder in Paris, als ich Lindberghs Ankunft gesehen hatte. Oder während der Zeit mit Black Swan. In gewisser Hinsicht wollte ich ihn kennen und wollte, dass er wichtig war, weil mich das der Lösung des Rätsels meiner Identität nähergebracht hätte. Aber wenn man die Qualität der Funkverbindung und die Schulbildung von Engländern der Oberschicht bedachte, war es nicht unwahrscheinlich, dass General Argent nur so ähnlich klang wie jemand gant anderes, den ich irgendwann einmal gekannt hatte. Trotzdem schuf das Auftauchen der *Misericorde* hier eine Verbindung.

Ich wünschte mir nur, ich hätte mehr von den Mosaiksteinen meiner Erinnerung sehen können. Allmählich hatte ich es satt, dass nichts einen Sinn ergab...

Ich sicherte die *Kestrel* gegen das Gewitter so gut ich konnte, dann lief ich zurück zum Haus, während kalter Regen einsetzte. Agnes empfing mich mit einer heißen Tasse Kaffee und der Nachricht, dass Lämmchen friedlich schlief. Clarence hatte laut gestöhnt, also hatte sie ihm eine Socke in den Mund gestopft und ihn gewarnt, dass Winseln ihren Hund wütend machte. Das hatte ihn verstummen lassen.

Sie lächelte. „Jetzt können wir nur warten, bis es wieder klar wird." Sie zündete eine Lampe an und machte Feuer im Kamin. „Das wird eine Nacht, in der man sich anstrengen muss, warm zu bleiben."

Ich erwiderte ihr Lächeln. „Wenn eine Sache wert ist, getan zu werden, ist sie auch wert, richtig getan zu werden."

„Und Sie sehen wie ein Mann aus, der seine Sache richtig macht."

„Ich gebe mein Bestes."

„Dann werde ich versuchen müssen mitzuhalten."

Draußen heulte der Wind, und Regen trommelte aufs Dach, aber das störte uns nicht. Wir verbrachten den Abend im Gespräch. Ich fand heraus, dass Agnes ihren Vater im Großen Krieg verloren hatte als sie erst zwei Jahre alt war. Ihre Mutter hatte es geschafft, die Farm mit harter Arbeit zu halten, und als die Grippe-Epidemie das Gebiet überrollte, hatte sie sich für die Kranken aufgeopfert.

„Die Leute erzählen mir immer wieder, dass meine Mama keine Angst kannte und 1918 und 1927 alle gepflegt hat, die Spanische Grippe hatten. Es war fast, als wüsste sie, dass sie sich nicht anstecken konnte. Vor drei Jahren ist sie gestorben, ist einfach eines Morgens nicht mehr aufgewacht. Jedes Frühjahr kommt eine ganze Horde Männer und Frauen her und hilft mir pflanzen, und im Herbst wieder, zur Ernte. Alles ihretwegen. Mit dem, was ich verkaufe und dem Gemüse, das ich hier ziehe, komme ich über die Runden."

„Wollen Sie ganz allein hier bleiben?"

„Meine Familie lebt schon lange hier auf diesem Land." Agnes zuckte die Schultern. „Sicher, ich habe meine Träume. Ich komme ab und zu nach Springfield und gehe in den Kinematograph, und ich denke mir, es wäre großartig, nach

Hollywood zu gehen und Filmschauspielerin zu werden, aber ich versuche, realistisch zu bleiben." Sie wurde rot und sah ins Feuer. Das flackernde Licht der Flammen tanzte über ihr Gesicht. „Ich habe den Eindruck, manche Leute hier halten nur durch, weil ich noch hier bin und sie glauben, dass sie es meiner Mutter schulden. Sie würden aufgeben, wenn sie nicht überzeugt wären, dass sie im Frühling hier gebraucht werden, um mir bei der Aussaat zu helfen, oder im Herbst zur Ernte, oder im Winter, damit ich jemanden habe, bei dem ich über die Feiertage unterkomme."

In ihrer Stimme hörte ich einen wilden Stolz und die Bereitschaft, eine Verantwortung zu übernehmen, die mich an Alister Gaines und seine Mission erinnerte, Amerika wieder zu einen. Die Regionalisten hatten es geschafft, dass gute, ehrbare Menschen sich mehr um sich selbst kümmerten als um irgendjemand anderen, aber das war nur eine zeitweilige Verirrung. Amerika war von Menschen aufgebaut worden, die eine bessere Zukunft suchten, nicht nur für sich selbst, sondern auch für andere. Dieser Kontinent war voller Verheißung gewesen, bis ein paar selbstsüchtige Menschen es geschafft hatten, diese Verheißung zu stehlen.

Aber Menschen wie Agnes O'Brien würden sie zurückholen, wenn sie nur die Gelegenheit bekamen. Letztlich wollte die Unionist Militia ihnen diese Gelegenheit verschaffen, und in diesem Moment entschied ich, dass ich dasselbe wollte. Ich hatte mich auf den Weg gemacht, um herauszufinden, wer ich war, aber jetzt – eigentlich war meine Identität unwichtig. Ich war Amerikaner, ein Erbe der edlen Traditionen der Gründerväter, die sie allen vermacht hatten, die das Wagnis auf sich nahmen, in diese Neue Welt zu kommen, um sich und ihren Familien ein Leben aufzubauen. In gewisser Weise war es besser, dass ich nicht wusste, wer ich war, denn im Grunde arbeitete ich für sie, nicht für mich.

Ich lächelte Agnes an. „Sie sind eine ganz besondere Frau, Miss O'Brien, eine edle und starke Frau. Ohne Frauen wie Sie würde dieser Kontinent in Dunkelheit versinken."

Sie zog die Brauen hoch. „Mit Luftpiraten, die Zeppeline kapern, Alkoholschmugglern überall und grassierendem Misstrauen würde ich nicht behaupten, er stünde gerade besonders im Licht."

„Nun", antwortete ich. „Dann werden wir daran wohl arbeiten müssen."

# KAPITEL SIEBEN

## Sie haben so ein ehrliches Gesicht

Das Unwetter dauerte anderthalb Tage. Als es langsam abflaute, war Lämmchen wieder auf den Beinen, wenn auch mit schlimmen Kopfschmerzen, und Clarence jammerte beinahe ununterbrochen. Agnes brachte ihn zum Schweigen, indem sie drohte, ihn umzubringen und an die Schweine zu verfüttern. Lämmchen und ich halfen auf der Farm und beim Aufräumen nach dem Gewitter. Ich schaute auch nach der *Kestrel*, und als ich mich überzeugt hatte, dass sie intakt war, schmiedete ich Abflugpläne.

Als erstes holte ich einen alten Eimer rote Farbe aus der lädierten Scheune und verpasste der Maschine ein neues Aussehen. Agnes erklärte zwar, die Markierungen auf dem Flugzeug nicht zu kennen, und Clarence grummelte etwas darüber, für einen Haufen Piraten zu fliegen, von dem keiner von uns je gehört hatte, aber ich wollte trotzdem kein Risiko eingehen, dass irgendjemand die Bemalung erkannte und uns aus Versehen abschoss. Ich ersetzte das Schwarz vollständig und lockerte das Grün mit leuchtend roten Tigerstreifen auf.

Lämmchen schüttelte den Kopf, als sie das Ergebnis meiner Bemühungen sah. „Tell, Sie sollten darauf hoffen, dass Sie jemand abschießt. Das wäre das Einzige, was dem Aussehen dieser Maschine helfen kann." Agnes schien sich dieser Einschätzung anzuschließen, war aber höflich genug, sich auf ein Kichern hinter vorgehaltener Hand zu beschränken. Clarence erklärte, es zu mögen, womit das vernichtende Urteil einstimmig war.

„Was soll's", zuckte ich die Schultern. „Ich bin Pilot, kein Maler. Außerdem, wenn es so grässlich ist, kann mich vielleicht niemand lange genug anvisieren, um mich abzuschießen."

Das Doppelcockpit der *Kestrel* war groß genug, um uns alle aus dem Missouurital zu schaffen, aber Lämmchen weigerte sich, zusammen mit Clarence hinten zu sitzen. Sie bot mir an, auf meinem Schoß zu sitzen und mir mit dem Knüppel zu helfen, aber wir kamen dann doch überein, das sei ziemlich unpraktisch, falls es zu einem Kampf kommen sollte. Also schlossen wir einen Kompromiss und stopften Clarence in den Laderaum. Alles, was wir vorher ausräumten, bestehend aus einigen Notrationen, einer Ladung Schrotmunition und verschiedenstem Krimskrams, ließen wir bei Agnes.

Nachdem die Maschine fertig beladen und startklar war, umarmte ich Agnes und drückte sie. „Ich kann dir gar nicht genug dafür danken, was du für uns getan hast. Ich glaube nicht, dass die Piraten dir zur Last fallen werden, aber falls du Lust haben solltest, für eine Weile nach Springfield aufzubrechen und ins Kino zu gehen, wäre jetzt der geeignete Zeitpunkt."

„Könnte sein, dass ich genau das mache." Sie drückte mir einen Kuss auf die Wange. „Falls du jemals wieder hier vorbeikommst, Mister Tell…"

„Wäre durchaus möglich, wenn es Zeit zum Säen oder Ernten wird, Miss O'Brien."

Ich ließ sie los und stieg an Bord der *Kestrel*. Ich schloss das Cockpit, zog den Lederhelm über und stöpselte den Kopfhörer ein. „Alles klar da hinten?"

„Alles klar. Das Heckgeschütz ist auch klar."

„Gut." Ich warf die Startschalter um, und beide Motoren sprangen mit öliggrauen Rauchwolken an. Ich schaute nach links hinaus zu Agnes, die am Rand des Felds stand. Neben ihr saß der bandagierter Hund Ranger. Ich hob die Hand und winkte, und sie erwiderte die Geste. Dann löste ich die Bremsen und wir rollten an. „Wir haben mehr als genug Platz zum Start, wenn ich erst gewendet habe."

„Verstanden." Lämmchens Stimme wurde sanfter. „Und was hat sich zwischen euch beiden abgespielt, während ich außer Gefecht war?"

„Wir haben geredet. Eine Menge geredet."

„Wirklich?"

„Wirklich." Ich brachte das Flugzeug herum und sah Agnes nach, als sie zurück zum Haus ging. Ranger folgte ihr mit leichtem Humpeln. „Sie ist anders als wir zwei, Lamb. Menschen wie wir, wir sind wie Wassertropfen auf einem heißen Grill. Wir tanzen umher, machen eine Menge Lärm, und irgendwann bleibt nichts von uns übrig. Agnes gehört zu den Menschen, aus denen der Grill gemacht ist. Solide, standhaft, die Menschen, die in der Welt überleben, die andere geschaffen haben."

Ich gab Schub, und das Flugzeug setzte sich entlang unserer Behelfsstartbahn in Bewegung.

„Du hast dich zu einem Philosophen entwickelt, während ich weggetreten war."

Wir rumpelten über den unebenen Boden und machten einen Satz, bevor wir endlich schnell genug waren, um abheben zu können.

Ich zog den Knüppel zurück, dann waren wir in der Luft. Als Abschiedsgruß an Agnes drehte ich eine letzte Schleife über dem Tal und wackelte mit den Tragflächen, bevor ich auf Nordkurs ging. „Weniger Philosoph, eher habe ich erkannt, dass es zwar wichtig ist, was wir tun, aber vielleicht doch nicht so wichtig, wie du und ich uns einbilden."

„Ich bin mir nicht sicher, ob ich das verstehe."

„Nehmen wir dich als Beispiel. Du bist eine großartige Fliegerin, in der ganzen Welt unterwegs. Die Leute kommen zusammen, um zuzusehen, was du machst, und wie du es machst. Wahrscheinlich wollen Hunderte kleine Mädchen so wie du werden, wenn sie erwachsen sind. Die Menschen können dir zusehen, hoffen und träumen. Sie können sich sagen: ‚Hätte ich diesen Weg für mein Leben gewählt, dann könnte ich heute sein, wo sie ist.' Es spielt keine Rolle, ob das stimmt oder nicht, ob es realistisch ist oder nicht, die bloße Tatsache, dass sie es sagen können, hilft ihnen. Selbst wenn es nur eine Phantasie ist, ist es ein Trost. Ohne ihre Träume würde die Welt sie erschlagen."

Das Dröhnen der Motoren füllte die Stille, die meinem Kommentar antwortete. Ich wurde ein wenig rot bei dem Gedanken, dass ich zu weit gegangen war und mich zum Narren gemacht hatte. Seit meiner Wiedergeburt war Agnes der erste normale Mensch gewesen, dem ich begegnet war. Gaines, Natalia, selbst Lämmchen waren alle anders. Sie waren Schauspieler auf der Bühne, nicht das Publikum im Saal. Und so schön es für einen Schauspieler war, mit seiner Leistung zufrieden zu sein, letztlich war es das Publikum, das über ihren Triumph oder Untergang entschied, und Agnes hatte mir ins Bewusstsein gerufen, dass man, das Schicksal herausforderte, wenn man das vergaß.

Und genau das hatten die Regionalisten getan: Sie hatten das Publikum vergessen.

„So habe ich das noch nie gesehen, Tell." In Lämmchens Stimme lag eine gewisse Spannung. „Ich habe immer gedacht, ich bin mir selbst verantwortlich, vielleicht noch meinen Sponsoren, aber nicht den Leuten, die da draußen von mir träumen. Nicht dass ich jemals darum gebeten habe, dass sie zu mir aufschauen – und ich habe auch absolut nichts gegen einen kleine Skandal hin und wieder –, aber du behauptest jetzt, ich bin ein Vorbild einfach dadurch, wer und was ich bin."

„Allerdings, und wenn du nicht gerade ins Kloster gehst..."

„Auf keinen Fall!"

„Keine Lust, eine fliegende Nonne zu werden?"

„Das ist es nicht, Schätzchen. Schwarz steht mir einfach nicht ohne ein paar Perlenketten dabei."

„Verstehe. Aber was ich sagen wollte – du bist Traumfutter, ob es dir gefällt oder nicht. Du hast es soweit gebracht, indem du ein Bild von dir verkauft hast, und du hast die Verpflichtung, weiter zu liefern, was deine Fans gekauft haben."

„Okay. Wenn ich das bin und tue, wer bist du und was tust du?"

„Gute Frage." Ich schaute mich zu ihr um und lächelte verlegen. „Hier und jetzt gibt es Ratten wie Clarence und seine Kumpane, die den einfachen Menschen das Brot vom Teller stehlen. Mein Job ist es, ihnen die Rechnung für diese Mahlzeit zu präsentieren."

„Und wenn sie nicht zahlen?"

„Hole ich mir ihr Fell."

Unser Kurs führte uns nach Norden, dann drehte ich nach Nordwesten, Richtung Pleasanton in der Kansasprovinz des People's Collective. Am Rand der Kleinstadt war ein Flugfeld markiert. Ich landete bei Einbruch der Nacht. Als ich auf das kleine Gebäude zurollte, das gleichzeitig als Tower und Tankstelle fungierte, hielt eben ein alter schwarzer Ford mit einem Sheriffstern auf der Tür.

Ich aalte mich aus dem Cockpit, sprang zu Boden und winkte dem Mann, der ausstieg, freundlich zu. Dann ging ich zum Frachtraum im anderen Rumpf und öffnete ihn, um Clarence am Kragen seiner Jacke ins Freie zu zerren. Er war blau vor Kälte und benommen vom Benzindampf. Als ich ihn losließ, sank er auf die Knie und übergab sich, was den Sheriff veranlasste, einen Schritt zurückzuweichen.

„Er ist ein Pirat. Das war früher seine Maschine. Miss Wolfington und ich waren an Bord der *Luxor*, als seine Bande sie angriff."

Die Augen des Sheriffs wurden groß. „Davon habe ich gehört. Zu denen gehört er, ja? Sieht aus, als ob er bei den Cloud Combers fliegt."

„Hat er auch gesagt, aber ich habe von denen noch nie gehört."

„Sie haben früher im Westen ihr Unwesen getrieben, von Colorado aus. Die Collective Air Militia hat sie vor sechs, acht Monaten zerschlagen." Der stämmig gebaute Sheriff nahm die Mütze ab und kratzte sich den halbkahlen Schädel. „Alexander Airships hat einen Preis auf Gestalten wie ihn ausgesetzt."

„Er gehört Ihnen. Wir brauchen nur ein Bett für die Nacht und genug Benzin, um nach Kansas City zu kommen."

„Das müsste sich machen lassen." Er grinste. „Matilda Benson, eine ältere Witwe, hat bestimmt ein Zimmer für Miss Wolfington hier. Und Sie können bei mir unterkommen."

Ich hob die Hand. „Wir wollen niemandem Umstände machen."

„Keine Umstände, Sohn." Der Sheriff packte Clarence am Arm und zog ihn hoch. „Sie sind hier im Volkskollektiv. Wir leben, um zu teilen, und teilen, um zu leben."

Ich weiß nicht, ob ich jemals vorher im People's Collective gewesen war, aber ich hatte eine ungefähre Vorstellung von seiner Gründung und Philosophie. Als die Vereinigten Staaten zerbrachen, wurde die von Kansas hoch zur alten kanadischen Grenze verlaufende Agrarzone, Iowa eingeschlossen, davon besonders hart getroffen, weil die Banken ihre Kredite zurückforderten, und es in diesem Gebiet kaum Industrie gab, die arbeitslosen Farmern eine andere Beschäftigungsmöglichkeit hätte bieten können. Es sah ganz danach aus, als würde das ganze Gebiet in eine Legion kleiner Farmen zerbrechen, die keine Möglichkeit hatten, ihre Ernte zum Markt zu bringen, oder die für den Fortbestand benötigten Mittel einzukaufen. Im Gegensatz zu den Amish hatten die Farmer in Amerikas Brotkorb sich auf moderne Anbaumethoden eingelassen. Mit dem Zerfall der USA war ihr ganzes Betriebsmodell gefährdet.

Wahrscheinlich wäre alles zusammengebrochen, hätte der Reverend Carl Carroll nicht gerade dann andere Prediger der Region zu einem Kirchenrat versammelt. Er sah es als ein

Zeichen Gottes, dass sie in dieser Krisensituation zusammengekommen waren, und hielt eine inspirierende Rede vor Kollegen, in denen er die Menschen im späteren Volkskollektiv mit der frühen Christengemeinschaft verglich. Auf dem Gemeinschaftsgefühl aufbauend, dass Traditionen wie den gemeinsamen Hausbau bei einem Barn-Raising möglich machte, forderte er die anderen Priester auf, nach Hause zurückzukehren und ihre Gemeinden zu einem christlichen Kollektiv zu vereinen, in dem entsprechend der Gebote Christi in Carrolls Auslegung aller Besitz der Gemeinschaft gehörte, und alle Menschen für das Gemeinwohl zusammenarbeiteten.

Genaugenommen verwandelte Carrolls Aufruf jede Gemeinde in das ungefähre Ebenbild eines Konzerns, in dem jeder für die Arbeit eingeteilt wurde, die seinen Fähigkeiten am meisten entsprach. Ein ausgezeichneter Farmer hatte möglicherweise keinen Deut Geschäftssinn, und ein guter Mechaniker keinen Schimmer von Viehzucht. Bestimmte Aufgaben wurden denen übertragen, die sich dafür eigneten. Die Gemeinden streckten auch Fühler zur Umgegend aus und erhielten dadurch Zugang zu einem größeren Fundus an Talenten und Mitteln. Gleichzeitig ermunterten die Gemeinden ihre Mitglieder, bevorzugt untereinander Handel zu treiben, was bedeutete, dass Firmen und Händler von außerhalb, die einen bestimmten Markt erschließen wollten, gezwungen waren, Bedingungen anzubieten, die der jeweiligen Gemeinde einen erkennbaren Vorteil boten.

Was die Geldmittel anging, war das Volkskollektiv nicht gerade reich. Die wenigen Automobile, die ich sah, waren rund zehn Jahre alt, aber sie waren bestens in Schuss. Die Möbel hatten ein beachtliches Alter oder waren, wenn nicht, Nachbauten alter Vorbilder, und die Kleidung der Menschen war zeitlos einfach und ein wenig trist. Das Lächeln auf den Gesichtern und die Herzenswärme, mit der wir aufgenommen wurden, machten das aber alles wett.

Lämmchen und ich wurden aus zweierlei Gründen getrennt. Erstens, weil die Menschen im People's Collective gar nicht auf den Gedanken gekommen wären, ein unverheiratetes Pärchen gemeinsam unterzubringen. Aber vor allem, weil die Witwe Benson und Sheriff Matthews empört von dem Gedanken gewesen wären, wir hätten Geld für ein Hotelzimmer ausgeben müssen – hätte es in Pleasanton ein Hotel gegeben –, statt von Privatleuten wie Familieangehörige aufgenommen zu werden.

Der Sheriff setzte Lämmchen auf dem Weg zurück in die Stadt auf der Benson-Farm ab, und sperrte Clarence ins örtliche Gefängnis. Dann nahm er mich mit zu sich nach Hause, wo er mich seiner Frau Deborah und allen fünf Kindern vorstellte, bevor er sie wieder wegscheuchte, damit ich mich umziehen konnte. Er suchte sogar eine Anzugjacke heraus, die er in früheren Tagen getragen hatte. Er ermahnte mich, nicht zu trödeln und mich zu waschen, aber Deborah zwang mir erst noch ein Stück Apfelkuchen und ein großes Glas Milch auf, um meinen Hunger zu stillen.

Die Eile erklärte sich aus dem bevorstehenden Kirchgang. Die ganze Gemeinde versammelte sich zum Mittwochsgottesdienst, und ich saß ganz vorne bei der Familie des Sheriffs. Deborah versicherte mir, dass die Sitzordnung monatlich neu ausgelost wurde, damit keine Familie bevorzugt wurde. Lämmchen saß in einem sehr züchtigen schwarzen Kleid neben einer streng dreinblickenden Dame, die sicher ganz und gar Lämmchens Fall war, hätte die Witwe Benson nicht gelegentlich gelächelt, wenn sie zu ihr hinüberschaute.

Der Prediger, Tom Kimbal, hatte zu Carrolls ursprünglichen Kollegen gehört und erwies sich als begabter Redner. Seine Predigt an diesem Abend hielt sich ziemlich eng an die Schrift, aber es gelang ihm, Referenzen zu einem Krieg der Engel und Dämonen einzuarbeiten, bei denen ich das Gefühl hatte, dass sie an Lämmchen und mich gerichtet waren. Clarence hätte vermutlich mehr davon profitiert, sie zu hören, aber der blieb im Gefängnis.

Nach dem Gottesdienst machte John Matthews Lämmchen und mich mit Kimbal bekannt. Wie sich herausstellte, war der Prediger auch Pleasantons Western-Union-Vermittler. Er hatte in der amerikanischen Expeditionsstreitmacht in Frankreich als Funker gedient, und jetzt bediente er in seiner Heimatstadt die Morsetaste. Er öffnete das Büro für uns und versandte fünf Telegramme. Lämmchen schickte eines an die Rennleitung, mit der Mitteilung, dass sie noch lebte und sich so schnell wie möglich auf den Weg machen würde. Das Zweite ging an ihre Sponsoren und teilte ihnen mit, dass sie ein neues Flugzeug brauchte. Ich schickte Kleinanzeigen an mein „Tantchen" an die New York Times und das Kansas City Record-Journal.

Tom Kimbal sah sich den Text der Nachrichten an, dann schaute er zu mir hoch. „Ergibt keinen Sinn für mich, Mister Tell."

„Was ergibt heutzutage schon einen Sinn, Reverend", antwortete ich augenzwinkernd. „Mein Tantchen ist ein gewitztes altes Mädchen. Sie wird verstehen, was ich sagen will. Und wenn sie erst darauf reagiert, wird das Leben gleich viel besser aussehen."

# KAPITEL ACHT
## ZWEI STÄDTE

Wir verließen Pleasanton früh am nächsten Morgen und erreichten Kansas City vor Mittag. Ich landete die *Kestrel* auf der Kollektivseite der Grenze. Wie St. Louis im Osten am Mississippi lag Kansas City auf beiden Seiten des Missouri und der Grenze zwischen dem People's Collective und in diesem Fall Dixie. Das Hotel, in dem wir per Telegramm Zimmer vorbestellt hatten, lag auf der Kollektivseite, und darüber war ich auch ganz froh.

Selbst aus der Luft war der Unterschied zwischen den beiden Stadthälften deutlich erkennbar. Die Seite des Volkskollektivs erinnerte mit niedrigen Häusern und Grünflächen, die ich zuerst für Parks hielt, an eine Kleinstadtidylle. Es stellte sich bei näherem Hinsehen heraus, dass es sich um Nachbarschaftsgärten handelte, in denen Gemüse und Obst angebaut wurde. Kansas City war eine Großstadt, in der die Menschen nicht notwendigerweise den Gemeinschaftssinn entwickelten, der in einer Kleinstadt üblich war, aber die Nachbarschaftsgärten förderten deutlich ein Gefühl des Zusammenhalts.

Dixies Hälfte der Stadt war größer und düsterer, mit Fabriken im Norden und Osten und einem Slum im Süden. Ich sah zwei Flugfelder: Eines im Norden, das vor Allem auf den Verkehr der Fabriken ausgelegt schien, und eines im Osten für den allgemeinen Luftverkehr. Im Süden war zudem reichlich flaches Brachland zu sehen, auf dem ein Flugzeug ohne Probleme aufsetzen und abheben konnte. So nahe an der Grenze musste ich davon ausgehen, dass eine Menge Schmuggler sich diese Gelegenheit nicht entgehen ließen.

Lämmchen und ich hatten Zimmer im People's Hostel. Alle Zimmer im Volksheim waren bis hinab zur Farbe der Bettwäsche und den Bildern an den Wänden identisch. Das Haus war sauber, und die Angestellten waren freundlich. Mein einziges Gepäck bestand aus einem Koffer, den John Matthews mir überlassen hatte, und ein paar abgelegter Kleidungsstücke, die ich schnell verstaut hatte. Danach ging ich die Straße hinunter zum People's Thrift Institute. Ich legte meinen Empire-State-Pass als Identifikation vor und arrangierte den telegraphischen Transfer von tausend Dollar auf ein neueröffnetes Konto. Danach hob ich hundert davon ab und bezahlte sowohl meine Übernachtung, als auch die Miss Wolfingtons.

Auf dem Weg zurück ins Hostel kaufte ich eine Ausgabe des Record-Journal und schlug die Kleinanzeigen auf. In der oberen Hälfte der Spalte fand ich meinen Text: „Tantchen, es liegen Steine im Weg und ich liege am Boden. Die Zukunft verspricht Höhenflüge und Feuerwerk, hilf mir segeln. Antwort an People's Hostel, Kansas City, PC. Tune."

Als ich die Anzeige las, musste ich zugeben, dass sie wirklich ziemlich unsinnig klang, aber ich vertraute darauf, dass Gaines und seine Unionistenfreunde sie verstehen würden. Zweierlei sollten sie aus dem Text schließen: Erstens, dass ich noch lebte. Die Anspielungen auf Steine und Höhenflüge deuteten darauf hin, dass ich weiter auf dem Weg nach Colorado war, und die Tatsache, dass ich segeln wollte, aber am Boden lag, sollte bedeuten, dass ich Flügel brauchte.

Genaugenommen hatte ich zwar ein Flugzeug, die *Kestrel*, aber ich hasste es. Die Maschine war schlecht gewartet, und ich musste ständig die Schubhebeleinstellung korrigieren, damit die Motoren mit gleichmäßig liefen und das Flugzeug geradeaus flog. Außerdem war die *Kestrel* langsam und bot eine zu große Zielfläche. Ich wollte etwas Schlankeres, Schnelleres, einen Jäger, keinen Jagdbomber. Ich hatte nicht vor, Zeppeline abzuschießen, sondern die Kerle, die so etwas taten.

Außerdem brauchte ich eine Möglichkeit, diese Piraten zu stellen. General Argent hatte ihnen über Funk Befehle gegeben, aber ich wusste nichts von ihm. Außerdem hatte ich die *Misericorde* in der Gesellschaft von Maschinen zweier verschiedener zerschlagener Piratenbanden gesehen. Daraus schloss ich, dass Argent sich Helfer rekrutierte, wo immer er sie fand. Ich hatte keine Ahnung, ob Clarences Cloud Combers auch nur von den Sky-Harrowers wussten, die General Argent anscheinend für den Überfall auf die Basis der Broadway Bombers benutzt hatte. Aber ich hatte das Gefühl, eher nicht, und dass Argent seine Untergebenen voneinander isolierte, um nicht Gefahr zu laufen, dass sie sich gegen ihn verbündeten. Bis jetzt hatte er Überfälle im Empire State und in Dixie gestartet, was ziemlich gewagt war. Jede andere Gruppe, die sich auf etwas Derartiges eingelassen hätte, wäre auf geradem Bruchladungs-Kurs gewesen, es sei denn, sie hätte so wie die Hell's Henchmen den nominalen Schutz einer amerikanischen Nation als Deckung gehabt.

Vor dem Volksheim nahm ich mir ein Taxi zur Ostseite der Stadt. Den Zoll brachten wir schnell hinter uns. Das Einzige, was die Beamten auf der Dixie-Seite der Grenze interessierte, war, ob ich Geld hatte. Ich hatte den Eindruck, dass der Grenzhandel vor allem aus Leuten bestand, die in der relativen Sicherheit des Volkskollektivs wohnten, sich aber in Dixie amüsierten.

Einmal auf der anderen Seite suchte ich mir einen Altkleiderladen und besorgte mir eine Garderobe, die zum Image eines arbeitslosen Piloten passte. Der Besitzer gab mir einen zerbeulten Pappkoffer, um die Sachen zu transportieren. Ich fragte ihn nach einer billigen, aber sauberen Unterkunft, nicht allzu weit entfernt, und er schickte mich die Straße hoch zum Carlton Arms.

Das Carlton Arms mochte ursprünglich einmal ein nettes Hotel gewesen sein, aber diese Vergangenheit war unter Dekaden von Dreck versteckt, und es hätte ein ganzes Team gewissenhafter Archäologen gebraucht, sie zu Tage zu fördern. Der hagere Bursche am Empfang wirkte nachgerade ausgezehrt. Seine Finger und Augäpfel waren nikotingelb verfärbt. Er vermietete mir ein Zimmer für eine Woche, war aber schlau genug, keine Fragen zu stellen oder mich zu offensichtlich zu mustern. Je eher ich vergaß, dass er existierte, desto lieber war es ihm. Das Einzige – es wäre ihm noch lieber gewesen, wenn jemand ihm etwas für die Information gezahlt hätte, wo ich war.

Der Aufzug war außer Betrieb, also stieg ich die Treppen hinauf in den dritten Stock, wo ich Zimmer 312 schnell genug fand. Der Altkleiderhändler hatte nicht gelogen. Das Zimmer war sauber, auch wenn die Laken auf dem Bett älter waren als die Sachen, die ich bei ihm gekauft hatte, und das Stillleben mit Gänseblümchen an der Wand war so verstaubt, dass es von Vincent van Gogh höchstpersönlich hätte stammen können. Im Schrank hingen gerade einmal sechs Kleiderbügel, aber das waren immer noch drei mehr als ich brauchte.

Ich zog eine khakifarbene Stoffhose, ein einfaches Paar halb hohe Schuhe und ein weißes Hemd an, dessen Kragen seit

Jahren nur noch eine Erinnerung war, und versteckte das Ganze unter einem alten Ledermantel. Der Mantel war so geschnitten, wie es vor dem Großen Krieg Mode gewesen war, und bedeckte etwa ein Drittel der Oberschenkel. Trotz des Alters sah er gut aus. Die glänzenden Knie meiner Hose verkündeten, dass ich momentan vom Glück nicht gerade bevorzugt war, aber der Mantel zeigte, dass ich immer noch meinen Stolz hatte.

Zurück am Empfang stellte ich ein paar Erkundigungen an, die mich zu einem Mann führten, der mich an einen anderen verwies, der dasselbe tat. Schließlich schickte man mich quer durch die Stadt in eine Gasse nah des östlichen Flugfelds. Eine Betontreppe auf der linken Seite führte zu einer Tür hinab, versteckt in einer dunklen Nische. Über der Tür stand in abblätternden Buchstaben „Aerodrome 712". Ich stieg die Stufen hinunter, hämmerte an die Tür und sagte das Losungswort, als sich ein Schuber öffnete.

Das Passwort verschaffte mir Zugang, und ich trat in die Art von Etablissement, von dem ich wusste, dass ich es schon eine Million Mal besucht hatte. Die Beleuchtung war so schwach, dass die einzigen erkennbaren Farben das Rot auf den Lippen der Flittchen und das dunkle Bernsteingelb des Whiskeys war, in dem ein Eiswürfel trieb. Aus einer Ecke der Spelunke drang Musik – Kansas City ist berühmt für seinen Jazz. Sie stammte von einer Drei-Mann-Kombo aus Saxophon, Bass und Schlagzeug. Eine große Schwarze mit fein geschnittenem Gesicht und einem breiten Lächeln steckte in einem hautengen weißen Kleid. Sie erinnerte mich an Josephine Baker, nur dunkler, und ihre Stimme bohrte sich wie ein Dolch direkt ins Herz.

Die Gäste teilten sich in zwei Lager. Direkt an der kleinen Bühne saßen die feinen Leute auf Suche nach einem Abenteuer. Hätte ich noch den Anzug getragen, mit dem ich den Savoy Room besucht hatte, hätte ich zwischen ihnen etwas ärmlich ausgesehen. Sie waren jung und reich. Die Hälfte von ihnen war wegen der Musik gekommen, der Rest wegen des Gefühls der Gefahr, die mit einem Besuch des Aerodrome 712 verbunden war.

Ich wanderte hinüber zu den Gefahrensuchern. Ein Stück weiter von der Band entfernt war ein Streifen von Tischen, an denen Leute saßen, die für ihr Geld arbeiten mussten. Sie kamen ins Aerodrome, weil es in der Nachbarschaft lag. Die meisten hielten sich an einem feuchten Bierkrug fest, aber ein paar waren auch schon nach vorn oder nach hinten gekippt und begleiteten die Musik mit Schnarchgeräuschen. Die Hände waren schmutzig, ihre Fingernägel schwarz, die Haut dekoriert von den weißen Linien längst verheilter Unfallnarben.

Noch an dieser Phalanx von Arbeitern vorbei, in die hinterste Ecke des Raums gedrängt, saßen die Piloten. Sie trugen keine Farben irgendeiner bestimmten Bande, aber ihr Auftreten schrie geradezu „Gesetzloser". Die Kellnerin näherte sich ihren Tischen nur widerwillig und lud die Drinks so schnell wie möglich bei demjenigen ab, der am wenigsten den Eindruck erweckte, ihre vollen Hände ausnutzen zu wollen. Anzügliche Kommentare ernteten ein dünnes Lächeln, unerwünschte Handgreiflichkeiten eisige Blicke.

Ich trat an die Bar, bestellte eine Flasche Maker's Mark Bourbon und ein Glas, und bezahlte mit glänzendem Silber. Ich schlug die Münze auf die Bar, und die Gäste links und rechts von mir schreckten auf und beanspruchten auf der Stelle die Aufmerksamkeit des Keepers. Er wischte das Geld mit einer schnellen Handbewegung vom Tresen und ersetzte es durch meine Bestellung.

Ich nahm Flasche und Glas und ging zum hintersten Ecktisch. Dort saßen bereits sechs Mann, allesamt mürrisch und abweisend. Derjenige mit dem Rücken zur Ecke hatte sich den Schädel rasiert, machte den Mangel an Haupthaar aber mit einem prächtigen, ausladenden Schnauzbart und einem kleinen, spitzen Kinnbart wett. Es brauchte nur noch einen Helm, und er hätte als preußischer Offizier bei der Schützengraben-Inspektion in Frankreich durchgehen können. Selbst auf einem nach hinten gegen die Wand gekippten Stuhl war deutlich, dass er größer war als ich, aber das störte mich nicht. Ich hatte nicht vor, ihm Gelegenheit zu geben, diesen Vorteil auszunutzen.

Lächelnd stellte ich die Flasche auf den Tisch vor ihm, und das Glas daneben. „Ich mache es mir zur Gewohnheit, den Leuten, bei denen ich sitze, einen auszugeben, aber ich habe ein Problem."

Der Kerl grinste. „Und das wäre?"

„Du sitzt auf meinem Platz."

Es kostete ihn eine halbe Sekunde zu begreifen, was ich gesagt hatte, und noch eine, um zu erkennen, dass er bei einem Zweikampf auf dem halb gekippten Stuhl im Nachteil war. Mein linker Fuß zuckte vor und zog die hinteren Beine des Stuhls weg. Er schlug mit dem Schädel erst gegen die Wand, dann auf den Boden. Ich ging aufs rechte Knie runter und hämmerte ihm die Rechte ins Gesicht. Unter dem Hieb knirschte seine Nase. Der Kopf knallte zum zweiten Mal auf den Boden. Er gurgelte kurz, dann fiel er in Ohnmacht.

Ich zog den Stuhl unter ihm vor und setzte mich. Meinen neuen Tischgenossen schenkte ich ein freundliches Grinsen, während ich die Flasche öffnete. Ich schenkte mir ein, dann hob ich die Flasche, um ihre Gläser zu füllen. „Ich möchte einen Trinkspruch vorschlagen."

„Worauf?", murmelte der Mann neben mir.

„Auf Erfolg in zukünftigen Unternehmungen." Ich zwinkerte ihnen zu. „Als ich hier reingekommen bin, habe ich sofort gesehen, dass ihr die zähesten Knaben hier seid, und Flieger dazu. Ihr wisst bestimmt, wo ich gute Arbeit finden kann."

„Könnte sein", antwortete ein anderer. „Warum hast du Split vermöbelt?"

„Betrachtet es als Anfrage nach einem Job und gleichzeitig als Referenz, okay?"

Meine fünf neuen Freunde hoben das Glas. „Luft unter den Flügeln, Gold in der Tasche und einen Feind im Visier!"

# KAPITEL NEUN
## MIT DEM GESICHT GEHÖRST DU INS RADIO

Meine neuen Freunde – Buzz, Ditch, Tip, Crank, Ace und der schlafende Split – waren mehr oder weniger in der Situation, die ich vortäuschte. Sie hatten zusammen drei Flugzeuge. Buzz und Ditch flogen in einer *Kestrel*, Ace und Split in einer *Brigand*. Crank hatte eine *Devastator* und damit einen wirklich hübschen Jäger. Tip hatte kürzlich seine *Fury* abschreiben müssen – in einem Gefecht, über das keiner von ihnen groß reden wollte. In East Kansas City waren sie gelandet, weil es die größte Stadt und außerhalb Utahs oder des Volkskollektivs, aber in der Nähe des Freien Colorado war.

So wie ich suchten sie Arbeit und waren ins Aerodrome 712 geschickt worden, um einen Kontaktmann zu treffen, der vielversprechenden Piloten Arbeit und sogar Flugzeuge versprach. Ich konnte Tips Dilemma nachfühlen. Ohne Flugzeug fühlte man sich als Pilot wie amputiert. Als hätte sie meine Gedanken gelesen, stimmte die Sängerin eine Bluesballade über eine Frau an, deren Mann davongeflogen war, und die auf seine Rückkehr hoffte. Sie wusste nicht, ob er tot war oder nur nicht mehr fliegen konnte, was ihn ebenso todsicher umbringen würde wie eine Kugel ins Herz.

Wir hatten die nächste Flasche Bourbon zur Hälfte geleert, als jemand kam und eine dritte Flasche auf den Tisch stellte. Sein Anzug passte und am kleinen Finger funkelte ein goldener Ring. Ich schätzte ihn auf etwa mein Alter, ein bis zwei Zoll kleiner als ich, und gute zwanzig Pfund leichter. Aber ich wiederholte nicht Splits Fehler, ihn deswegen nicht ernst zu nehmen.

„Guten Abend, Gentlemen." Seine Stimme hatte ein Volumen, das zusammen mit seinem britischen Akzent einen deutlichen Kontrast zur rauchigen, düsteren Atmosphäre der Kneipe bildete. „Man hat mir zu verstehen gegeben, dass Sie an einer Anstellung interessiert sind."

Ich überließ Ditch das Reden. Er kam aus dem Osten – Maritime Provinces vermutlich, oder vielleicht auch Atlantic Coalition – und hatte eine gewisse Bildung genossen. „Da haben Sie möglicherweise richtig gehört. Käme auf die Bedingungen an."

„Sie werden feststellen, dass diese durchaus großzügig sind, allerdings mit Einschränkungen. Sie werden auf üblicher Prozentbasis Anteil an unseren Prisen erhalten, mit zusätzlichen Anteilen für bewiesenen Mut. Wir zahlen nicht für unnötige Vernichtungen, nur entsprechend unseren Bedürfnissen. Wir suchen präzise Kämpfer, keine Raufbolde." Der Mann fischte ein Monokel aus der Tasche seiner Tweedjacke und hauchte es an. Dann zog er ein Taschentuch hervor und polierte es. „Unsere Crew hat Disziplin."

Tip hob den Kopf. „Tatsache? Wie heißt sie?"

„Sie werden nicht von ihr gehört haben."

„Lassen Sie's drauf ankommen."

Der Brite lachte und klemmte sich das Monokel ans Auge. „Wir sind diszipliniert genug, unbekannt zu bleiben. Aber ich kann Ihnen verraten, dass wir eine Reihe beachtlicher Prisen aufgebracht haben, unter anderem eine besonders große erst vor wenigen Tagen."

Crank riss die braunen Augen auf. „Die *Luxor*?"

Der Brite hob den Finger an die Lippen. „Keine unnötigen Worte, Gentlemen."

Ich lehnte mich zurück und schloss halb die Augen. Die Stimme war nicht genau die, die ich über Funk gehört hatte, aber sie ähnelte ihr in Ton und Melodie. Ich hatte keine Probleme, diesen Mann als Mitarbeiter General Argents zu akzeptieren. Über ihn würde ich Dragowitsch finden und herausbekommen, wer ich war.

Ich hob den Kopf und sah den Briten an. „Was wollen Sie über uns wissen, Mister…?"

„Cooper. Nennen Sie mich Mister Cooper." Das Taschentuch verschwand und machte einem kleinen Notizbuch Platz. Cooper schlug es auf und leckte die Spitze eines kleinen

Bleistifts. „Name; derzeitige Adresse; Typ, Standort und Zustand Ihres Flugzeugs. Sollen wir gleich bei Ihnen beginnen?“

Ich gab ihm den Decknamen, unter dem ich mir das Zimmer genommen hatte. „Lucky Hamilton, Carlton Arms, Zimmer 312. Momentan ohne Maschine.“

Cooper schrieb sich die Informationen auf, dann wiederholte er das Verfahren bei den anderen. Er schloss das Notizbuch und steckte es wieder ein. „Unsere Leute werden ein paar Nachforschungen anstellen. Sie werden in Kürze erfahren, wann und wo Sie uns treffen können. Wenn Sie aufgefordert werden, zu einem Treffen zu erscheinen, bringen Sie alles mit, was Sie benötigen. Wir werden von dem Treffen aus direkt zu unserem Stützpunkt aufbrechen.“ Er lächelte. „Die Flasche ist für Sie. Ich freue mich darauf, in Kürze mit Ihnen allen zusammenarbeiten zu können.“

Obwohl es schon spät war, als ich ins Carlton zurückkehrte, hatte ich kein Bedürfnis, die Nacht dort zu verbringen. Ich legte meine PC-Kleidung wieder an und schlich mich aus der Hintertür, damit der Nachtportier nichts mitbekam. Ein paar Straßen weiter nahm ich mir ein Taxi zur Grenze. Mein Pass und ein Anruf im Hostel durch die Grenzposten bestätigten meine Identität, und ich konnte ohne längeren Aufenthalt einreisen.

Im Volksheim wusch ich mir im Gemeinschaftsduschraum den Rauch aus den Haaren. Es gelang mir, den Kneipenmief wegzuspülen, aber irgendetwas an der Stimme der Sängerin ließ mich nicht los. Ihre Songs hatten sich in mein Hirn eingefräst und verfolgten mich bis in die Träume. Sie nahmen mich auf eine beachtliche Reise mit, die mich daran erinnerte, dass Alpträume die Träume sind, von denen man sich nicht wünscht, dass sie wahr werden.

Etwa gegen neun Uhr am nächsten Morgen weckte mich das Klingeln des Telephons. Der Mann an der Rezeption teilte mir mit, dass ein Mister Jefferson mit einer Nachricht von meiner Tante auf mich wartete. Ich zog mich hastig an, bürstete mir übers Haar und ging hinunter in die Halle. Mister Jefferson hatte keine Besonderheiten, an die ich mich jetzt noch erinnern kann. Vermutlich benutzten die Unionisten ihn genau deshalb als Kurier.

Wir zogen uns über die Straße in den Diner der Farmerkooperative zurück, einen Schnellimbiss wie jeder andere, abgesehen davon, dass die Kunden ihre Teller nach dem Essen selbst spülten. Wir bestellten Kaffee und Eier, Bratkartoffeln, frische Hamburgerbrötchen, Butter und Honig. Zusätzlich bekamen wir Cidre, obwohl es für den eigentlich etwas früh im Jahr war.

Jefferson verputzte, in der kurzen Zeit, die ich brauchte, um ihm den aktuellen Stand der Dinge zu vermitteln, mehr von seinem Frühstück, als ich für möglich gehalten hätte. „Das ist alles hochinteressant, und man hat mit Erstaunen vermerkt, was Sie geschafft haben. Ihr Tantchen hat die Nachricht erhalten. Ich werde zusätzliche tausend Dollar auf Ihr PTI-Konto einzahlen. Was Ihre persönlichen Transportbedürfnisse angeht, erwarten wir, bis Ende der Woche etwas verfügbar zu haben. Wenn Sie vorher ein Flugzeug benötigen, werden Sie es möglicherweise selbst kaufen müssen."

Ich nickte. „Das ist durchaus möglich. Ich habe den Verdacht, dass die Dinge sich schneller entwickeln, als wir erwartet haben."

„Soll heißen?"

„Versuchen Sie, meinem Gedankengang zu folgen. Wir sind davon ausgegangen, dass wer immer den Dolch des Doktors entwendet hat, von Colorado aus operiert. Der Freistaat Colorado ist wenig mehr als eine Ansammlung von Piratenhäuptlingen, die einander liebend gerne die Kehle durchschneiden würden, aber schlau genug sind, einzusehen, dass sie anderweitig völlig freie Hand haben, solange sie sich da oben in den Rockys gegen Bedrohungen von außen zusammenschließen."

Jefferson nickte. „Das ergibt einen Sinn."

„Aber wenn das also einen Sinn ergibt, warum rekrutiert diese Gruppe dann außerhalb Colorados?" Ich trank einen Schluck Kaffee. „Wir dürfen doch annehmen, dass die härtesten Piraten bereits dort leben oder von Banden wie den Hell's Henchmen oder der Black-Swan-Crew angeworben wurden. Piloten, die zäh genug sind, in Colorado zu überleben, sind schon dort. Die Piloten, die hier in den Randgebieten herumhängen, sind vielleicht willig, aber sie sind keine wilden Bestien, wie man sie in Colorado findet."

„Das sehe ich genauso." Jefferson schnitt ein Brötchen auf und bestrich es mit Butter. „Der Vorteil von Piloten von außerhalb besteht eben darin, dass sie keinen Kontakt mit Colorado haben. Wenn es diesem Cooper mit der disziplinierten Crew ernst ist, hat General Argent möglicherweise eine Art Überfall auf Colorado vor."

„Aber das ergibt keinen Sinn. Falls er oder irgendjemand sonst, was das angeht, vorhaben sollte, Piratennester auszuheben, wären sämtliche Nationen dieses Kontinents bereit, ihn zu unterstützen. Irgendwo da draußen liegt ein Schatz, auf den er aus ist, aber ums Verrecken komme ich nicht darauf, was das sein könnte."

„Lassen Sie mich wissen, wenn Sie es herausfinden." Jefferson biss in sein Brötchen und schloss die Augen beim Kauen. Schließlich sah er mich wieder an. „Ich werde ein paar Telegramme abschicken, um zu sehen, ob wir irgendetwas über Cooper oder General Argent in Erfahrung bringen können. Und wir werden versuchen, Agnes O'Brien zu helfen."

„Da werden Sie vorsichtig operieren müssen. Sie ist zu stolz, Almosen anzunehmen."

Jefferson lächelte mich mitleidig an. „Sie wären überrascht, welche Wirkung schon ein paar grundlegende Investitionen an der richtigen Stelle haben. Eine Bücherei, ein Kinematograph, ein Ladengeschäft, vielleicht eine Fabrik für Flugzeugpropeller. Einfache Dinge, die der örtlichen Bevölkerung ein solides Fundament liefern. Man würde eine Bibliothekarin benötigen, oder eine Managerin für das Filmtheater. Wenn

Sie auch nur annähernd die Person ist, die Sie mir beschrieben haben, wird sich die Investition für alle Beteiligten als Gewinn erweisen."

Ich nickte langsam. „Exportwaren und der Import von Filmen, Wochenschauen und Büchern kann die Beziehungen zwischen den Nationen stärken. Richtig?"

„Niemand hat Sie je als Dummkopf bezeichnet, Mister Tell."

„Tsk. Und ich dachte, die Verkleidung hätte ich perfekt drauf." Ich stellte die Kaffeetasse ab. „Ich werde wieder rüber nach East Kansas City fahren. Möglicherweise komme ich heute Abend nicht wieder. Ich erwarte, dass man uns in ein paar Tagen abholt, und wenn sie schon eher kommen… Tja, ich werde Ihnen jeden Tag einen Brief ins Hostel schicken. Wenn Sie keinen bekommen, wissen Sie, dass ich weg bin."

„Ich verstehe. Ich werde bis morgen sammeln, was ich an Informationen finden kann, und es am Empfang hinterlegen." Er reichte mir die Hand, und ich schüttelte sie. „Falls wir uns nicht mehr sehen: Viel Glück."

„Ihnen auch." Ich nickte ernst. „Diese Arbeit ist lebenswichtig."

Ich versuchte, mit Lämmchen zu reden, aber sie war auf dem Flugfeld, also hinterließ ich eine Botschaft für sie mit dem Vorschlag, am nächsten Tag gemeinsam zu Abend zu essen. Danach machte ich mich auf den Weg nach East Kansas City. Ich kehrte heimlich ins Carlton Arms zurück – ich verzichtete darauf, an der Rezeption auf der Glocke herumzuhämmern und den Portier aufzuwecken – und ging hinauf nach 312.

Ich hatte das Zimmer kaum betreten, als ich bereits wusste, dass es durchsucht worden war, und zwar von Experten. Das Laken war glatter, als ich es zurückgelassen hatte. Der Schalter am Fuß der Nachttischlampe stand auf sieben Uhr, nicht auf halb acht, wie bei meinem Aufbruch. Meine Kleider hingen noch immer in der richtigen Reihenfolge im Schrank, aber die Kleiderbügel waren nur noch eine Daumenlänge auseinander.

Der Einbruch war eine Überraschung. Ich wusste die Sorgfalt, die General Argent auf seine Rekruten verwandte, zu schätzen, aber es gefiel mir nicht, dass mein Zimmer nichts vom üblichen Müll eines Piratenlebens enthielt. Ich hatte kein Pilotenlogbuch dabei, keine abgegriffenen Photographien meines früheren Lebens, keine Streichholzheftchen aus Clubs wie dem Aerodrome 712. Ich konnte natürlich behaupten, dass nichts davon den Absturz meiner letzten Maschine überstanden hatte, oder sogar, dass ich eine Weile versucht hatte, gesetzestreu zu leben, aber General Argent hatte keine Veranlassung, eine derartige Entschuldigung zu akzeptieren. Mit Hinblick darauf, wen er bisher angeworben hatte, ging ich davon aus, dass er entweder zuverlässige oder entbehrliche Rekruten suchte. Ich konnte nur hoffen, dass ich nicht in letztere Kategorie fiel, bevor ich die Möglichkeit bekam, mich als Ersteres zu beweisen.

Ich zog mich um und machte mich auf den Weg ins Aerodrome 712. Es war früh genug am Tag, daher war der Barraum noch nicht völlig von Zigarettenqualm eingenebelt. Ich bestellte mir ein Bier und kam mit der Sängerin des vorigen Abends ins Gespräch. Sie nannte sich Chantal und hatte die Andeutung eines französischen Akzents, den ich für angenommen hielt, um ihre Ähnlichkeit mit Josephine Baker zu unterstreichen. In Wahrheit hieß sie wahrscheinlich Betty-Lou und kam aus Atlanta, aber das kümmerte mich nicht. Wir spielten beide Theater, und das ziemlich gekonnt.

Nach eins brach ich wieder auf, aß in einem Deli zu Mittag und wanderte eine Weile durch die Stadt. Obwohl es nicht wirklich zu meiner Rolle passte, ging ich in einen Buchladen und kaufte *Arundel* von Kenneth Roberts. Es war schon vor ein paar Jahren erschienen, und Roberts hatte den Ruf eines guten Historikers. Der Roman versprach eine Chronik des frühen Unabhängigkeitskrieges. Ich dachte mir, dass der Versuch seiner Charaktere, einen Haufen Kolonien zu vereinen, dem ähneln musste, was die Unionistenmiliz hier und jetzt anstrebte. Da es darin um das alte Neuengland ging und der

Einkauf bewies, dass ich lesen konnte, hoffte ich, dass das Buch General Argents oder Coopers Interesse wecken oder sie zu der Überlegung veranlassen könnte, ob ich mich eventuell zum Offizier eignete.

Als ich ins Aerodrome zurückkehrte, deutete der Barkeeper zu einer Tür am Ende des Raums. Ich trat hindurch und fand meine anderen Kameraden versammelt. Sie waren nicht allein. Zwei Männer standen links und rechts neben dem Eingang. Sie trugen schneidige Uniformen, mit schwarzen Stiefeln und Reithosen, schwarzledernen Fliegerjacken, kupferfarbenen Halstüchern und einer kupfernen Tresse an einer Schulter. An der rechten Hüfte jeweils eine Pistole.

Cooper war ebenfalls anwesend, und er trug weitgehend die gleiche Uniform, aber mit Tressen an den Manschetten. Außerdem trug er einen auf Hochglanz polierten Kupferhelm, dessen Form an die belgischen Helme des Großen Krieges erinnerte, nicht an die Suppenschüsseln, die wir unseren Männern aufgesetzt hatten.

Aber es war der letzte Anwesende in diesem Zimmer, der die meiste Aufmerksamkeit beanspruchte. Er trug ebenfalls Schwarz, mit silbernem Seitenstreifen an den Hosenbeinen und silbernen Tressen an beiden Schultern. Auf den Epauletten seiner Jacke glänzten je drei silberne Sterne, passend zu den Sporen und Kappen der Stiefel und den silbernen Handschuhen. Sein Helm glich dem Coopers, war aber ebenfalls silbern. Außerdem trug er eine Maske vor dem Gesicht, die an seine Gesichtszüge angepasst schien und nur die Mund- und Kinnpartie freigab. Falls die Maske nicht log, war er durchaus gutaussehend. Schwarzer Stoff verhinderte einen Blick auf seine Augen.

„Ah", stellte er mit der kultivierten Stimme fest, die ich über Funk gehört hatte. „Wir haben bereits auf Sie gewartet, Mister Hamilton. Oder darf ich Sie Lucky nennen?"

„Wie es Ihnen beliebt, Sir."

„Ich bin General Argent. Ich habe diesen anderen Herren gerade etwas darüber erzählt, dass meine Organisation komplette und absolute Treue verlangt. Jede Form von Verrat wird mit dem Tode bestraft."

Ich zuckte die Achseln. „Kapiert."

„Ich hatte gehofft, dass Sie das verstehen." Argent lächelte. „Trotzdem, ein Exempel eignet sich immer sehr schön dazu, das Verständnis zu untermauern."

Ich hörte das Knacken des Hahns eine Sekunde bevor ich den kalten Lauf einer Pistole im Nacken spürte. „Was soll das?"

Argent wedelte fahrig mit der Hand. „In der Tat, was soll das? Sind Sie wirklich Lucky Hamilton, wie das Carlton Arms vermuten lässt, oder ziehen Sie es vor, Fortune Tell genannt zu werden? Überlegen Sie sich Ihre Antwort gut. Ihr Leben hängt davon ab."

# KAPITEL ZEHN
# Sehen wir den Tatsachen ins Auge

Ich muss dem General mit einer hammermäßigen Bemerkung geantwortet haben, denn ich bekam einen hammermäßigen Schlag über die Rübe mit der Pistole zurück. Leider kostete der mich die Erinnerung an meine Antwort und die nächsten Stunden. Als ich endlich wieder aufwachte, war das in einer relativ vertrauten Umgebung. Wie ich nach einigen Minuten feststellte, war das Brummen in meinem Schädel nicht das Ergebnis des Schlags und der blutverkrusteten Wunde an meinem Hinterkopf, sondern stammte von Zeppelinmotoren. Als ich das einmal erkannt hatte, fiel es mir nicht weiter schwer, mein Gefängnis als meine Kabine auf der Luxor wiederzuerkennen.

Jemand hatte die Kabinentür durch eine eiserne Gittertür ersetzt. Als ich durch die Stäbe hinausschaute, sah ich, dass alle anderen Kabinen des Osirisdecks dasselbe Schicksal erlitten hatten. Die Außenseite der Bullaugen war mit einem

Stahlgitter gesichert. An eine Flucht dort hinaus war also nicht zu denken. Aber die hatte ich ohnehin nicht vor, weil ich mir ziemlich sicher war, dass ich auch mit zusammengeknoteten Bettlaken keine Chance gehabt hätte, den Boden zu erreichen.

Ich kroch zur Tür und zog mich an den Gitterstäben hoch. Ich war benommen, hielt mich aber aufrecht. Auf der anderen Seite des Ganges sah ich einen schlanken, dunkelhaarigen Mann auf dem Bett liegen. „Weshalb sind Sie hier drin?"

Der Mann schwang die Beine vom Bett und setzte sich auf. Das linke Auge war blau geschlagen, und einen Moment legte er die langen, schmalen Hände vors Gesicht. Er war glattrasiert, mit kurzem, graumeliertem Haar, und sah nach europäischem Adel aus. Er blickte mich an und seufzte. „Ich bin Emil Dragowitsch."

Trotz seiner leisen Stimme und dem schweren österreichischen Akzent war ich mir sicher, das ich richtig gehört hatte. „Ja! Doktor Dragowitsch, erkennen Sie mich?"

Er trat etwas unsicher an die Gittertür. „Ja. Ja, ich erkenne Sie. Sie wurden als Pilot für mich angeworben, für mein Flugzeug."

„Die *Misericorde*."

„Ja, genau. Sie haben sie geflogen, dann kamen diese Leute. Ich glaubte, Sie wären tot. So viele kamen dort ums Leben. Das Feuer, die Schüsse, das Blut." Er starrte auf seine Hände als trieften sie vor Blut. „Sie haben mich mitgenommen. Wie haben Sie überlebt? Mir wurde gesagt, es gäbe keine Überlebenden."

„Ich hatte enormes Glück, aber ich habe einen Schlag auf den Kopf bekommen und weiß nicht mehr, wer ich bin. Aber Sie, Sie wissen es. Sie haben mich angeheuert."

„Aber wenn Sie sich an nichts erinnern, woher wissen Sie all das? Wie haben Sie mich hier gefunden?"

„Ich habe Freunde. Sie haben Freunde, Freunde, die sehr großes Interesse daran haben, dass Sie Ihre Arbeit zu Ende bringen. Sie haben mich in Ihre Richtung gesteuert." Ich rüttelte an den Gitterstäben. „Ich bin gekommen, um Sie zu retten."

Dragowitsch gestattete sich ein kurzes Lachen, dann lehnte er sich schwer gegen die Tür. „Das wird Ihnen sehr schwer fallen, mein Freund. Dieser General Argent – er ist hochintelligent."

„Ich habe ihn gesehen. Ich erinnere mich an eine silberne Maske."

„Ja. Er war britischer Offizier, und wurde in der Schlacht von Gallipoli durch eine Gesichtsverletzung entstellt. Sein Gesicht ist verunstaltet, deshalb trägt er diese Maske. Seine ganze Welt ist eingestürzt, und nun hasst er alles und jeden. Irgendwie führt er die Schwäche der britischen Aristokratie auf die Niederlage der britischen Truppen gegen die Amerikaner in Ihrem Unabhängigkeitskrieg zurück. Er hat vor, das zu korrigieren."

„Und wie will er das fertig bringen?"

Dragowitsch senkte die Stimme. „Er ist natürlich komplett wahnsinnig, aber sein Plan ist einfach. Er hat von einem Vorhaben der Münzeprägeanstalt Denver erfahren, 1931 einen Golddollar zum einhundertfünfzigsten Jahrestag Ihrer Bill of Rights zu prägen. 1928 wurde das Gold dazu heimlich nach Denver gebracht und in einem riesigen Bergverlies deponiert. Durch den Börsencrash von '29 wurden die Pläne aufgehalten, und das Auseinanderbrechen der Vereinigten Staaten hat sie zerschlagen und es dem District of Columbia unmöglich gemacht, das Gold zurückzuholen. Argent verlangt von mir, dass ich eine Kanone entwickle, mit der er das Verlies aufsprengen kann. Die Anlage, in der das Gold liegt, dient derzeit als Hauptquartier der Flying-Cougar-Bande, deshalb muss er schnell zuschlagen, sich das Gold holen und auf schnellstem Wege wieder verschwinden."

„Haben Sie eine Vorstellung davon, um wie viel Gold es sich handelt?"

Dragowitsch zuckte die Schultern. „Millionen von Dollar. Sicher genug, um sich die Dienste der meisten Luftmilizen und Piraten zu erkaufen. Die Herrschaft über die Luft würde zur Herrschaft über die Nation führen."

Ich keuchte. „Er will sich zum Kaiser von Amerika ausrufen."

„Genau das hat dieser Teufel vor."

„Das können wir nicht zulassen."

Der Doktor sackte an der Tür zusammen und schlug wieder die Hände vors Gesicht. „Ich versuche, die Arbeit zu bremsen, aber sie schlagen mich. Sie können es sehen, ja?"

„Ja, ich sehe es." Ich trat von der Tür zurück und rieb mir das Kinn. „Wir müssen einen Weg finden, ihn daran zu hindern, dass er sich das Gold holt."

Bevor Dragowitsch antworten konnte, öffnete sich die Korridortür, und einer von Argents Leuten stiefelte herein. Er hatte einen Ring mit Schlüsseln in der Hand, die er über die Stäbe der Tür zog. „Sie kommen mit mir, Doc. Zeit zum Weiterarbeiten."

Als er die Zellentür öffnete, warf sich Dragowitsch auf ihn. Der breite Rücken des Mannes schlug gegen meine Tür. Ich hätte die Hände zwischen den Stäben hindurch stecken, seinen Kopf packen und ihm das Genick brechen können. Aber stattdessen trat ich einen Schritt zurück und hob die Arme. Der Posten packte den Doktor beim Hemd und hob ihn vom Boden. Er sah mich hilflos an, aber ich schüttelte nur den Kopf.

Der Posten schleppte ihn mit, und mit den beiden ging auch meine beste Fluchtgelegenheit dahin. Ich setzte mich zurück aufs Bett und versuchte mir darüber klar zu werden, warum ich nicht gehandelt hatte. Dragowitsch und ich hätten jetzt schon auf dem Weg in die Freiheit sein können. Irgendetwas stimmte hier nicht, ganz und gar nicht, und es dauerte einen Moment, bis mir der wunde Punkt der Geschichte ins mein Bewusstsein sickerte.

General Argent hatte Dragowitsch gesagt, das Gold sei zur Prägung von Goldmünzen zum einhundertfünfzigsten Jahrestag der Bill of Rights 1931 nach Denver gebracht worden.

Aber das stimmte nicht. Der Grundrechtekatalog war 1791 ratifiziert worden. Der einhundertfünfzigste Jahrestag war erst 1941 fällig, und die Verfassung, an die er angehängt worden war, hatte, außer in den Köpfen von ein paar Bürokraten, 1930 nicht überlebt. Falls die Unionist Militia keinen Erfolg hatte, würde der hundertfünfzigste Jahrestag der Bill of Rights unbemerkt verstreichen.

Also war die Geschichte mit dem Gold Unsinn, aber möglicherweise hatte mehr Wahrheit darin gelegen, als Dragowitsch ahnte. Vielleicht hatte General Argent zu viel von seinen wahren Plänen verraten. Die Münzprägeanstalt Denver war kein notwendiger Teil seiner Geschichte, aber möglicherweise war sie die ganze Geschichte. Die Münzprägeanstalt hatte längst aufgehört, tote Präsidenten zu machen, aber sie hatte noch immer alle Gerätschaften für das Drucken von Geldscheinen, und höchstwahrscheinlich auch einen großen Vorrat des dazu verwendeten Spezialpapiers. Mit einer Truppe fähiger Fälscher konnte sie wieder in Betrieb genommen werden und Abermillionen Dollar Falschgeld produzieren. Mit einer Flut dieser Blüten war es möglich, verschiedene nordamerikanische Nationen zu destabilisieren.

Und einmal derart geschwächt, konnten die europäischen Mächte uns so einfach zerpflücken, wie sie in Versailles Europa unter sich aufgeteilt hatten.

Der Gedanke ließ mir das Blut in den Adern gefrieren. Es war eine Sache, wenn fehlgeleitete Amerikaner die glorreichen Vereinigten Staaten zerstörten, aber uns wieder unter die Knute fremder Mächte zu zwingen, war ein Verbrechen ganz anderer Größenordnung. Damit wäre alles in Unabhängigkeits- und Bürgerkriegen vergossene Blut vergebens gewesen. Und was das Ganze noch schlimmer machte – es waren Amerikaner, die General Argent helfen würden, die Nation, ihr Geburtsrecht, zu zerstören.

Ich seufzte und stieg auf mein Bett. Ich zog die Abdeckung vom Luftschacht und warf sie beiseite. Die Öffnung war nur einen Fuß breit, viel zu klein, um als Fluchtweg zu taugen.

Aber das sollte sie auch gar nicht. Ich wollte mir nur holen, was ich auf dem Flug mit der *Luxor* hier deponiert hatte.

Ich zog die beiden .45er aus dem Versteck und blies den Staub weg. Ich zog die beiden Schulterholster an und steckte die Revolver hinein. Dann ging ich hinüber zum Schreibtisch der Kabine. Ich löste eine Seitenwand und zupfte einen der Nägel heraus, mit denen sie befestigt war. Er eignete sich hervorragend als Dietrich.

Nachdem ich meine Zelle verlassen hatte, überprüfte ich die beiden übrigen Zellen dieses Korridorabschnitts. Sie standen leer. Die Tür zum Gang war nicht verschlossen. Ich schob mich hinaus, dann bog ich in einen Servicegang ab und stieg eine Leiter hoch auf das Deck mit den Gaszellen des Zeppelins.

Der Bereich über den Passagierdecks der *Luxor* beeindruckte mich gewaltig. Der Raum war einfach gigantisch, ohne Weiteres breit genug für ein Footballfeld und hoch genug selbst für die größte Bombe. Riesige graue Gassäcke umschlossen ein Wabensystem selbstversiegelnder Heliumzellen und hielten den Zeppelin in der Luft. Das sie umgebende Gerüstwerk trug die Motoren, die das Luftschiff antrieben. Die gesamte Struktur war in graues Segeltuch gehüllt, das zusätzlich imprägniert war, um den Regen abzuhalten, damit er die Passagierdecks nicht überflutete.

Ich rannte die Gehstege entlang, so schnell ich konnte, und war froh, dass ich niemandem begegnete. Als ich mittschiffs ankam musste ich einen Wartungsschacht hinab, der zum Hangardeck führte, auf dem Lämmchens *Peregrine Blue* gestanden hatte. Ich erreichte es ebenfalls, ohne auch nur einer lebenden Seele über den Weg zu laufen, was mich vermuten ließ, dass ich meinem Piraten-Decknamen zumindest diesmal alle Ehre machte.

Dann traf mich die Wirklichkeit wie ein Schlag ins Gesicht. In dem Augenblick, in dem ich das Deck betrat, war Lucky Geschichte. Sechs Maschinen standen hier abflugbereit. Die erste war eine *Raven*: ein Schubpropeller-Einsitzer mit zwei Kaliber-.50-Kanonen und vier Kaliber-.40-Maschinengewehren. Es war ein hübsches kleines Flugzeug, leicht zu warten und angenehm tödlich.

Der Jäger, der hinter der *Raven* auf dem Startgerüst lag, ließ sie aussehen wie ein Spielzeug. Die vorwärts geneigten Tragflächen der *Misericorde* zogen sich schräg aufwärts, fort von ihrem Schubpropeller. Beide endeten in einem Kaliber-.30-Maschinengewehr. Parallel zum Rumpf ragten die Läufe von zwei bösartigen Kaliber-.50-Kanonen vor. Irgendwie schien dieses Flugzeug wie für die blutrote Lackierung gemacht. Ich sah keinen Pilotennamen am Cockpit, aber drei silberne Sterne ließen keinen Zweifel daran, wer diese Maschine flog.

Der bloße Anblick dieses Flugzeugs ließ bruchstückhafte Erinnerungen an die Nacht, in der ich verwundet worden war, durch meinen Geist zucken. Ich sah Dragowitsch, wie er Gangster mit Tommyguns anbrüllte. Ich sah Menschen zu Boden gehen, hörte sie schreien. Ich fühlte einen Schmerz durch meine Brust toben, dann Dunkelheit.

Ich löste mich aus den Schatten, und von rechts rief mich ein Mechaniker an. Seine Stimme riss mich abrupt aus den Tagträumen, und ich zog eine .45er und verpasste ihm eine Kugel in die Brust. Der Aufprall schleuderte ihn rückwärts in einen Werkzeugschrank, der laut krachend umstürzte.

Ein anderer Mechaniker stürmte mit hoch erhobenem Schraubenschlüssel auf mich zu, um mir den Schädel zu spalten. Ich gab einen schnellen Schuss in seine Richtung ab, der funkenschlagend das Werkzeug traf. Der Schraubenschlüssel wirbelte ihm aus der Hand und krachte ihm auf den Schädel. Er kippte um wie ein gefällter Baum.

Ich trat über ihn hinweg, schob die Waffe zurück ins Holster und griff mir eine Brechstange. Dann rannte ich hinüber zur *Misericorde* und rammte die Stange in den Lauf der ersten Kanone. Ich riss sie nach unten und verbog mit meinem Gewicht den Geschützlauf. Auf der anderen Seite wiederholte ich das Manöver, aber bevor ich mir die Kaliber-.30er vornehmen konnte, kamen zwei Männer aufs Hangardeck. Es kam zu einem Schusswechsel, und einer der beiden ging mit einer Kugel im Bauch zu Boden. Den Anderen erwischte ich am Arm – und mit einer .45er war klar, dass er den Arm nie wieder würde gebrauchen können. Er taumelte davon und schlug auf einen Alarmknopf.

Ich drückte den Knopf, der die Starttore öffnete, kletterte in die *Raven* und zündete den Motor. Er sprang sofort an, was mir sehr recht war. Ich schloss das Kanzeldach, gab Schub und löste die Bremsen. Der Jäger schoss vorwärts. Ich wurde vom Andruck nach hinten in die Sitzpolster geworfen, dann waren wir in der Luft.

Als das Maschinengewehr-Feuer der *Luxor* die Luft mit glühendem Metall zersiebte, fiel mir der deutliche Unterschied dieser Flucht aus dem Zeppelin zu meiner letzten auf. „Beim letzten Mal hatte ich einen Fallschirm", murmelte ich. „Wenn ich diesmal versage, hat General Argent gewonnen."

# KAPITEL ELF

## SIE SIND NICHT DER MANN, DEN ICH KANNTE

Ich rammte den Knüppel nach vorne und trat die *Raven* in eine Rolle, um unter die *Luxor* zu kommen. Die Kanoniere konnten ihre Geschütze nicht weit genug senken, um mich im Visier zu behalten, aber trotzdem zuckte die Leuchtspurmunition wie ein Schwarm winziger Blitzschläge herab. Als ich nach Backbord wegrollte, bemerkte ich einen Fleck am Horizont, in dem ich Kansas City vermutete, und nahm Kurs dorthin. Ich ging nicht davon aus, dass die *Raven* schnell genug war, mich dorthin zu bringen, bevor meine Gegner mich einholten, aber es war meine einzige Überlebenschance.

Ich sah zum Funkgerät und wünschte mir, Gaines hätte mir eine Frequenz verraten, die von der Militia abgehört wurde. Dann hätte ich weitergeben können, was ich über General Argent in Erfahrung gebracht hatte. Ich war sicher, es gab ein entsprechendes Arrangement, und wahrscheinlich wurde die Frequenz in regelmäßigen Abständen geändert, aber mir hatte man diese Information nicht anvertraut. Was durchaus logisch war: Hätte ich sie ausgeplaudert, hätten die Gegner der Militia durch Abhören des Funkverkehrs ihre Pläne auskundschaften können.

Ich schaltete das Gerät trotzdem ein und stellte es auf die Leitfrequenz, über die ich beim Anflug auf Kansas City mit der *Kestrel* Kontakt zum Tower des Volkskollektivs gehalten hatte. „Hier ist Fortune Tell in einer *Raven*. Die Registriernummer weiß ich nicht, ich habe die Maschine den Piraten gestohlen, die das Luftschiff *Luxor* gekapert haben."

Während ich auf eine Antwort wartete, schaute ich mich um und stellte überrascht fest, dass ich keine Verfolger sehen konnte. Unmittelbar hinter der *Misericorde* hatten startbereit zwei *Furys* gestanden, und hinter diesen beiden noch eine *Avenger*. Alle drei hätten sich inzwischen an meine Fährte hängen müssen, aber da war niemand. Die einzige Erklärung, die ich dafür fand, war der Schaden, den ich an der *Misericorde* angerichtet hatte. Normalerweise hätte man eine beschädigte Maschine über Bord geworfen, um den Weg für die anderen freizumachen. Aber natürlich nicht den Prototyp.

„Hier ist Kansas City Tower, Tell. Geben Sie Ihre Position an."

„Ich bin etwa hundert Meilen von Kansas City entfernt und bin im Anflug so schnell ich kann. Ich erwarte, verfolgt zu werden."

„Verstanden. Bitte warten Sie."

Ich schaute mich wieder um und sah vier Maschinen aus der *Luxor* starten. Eine, die *Misericorde*, drehte sofort ab, um sich wieder aufnehmen zu lassen. Die drei anderen verteilten sich und nahmen die Verfolgung auf. Ich zog die *Raven* noch tiefer und stieß etwa fünfundzwanzig Meilen westlich Topeka zum Kansas River hinab. Ich jagte dicht über gemächlich den Fluss entlangfahrenden Dampfbooten dahin, und als ich um eine Flussbiegung kam, hätte ich mit einer Flügelspitze um ein Haar ein kleines Fischerdory gespalten.

Der Flug war eine Leistung, dessen war ich mir klar, aber ich wusste nicht, wie nahe ich an den Grenzen meines Könnens war. Ich verspürte den Drang aufzusteigen und die Jäger zu stellen, die mich verfolgten. Intuitiv war ich zuversichtlich, die Piraten abschießen zu können, und die *Raven* war eindeutig für den Kampf gemacht. Sie tanzte vielleicht nicht durch die Luft, wie ich es mir gewünscht hätte, aber sie konnte mindestens soviel einstecken wie austeilen.

Gleichzeitig rief mir die Vernunft zu, dass die *Furys* und die *Avenger* eine Kombination von Geschützen besaßen, mit der sie mich auf weite Entfernung weichklopfen und aus größerer Nähe zerblasen konnten. Ein oder zwei Feuerwechsel würde ich in optimaler Distanz schaffen, aber ich konnte meine Gegner nicht daran hindern, sich alle gleichzeitig auf mich zu stürzen und die *Raven* auseinander zu nehmen.

Der Pilot der *Avenger* musste einen höheren Rang haben als seine Kameraden in den *Furys*, denn er übernahm die Spitze der Verfolger. Ich schlug Haken über dem Fluss so gut ich konnte. Die sechs Kaliber-.30-MGs der *Avenger* waren wie dafür gemacht, mich zu Tode zu schinden. Ich sah die Geschützsalven vor mir über das Wasser hüpfen, als ich auswich. Der Argent-Pilot hatte nicht viel Glück mit seinem Versuch, mich zu erwischen, aber er schaffte es, ein Segelboot zweizuteilen und mehrere Kisten an Bord eines Lastkahns in die Luft zu jagen.

Ich zog um eine lange, weite Flussbiegung und wählte den direkten Kurs auf Topeka. Ich nahm Schub zurück, damit der *Avenger*-Pilot sich einbildete, mich irgendwie doch getroffen zu haben. Ich hielt das Flugzeug unten und ließ die Ausweichmanöver träger werden. Ich konnte spüren, wie er näher kam. Seine Kaliber-.30er waren verstummt, damit ich vergaß, dass er da war. Er wollte beide Kaliber-.60-Kanonen in mein Heck feuern und es irgendwo zwischen dem Cockpit und dem Propeller abschneiden.

Ich erhöhte den Schub leicht, flog aber schnurgerade. Ich hatte direkten Kurs auf die Brücke nördlich der Stadt. Die

Flutanzeige reichte bis zu zwanzig Fuß, aber momentan hatte der Kansas nur eine Wasserhöhe von acht Fuß. Ich musterte die beiden mittleren Pfeiler, und obwohl ich mich nicht daran erinnern kann, bewusst nachgerechnet zu haben, zog ich die *Raven* in eine flache Rolle, bis die linke Flügelspitze beinahe das Wasser berührte.

Keinen ganzen Herzschlag später jagte die *Raven* durch den dunklen Tunnel der Brücke, auf beiden Seiten nur wenige Zoll vom Beton der Pfeiler entfernt. Die Spannweite des Jägers lag einen Zoll unter vierunddreißig Fuß. Wäre der Wasserstand einen Fuß höher oder die Pfeiler einen Fuß dichter zusammen gewesen, hätte ich in erheblichen Schwierigkeiten gesteckt. So aber schaffte ich es mit steter Hand am Steuerknüppel auf die andere Seite und zog in eine Schleife nach Backbord hoch.

Der Pilot der *Avenger* hatte seit Beginn meines Manövers etwa drei Sekunden für eine Entscheidung, und er verschwendete die Erste mit dem Versuch, auf mich zu schießen. Die nächste Sekunde verschwendete er mit dem Ansatz zu einer Rolle, um mir zu folgen, und die letzte mit Panik, als ihm klar wurde, dass er sich verrechnet hatte.

Ich hätte gedacht, die Aufgabe wäre simpel genug gewesen. Eine *Avenger* hat eine Spannweite von achtunddreißig Fuß und passt eigentlich nicht durch eine Öffnung, die nur um ein Haar breiter als vierunddreißig Fuß ist. Ich kann mich zwar nicht an meine Kindheit erinnern, aber ich bin mir ziemlich sicher, dass es sich dabei um eine Lektion handelt, die ich etwa im selben Alter gelernt habe wie die, dass viereckige Klötze nicht in runde Löcher passen, und dass Feuer heiß ist.

Und wie bei den meisten Lektionen gilt auch bei dieser, dass sie für Kinder erheblich weniger schmerzhaft sind als für Erwachsene.

Die Backbordtragfläche der *Avenger* schlug auf das Wasser auf, und die Maschine überschlug sich. Ihr Heck traf die Brücke und wurde komplett abgetrennt. Es flog davon, krachte in einen Model-T-Ford und schleuderte ihn von der östlichen Auffahrt zur Brücke … ein passendes Lehrbeispiel für alle, die das Automobil als Konkurrenz des Flugzeugs sehen. Die Steuerbordtragfläche brach ab, als sie auf das Flussbett schlug. Die linke Tragfläche schlug auf halber Höhe ebenfalls gegen die Brücke und faltete sich ein, als das Flugzeug auf den Rücken kippte und sank. Das Cockpit tauchte zuerst unter. Ich kann mich nicht entsinnen, jemanden auftauchen gesehen zu haben.

Als ich herumkam, stellte ich fest, dass anscheinend auch einer der *Fury*-Piloten in seiner Kindheit arg benachteiligt gewesen war. Er war völlig überrascht, mich auf der anderen Seite der Brücke hochkommen zu sehen, was darauf hindeutete, dass er als kleines Kind nie Kuckuck gespielt hatte. Ich flog zu einem Vorhaltschuss auf ihn an und drückte den Feuerknopf.

Die beiden Kaliber-.50- und vier Kaliber-.40-Kanonen zerfleischten die Nase der *Fury*, kosteten den Jäger aber nur Panzerung. Er zuckte vorbei, immer noch nach Osten, während ich nach Süden drehte und in einen Looping aufstieg, aus dem ich nach Osten hinter ihm her ausrollte. Er zog nach Steuerbord und flog nordwärts. Sein Flügelmann versuchte mit einem Gegenschubhüpfer hinter mich zu kommen. Ich warf das Seitenruder herum, zog die Nase der Maschine nach Süden und hatte ihn voll im Fadenkreuz.

Nur eine der Kaliber-.50-Kanonen traf, aber drei der Kaliber-.40er fraßen sich in die Nase der Maschine. Diesmal hatte ich mehr Glück als bei seinem Kameraden. Schwarzer Qualm stieg unter der Motorhaube auf. Ich hatte den Eindruck, Öl auf das Kanzeldach spritzen zu sehen, konnte es aber nicht mit Sicherheit sagen. Dazu donnerte ich zu schnell vorbei. Ich rollte nach Backbord, drehte nach Osten, dann zog ich die Wende enger, um nach Westen zu kommen.

Die erste *Fury* holte mich gerade ins Visier, als etwas an mir vorbeizuckte und in die bereits beschädigte Nase der Piratenmaschine schlug. Die panzerbrechende Rakete donnerte geradewegs in den Motorraum und sprengte Panzerbruchstücke und eine dichte Wolke öligen Qualms ins Freie. Ich sah keine Flammen, aber die Spitze eines der drei Rotorblätter war verschwunden. Munitionsgurte der beiden zertrümmerten Kaliber-.30-MGs im Bug der Maschine hingen in Fetzen herab, wie Speichel aus dem Maul eines geifernden Hundes.

Eine *Valiant* mit Markierungen in Schwarz und Marineblau stieg wirbelnd vom Fluss auf und jagte an der schwer angeschlagenen *Fury* vorbei. Ich schaute mich nach dem Flügelmann der *Fury* um und entdeckte ihn bei dem Versuch, sich ans Heck der *Valiant* zu setzen. Bevor es ihm gelang, stieg jedoch eine *Kestrel* mit der hässlichsten Bemalung, die ich je gesehen hatte, aus den Straßen Topekas auf und stürzte sich auf den leichteren Jäger.

Die Kanonen der *Kestrel* hämmerten auf die Nase der *Fury* ein. Panzerung zerbarst unter den Salven, mit denen die Kaliber-.30- und Kaliber-.40-MGs des Jagdbombers sie überschütteten. Den meisten Schaden richteten allerdings die Kaliber-.60-Kanonen an. Eine sprengte das Kaliber-.70-Geschütz unter dem Rumpf der *Fury*, während die andere den Motorraum beharkte. Qualm und Flammen leckten über den Rumpf. Die *Fury* verlor allen Schub und stürzte in den Fluss.

Die *Valiant* kam herum und setzte sich auf 6-Uhr. Eine zweite panzerbrechende Rakete schoss unter der Tragfläche hervor. Sie erwischte den stürzenden Jäger im Heck, schälte die Panzerung weg und zertrümmerte das Seitenruder. Der Pirat zog auf der Stelle die Nase hoch und stieg aus, als seine Maschine überzog, aber er war schon so tief über dem Wasser, dass sein Fallschirm sich erst teilweise geöffnet hatte, als er aufschlug.

Die *Kestrel* kippte über die Tragfläche weg und holte sich die andere *Fury*. Die schweren Kanonen zertrümmerten die letzten Überreste des Motors und färbten das Kanzeldach rot. Der Piratenjäger rollte nach Steuerbord und stürzte ab. Er schlug auf einem Schrottplatz am nördlichen Flussufer auf und explodierte.

Ich zog die *Raven* wieder herum und nahm Kurs nach Osten, dann reduzierte ich die Geschwindigkeit, bis die beiden anderen Piloten aufgeschlossen hatten. Ich erkannte Lämmchen im Cockpit der *Kestrel*. Sie hielt ein Schild mit der Funkfrequenz hoch, die sie benutzte, und nachdem ich das Gerät umgestellt hatte, drang ihr fröhliches Lachen über den Äther.

„Danke für die Rettungsaktion, Lamb. Wer ist dein Freund?"

„Sie sagt, sie kennt dich." Lämmchen machte eine Pause, und als sie weitersprach, hatte sie einen ziemlich frechen Ton. „Sie sagt, als Sie Fortune Tell zum erstenmal gesehen hat, war er nackt."

Ich blinzelte und versuchte zu erkennen, wer im Cockpit der *Valiant* saß, aber der Fliegerhelm verdeckte ihr Haar, und die Brille zerstörte ihr Profil. „Wer?"

„Komm schon, Tell, so viele Frauen kann es doch nicht geben, die das von sich behaupten können, oder?"

„Abgesehen von meiner Mutter, kaum." Ich sah noch einmal hinüber und musste grinsen. „Miss Hamilton, nehme ich an?"

„Hat lange genug gedauert, Tell. Was haben Sie so angestellt, seit Sie die Farm verlassen haben?"

Am Lachen in ihrer Stimme erkannte ich, dass sie viel zu viel Zeit mit Lämmchen verbracht und sich ausgetauscht hatte. „Ich bin sicher, Sie wissen bereits alles, was es über meine Abenteuer zu erzählen gibt, Marielle. Wo kommen Sie zwei her?"

„Die Flugkontrolle in der Kollektivhälfte von KC hat einen Zeppelin auf der Dixie-Seite entdeckt, der stark nach der *Luxor* aussah. Jefferson wurde informiert, und ich war unterwegs, um der Zigarre zu folgen. Miss Wolfington, die ich im Hostel kennen gelernt habe, bot sich als Flügelfrau an. Ich sitze in Jeffersons Maschine. Er ist noch in Kansas City und organisiert Ausgucke den Rest des Kurses entlang."

„Sie brauchen sich keine Gedanken mehr darum zu machen, die *Luxor* zu verfolgen. Ich weiß, wohin sie fliegt."

Ich seufzte. „General Argent hat einen Plan, und wenn er Erfolg hat, kann ihn nichts mehr daran hindern, ganz Nordamerika zu seinem kleinen Privatreich zu machen."

# KAPITEL ZWÖLF

## ICH HAB MEHR VERGESSEN, ALS SIE JE WISSEN WERDEN

Wir kehrten zum Flugfeld von Kansas City zurück und landeten. Marielle übernahm die Führung und rollte zu einem Hangarkomplex am Nordrand des Geländes. Wir brachten die Maschinen in die mittlere von drei Hallen. Die Tore der beiden anderen waren geschlossen. Dort warteten Mister Jefferson und eine Mechanikercrew. Die Mechaniker trugen die üblichen mausgrauen Overalls, aber weder Firmenaufnäher, noch die kleinen Namenschilder zierten die Brust.

Jefferson begrüßte mich. „Ich habe die Funknachricht von Ihrer Flucht aufgefangen, konnte aber nicht antworten, für den Fall, dass die Piraten mithören. Ich habe Marielle und Lamb auf einer Nebenfrequenz alarmiert, damit sie Sie abholen."

„Das haben sie getan, und sehr gekonnt." Ich lächelte, als Marielle das blonde Haar ausschüttelte und herüberkam. Lämmchen folgte ein, zwei Schritte hinter ihr und hatte ein breites Grinsen auf dem Gesicht. „Ihr habt mir das Leben gerettet, ihr zwei."

Marielle lächelte bescheiden. „Es war uns ein Vergnügen, Mister Tell."

„Mehr als nur ein Vergnügen." Lämmchens blaue Augen blitzten. „Es ist lange her, dass ich auf einer Mission geflogen bin, bei der es nicht nur um Schnelligkeit ging. Ich könnte mir vorstellen, ab und zu ein Rennen ausfallen zu lassen, um mehr davon zu erleben."

„Und was werden deine Fans dazu sagen?"

Sie zuckte die Achseln. „Das gibt ihnen die Wahl zwischen zwei Vorbildern, oder?"

„Könnte gut sein." Ich drehte mich wieder zu Jefferson um. „General Argent wird die Münzprägeanstalt Denver überfallen. Ich glaube, er will sie besetzen, oder zumindest ausräumen, um Geld drucken zu können. Er hat sich eine Geschichte über Goldvorräte in Denver ausgedacht, aber ich bin mir ziemlich sicher, dass er damit nur die Piraten aufeinander hetzen will, während er sich die Anstalt holt. Er muss jetzt schnell handeln, weil ich entkommen bin. Er wird mit Problemen rechnen, auch wenn er, glaube ich, davon ausgehen wird, dass ich die Story mit dem Gold glaube."

„Sie meinen, wir könnten ihn dort treffen und schlagen, während die Piraten miteinander beschäftigt sind?" Jefferson nickte. „Klingt machbar."

„Klar", bestätigte Lämmchen, „aber dafür brauchen wir ein, zwei Staffeln. Tell und Marielle hier sind gut, aber nicht so gut."

„Ich kann uns, glaube ich, noch Verstärkung besorgen." Jefferson schmunzelte, dann deutete er zu einer kleinen Tür in den Nebenhangar. „Marielle, wenn Sie unseren Freunden zeigen möchten, was Sie mitgebracht haben, gehe ich ein paar Telegramme aufgeben."

Marielle nickte und winkte uns zur Tür. „Mister Tell, Ihr Tantchen hat etwas ganz Besonderes für Sie."

Der Hangar, in den sie uns führte, war düster. Das einzige Licht fiel durch die Tür. Wegen der Schatten und der Bemalung des Flugzeugs hätte ich es erst fast übersehen. Tatsächlich sah ich zunächst einmal vor Allem das Feld schwarzer Sterne auf dem Leitwerk und die weißen Streifen, die sich von ihm senkrecht nach unten zogen.

Lämmchen deutete auf das Motiv. „US-Fahne in schwarzweiß. Das ist das Symbol der Unionistenmiliz."

Marielle blickte zu ihr hinüber. „Ich hoffe, das ist kein Problem?"

„Kaum, Schätzchen." Lämmchen schob die Daumen hinter den Gürtel ihres Overalls. „Ich bin mit dem Traum groß geworden, Luftrennen-Champion der Vereinigten Staaten zu werden, nicht einer läppischen Ansammlung von Kleinstaaten, von denen die eine Hälfte dir keinen Drink gönnt, und der Rest dir dafür soviel Geld abknöpft wie es nur geht." Sie schaute mich an. „Ich hätte wissen können, dass du Militia bist, Tell. Wahrscheinlich ist das nicht einmal dein richtiger Name."

„Im Moment schon." Ich trat einen Schritt vor und streckte die Hand aus. Ich strich mit der Rechten über die glatte Metallhaut der schwarzen *Misericorde*. Sie war kühl, erwärmte sich aber schnell unter der Berührung. Ich arbeitete mich um das Flugzeug herum, ohne den Kontakt aufzugeben. Die beiden Kaliber-.30er saßen an den Flügelspitzen, während die beiden Kaliber-.50er aus dem Rumpf ragten. Die vorwärts geneigten Tragflächen vermittelten selbst hier am Boden den Eindruck hoher Geschwindigkeit. Natürlich wusste ich, wozu es in der Lage war. Ich hatte es in der Luft gesehen.

Ich stieg ins Cockpit und machte es mir bequem. Erinnerungsfetzen narrten mich. Der Knüppel lag mir vertraut in der Hand. Die Armaturen waren bekannt, bis auf einen Schalter an der Schubsteuerung. Ich warf ihn nach vorne und wieder zurück, dann lächelte ich. In Gedanken sah ich ihn rot leuchten. Ich konnte ihn jederzeit betätigen, ohne die Hand vom Schubhebel zu nehmen.

Ich stand auf, setzte mich auf den Rand der Kanzel. „Sie haben nach den Kopien von Dragowitschs Plänen einen zweiten Prototyp gebaut."

„Stimmt. Ich habe ihn für Sie hergeflogen." Marielle legte die Hand auf die Backbordtragfläche. „Sie fliegt wie ein Traum, aber ich habe nicht mit ihr gekämpft. Das ist Ihre Aufgabe. Sie müssen Argents *Misericorde* erbeuten oder zerstören."

Ich nickte. „Seit New York bin ich im Kampf gegen seine Leute nur geflohen. Beim ersten Mal haben wir *Peregrine Blue* verloren, beim nächsten Mal haben sie drei Maschinen verloren. Je ein Sieg für beide. Zeit für die Entscheidung."

Über Nacht warteten die Mechaniker unsere Maschinen, tankten sie auf und luden die Munitionsmagazine. Sie fanden sogar Zeit, sie in Milizfarben neu zu bemalen. Das war natürlich mit Risiken verbunden, aber im Volkskollektiv leben die Menschen, um zu teilen, und teilen, um zu leben. Jeffersons Großzügigkeit sicherte uns zumindest zeitweilig große Loyalität. Und da wir darüber hinaus nach Westen unterwegs waren, um gegen Luftpiraten zu kämpfen, hatten die Menschen im People's Collective kein rechtes Bedürfnis, uns aufzuhalten.

Wir brachen am nächsten Morgen auf. Marielle flog die *Raven*, Lämmchen die *Kestrel* und Jefferson seine *Valiant*. Ich steuerte die *Misericorde*, die in der Luft noch flüssiger und geschmeidiger war als Black Swan auf der Tanzfläche. Es reichte beinahe, an Flugmanöver zu denken, um sie auszuführen. Mit einer problemlosen Reisegeschwindigkeit von 300 Meilen in der Stunde war der Jäger schnell und bei diesem Tempo so stabil, dass ich leicht ein Ziel im Fadenkreuz hielt. Dieser Vogel war geschaffen zum Töten. General Argents Zurückhaltung, ihn einzusetzen, überraschte mich doch sehr.

In der ersten Nacht flogen wir bis Scott City, PC, und landeten außerhalb der Stadt auf einem Acker. Der Farmer hieß uns willkommen und lud uns ein, die Nacht bei seiner Familie auf dem Hof zu verbringen. Aus Gesprächen entnahm ich, dass er einen Bruder im Großen Krieg verloren hatte und der Sache der Unionisten zuneigte, auch wenn er hoffte, dass die neuen Vereinigten Staaten sich als größere Version des Volkskollektivs entpuppen würden.

Diesen Idealen entsprechend halfen wir am nächsten Tag bei der Farmarbeit bevor wir aufbrachen und weiter in Richtung Westen flogen. Gegen Abend erreichten wir unser Ziel: Limon, Colorado. Es ist ein winziger Ort mit einem improvisierten Flugfeld am Ostrand. Als wir eintrafen, standen fast zwei Dutzend Maschinen dort aufgereiht, und ihre einzige Gemeinsamkeit war die schwarze Bemalung.

Wir rollten ans Ende der Linie, schalteten die Motoren ab und stiegen aus, während ein alter Tankwagen anrollte, um die Maschinen aufzutanken. Wir machten uns derweil auf den Weg zu einem großen, von Zelten umringten Lagerfeuer, wo wir dankbar Kaffee und eine warme Mahlzeit annahmen, die uns angeboten wurden.

Die Zusammensetzung der Piloten überraschte mich. Fast ein Drittel von ihnen war alt genug, den Großen Krieg mitgemacht zu haben. Ich hätte sie für schlau genug gehalten, keinen Luftkampf mehr mitmachen zu wollen. Der Rest war jünger, meine Generation, und fast ein Drittel davon Frauen. Mehr als einmal sah ich Vater und Sohn, Vater und Tochter oder Geschwister. Ihre Begeisterung für die Sache der Unionist Militia war offensichtlich, wenn zwei Generationen einer Familie für diesen Traum das Leben riskierten.

Aus einem großen Zelt trat Alister Gaines und kam herüber zu Marielle, Lämmchen und mir. Er nickte den beiden Frauen zu. „Miss Hamilton, schön Sie wiederzusehen. Sehr erfreut, Ihre Bekanntschaft zu machen, Miss Wolfington. Und schön, Sie hier zu sehen, Mister Tell."

„Ich hätte nicht erwartet, Sie jemals wiederzusehen, Mister Gaines."

„Ich hatte eigentlich auch nicht vorgehabt, hier zu erscheinen, aber die Umstände..." Er lächelte. „Ich bin zwar kein Kampfflieger, aber ich habe ein Flugzeug für Miss Hamilton hergeflogen. Eine *Bloodhawk*. Sie wird Ihre Flügelfrau."

„Die Planung für unseren Angriff steht?"

„Allerdings, und Ihre Vermutung, dass die Geschichte über das Gold zur Ablenkung gedacht ist, scheint sich zu bestätigen. Das Gerücht breitet sich derzeit in ganz Denver aus. Morgen ist mit hektischer Betriebsamkeit zu rechnen, die nur zum Teil mit der Prägeanstalt zu tun hat." Gaines öffnete die Arme. „Essen Sie, und schlafen Sie sich aus. Die Einsatzbesprechung findet kurz vor Sonnenaufgang statt, dann fliegen Sie aus der aufgehenden Sonne Denver an und erledigen General Argent."

Die Einsatzbesprechung war sehr früh angesetzt, aber schon nach wenigen Minuten pumpte Adrenalin durch meinen Körper. Die Mission war eine einfache Jagdaktion. Gaines wies darauf hin, dass wir die *Luxor* nur abschießen sollten, wenn sich das nicht vermeiden ließ, aber niemand hinderte uns daran, Argents Truppe zu zerblasen. Und er warnte alle anderen, sich von der roten *Misericorde* fernzuhalten. Die gehörte mir.

Während die Piloten zu den Maschinen rannten, hielt Lämmchen mich für eine Umarmung und einen Kuss fest. „Komm mir ja zurück, Tell. Wenn das hier vorbei ist, werde ich jemanden brauchen, den ich beim Billard ausnehmen kann."

„Da bin ich gerade richtig." Ich gab ihr auch einen schnellen Kuss, dann rannte ich los, um Marielle einzuholen. „Wenn Argent auftaucht, möchte ich, dass Sie sich aus dem Staub machen."

„Ich kann auf mich selbst aufpassen."

„Ich weiß. Ich habe nur Angst, dass Sie ihn mir wegschnappen."

Sie lächelte und drückte mir einen Kuss auf die Wange. „Dachte ich es mir. Ich werde Ihnen die anderen vom Hals halten, okay?"

Wir stiegen auf als sich die Sonne zeigte. Unsere Staffeln trugen die Codenamen Rogue und Ghost. Ich war Ghost 9. Ich fand den Namen passend, besonders, da ich irgendwie aus dem Grab aufgestanden war. Marielle, Ghost 10, ging in Position hinter meiner Steuerbordtragfläche. Ghost flog hohe Deckung über Rogue, und wir flogen beinahe unbemerkt nach Denver.

Unbemerkt blieben wir vor allem deshalb, weil über der Stadt ein beängstigend dichter Flugverkehr herrschte. Mindestens sechs komplette Staffeln Luftpiraten lieferten sich über dem Westen der Stadt ein hitziges Gefecht. Zwischen den in wilden Rollen und Schleifen umeinander tanzenden Jagdmaschinen stiegen sicher ein halbes Dutzend Rauchsäulen auf und kündeten von abgestürzten Flugzeugen, und in den Straßen schienen Bodentruppen im Anmarsch auf ein festungsähnliches Gebäude.

Der Schlacht ums Katzengold war in vollem Gange.

Die *Luxor* näherte sich von Norden, begleitet von drei gemischten Flugzeugstaffeln. Eine von Rogues Rotten stürzte sich auf einen Konvoi von Lastern mit Kurs auf die Münzpräge, während der Rest von uns zu Argents Leuten eindrehte und den Kampf aufnahm.

Ich stieß den Schubhebel der *Misericorde* durch bis zum Anschlag und stürzte mich in die Schlacht. Mein erster Angriff durchlöcherte die Backbordtragfläche einer *Kestrel*, dann war ich vorbei und an einer *Raven*. Ich jagte ihr eine panzerbrechende Rakete in die Nase, die ihr das linke Höhenruder zertrümmerte. Das hätte sie zu einem leichten Ziel gemacht, aber hätte ich abgebremst und beigedreht, um ihr nachzusetzen, hätte einer der Piraten mich anvisieren können, und das wollte ich vermeiden.

Rings um mich her stießen Jäger auf und nieder. Kanonen spuckten Feuer, Raketen zischten auf dünnen Rauchbahnen vorbei. Kugelhagel zertrümmerten Propeller und machten es den Maschinen, an denen sie gehangen hatten, ungleich schwerer, dem Zug der Schwerkraft zu widerstehen. Brandmunition schlug in Tragflächentanks, explodierte und sandte brennende Flugzeuge in Spiralbahnen hinab auf den Erdboden. Einschlagspuren zogen sich kreuz und quer über Rümpfe und Flügel, ließen Kanzeldacher splittern und färbten sie gelegentlich blutrot. Besorgte Piloten riefen um Hilfe oder brüllten Warnungen, ihr Tonfall wurde immer hektischer, bis sie in Rauschen, einem Fluch oder Racheschwüren erstarben.

Die rote *Misericorde* donnerte vorbei, aus allen Rohren auf eine schwarze *Raven* feuernd. Die *Raven* kippte nach Backbord weg, aber die *Misericorde* blieb dran und versenkte eine Rakete in der linken Tragfläche. Die Explosion sprengte den halben Flügel weg. Der Pilot der tödlich getroffenen Maschine öffnete das Kanzeldach und rettete sich, während der Jäger steil hinab auf die Stadt stürzte.

Ich stellte mein Funkgerät auf die Frequenz, die Argents Truppe beim Überfall auf die *Luxor* benutzt hatte. „General Argent, sind Sie das in der *Misericorde*?"

Eine abgehackte britische Stimme antwortete mir. „Hier spricht General Argent. Sie kennen meine Maschine, also wissen Sie auch, dass Sie keine Chance gegen mich haben, wer immer Sie sind."

„Hier spricht Fortune Tell aus der schwarzen *Misericorde* hinter Ihnen." Ich drückte ab und zog ihm eine Salve Kaliber-.30-Kugeln über die Heckpanzerung. „Sehen Sie mich jetzt?"

Argent riss die *Misericorde* sofort in eine Rolle über die Steuerbordtragfläche und zog den Knüppel nach hinten. Ich glitt nach Steuerbord und folgte ihm mit der Nase, aber sein Jäger schoss vorwärts. Meine Leuchtspurmunition zuckte hinter ihm vorbei, während Argents Gelächter aus dem Funkgerät drang.

„Ihre kläglichen Bemühungen werden Ihnen nichts nützen, Tell."

Er rollte nach Backbord, und ich hatte einen verlockenden Blick auf sein Heck. Ich hätte in einen Sturzflug abrollen können, um ihm nachzusetzen, aber genau darauf hatte er es angelegt. Stattdessen stieg ich hoch und entdeckte zwei seiner Piloten, die in Position für einen Vorhaltschuss gingen, der mich genau erwischt hätte, wäre ich dem General gefolgt. Er hatte seine Leute gut trainiert, aber nicht gut genug.

Mit bis zum Anschlag durchgedrücktem Schubhebel warf ich den Kippschalter um. Der Nitrobooster erhöhte schlagartig die Drehzahl des Motors. Meine *Misericorde* schoss nach vorne, und ich hatte das Gefühl, ein Maulesel hätte mir in die Nieren getreten. Die zusätzliche Geschwindigkeit schleuderte mich dem Hinterhalt der beiden Argent-Maschinen entgegen, und ich feuerte alle Geschütze ab, als ich zwischen ihnen hindurch sauste.

Mein Feuer traf eine *Defender* am Ansatz der Backbordtragfläche. Kaliber-.30-Kugeln schälten die Panzerung weg, während die Kaliber-.50-Salven sich tief ins Innere des Flügels senkten. Flugbenzin trat aus dem Tank, und das Glas des Kanzeldachs splitterte. Den Piloten erwischte ich aber wohl nicht, denn die Maschine kippte über eine Tragfläche in einen Sturzflug, der sie aus meiner Nähe trug, ohne dass sie außer Kontrolle geriet.

Als ich wieder beidrehte, suchte ich nach der roten *Misericorde*. Ich fand sie schnell genug, und Argent schien nichts gegen einen frontalen Vorbeiflug einzuwenden zu haben. Angst ballte sich in meiner Magengrube. Eine derartige Konfrontation ist häufig genug für beide Piloten das Ende. Als wir aufeinander zu rasten, hielt ich ihn im Visier und beobachtete, wie seine Maschine immer größer wurde. Ich wollte abdrücken, aber ich wartete, bis er das Feuer eröffnete. Als wir in Reichweite der Kaliber-.50-Kanonen kamen, erkannte ich sein Vorhaben.

Augenblicklich rollte ich die Maschine auf den Rücken und zog den Knüppel minimal zurück. Mein Manöver hatte mich knapp über die bisherige Flugbahn getragen. Die beiden panzerbrechenden Raketen zischten von mir aus gesehen über dem Kanzeldach vorbei, genau dort, wo ich eben noch gewesen war.

Möglicherweise von meinem Manöver einen Moment entgeistert, flog mir Argent genau ins Schussfeld. Ich drückte ab und hielt die Feuerknöpfe fest, riskierte eine Ladehemmung, um möglichst viel Schaden anzurichten. Aber die Waffen funktionierten bestens, und meine Kugeln bohrten sich in die rote *Misericorde*. Die Kaliber-.30er schlugen Löcher in die Bugpanzerung, dann krachten die Kaliber-.50er durch den kläglichen Rest. Sie zerfetzten das vordere Höhenruder, dann schlugen sie zum Benzintank durch. Flugbenzin strömte nach hinten über das Kanzeldach, während die nächsten Kaliber-

.50-Kugeln die Steuerbordkanone des Jägers zertrümmerten und ins Magazin schlugen.

Argent musste Magnesiumkugeln geladen haben, denn plötzlich spritzten Funken. Das genügte, um das ausströmende Benzin in eine riesige Fackel zu verwandeln. Ich war schon vorbei, als die *Misericorde* explodierte. Die Trümmer prasselten auf mein Heck. Aus der Kehre kommend sah ich die schwarze Rauchwolke der Detonation und die grauen Tentakel, die den brennend zu Boden stürzenden Trümmern folgten.

Ich öffnete das Mikrophon. „Hier spricht Fortune Tell an die Reste der Argent-Einheiten. General Argent ist tot. Sie können ebenfalls sterben oder sich ergeben. Die Wahl liegt bei Ihnen. Falls Sie sich ergeben wollen, stellen Sie das Feuer ein und lassen Sie das Fahrwerk runter."

Dann schaltete ich zurück auf die Milizfrequenz und gab durch, was ich den Piraten gesagt hatte. Als die ersten Maschinen kapitulierten, richteten wir unsere Aufmerksamkeit auf die *Luxor*. Es gelang uns, sie zurück nach Denver zu treiben und auf einem öden Stück Land auf der Prärie nördlich der Stadt zur Landung zu zwingen. Die aufsetzenden Piraten verliehen dem Gelände das Aussehen eines aufstrebenden Flugfelds, das allerdings zu weit von der Stadt entfernt war, um jemals praktischen Wert zu haben.

Für uns war ein Landefeld abseits der Innenstadt Denvers natürlich momentan höchst praktisch. Hinter uns lagen weite Teile der Stadt in Trümmern. Abstürzende Flugzeuge richten eine Menge Schaden an, wenn sie auf ein Haus treffen. Was die Sache noch schlimmer machte: Bei dem Versuch, die Bodentruppen Argents daran zu hindern, die Prägeanstalt zu besetzen, hatte Marielle eine volle Ladung panzerbrechende Sprengraketen auf das Gebäude abgefeuert. Das Wenige, was davon noch stand, war daraufhin ausgebrannt und hatte die Druckplatten und Papiervorräte, mit denen Argent den Kontinent hatte erobern wollen, für alle Zeiten zerstört.

Nachdem die Argent-Piloten an Bord der *Luxor* eingesperrt waren, benutzten wir das Luftschiff als Transportmittel zwischen dem Schauplatz ihrer Kapitulation und Limon. Wir nahmen die besten der Piratenmaschinen mit, den Rest zerstörten wir. Als ich von der letzten Fahrt zurückkehrte, erwartete Gaines mich bei den Maschinen.

„Ich habe die Gefangenen verhört, aber keiner von ihnen weiß, wo Dragowitsch geblieben ist. Colonel Cooper wird auch vermisst, also hat Argent ihn möglicherweise beauftragt, Dragowitsch irgendwo in ein Versteck zu schaffen. Tut mir leid. Er war der Schlüssel zu Ihrer Vergangenheit."

Ich zuckte die Schultern. „Macht nichts. Er hätte mir ohnehin nichts von Wert verraten."

Gaines runzelte die Stirn. „Wie meinen Sie das?"

„Dragowitsch war Argent."

„Was?" Gaines schüttelte den Kopf. „Sie haben mir selbst gesagt, dass Argent einen britischen Akzent hatte und Dragowitsch einen österreichischen."

„Sie sind Dragowitsch nie begegnet, oder?"

„Nein."

„Ich habe den Fehler begangen, den österreichischen Akzent für echt zu halten, als ich mit Dragowitsch redete."

„Aber er stammte aus Österreich."

„Sicher, aber er gehörte zur feinen Gesellschaft. Überlegen Sie einmal. Der Adel in Europa ist in einem einziges Netz aus Ehen und Verwandtschaften miteinander verbandelt. Sie alle besuchen dieselben Schulen. Wussten Sie, dass die Romanows untereinander auf Englisch korrespondierten, nicht auf Russisch? Warum? Weil sie mit Queen Victoria verwandt waren und alle englische Hauslehrer hatten. Ich bin sicher, bei Dragowitsch war es genauso. Als er mich als Argent sah, wusste er sofort, dass ich unter falscher Flagge segelte. Später habe ich Dragowitch erklärt, dass ich mein Gedächtnis verloren hatte, während er versuchte herauszubekommen, was Sie gegen Argent im Schilde führten. Ich bin von Anfang an hinters Licht geführt worden."

Gaines sah zu Boden. „Warum wollte er sich ein eigenes Reich aufbauen?“

„Dragowitsch behauptete, Argent sei im Krieg schrecklich entstellt worden. Ich vermute, seine wirkliche Verletzung war psychischer Natur. Dieser Typ, Freud, könnte es vermutlich erklären. Angeblich führte Argent die Schwäche der britischen Truppen auf ihre Niederlage hier in Amerika zurück. Es würde mich nicht überraschen, wenn Sie bei einer Überprüfung seiner Familiengeschichte eine Verwandtschaft mit Burgoyne oder Cornwallis oder einem anderen britischen General finden, der sich hier blamiert hat. Er sah die Niederlage im Unabhängigkeitskrieg als Fehler seiner Familie. Indem er Amerika zu seinem Privatreich machte, wollte er diese Schande auslöschen.“

Gaines zuckte die Schultern. „Es ist eine Schande, dass ein so genialer Mann sein Können auf einen derart bösartigen Plan verschwendet.“

„So brillant war er auch nicht.“

Gaines schaute mich fragend an. „Nicht?“

„Nein. In dem Falle wäre ihm klar gewesen, dass die Unionistenmiliz sich das Banknotenpapier und die nötigen Druckapparate zur Herstellung von Falschgeld schon längst selbst geholt hat.“

Er hob die aristokratischen Züge und nickte. „Woher wissen Sie das?“

„Durch Marielles Zerstörungswut an der Münzprägeanstalt. Sie legten Wert auf vollständig verwischte Spuren.“ Ich lächelte. „Dragowitschs Plan war brillant, aber nicht so brillant, dass echte Amerikaner nicht zuerst darauf kommen konnten. Die Militia mag reich sein, aber ein Imperium aufzubauen ist kostspielig, und es liegt eine gewisse Ironie darin, bestimmte Aktivitäten mit Falschgeld zu finanzieren. Wenn die Währung erst entwertet genug ist, werden die Menschen nach etwas anderem auf die Suche gehen, auf das sie sich verlassen können. Wenn Sie ihnen das bieten, sind Sie einen Schritt näher daran, die USA wieder auferstehen zu lassen.“

Gaines lächelte. „Ihre Weitsicht verblüfft mich immer wieder von neuem. Jetzt bedauere ich es noch mehr, dass Dragowitsch tot ist und das Geheimnis Ihrer Identität ins Grab genommen hat. Vielleicht findet sich in seinen Papieren an Bord der *Luxor* ein Hinweis."

„Vielleicht. Aber es ist nicht wichtig."

„Wollen Sie gar nicht wissen, wer Sie sind?"

„Oh doch, machen Sie sich da nur keine Sorgen. Und ich habe schon einiges in Erfahrung gebracht. Langsam fügen sich die Puzzleteile zusammen." Ich fischte das Amulett aus meinem Hemd. „Ich könnte herausfinden, woher das hier stammt. Das wäre ein Anfang. Und eine Spur führt nach Mexiko. Und Black Swan weiß mehr, als sie sagt."

„Sie werden Ihre Suche also fortsetzen?"

Ich nickte. „Allerdings. Aber das wird Geld kosten. Was glauben Sie, hätten Sie und Ihre Freunde noch Verwendung für mich?"

„Verwendung? Oh ja." Gaines seufzte und legte mir den Arm um die Schulter. „Ihr Tantchen wird sich freuen, sie wieder begrüßen zu können."

„Sie wird mich nicht mehr los werden, bis ich, oder Amerika, herausgefunden haben, wer wir sind." Ich lachte. „Und bis dahin muss ich wohl damit zufrieden sein, Fortune Tell zu sein."

# HEISSE TAGE IN MANHATTAN

## von Loren L. Coleman

Originaltitel: Manhattan Mayhem.
Übersetzung von Reinhold H. Mai

# KAPITEL EINS
## BANDITENTAGE

Major Loyle Crawford folgte seinem Flügelmann in den Sturzflug hinab zu den kobaltblauen Fluten des Lake Champlain und wartete darauf, dass er ausstieg. Die Einschusslöcher in Aleks Kanzeldach ließen nichts Gutes vermuten. Vor Loyles Windschutzscheibe verdrängte das pralle Blau des Wassers schnell das Türkis des Himmels. Zu schnell. Crawford nahm Schub zurück. Kalte Wut verkrampfte seine Eingeweide, während er beobachtete, wie die Grumman E1-c seines Flügelmanns auf der glatten Wasseroberfläche zerschellte. Unter der Wucht des Aufpralls schäumte das Wasser und schlug über die gesamte Maschine. Nur die Flügelspitze einer abgerissenen Tragfläche trieb noch einsam auf der Wasseroberfläche. Dann beruhigten sich die Fluten wieder, und Lake Champlain lag fast so still unter Loyles Maschine wie vor dem Absturz. Nur ein paar Trümmer markierten das Grab seines Partners, seines Freundes.

Loyle riss den Knüppel wild zurück und steuerte seine eigene *E1-c Avenger*, die *Madison Dawn*, wieder hinauf in den Luftkampf, der über dem ganzen See tobte. Der Zeppelin der Alkoholschmuggler hing hoch am Himmel und setzte gerade zu einer schwerfälligen Wende an, auf die untergehende Sonne und die relative Sicherheit der Adirondackberge zu. Aber die Zigarre konnte warten. Loyle wollte Blut sehen, das Blut dieser Quebecer Schmuggler, die den Venturers die Lufthoheit streitig machten… und vor allem das Blut des *Bell-Valiant*-Piloten, der Alek Chausser abgeschossen hatte.

Der Schmuggler fand ihn zuerst. Zusammen mit seinem Flügelmann löste er sich aus dem Luftgefecht und jagte von acht Uhr aus auf den Staffelführer der Madison Venturers zu. Kaliber-.40-Salven fraßen sich in Loyles Backbordtragfläche und brachten die *Madison Dawn* zum Beben. Mit einem schnellen Blick über die Schulter suchte der Major die

Tragfläche nach dem unverwechselbaren Funkenschlag von Brandmunition ab, fand aber nichts. Das Flieger-Ass des Empire State überzog die *Maddy* und rollte nach links weg. Er hoffte darauf, dass der Schmuggler nach Aleks Abschuss übermütig wurde und versuchte, sich an sein Heck zu hängen. Das Risiko lieferte eine unerwartete Dividende. Beide Schmuggler schossen dicht an der *Avenger* vorbei, so dicht, dass Loyle den tollwütigen Schakal sah, der die vordere Maschine als Bugbemalung verzierte, bevor sie sich unter sein Fadenkreuz schob.

Auge in Auge. So gefiel es ihm.

Das Funkgerät erwachte quakend zum Leben und plärrte Rufe wie: „Wir haben Gesellschaft!" und: „Neuer Zeppelin aus Westen!" oder einfach: „Was zum…", laut und fordernd. Loyle kümmerte sich nicht darum. Mit einem triumphierenden Bellen koppelte er alle MGs und stieß den Feuerknopf hart in die Fassung, hielt ihn für einen extralangen Feuerstoß durchgedrückt. Die beiden Kaliber-.60-Kanonen innen an den Tragflächen suchten und fanden die Steuerbordflanke des Schmugglers und nutzten die Flügeltreffer, die Alek dem Banditen noch hatte beibringen können, bevor er abgestürzt war. Die Kaliber-.30-Salven folgten dichtauf. Panzerbrechende Geschosse schlugen durch die Rumpfhülle, Magnesiumkugeln bohrten sich tief hinein und fraßen sich langsam durch die *Bell Valiant*. Crawford war sich nicht sicher, aber er glaubte, den Funkenflug von Brandmunition in der Nähe der Tragflächentanks zu sehen, bevor der Schakal abdrehte.

Einen Sekundenbruchteil später explodierte die Maschine. Loyle „Show Stopper" Crawford zeichnete einen Haken in die Luft. „Für Alek", flüsterte er.

„Sie fliehen!"

Dieser Funkspruch zog die Aufmerksamkeit des Flieger-Asses zurück zum Gefecht. Tatsächlich befanden sich die restlichen Schmuggler in wilder Flucht zurück zu ihrem Luftschiff, um das schwebende Warenlager zu retten, das jetzt selbst Ziel eines Angriffs war. Ein weitaus größerer Zeppelin, der majestätisch hinter den Bergkuppen der Adirondacks aufgestiegen war und dem Schmuggler den Rückzug abgeschnitten hatte, feuerte eine Breitseite darauf ab. Das stolze Wappen auf seiner Gashülle war über Meilen zu erkennen: eine schwarze Schwanensilhouette auf einem weißen Vollkreis. Black Swan. Eine der tödlichsten Piratenbanden, die der Kontinent je gesehen hatte.

Zwei Staffeln Piratenjäger brausten in enger Formation auf den Zeppelin der Schmuggler zu, und ihre Salven hämmerten auf die vorderen Maschinen ein, die aus dem Gefecht mit der Venturers-Staffel der Broadway Bombers zurückkehrten. Als Ergebnis trudelten noch zwei Schmugglermaschinen abwärts ins eisige Wasser des Lake Champlain. Im Schutz des Luftgefechts starteten Entermannschaften in kleinen Segelflugzeugen aus Swans schwebenden Palast und landeten auf der Gashülle des bedrängten Schmugglerzeppelins.

Loyle griff nach dem Mikro und zog die *Madison Dawn* in einer Wende herum, die sie hinter dem Quebecer Zeppelin vorbei zog und auf Kurs nach Süden brachte. „Abschiedsgrüße", befahl er seinen Piloten, sich mit einer letzten Salve aus dem Kampf zurückzuziehen. Kurz nachdem der Major eine seiner beiden verbliebenen Raketen abgefeuert hatte, formierte sich die Staffel zum Rückflug locker um seine Position. „Blendrakete ab", warnte er seine Leute, dann gab er Schub und ließ das angehende Massaker hinter sich.

Die Rakete sauste schnurgerade auf ihr Ziel zu, den Zeppelin der Schmuggler. Sie detonierte in einem blendend grellen Lichtblitz direkt vor einem Schakal-Flügelmann, der noch nicht abgedreht hatte, um dem Giganten des Himmels auszuweichen. Loyle zählte bis drei, wartete zur Sicherheit noch eine Sekunde, dann schaute er sich um und sah den blinden Schmuggler mit voller Wucht ins Heck des eigenen Luftschiffs krachen. Die haushohe Heliumzelle fiel mit zerfetzter Hülle in sich zusammen. Der Jäger, den der Zusammenstoß eine Tragfläche gekostet hatte, taumelte ungelenk auf den Boden zu.

„Show Stopper“ Crawford widmete auch diesen Abschuss seinem verlorenen Flügelmann.

„He, Loyle. Wir lassen sie doch nicht etwa davonkommen?“, fragte Heather „Ivy“ Iverian. Sie war eine der besten Fliegerinnen der Venturers, und in der Luft ebenso talentiert wie auf dem Tanzparkett. In ihrer Stimme lag Frustration.

*Als ob ich eine Wahl hätte*, dachte Loyle, während er langsam nach Südwesten drehte und die Schmuggler bei ihren verzweifelten Abwehrbemühungen beobachtete. „Hast du's eilig, dich in einen Kampf eins gegen zwei zu stürzen und dich anschließend noch mit der Zigarre anzulegen, Ivy?“

Der größte Teil des Ärgers in ihrer Stimme verklang. „Also, nicht wirklich, Sir. Aber die Ladung illegalen Schnaps hat uns Alek gekostet, und jetzt lassen wir sie einfach nach Empire rein?“

Bei der Erwähnung seines Flügelmanns spannte sich Loyles Hand um den Schubhebel. Aleks Verlust trieb ihn, seine Staffel zurück in den Kampf zu beordern. Er spürte, dass die *Maddy* bereit war, ihre Waffen heiß, die beiden Feldman-16-Motoren noch voller Leben. Seine Wut hatte Gleichstand mit der Vernunft. „Sie kommt nicht nach Empire“, versprach er. „Wenn du Black Swan wärst und mindestens einen Zeppelin voller Beute in der Nähe einer feindlichen Jagdstaffel hättest, was würdest du tun?“

Heather zögerte nicht lange mit der Antwort. „Ich würde ihn aus eigener Kraft oder notfalls im Schlepptau quer über Lake Champlain in die Maritime Provinces bringen. Das ist eine nasse Nation, und selbst bei zweifacher Übermacht wäre mir ein sicherer Profit in jedem Fall lieber als ein riskant erzielter Preisaufschlag.“

Crawford war derselben Ansicht. Und auch wenn es ihm nicht unbedingt gefiel, wusste er im Innern, dass die Broadway Bombers gute Arbeit geleistet hatten. Bis auf Aleks Verlust, aber das war nun mal ihr Berufsrisiko. „Wir bleiben in der Nähe und sorgen dafür, dass Swan es genauso sieht. Und dann geht's heimwärts.“

* * *

Es war eine von Loyle Crawfords besten Geschichten, und seit dem Tag über Lake Champlain vor knapp sechs Monaten hatte er an ihr gefeilt. Der tragische Verlust seines Flügelmanns. Zwei spektakuläre Abschüsse, auch wenn der zweite seiner Meinung nach in Wahrheit ein glücklicher Zufall gewesen war. Ein verzweifelter Kampf, begeisternde Heldentaten, und als Höhepunkt ein Auftritt der tödlichen, geheimnisvollen Black Swan. Die Einzelheiten, ebenso wie weitere Sichtungen Swans seither, schrieen nach Fortsetzung.

Und es war eine der wenigen Geschichten, die er zum Besten geben durfte. Sein Onkel Bryce Crawford, der Madison-Avenue-Mogul, entschied, welche Erzählungen sich für den Medienzirkus eigneten, den er um Loyles Leben inszenierte. Diese hatte Bryce des Sympathiefaktors wegen genehmigt, obwohl ihr der knallharte Abschluss fehlte. Er bestand grundsätzlich darauf, dass die Broadway Bombers im bestmöglichen Licht erschienen, und zählte für den Ausbau ihres Rufs ebenso auf ihre Prominenz als Söhne und Töchter der Elite New Yorks, wie auf ihr Können als Jagdpiloten.

Loyle nickte höflich und strich sich den Schnurrbart glatt, als jetzt Applaus aufklang, und bemühte sich nach Kräften, verlegen über die Aufmerksamkeit zu wirken, die ihm von den Daughters of Charity entgegenschlug, eines von der wohlhabenden Elizabeth Hawthorne aufgezogenen exklusiven Damenclubs, der seine Mitglieder aus der Elite der Debütantinnen und jungen Gattinnen der New-Yorker Gesellschaft rekrutierte. Einige der Zuhörerinnen hatten Tränen über Aleks Tod vergossen. Das Mitgefühl einer schönen Frau konnte nie schaden. Das Empire-State-Flieger-Ass schlug die Gelegenheit nie aus, bei einer dieser Zusammenkünfte zu reden, und das Restaurant Brown Derby bot genau die Art eleganter Umgebung, in der er und die anderen Mitglieder der Broadway Bombers sich besonders wohlfühlten. Als er sich jetzt, einen Fuß auf dem Stuhl und den rechten Arm aufs Knie gestützt, vorbeugte, das freundlich schiefe Lächeln auf den Zügen, und seine Zuhörerinnen mit dem durchdringenden Blick seiner blauen Augen musterte, für den er in diesen Kreisen berühmt war, wusste Crawford sehr genau, welchen Eindruck er im Vergleich mit den weitaus konservativeren übrigen männlichen Gästen des Derby hinterließ. Der maßgeschneiderte Anzug, der frische Haarschnitt und die sorgfältig manikürten Hände verstärkten sein robust gutaussehendes Image nur noch und ließen ihn im Vergleich zu dem Bild, das sich die meisten Menschen von einem Flieger-Ass machten, aus dem Rahmen fallen. In seinen eigenen Augen war er nur einer der berühmten Broadway Bombers, der Staffelführer der Madison Avenue Venturers.

*Na ja, vielleicht ein wenig mehr schon*, gab Loyle in Gedanken zu. Die Rockefellers hatten mehr Geld. Der junge Kennedy war möglicherweise eleganter gekleidet, auch wenn der Major das selbst keineswegs fand. Und vielleicht gab es noch andere Piloten, die ebenso gut waren wie er... bestimmt mindestens drei oder vier. Aber es wäre ihm schwergefallen, auch nur einen anderen Bomber zu nennen, dem es gelang, alle diese Qualitäten mit seinem Charme zu vereinen. Das war das Crawford-Paket. Er überlegte sich, was die Madison-Avenue-Firmen seines Onkels Bryce aus diesem Konzept machen könnten, und überspielte das Amusement und die skandalösen Gedanken mit einem Schluck aus seinem Wasserglas.

„Major Crawford, wie oft sind Sie abgeschossen worden?"

Jetzt nahm er Fragen aus dem Publikum an. Loyle besaß Improvisationstalent. Er schenkte der Fragestellerin ein strahlendes Lächeln und achtete sorgfältig darauf, dass es auch seine Augen erfasste und sie funkeln ließ. Es war eine der älteren Debütantinnen bei diesem Dinner. Vierundzwanzig schätzungsweise, brünett und atemberaubendem. Sie eiferte offensichtlich Betty Page nach, auch wenn es unverzeihlich gewesen wäre, sie darauf anzusprechen.

„Fünf Mal", erwiderte er, als wäre die Anzahl ohne Bedeutung. „Dreimal musste ich aussteigen, und zweimal konnte ich die Maschine zu einer Segelfluglandung zurück zum Aerodrom steuern." Er zwinkerte der jungen Dame zu. „Ich gehe nicht gerne zu Fuß nach Hause."

„Und wie viele Männer haben Sie … ich will sagen …" Die Debütantin wurde rot. „In den Filmen sieht man die Schurken nicht immer aussteigen."

*Natürlich nicht, auch wenn man es gerne glauben möchte, nicht wahr?* dachte Loyle und starrte in sein Glas. *Wir fordern den Himmel und einander heraus, aber am Ende des Tages kehren alle zu den Konfettiparaden und Nachtclubs zurück.* Er führte diese Haltung auf die Nation-of-Hollywood-Mentalität zurück, und auf Medienkampagnen, die Piloten wie ihn als unsterblich porträtierten. Er versuchte, eine werbewirksame Antwort zu formulieren.

Zum Glück brauchte er sie nicht mehr zu geben, denn die Ankunft des Zeremonienmeisters mit einem zweiten Piloten unterbrach ihn.

Eugene Winthorpe III., seit Aleks Tod Loyles Flügelmann, hatte sich die Selbstdarstellung, die zu einem Broadway Bomber gehörte, noch nicht wirklich zu eigen gemacht. *Typisch neureich,* dachte der Major nicht ganz zu Unrecht. Eugene kam offenkundig geradewegs vom Flugfeld. Sein Overall und die Fliegerjacke waren fleckenlos, passten aber absolut nicht zur Atmosphäre des Brown Derby. Die Daughters of Charity schienen ihm das allerdings nicht zu verübeln. Ein paar von ihnen reckten den Hals in Richtung Eingang, als ob sie glaubten, Eugene hätte sein Flugzeug vor der Tür abgestellt.

„Wir haben…", setzte Winthorpe an, aber der Zeremonienmeister unterbrach ihn und erntete dafür einen wütenden Blick von Loyles Flügelmann.

„Major Crawford", erklärte der ältere Mann steif. Seine graumelierte Frisur wirkte ebenso gestärkt wie das steife Hemd. „Bitte verzeihen Sie die Unterbrechung. Mister Winthorpe erklärt, dringende Geschäfte mit Ihnen besprechen zu müssen. Ich habe mir erlaubt, Ihre Fluglimousine anzufordern."

*Soll heißen, wir haben Startbefehl*, übersetzte Loyle. Eugene war vermutlich in einem Gyrotaxi gekommen. Obwohl es ihn drängte, aus seinem frustrierten Flügelmann herauszubekommen, was los war, bewahrte er Haltung und stellte das Wasserglas gelassen zurück auf den Tisch. Er dachte gar nicht daran, sich von dem Zeremonienmeister deklassieren zu lassen. Und der ältere Mann hatte Recht. Man rannte nicht einfach aus einem Elizabeth-Hawthorne-Dinner im Derby. Nicht ohne ein Mindestmaß an Würde und Wahrung der Etikette.

„Eugene", richtete er sich auf und verneigte sich leicht in Richtung der Tische. „Darf ich Ihnen Mrs. Hawthorne und die Töchter der Freigiebigkeit vorstellen. Meine Damen, Eugene Windthorpe III., mein Flügelmann."

Der jüngere Pilot wurde rot, als er verlegen an sich herabsah und scheinbar erst jetzt erfasste, wo er war, und in welchem Aufzug er hier stand. „Bitte verzeihen Sie mir mein Aussehen, meine Damen. Und vor allem, dass ich Ihnen Major Crawford entführen muss."

Wenn er es darauf anlegte, konnte Eugene durchaus charmant sein, dachte Loyle. Der junge Mann drehte sich wieder zu seinem Rottenführer um und versuchte, die hingerissen lauschenden Damen im Saal zu ignorieren. Es war ihm anzusehen, dass er sich nicht sicher war, wie viel er in der Öffentlichkeit sagen konnte. „Wir haben eine … eine Situation."

Loyle nickte lächelnd. „Wieder Dixie?", fragte er hoffnungsvoll. Die Abreibung, die seine Staffel in der Woche zuvor bei einem Überraschungsangriff der Konföderation hatte einstecken müssen, verlangte nach Vergeltung. *Wahrscheinlicher ist, dass wir Präsident La Guardias Zeppelin mal wieder Geleitschutz für den Wochenendausflug in sein Haus am Lake Ontario geben müssen.* Aber die Erwartung eines Gefechts würde bei diesem Publikum besser ankommen.

Eugene schüttelte den Kopf. Seine grüne Augen weiteten sich etwas, als die Aufregung zuviel für seine Beherrschung wurde. Windthorpes nächste Worte raubten Loyle den Atem, eine Situation, die ihm ganz und gar nicht vertraut war. „Nicht Dixie, Major. Black Swan. Ihr Zeppelin wurde auf Höhe von Coney Island gesichtet." Er hielt kurz inne, und ein begeistertes Lächeln erhellte seine jungenhaften Züge. „Sie hält direkten Kurs auf Manhattan."

# KAPITEL ZWEI

## SONDERZUSTELLUNG

Die sechs Grumman E1-c-*Avengers* schossen über den Battery Park, und die Zwillingsmotoren donnerten, als sie nach der Jagd den Broadway hinab in die Höhe stiegen. Auf den blaugoldenen Rümpfen prangten die stolzen Farben des Empire States und der Broadway Bombers, begleitet vom apfelförmigen Diamanten ihrer Staffel, der Madison Venturers. In Einsatzflughöhe angekommen, zogen die Maschinen in eine Standard-Keilformation auseinander und nahmen Kurs auf das Heck des riesigen Zeppelins, der gerade über Governor's Island eingeschwenkt war und nun den East River hinauf fuhr. Die Formation brach jedoch wieder auseinander, als die Spitzenmaschine ins Wanken geriet und den Angriffskurs abbrach.

„Eskorte? Was, zum Teufel, soll das heißen, Eskorte?"

Loyle Crawfords Hand verkrampfte sich um das Mikro, als wolle er eine weitergehende Antwort aus der Manhattaner Flugleitung Skyline Control herauspressen. Das Timing der Venturers war perfekt gewesen. Sie waren aus den tiefen Stein-, Stahl- und Glas-Schluchten der Stadt hinauf ans Heck des Luftschiffs gestoßen und fast in Schussweite an dessen Sechs-Uhr-Position aufgetaucht. Und es bot ein prachtvolles Ziel. Sechshundert Meter Zeppelin, flankiert von riesigen Motorgondeln, starrend vor Geschützpforten und MG-Nestern. Auf der Unterseite der silbernen Gashülle flimmerte das Licht der vom East River reflektierten Nachmittagssonne. Auf der

Flanke prangte das Emblem Black Swans, an das er sich von der Begegnung über dem Lake Champlain noch bestens erinnerte: eine schwarze Schwanensilhouette auf einem weißen Vollkreis. Diesmal würde die Piratenchefin nicht durch zahlenmäßige Überlegenheit davonkommen. Nicht hier, im Herzen vom Empire State, nicht angesehen der Feuerkraft, die La Guardia mobilisieren konnte. Nur…

„Major, Black Swan ist kein Feind, ich wiederhole, kein Feind", quäkte die Stimme aus dem Funkgerät. „Ihre Anweisung lautet, nur eine Jägereskorte zu liefern."

„Ich zähle schon mindestens eine Staffel Geleitschutz", stellte Eugene „Money Man" Windthorpe III. fest. Er driftete langsam nach Steuerbord und richtete seine Maschine ohne Zweifel auf ein mögliches Angriffsziel aus.

Loyle zählte schnell die leichten Jagdmaschinen durch, die in enger Formation um das Luftschiff in der Luft hingen, und kam zum selben Ergebnis wie sein Flügelmann. Er bemerkte auch die Abschlussflossen an den Tragflächen und die riesigen Kanonen unter dem Rumpf. „Bestätigt. Sechs J2-*Furys* als Deckung." Deckung wohlgemerkt, keine Angriffsformation. Das Adrenalin, das seine Muskeln zucken ließ, baute sich allmählich ab und machte einer widerstrebenden Bestätigung der Befehle von Skyline Control Platz. Er lenkte die *Madison Dawn* in eine sanfte Rolle, steuerte durch Eugenes Schusslinie und brachte die Staffel auf eine Höhe mit den Jägern Black Swans. Langsam begriff er, dass es heute kein Gefecht geben würde.

Wie zur Bestätigung drang eine neue Stimme durch den Äther. „Major Crawford, hier spricht Senior Controller Erik Tracey. Wir haben vor zehn Minuten die Nachricht vom Büro Präsident La Guardias erhalten. Black Swan ist auf Ersuchen des Präsidenten hier, und ihr wurde freies Geleit zum Seehafen an der 7. Straße garantiert. Ihre Venturers und Carnegie's Crusaders liefern dem Luftschiff Geleitschutz. Außerdem hat sie die Erlaubnis, eine eigene Staffel zu starten." Er machte eine Pause. „Wenn Sie nicht darauf bestanden hätten, in Lower

Manhattan den Verkehr zu stören und die Fensterscheiben zum Vibrieren zu bringen, hätten Sie das schon eher erfahren können. Wir konnten Sie nicht erreichen. Betrachten Sie das als die übliche inoffizielle Rüge. Heute keine Tiefflüge mehr."

Eugene brachte seine *Fortune's Hunt* neben die *Maddy*, winkte mit dem Mikro herüber und presste den Sprechknopf. „Was hältst du davon, Stopper?", fragte er mit der innerhalb der Staffel üblichen Verkürzung von Loyles Spitznamen.

Was er davon hielt? „Show Stopper" hätte seinem Flügelmann liebend gerne all die Gedanken mitgeteilt, die sich in seinem Kopf überschlugen, vor allem, dass Black Swan keine Lady war, mit der leicht ins Geschäft zu kommen war, nicht einmal für eine Führungspersönlichkeit vom Schlage eines La Guardia. Ihr Ruf eilte ihr voraus, und er förderte nicht gerade das Vertrauen. Soweit Loyle das sagen konnte, hatte noch niemand je davon profitiert, sich mit Swan eingelassen zu haben. Das Beste, was er über sie sagen konnte, war, dass sie noch nie auf ein legitimes Empire-State-Ziel gefeuert hatte. Das allerdings, dessen war er sich sicher, war mehr das Ergebnis zufälliger Umstände als irgendeiner Absicht.

Aber das war keine Unterhaltung, die er zweitausend Fuß über dem East River führen wollte, schon gar nicht, während Skyline Control und wer weiß, wie viele Air-Action-Weekly-Reporter zuhörten. „Wir tun, was man uns sagt, Money Man", spie er angewidert aus. „Alle Maschinen auf zweihundert Fuß heranziehen und der Zigarre zum Seventh-Street-Seehafen folgen." Er würde Swan den ganzen Weg über von einer möglichen Angriffsposition aus im Auge behalten und nach Anzeichen von Verrat Ausschau halten.

Dieser Haltung mangelte es für seinen Geschmack zwar erkennbar an Stil, aber momentan hatte er keine bessere Wahl. Keiner der Broadway Bombers sah irgendeinen Hinweis auf eine Bedrohung. Nicht ein Luftpiratenjäger löste sich aus der Formation, und der Zeppelin ignorierte ihre Anwesenheit völlig. Wall Street, Maiden, Fulton: An Backbord bemerkte

Loyle, dass Black Swans fliegende Festung auf ihrem Weg vorbei an Manhattan den Verkehr fast zum Erliegen brachte. Das riesige Luftschiff machte einen enormen Eindruck auf die Bewohner der Stadt. Carnegie's Crusaders schlossen sich der Luftparade in der Nähe der Brooklyn Bridge an und formierten sich vor dem Bug des Zeppelins, da die bessere Heckposition bereits von den Venturers beansprucht worden war. Loyle war klar, dass er nach der Landung zu hören bekommen würde, was die Crusaders davon hielten, im Visier der Piraten fliegen zu müssen. Als sie über die Manhattan Bridge zogen, warf er einen langen Blick hinüber zu dem Wolkenkratzer, der das elegante Madison-Avenue-Büro seines Onkels beherbergte. Ohne Zweifel beobachtete Bryce Crawford das Schauspiel durch eines der dunklen Fenster, und sein ganz und gar auf Medienwirkung geeichter Verstand arbeitete fieberhaft an einer Möglichkeit, Loyles Geleitschutz für Swan vorteilhaft auszuschlachten.

Hinter der Williamsburg Bridge rief Black Swan ihre Piloten zurück an Bord, und sie kehrten schnell und gekonnt auf das Hangardeck des Luftschiffs zurück.

Es war alles zu leicht. Zu ruhig. Loyle Crawford drehte, gefolgt von seiner Staffel, ab, als der Zeppelin am Haltemast des schwimmenden Hangars festmachte, der auf dem East River auf sie wartete. Alles, was er über Black Swan gehört hatte, ebenso wie die Erinnerung daran, wie sie sich über dem Lake Champlain die Schmuggelware geholt hatte, deutete darauf hin, dass hier mehr vorging als er aus der Luft erkennen konnte. Er zog die *Madison Dawn* in eine Kehre und führte seine Staffel zurück den East River hoch.

Neben ihm wackelte *Fortune's Hunt* mit den Flügeln. „He, Loyle. Nicht, dass ich deine Navigationskünste in Zweifel ziehen will, aber unser Aerodrom liegt nordwestlich von hier."

Crawford blieb auf Kurs. „Ich weiß. Und Madison Avenue ist südlich." Auch wenn der heutige Ausflug nicht gelaufen war wie erwartet, Tradition blieb, na ja, Tradition. Loyles von seiner ganzen Staffel adoptiertes Markenzeichen war eine Rolle über der Madison Avenue, gefolgt von einem dichten Vorbeiflug an den Wolkenkratzerbüros seines Onkels, zum Abschluss jeder Mission.

„Haben wir nicht gerade erst eine Verwarnung kassiert?“, flüsterte sein Flügelmann fast, als könnte das helfen zu verhindern, dass die Flugleitung den Funkspruch mithörte.

Loyle schaute über die Schulter zu Black Swans Zeppelin zurück, der gerade in die Hangarhalle geschleppt wurde. „Ich würde meinen, im Tower haben sie momentan andere Sorgen“, stellte er im Hinblick auf La Guardias Regierungsbüros im obersten Stock des Empire State Building fest und lenkte damit gleichzeitig das Gespräch von seiner eigenen Besorgnis ab. Dann gab er etwas nach. „Unser Madison-Avenue-Aerodrom ist zwar noch nicht fertig, aber es reicht für eine Landung, und es ist näher an den östlichen Wasserhäfen als Penn Central. Ich will zurück auf den Boden, und das je eher, desto besser.“

* * *

Das Gyrotaxi setzte Loyle und Eugene vor einer Crawford-Shipping-Lagerhalle ab, einem alten Gebäude aus der Zeit, als Fracht noch über Wasser transportiert wurde statt durch die Luft. Heutzutage stand es leer und war ziemlich verfallen. Aber wie der Zufall es wollte, lag es unmittelbar neben dem Kai, an dem der schwimmende Hangar festgemacht hatte, der Black Swans Zeppelin beherbergte.

Die auf dem Kai versammelte Menschenmenge machte den beiden jungen Männern bereitwillig Platz, als die Leute deren Overalls und die Lederjacken mit den großen Broadway-Bombers-Aufnähern sahen. Die Jacken waren zwar nicht immer eine angemessene Bekleidung, aber häufig genug verschafften sie den Piloten direkten Zugang zu so ziemlich jedem Ort der Stadt, an dem kein Krawattenzwang herrschte. Crawford und Windthorpe mischten sich unter die Schaulustigen und beobachteten, wie die Piraten ihre Fracht in eine kleine, nahe gelegene Lagerhalle ausluden. Sie waren sichtlich schon seit einiger Zeit an der Arbeit. Der Strom der Kisten ließ nach, als Loyle bemerkte, dass weniger Piraten die Halle verließen als betraten. Ein näherer Augenschein war unmöglich. Die Polizei hielt die Gaffer von den Docks ab, und die Piraten bewachten den Kai ebenso wie die Hallentore.

Auf einem Stapel leerer Kisten stand Black Swan persönlich und überwachte das Geschehen.

Loyle hatte keinen Zweifel daran, dass sie es war. Air Action Weekly hatte mehr als genug Photographien von ihr veröffentlicht, um dafür zu sorgen, dass jeder Pilot der Welt sie erkannte, wenn er sie sah. Aber das allein war es nicht. Ihr Auftritt schrie geradezu Luftpiratin: Sie trug Leder und Seide und musterte ihre Arbeiter und die Menge mit derselben arroganten Haltung, breitbeinig, die Arme in die Hüften gestemmt, die Rechte nie weit von der Waffe im tief auf dem Oberschenkel hängenden Holster, das volle, schwarze Haar zurückgeworfen. Beherrschend. Furchtlos. Show Stopper bewunderte ihre Ausstrahlung.

Auf ein unsichtbares Zeichen hin kam alle Aktivität um die Lagerhalle herum schlagartig zum Stillstand. Tore schlugen hinter den Piratenwachen zu. Black Swan sprang von ihrem Beobachtungsposten und dirigierte ein weiteres Dutzend schwerbewaffneter Wachen in Position. Dann schlenderte sie nach ein paar Worten mit einem ihrer Leute zu einer wartenden Fluglimousine, die sie ins Herz der Stadt davontrug.

„Was meinst du?", fragte Eugene, ohne wirklich eine Antwort zu erwarten. Zuerst hatte er versucht, Crawford den Besuch der Docks auszureden, aber schließlich war er ihm doch gefolgt, wie es sich für einen loyalen Flügelmann gehörte. „Ist sie auf dem Weg zum Emperor?"

Loyle quittierte die seit La Guardias erdrutschartiger Wiederwahl 1934 immer populärer werdende Bezeichnung für den Präsidenten mit einem Stirnrunzeln. Bei dem Gedanken daran, dass der Präsident Empire States sich mit der Piratenchefin traf, wurde seine Miene noch düsterer. „Das gefällt mir nicht", flüsterte er. Er blickte sich auf den Docks um, fand aber nichts, was das Unbehagen hätte erklären können, das seine Haut zum Prickeln brachte. „Diese ganze Situation hier stinkt nach Ärger."

Eugene nickte. „Dann sollten wir verschwinden", stellte er knapp fest und deutete mit dem Kopf in Richtung des nächsten Polizisten. „Als ich das letzte Mal nachgesehen habe, waren wir noch Piloten. Für Ärger am Boden sind die Herrschaften mit dem Blechabzeichen zuständig."

„Wo Black Swan die Finger im Spiel hat, sind wir auch betroffen. Und ich informiere mich lieber jetzt gleich, statt später überrascht zu werden." Loyle nahm die Uniformmütze ab und fuhr sich mit den Fingern durch die kurzen dunklen Locken. Er hatte keinerlei handfeste Informationen, aber sein Instinkt sagte ihm, dass hier etwas vorging, das es wert war, näher untersucht zu werden. Der Trick würde darin bestehen, herauszufinden, was genau es war. „Was hast du vor?", fragte er die abwesende Piratin.

Ein Schuss antwortete ihm.

# KAPITEL DREI
## Ein Schuss im Dunkeln

Durch die Geräuschkulisse der allgemeinen Unterhaltung nach dem Abflug Swans hörte außer den Venturers-Piloten kaum jemand den ersten Schuss. Oder den Zweiten. Dann aber brach ein Stakkato an Schüssen los, das jedes Gespräch zum Verstummen brachte. Alle Augen zuckten zu der kleinen Lagerhalle am Kai, die von den Piraten bewacht wurde. Ein paar Zuschauer liefen davon. Die meisten drängten sich nach vorne. Die Wachen Swans bewegten sich nicht. Sie reagierten mit keiner Miene auf den Lärm, der sich anhörte, als fände im Innern der Lagerhalle ein Massaker statt. Ihre eiskalte Effizienz ließ die Neugierigsten unter den Schaulustigen fast erstarren und bewahrte die Polizeilinie davor, sich einem Mob entgegenstemmen zu müssen, dem sie nicht gewachsen gewesen wäre.

Das Trommelfeuer verklang ebenso schnell, wie es begonnen hatte, und die Menge stemmte sich gegen den Polizeikordon. Die Piratenposten zeigten keinerlei Anzeichen, ihre drohende Haltung aufzugeben. Inmitten des Gedränges tippte Loyle Crawford seinem Flügelmann auf die Schulter und zog Eugene mit in den Schatten der verfallenen Lagerhalle seines Onkels. Dort klopften sich beide den Staub von den Fliegerjacken und richteten ihre Mützen. Das Ass fand eine mit einer Plane zugedeckte Kiste, schob sie an die Hallenwand und setzte sich. Hier war ein ausgezeichneter Beobachtungsposten. Eugene schaute mit einer Mischung aus Verwirrung und Ungeduld zu ihm herab.

„Was soll das werden?“

Loyle schob sich die Mütze über die Augen. „Sieh sie dir an“, befahl er und deutete mit dem Kinn zu den Piraten. „Die lassen keinen durch. Ich möchte wetten, sie wissen was, wovon wir keine Ahnung haben.“ *Noch nicht*, fügte er in Gedanken hinzu.

Die Konfrontation dauerte noch über zwei Stunden. Während Crawford sich ein Nickerchen genehmigte, verzogen sich die meisten der ursprünglichen Zuschauer, und verspätet eintreffende Reporter nahmen deren Platz ein. Eugene rüttelte ihn wach, als Black Swan zurückkehrte. Die Piratenchefin stieg aus derselben Fluglimousine, in der sie zuvor verschwunden war. Sie beachtete weder die Menschenmenge noch die fragenden Zurufe der Journalisten. Mit einem Blick sammelte sie ihre Leute und führte sie in schnellem Schritt zum Zeppelinhangar. Motoren donnerten auf, als das riesige Luftschiff sich aus den Halterungen löste und über den East River aufstieg. Wenig später schleuste es seine Jäger aus. Nicht eine Maschine der Broadway Bombers tauchte am Himmel auf, als die Streitmacht Swans ohne Eskorte nach Süden abzog.

Die beiden Piloten folgten dem aufgeregten Pulk von Reportern und neugierigen Hafenarbeitern. Loyle hielt Eugene mit einer Hand am Arm zurück. *Gib ihnen Zeit, ihre Filme voll zu schießen. Dann kommen wir.* Sein Flügelmann schien die unausgesprochenen Gedanken zu verstehen.

Nur gab es im Innern der kleinen Lagerhalle nichts, was sich zu photographieren gelohnt hätte. Sie war bis auf ein paar alte Zeitungen in einer Ecke leer.

Es war Jake Sloan, ein Reporter, den Loyle von den Interviews für die Times kannte, der die Falltür entdeckte und, gefolgt von seinem Photographen, als erster hinabstieg. Diesmal gewann Loyles Ungeduld die Oberhand über das übliche gelassene Image. Er und Eugene folgten den beiden die Leiter hinab zu einem auf dem dunklen Wasser treibenden Schwimmdock, bevor ihnen irgendwer zuvorkommen konnte. Das Dock zog sich die gesamte Länge des Kais entlang und wurde auf beiden Seiten vom Fluss umspült. Sloans Photograph machte ein Bild von einem neuen Tau, das um einen Poller lag, der schwarze Streifen von verwittertem Kreosot trug. Crawford schüttelte den Kopf, als der Mann die Kamera auf ihn und Eugene richtete. Das war nicht die Art Schnappschuss, die seinem Onkel gefallen hätte, dachte er, und freute sich über Sloans ermahnenden Ellbogenstoß in die Seite seines Kollegen.

„Blut.“ Diese Entdeckung ging auf Eugenes Konto, der mit dem Fuß über ein paar dunklere Flecken auf den Holzbohlen des Stegs strich. „Frisch“, setzte er unnötigerweise hinzu.

Loyle schüttelte erneut den Kopf, als Sloan herübersah. „Kein Kommentar“, stellte er fest, und winkte seinen Flügelmann beiseite, als die Photographen aus der Halle herunterdrängten, um die Blutflecken abzulichten. Die beiden Empire-State-Piloten kehrten über die Leiter zurück an die Oberfläche.

„Was ist, Loyle?“, fragte Windthorpe neben der Falltür.

Show Stopper ließ die Frage einen Moment im Raum stehen, während er sich eine Zigarette anzündete. Dann blies er einen dünnen Rauchfaden zur Öffnung im Boden. „Es kann uns nichts nützen, mit der Sache da unten in Verbindung gebracht zu werden", erklärte er. „Nicht, solange wir keine Antworten haben. Lass sie sich ihre eigenen Geschichten ausdenken. Dafür brauchen sie unsere Hilfe nicht."

Eugene runzelte die Stirn. Dann nickte er. „Wir geben also einfach auf? Nach all dem?"

„Natürlich nicht", erwiderte Crawford mit sorgfältig kontrollierter Stimme, um von unten nicht gehört zu werden. Im Dunkel des Schwimmdocks zuckten immer noch die Blitzlichter. „Ich will wissen, welche Fracht so wichtig war, ein Feuergefecht innerhalb der Stadtgrenzen zu riskieren. Ich will wissen, was es war, und wohin es verschwunden ist."

Sein Flügelmann nickte, und das grimmige Lächeln auf seinen jugendlichen Zügen ließ ihn abrupt altern. „Ist das alles, was du wissen willst, Stopper?"

Loyle zog fest an seiner Zigarette. Der Rauch brannte in seiner Kehle. „Ich will herausfinden, was Swan vorhat, Money Man. Mich blufft sie kein zweites Mal, das garantiere ich dir."

* * *

Der Starry Skies Club erfüllte Crawfords Erwartungen an eine Innenstadtkneipe voll und ganz: hell erleuchtet und überfüllt, mit lauter Pianomusik und einer – momentan leeren – Bühne, die Ablenkung von den Spieltischen bot. Die skandalos kostümierten Showgirls waren im Augenblick im Saal unterwegs und schlenderten zwischen den Tischen entlang, um mit den Kunden zu plaudern, zu flirten und sich gelegentlich einen Kuss stehlen zu lassen. Loyle schüttelte sein Unbehagen ab. Hier war mehr los als bei den Vorstadtsoirées, und die Atmosphäre war etwas herber, aber so groß waren die Unterschiede zu seiner vertrauten Umgebung denn auch wieder nicht. In der Hauptsache erforderte diese Umgebung einen anderen Ansatz, mehr Yankee Stadium als Metropolitan Museum oder Al Jolson als George Gershwin.

Loyle schob sich an den Spieltischen vorbei und um die Tanzfläche herum, und nahm Kurs auf das Ende der langen Theke, an dem Miss Kitty Forester saß. Eines ihrer Mädchen hängte sich an den Ärmel seines Jackets, und in ihren großen braunen Augen funkelte Erkennen. Das Flieger-Ass zog sie lässig an sich, wirbelte im Takt der Musik mit ihr durch den Saal. Dann löste er sich am Ende einer Drehung und ließ sie allein auf dem Parkett zurück, während er zur Theke trat, statt sie wieder an sich zu ziehen.

Kitty Forester gehörte das Starry Skies, und ohne Zweifel bezahlte sie ein paar Cops des hiesigen Reviers dafür, ein Auge zuzudrücken, wenn es um ihren Club ging. Sie war schon deutlich über Vierzig, mit einem leichten Graustich an den Schläfen, kleidete sich aber zehn Jahre jünger und kam auch gerade noch damit durch. Ihr schwarzes Cocktailkleid hätte besser auf einen Vorstadtball gepasst als hierher, in einen Saal voller Anzüge aus dem letzten Jahr und Sommerkleider, die fast schon wieder unmodern waren. Ihr Auftreten war der Garderobe angepasst, und sie spielte es voll aus. Sie glitt von ihrem Barhocker und kam zu Crawford herüber an einen leeren Tisch, auf dem eine Karte mit der Aufschrift „Reserviert" stand.

„Kein schlechter Auftritt", machte sie ihm ein dünnes Kompliment und nickte in Richtung der Tanzfläche und ihrer entgeisterten Angestellten.

Loyle zog einen Stuhl für sie heran und wartete, bis die Clubbesitzerin Platz genommen hatte, bevor er sich ebenfalls setzte. Er war sich sehr bewusst, dass sein einfacher Anzug keinem Vergleich zu ihrem Kleid standhielt, aber er war nicht bereit, ihr die Oberhand zu überlassen.

„Ich schmeichle mir, jeder Gelegenheit gewachsen zu sein", antwortete er mit einer angedeuteten Verbeugung. „Jake Sloan sagte, Sie führen eine anständige Bar." Er sah sich wohlwollend um. „Er hatte Recht."

„Das sagt mir, wie Sie hierher kommen", stellte Kitty fest und steckte eine Zigarette in eine lange Filterspitze. Loyle bot ihr Feuer an, und ihre stechenden braunen Augen begegneten seinem Blick über der Flamme. „Aber nicht, warum."

„Man erzählt sich, das Starry Skies hätte letzte Woche mehrere frische Fässer aufgemacht." Das war Teil des Spiels. In den meisten trockenen Staaten verbot die Prohibition die Herstellung und den Transport von Alkohol, nicht aber den Konsum. Die Vorstadtbars, in denen Loyle sich gelegentlich ein Glas Champagner erlaubte, schenkten den Inhalt lang etablierter Keller aus. Die Innenstadtclubs gaben in der Regel vor, es ebenso zu machen. Er hielt die Flamme seines Feuerzeugs an die eigene Zigarette. „Mich würde der Jahrgang interessieren."

Kitty zuckte wegen der verschleierten Anschuldigung mit keiner Wimper. „Da kann ich Ihnen nicht helfen, Major Crawford", sagte sie. „Das ist nicht die Art von Information, mit der ich mich abgebe." Sie stand auf, und Loyle tat es ihr gleich. „Aber bitte, bleiben Sie sitzen. Die Show fängt gleich an. Möchten Sie etwas trinken?"

*War das eine Absage, oder ist sie einfach nur vorsichtig?* fragte er sich. Jakes Informationen hatten eine neue Lieferung guten Südstaatenbourbons erwähnt. Möglicherweise die mysteriöse Fracht Swans. „Pacifica-Cidre, wenn Sie welchen haben." Eines seiner bevorzugten nichtalkoholischen Getränke. „Sind Sie sicher, dass Sie mir nicht helfen können?"

„Natürlich haben wir Pacifica. Ich schicke Ihnen eines der Mädchen." Ihr Tonfall war eisig und schloss jede weitere Unterhaltung mit derselben Endgültigkeit aus, mit der Crawford sich regelmäßig bemühte, die Feinde Empire States vom Himmel zu schießen.

Das war nicht die Reaktion, die er sich erhofft hatte. Loyle ließ sich zurück auf den Stuhl sinken, während Kitty Forester zurück hinter die Theke stolzierte und nach einem kurzen Gespräch mit dem Barmann durch die Bürotür verschwand. Sein sechster Sinn kreischte geradezu. Irgendetwas an Kittys

Haltung war falsch, aber dieses unangenehme Gefühl plagte ihn schon die ganze Woche, seit der Ankunft Black Swans und La Guardias Erklärung, ihr einen Kaperbrief ausgestellt zu haben. Das Flieger-Ass zog an der Zigarette. Wie passte eine Luftschifffracht, deren Ankunft ein Feuergefecht auslöste, damit zusammen?

Nichts davon ergab einen Sinn. Zumindest noch nicht.

Im Saal wurde es dunkel, und die Tänzerinnen strömten zu einer Darbietung auf die Bühne, bei der sie ihre wohlgeformten Beine enthusiastisch in die Höhe warfen. Der Anblick der Netzstrümpfe unter den dünnen Röcken und die mitreißende Musik, deren Takt er unwillkürlich mit dem Fuß mitzählte, lenkten Loyle ab. Ein junges Animiermädchen schob Kittys freien Stuhl näher zu ihm herüber und setzte sich rechts neben ihn. Er überspielte seine Überraschung, indem er weiter zur Bühne schaute und sie ignorierte. Er griff beiläufig nach dem Highballglas, das sie vor ihm abstellte. Er legte die Zigarette auf den Aschenbecher, hob das Glas und nippte vorsichtig an dessen Inhalt, um festzustellen, ob er Alkohol enthielt. Der Saft war sauber. Er nahm einen herzhaften Schluck und genoss den kühl-fruchtigen Geschmack nach süßen Äpfeln.

„Danke", stellte er schließlich fest und drehte weit genug den Kopf, um seine neue Gesellschaft zu mustern.

Sie hatte feurig rotes Haar in einem Farbton, der zweifelsohne aus der Flasche stammte. Ein Federkrönchen half, das lange Haar von ihren nackten Schultern zu halten. Sie kannte ihn ganz offensichtlich: Das Flieger-Ass hatte den träumerischen Ausdruck in ihrem Gesicht häufig genug auf Empfängen und Hawthorne-Dinners gesehen. Der einzige Unterschied zwischen ihr und den dortigen Ladys bestand in ihrer billigen und nicht gerade üppige Kleidung.

„Ich bin Terra", flötete sie. „Lance hat gesagt, ich soll mich um Sie kümmern."

Lance war der Barmann, wie Loyle aus dem kurzen Zucken ihrer Augen zurück in Richtung Theke schloss. „Ich werde mich bei ihm dafür bedanken müssen, dass er mir so eine perfekte Gesellschaft ermöglicht hat."

Sie zeigte Grübchen, wenn sie lächelte, ein krasser Gegensatz zum harten Auftreten Miss Kitty Foresters. Terra schob den Stuhl noch etwas näher und legte ihm die Hand auf die Schulter. „Haben Sie einen besonderen Wunsch, wie ich mich um Sie kümmern soll?", hauchte sie mit kehliger Stimme.

*Vorsicht*, ermahnte der Major sich. *Das ist ein gefährlicher Kurs.* Er nippte wieder an seinem Glas, und plötzlich hatte er einen Geistesblitz. Er streckte den Arm aus und musterte das Glas nachdenklich.

„Ich spiele mit dem Gedanken an etwas Härteres. Miss Forester hat frischen Stoff erwähnt, gerade erst … geöffnet."

„Georgias Bester", antwortete Terra augenblicklich. „Wirkliche Klasse. Vor zwei Wochen erst von ein paar freundlichen Gentlemen zur Verfügung gestellt. Nur für unsere wichtigsten Kunden, und ich denke, dazu gehören Sie sicher, Mister Show Stopper Crawford." Sie lächelte und zog eine Augenbraue in die Höhe. Mit einem Finger zeichnete sie die Kontur seiner Ohrmuschel nach. „Soll ich uns etwas holen?"

Die Wärme der Berührung löste gewisse Gefühle in ihm aus, aber die neue Information verdrängte sie. Vor zwei Wochen. Vor Swans Eintreffen. „Nichts Neueres?"

„Für was hältst du das hier, Honey, Emperor La Guardias Privatkeller?" Terra zog sich sichtlich ernüchtert zurück. „Hier in der Innenstadt machen wir auf, was wir bekommen können." Dann schüttelte sie ihre Verärgerung wieder ab und sank in einer einzigen flüssigen Bewegung auf seinen Schoß, schlang ihm die Arme um den Hals, die Füße auf dem Sitz ihres Stuhls. „Wie wäre es, wenn ich uns eine Flasche bestelle, und du zeigst mir ein bisschen südliche Gastfreundschaft?" Sie lachte über ihren eigenen Witz, wippte mit den Beinen und rieb sich an seinem Hals.

Crawford war auch nur ein Mann, und er genoss ihre Zuneigung, so unpassend sie auch war. „Unartige Mädchen" hatten einiges für sich. Unglücklicherweise hatte momentan

Black Swan diese Rolle in seinem Leben für sich gepachtet, und nicht nur diese. Er riss sich zusammen und versuchte, sich höflich von der jungen Dame zu lösen. Momentan brauchte er Antworten dringender als Selbstbestätigung.

Das Blitzlicht traf seine Augen wie eine Ohrfeige und tauchte den Tisch für den Bruchteil einer Sekunde in gleißender Helligkeit. Der Knall der zerplatzenden Glühbirne, so vertraut ihm dieses Geräusch auch war, durchzuckte ihn wie eine Kaliber-.70-Salve, die sich in den Rumpf der *Madison Dawn* bohrte.

Crawford sprang auf. Der Stuhl flog nach hinten davon, als er Terra auf ihre hohen Absätze stellte und am Tisch zurückließ. Weitere Blitzlichter unterbrachen die joviale Konversation des Clubs. Irgendwo kreischte eine Frau. Dann schrillten Trillerpfeifen und schnitten durch die Musik der kleinen Band. Die Musiker verstummten. Loyle schob sich seitwärts und blinzelte heftig, um wieder klare Sicht zu bekommen, während er sich in Richtung Theke arbeitete. Er rollte sich über die Bar außer Sicht, gerade als eine befehlsgewohnte Stimme den Tumult übertönte.

„Niemand verlässt das Lokal. Das ist eine Razzia."

# KAPITEL VIER
## UNGEBETENE GÄSTE

Loyle grinste verlegen, als sein Onkel die Gesellschaftsseiten der Sonntagszeitungen aufschlug. Sein Bild aus dem Starry Skies Club prangte neben einem Artikel in der unteren Hälfte. Terra lag auf seinem Schoß, das Gesicht an seinem linken Ohr. Das in der Ecke sichtbare Highballglas enthielt Pacifica-Cidre, aber wer würde ihm das schon glauben?

„Freut mich, dass du das amüsant findest, Loyle." Bryce Crawford wanderte mit übertrieben großen Schritten neben seinem Schreibtisch auf und ab. Der weiche Perserteppich des Privatbüros verschluckte jedes Geräusch. Er schaute aus dem getönten Fenster hinunter auf die Madison Avenue. „Es hat einiges gekostet, diese Geschichte auf Seite vier zu schieben. Eigentlich wollten sie es auf der Titelseite bringen, und Alexia White-Coleman hatte sogar vor, es an die Agenturen zu geben."

Sein Onkel war das Idealbild eines Mitglieds der besseren Gesellschaft Manhattans. Der elegant gekleidete und sorgsam gepflegte Bryce verdankte sein gutes Aussehen derselben Seite der Familie wie sein Neffe. Beide hatten dunkles Haar, aber das des älteren Mannes war glatter. Bryces Augen waren ein paar Schattierungen eisiger als Loyles Kornblumenblau. Er war ein Meister der Darstellung und umgab sich mit derselben Aura von Selbstbewusstsein, wie sie einen Rockefeller oder Astor auszeichnete. Den Crawfords fehlte zwar deren handfester Reichtum, aber Bryce machte diesen Mangel durch Ehrgeiz wett. Er gehörte zu den Dirigenten der Madison Avenue, und seine Hände steckten in einigen ausgesprochen tiefen Taschen. Die Elite Empire States schuldete ihm reichlich Gefallen. Loyle wusste, dass sein Onkel nicht von Geld sprach, wenn er Kosten meinte. Er hatte Einfluss eingesetzt, den er sich lieber für etwas anderes aufgehoben hätte.

Aber Loyle war die herausfordernde Art seines Onkels gewöhnt. „Würdest du mir glauben, wenn ich dir sage, ich war einfach zur falschen Zeit am falschen Ort?"

Die beiläufige Frage überrumpelte Bryce. Der ältere Crawford setzte zweimal zu einer Antwort an, dann überlegte er es sich mit einem traurigen Kopfschütteln anders. „Du bist ein hoffnungsloser Fall." Trotz der deutlichen Sympathie in seiner Stimme war der Onkel nicht bereit, seinem Neffen den Sieg zu überlassen. „Air Action Weekly wird die Geschichte nachdrucken. Ich kann es nicht verhindern. Sie wird in derselben Ausgabe auftauchen, in der du als einer der besten Piloten des Jahres genannt wirst."

Show Stopper riss die Augen auf. Er hörte zum ersten Mal davon, dass er in der diesjährigen „Krieger-der-Lüfte"-

Nummer erscheinen sollte. Aber wenn sein Onkel das sagte, zweifelte er nicht daran. Er servierte ihm die Eröffnung in der üblichen Art eines Bryce-Crawford-Geschäfts: die Komplimente verwässert, die Schulden betont.

Er täuschte Gleichgültigkeit vor. „Das wird den Schaden begrenzen." Er zog den rechten Mundwinkel zu seinem patentierten schrägen Lächeln hoch.

„Betrachte dich als auf Bewährung, und halte dich die nächsten Wochen bedeckt." Diesmal lächelte der ältere Crawford schneller zurück. „Für deinen alten Onkel, okay? Ich werde eine Gelegenheit für dich arrangieren, diesen dunklen Fleck mit positiver Publicity auszuradieren."

Loyle nickte. „Ist gut, Onkel."

„Und jetzt mach, dass du hier rauskommst. Geh und arbeite an deinem Flugzeug oder mach irgendwas Pilotiges."

Loyle schob sich rückwärts in Richtung der breiten Doppeltür zum Vorzimmer seines Verwandten und schaffte noch ein gedruckstes „Ist gut, Onkel." Als er sich umdrehte und eine der Türen öffnete, grinste er breit.

„Und hör auf, an meinem Büro vorbeizudonnern!"

Der Kommandeur der Madison Venturers zog die Türe leise hinter sich ins Schloss. Er machte keine Versprechungen, die er nicht einhalten wollte.

* * *

Die Venturers-Staffel rotierte noch immer zwischen verschiedenen für sie verfügbaren Flugfeldern, während sie auf die Fertigstellung ihres Skyline-Aerodroms wartete. Das über dem East River teilte sie sich mit Carnegie's Crusaders. Die Venturers sorgten dafür, dass es den hohen Ansprüchen gerecht wurde, die von der Eliteluftmiliz des Empire States erwartet wurde. Die blau-goldene Bemalung des Hangarbodens wurde einmal in der Woche ausgebessert, und nicht ein Ölfleck verunzierte die Oberfläche. Das Werkzeug hing ordentlich und in fabrikneuem Zustand an der Wand. Die

*Avengers* wirkten, als wären sie eben erst vom Band gerollt. Die *Madison Dawn* und Eugenes *Fortune's Hunt* standen in der vorderen Reihe und erwarteten die Bemühungen der Mechaniker und eines Vertreters von Grumman Aviation, der den Einbau neuer Funkgeräte mit Kehlkopfmikrophonen überwachte, die den Platz der antiken Handgeräte übernehmen sollten.

Soweit es Loyle betraf, war es hohe Zeit für diese Modernisierung. Er und sein Flügelmann schlenderten durch den Hangar und warteten ungeduldig auf das Ende der Arbeiten.

„Du hast mir weder was von Black Swans verschwundener Fracht noch von Sloans Hinweis erzählt, der dich in den Starry Skies Club geführt hat." Windthorpe schüttelte den Kopf. „Manchmal weiß ich wirklich nicht, wie du die Sache spielst, Loyle. Hast du einen Plan, oder nimmst du, was kommt, und improvisierst?"

„Sechs vom einen, Money Man, und ein halbes Dutzend vom anderen." Als er das frustrierte Gesicht seines Freundes sah, ließ er sich erweichen. „Mein Ruf kann den Schlag aushalten, Eugene. Ich könnte Alexia White-Colemans Adresse heraussuchen und ihr ein Interview geben. Und sie würde mir vielleicht sogar glauben. Aber in den Zeitungen sähe das trotzdem aus, als würde ich Ausflüchte machen. Von dem Widerspruch gegen Präsident La Guardias Entscheidung, Black Swan als Korsarin anzuerkennen, ganz zu schweigen." Er zuckte die Achseln. „Besser, ich überlasse diese Angelegenheit meinem Onkel."

„Und in der Zwischenzeit musst du dich bedeckt halten." Der jüngere Mann lächelte, und in seinen grünen Augen funkelte der Schalk. „Du wirst es bedauern, dich gestern Abend aus den Gesellschaftsseiten herausgehalten zu haben. Swan war auf La Guardias Empfang."

Die Eröffnung seines Flügelmanns traf Crawford wie ein Bauchschuss. „Sie was? Das hast du doch bewusst für dich behalten! Was ist passiert?" Black Swan auf einer Feier zu Ehren Präsident La Guardias? Loyle konnte nur ahnen, welchen Schaden sie angerichtet hatte, und was für ein Ereignis ihm entgangen war.

Windthorpe überließ nichts der Fantasie, vom filmwürdigen Auftritt Swans bis hin zu der beiläufigen Art, wie sie La Guardia für irgendeinen Fremden stehen gelassen hatte, der allem Anschein nach mit „Trip“ Darlington gekommen war und Martin Kelly kannte. Bei der Erwähnung Kellys blickten beide Männer hinüber zum Eingangsbereich des Hangars, wo der frühere Martel-Aviation-Angestellte für einen Bericht an den Präsidenten eine *Avenger* inspizierte.

„Du hättest sie übers Parkett schweben sehen sollen, Stopper.“ Eugene stockte fast der Atem, als er die erotische Szene zwischen Swan und dem Fremden namens Fortune Tell beschrieb, die sich vor den Augen der Elite Manhattans abgespielt hatte. „Wenn je zwei Menschen nach dem Tanz eine Zigarette gebraucht haben, dann diese beiden.“

Crawford versuchte sich das Gesicht einer Elizabeth Hawthorne nach einer solchen Vorstellung vorzustellen, aber zu seinem Bedauern ohne Erfolg. Zur Hölle mit seinem Onkel und den unsichtbaren Fesseln, die er ihm anlegte. „Was geschah dann?“

Eugene zuckte kurz die Achseln und errötete leicht. „Na ja, sie haben die Feier zusammen verlassen. Ich kann also nichts mit Sicherheit sagen.“

Aber seiner Miene nach hatte niemand auf dem Ball irgendwelche Zweifel gehabt. Loyle verspürte einen Moment des Bedauerns, dass er eine Chance verpasst hatte, Black Swan zu begegnen und einen Hinweis darauf zu ergattern, was sie in Empire State wollte. Außerdem empfand er, zu seiner eigenen Überraschung, eine Spur von Eifersucht gegenüber diesem geheimnisvollen Fortune Tell, der mit bewundernswürdiger Leichtigkeit auf dem schmalen Grat zwischen der High Society Manhattans und der Welt Black Swans wandelte. „Tut mir leid, dass ich das verpasst habe“, stellte das Flieger-Ass bedauernd fest. „Ich hätte den Mann gerne kennen gelernt.“

Das anerkennende Pfeifen eines Mechanikers zog Loyles Aufmerksamkeit auf die unterbrochenen Arbeiten an Heather Iverions *Avenger*. Alle drei Männer starrten zum Hangareingang. Eugenes Hand fiel schwer auf Crawfords Schulter. „Ist mir ein Rätsel, wie du das machst, Stopper, aber dein Wunsch hat sich gerade erfüllt."

Zwei Personen traten durch eine der kleinen Seitentüren der Halle. Black Swan ging voraus, eine Vision in schwarzen Stiefeln und lederner Fliegerjacke, einer khakifarbenen Reithose und weißer Bluse, mit einem roten Schal, der wie eine Blutspur um ihren Hals lag. Ihr Gang forderte Aufmerksamkeit, stark und sicher, mit einer wogenden Bewegung, der sich kein Mann entziehen konnte. Ihr Begleiter folgte ihr wie ein Schatten, leger gekleidet und weniger an einem Auftritt als vielmehr an Martin Kelly interessiert. Loyle erkannte den Ausdruck in seinem Gesicht.

„Er zieht auf Waffe", flüsterte er mehr bei sich als zu seinem Flügelmann. Pilotenslang für ein Ziel im Fadenkreuz. Er machte selbst einen Schritt in diese Richtung.

Und blieb verwirrt stehen, als Kelly nach einem kurzen Wortwechsel brüllte „Ich habe Ihnen nichts zu sagen!" und aus dem Hangar stürzte. Er rannte in Richtung einer Hudson-Redball-Limousine, die am Flussufer parkte. Der Mann, der wohl Fortune Tell sein musste, setzte ihm nach einem Handgemenge mit einem von Kellys Freunden nach. Black Swan hielt die anderen zurück. Plötzlich hielt sie eine schwere Pistole in der Hand. Sie winkte die Männer mit lockerer Geste zurück in Richtung Hangar, dann steckte sie die Waffe wieder ein, als Crawford sich erneut in Bewegung setzte.

Durch die Hangartore den Zubringer hinab zum Fluss blickend, sah Loyle die fünf Maschinen tief über das Wasser anfliegen. Eine stieg in die Höhe, ein seltsames Modell mit vorwärts geneigten Tragflächen, während die vier anderen einen Angriff auf das Flugfeld der Bombers flogen. Zu spät warnte eine Sirene die Piloten vor der Gefahr. Das Flieger-Ass erkannte vier Marquette-*Defenders*, kanariengelb lackiert, mit rotem Akzent an den hinteren Flügelkanten. Etwas an der Bemalung nagte an der Erinnerung des Majors, aber er schob es beiseite, packte Eugene und zog ihn mit hinter einen Werkzeugwagen. Aus diesem Winkel konnten die *Defenders* den Hangar mit einem tödlichen Kugelhagel oder jeder Menge Raketen füllen.

Loyle hörte das ferne Knattern der Kaliber-.40-Maschinengewehre und zuckte zusammen, als er unmittelbar darauf eine Explosion hörte, überzeugt, dass die Kugeln seiner *Maddy* gegolten hatten und sein Jäger nur noch ein Haufen Metallschrott war. Eugene fuhr neben ihm zusammen und dachte vermutlich ganz ähnlich. Dann machte das Flieger-Ass sich klar, dass die Detonation dafür zu weit entfernt gewesen war. Er stand auf und ging zum Hangartor. Windthorpe begleitete ihn und blieb neben ihm stehen, um über die Schulter seines Staffelführers das brennende Wrack des Hudson Redball zu betrachten, der die Rollbahn blockierte. Von Martin Kelly war nichts zu sehen, und Loyle machte sich keine großen Hoffnungen, dass er überlebt haben könnte.

Die meisten Venturers waren beim Aufgellen der Sirene davongestürzt, ebenso wie sämtliche von Kellys Freunden. Swan stand noch immer im Hangartor, die Arme trotzig vor der Brust verschränkt wie als Herausforderung, auch nur einen Schuss in ihre Richtung zu wagen. Mumm hatte sie, das musste Crawford ihr lassen. Dann bemerkte er, wie Tell auf die beiden am nächsten am Hangartor stehenden Flugzeuge zu rannte. Der Fremde kletterte die Leiter zum Cockpit von Eugenes *Fortune's Hunt* hoch, holte die Leiter ein und zog das Dach zu. Windthorpe bemerkte es in der nächsten Sekunde ebenfalls und rannte wütend brüllend los. Loyle hielt zehn Schritte mit, bis die Motoren der *Hunt* ansprangen und er erkannte, dass es zu spät war. Ob Tell sich zu den *Defenders* gesellen oder sie angreifen wollte, ließ sich nicht sagen, aber so oder so würde er in der Luft sein, bevor irgendjemand hier im Hangar ihn aufhalten konnte. Falls die Angreifer ihn bis auf die Startbahn ließen.

Was auch geschah, es würde sich in der Luft entscheiden, und Show Stopper dachte nicht daran, dabei den Zuschauer zu spielen. Er bremste schliddernd, warf sich herum und rannte zu „Ivy“ Iverians *Minuet*, an der die Mechaniker gerade mit der Arbeit anfingen. Er brauchte den Anlauf durch den Hangar, wenn er aufsteigen wollte, ohne auf die Startbahn rollen zu müssen. Das hätte den sicheren Tod bedeutet, wenn eine *Defender* ihn gesehen hätte. Loyle wollte Eugenes Maschine nicht abschießen, aber er würde eher die *Hunt* zerfetzen, als zuzulassen, dass irgendwer sich damit brüstete, den Venturers eine *Avenger* abgejagt zu haben.

Außerdem hätte es Tell nur ein paar Schritte mehr gekostet, die *Madison Dawn* zu entführen. Kein guter Präzedenzfall.

Loyle sprang die Leiter hoch und zog *Minuets* Kanzeldach ins Schloss. Dann schaute er gerade rechtzeitig zum Tor, um Fortune Tells Lösung für das Startproblem zu sehen, das die Angreifermaschinen und die auf der Rollbahn brennende Limousine ihm stellten. Der Mann hatte die Motoren schon auf volle Leistung getrieben, und ihr Donnern hallte durch den Hangar, als die Maschine sich gegen die Bremsen stemmte. Dann löste er die Bremsen, und die *Hunt* machte einen Satz nach vorne. Der Jäger hatte bereits eine beachtliche Geschwindigkeit, als Tell ihn um das brennende Automobilwrack lenkte und keine zwanzig Yards vor der Stelle in die Luft zog, an der die Bahn am Flussrand einen scharfen Knick zur Startbahn machte.

Der Major überprüfte die Klappen und warf die beiden Motoren der *Minuet* an. Er gab die Bremsen frei und ließ das Flugzeug rollen. Die *Avenger* zog durch die Halle und wurde allmählich schneller. Ein kanariengelber Schemen krachte ins Ende der Startbahn und rutschte in einem Funkenregen über den Asphalt und in den Fluss. Das beantwortete zwei von Loyles Fragen: Fortune Tell war kein Freund der *Defenders*, und es sah ganz so aus, als könne er sich lange genug gegen die vierfache Übermacht halten, um dem Flieger-Ass Zeit zum Start zu geben.

Black Swan hatte sich immer noch nicht bewegt, und Crawford verschwendete eine wertvolle Sekunde, indem er zu ihr hinüber schaute, als die *Avenger* an der Piratenkapitänen vorbeijagte. Sie blieb am offenen Hangartor stehen, die Arme gekreuzt, und beobachtete das Luftduell über dem Flugfeld, ohne mit der Wimper zu zucken, als Minuets Tragfläche nur fünf Fuß neben ihrem Kopf die Luft zerschnitt. Unglücklicherweise lenkte ihn das im ungünstigsten Augenblick ab, und Loyle bemerkte im letzten Moment, dass er es nicht mehr schaffen würde, vor dem brennenden Redballwrack aufzusteigen. Er riss den Knüppel nach hinten und trat das Seitenruderpedal hart durch, um nicht geradewegs in die lodernden Trümmer zu rollen. Die *Avenger* hob die rechte Tragfläche zuerst in die Höhe, und die linke Flügelspitze scheuerte fast über den Boden, bevor sie sich mühsam in den Himmel und hinaus über den Fluss erhob.

„Kommt noch jemand rauf spielen?", plärrte Tells Stimme aus dem halbinstallierten Funkgerät. Der Major war zu beschäftigt für eine kesse Entgegnung. Er trieb die Motoren an die Grenze ihrer Leistungsfähigkeit und zog die Maschine sofort in einen Immelmann. Er las echte Besorgnis in Tells Funkspruch und wollte die Kanonen der *Minuet* so schnell wie möglich ins Gefecht bringen. Die Motoren heulten protestierend auf, aber sie gehorchten. „Ivy" Iverian würde ihm nach der Landung die Hölle heißmachen dafür, wie er ihre Maschine misshandelte, aber solange er sie ohne neue Einschusslöcher zurückbrachte, ging er davon aus, dass sie ihm früher oder später vergeben würde.

Der Immelmann so kurz nach dem Start kostete ihn Flughöhe. Loyle drehte zurück in Richtung Hangar. Er war keine zwanzig Yards vom Fluss und noch einmal so weit vom Zubringer entfernt. Der Luftkampf fand kaum zwanzig Grad über zwei Uhr statt, und die Maschinen duckten und zuckten zwischen den Hangars des Flugfelds umher. Gerade setzten zwei *Defenders* zu einem Angriff auf die *Hunt* an. Die Flakgeschütze des Flugfelds blieben stumm, ein weiser Entschluss angesichts der Tatsache, dass auch zwei *Avengers* in der Luft waren.

Keiner der Piloten reagierte auf Loyles Anwesenheit. Zu sehr waren sie auf ihr tödliches Versteckspiel mit Tell konzentriert. Das war ein Fehler, der den *Defender*-Piloten eine schmerzhafte Lektion einbrachte, die sie schon lange vorher hätten lernen müssen. Das Venturers-Ass holte aus den Motoren heraus, was sie nur hergaben und bereitete einen direkten Angriff auf die nächste der Maschinen vor. Sie würden nicht mehr lange unwissend bleiben.

Indem er seine geborgte *Avenger* seinerseits in einen Immelmann zog, gelang es Tell, die Situation zu einem Frontalvorbeiflug mit den beiden *Defenders* zu verwandeln. Er rutschte nach Steuerbord und brachte sich in Position. Loyle war nicht zu weit entfernt, um ihm zu Hilfe zu kommen. *Nur noch ein paar Sekunden*, versprach er Tell in Gedanken, und verspürte unwillkürlichen Respekt vor dessen Flugkünsten. Tell lenkte die *Fortune's Hunt* in eine Rolle, die ihm einen Vorhaltschuss auf die Steuerbordtragfläche einer *Defender* ermöglichte. Die Magnesiummunition, die Eugene erst kürzlich geladen hatte, traf den Treibstofftank, und eine riesige Flammenzunge riss den halben Flügel weg. Die *Defender* trudelte außer Kontrolle nach Backbord weg, und die Tragfläche kollidierte mit einem Hangar. Das Flugzeug überschlug sich, krachte ins Dach und wirbelte über das Flugfeld davon, bevor es explodierte.

Schließlich aber machte sich die zahlenmäßige Übermacht doch bemerkbar, als die zweite *Defender* die Nase herumriss und die Salve ihrer gekoppelten Kaliber-.40-Kanonen sich in die Backbordtragfläche der *Hunt* fraßen. Crawford, der sich mit der Panzerung einer *Avenger* bestens auskannte, wusste, dass Tell jetzt mit einem beschädigten Flügelholm zu kämpfen hatte, der ihn nach Backbord zog. Er passte seine Flugbahn an und zog den Knüppel nach hinten. Seine Fluggeschwindigkeit trug ihn aufwärts in das Duell, als Tell und die *Defender* gerade zu einem Frontalvorbeiflug herumschwenkten. Der Bombers-Staffelführer warf die Schalter für zwei

Explosivraketen um und jagte sie unmittelbar vor der *Minuet* hoch in die ungeschützte Bauchseite der *Defender*. Beide Raketen schlugen ins Ziel ein, und ihre feurigen Detonationen fetzten unmittelbar hinter der Pilotenkanzel durch den Flugzeugrumpf. Flammen schlugen durch das Cockpit, dann brach dessen Dach auf, und eine Feuerzunge schlug himmelwärts. Die *Defender* brach in zwei lodernde Hälften auseinander, und „Show Stopper" steuerte die *Minuet* durch den kollabierenden Feuerball, der ihre ursprüngliche Position markierte.

Loyle zog die Maschine gerade und steuerte sie in eine offene Backbordwende, um nach weiteren Zielen zu suchen. Er sah Tell eine Rakete auf die verbliebene *Defender* abfeuern, der sein weit entfernter Gegner aber ohne Probleme auswich, indem er über den Fluss abdrehte und in Richtung Meer die Flucht ergriff. Crawford sah das fremdartige schwarze Flugzeug mit den vorwärts geneigten Tragflächen in die Schluchten zwischen den Wolkenkratzern Manhattans flüchten. Die unmittelbare Gefahr war gebannt, und mit etwas Glück würde eine Patrouille eine der fliehenden Maschinen abschießen, wenn nicht sogar beide. Fortune Tell war offenbar anderer Ansicht, denn er zog Eugenes *Avenger* hoch und nahm Kurs auf die in Richtung Innenstadt davonjagende Maschine. Loyles Adrenalinschub klang ab, als er sich daran erinnerte, was – und wer – ihn überhaupt erst in die Luft gebracht hatte.

Er öffnete das neue Mikro. „Hier spricht Major Loyle Crawford von den Broadway Bombers. Brechen Sie die Verfolgung ab und kehren Sie zur Basis zurück."

Tell zog auf einen Abfangkurs, der auf der letzten bekannten Position des geheimnisvollen Jägers basierte. „Nichts zu machen, Major. Ich muss mir dieses Flugzeug holen."

Das Bombers-Ass gab dem Mann die Bestnote für seine Flugkünste, und die schwere Bewaffnung, die er an der schwarzen Maschine gesehen hatte, ließen auch keinen Zweifel an seinem Mut. Aber es blieb eine Tatsache, dass Tell in einer

Maschine der Venturers saß und die gehörte zurück in den Hangar.

„Vielleicht haben Sie mich missverstanden", bellte Crawford mit kalter Stimme, und zog in einen Spiralkurs, der ihn an Tells Sechs-Uhr-Position führen würde. „Bringen Sie den Jäger auf den Boden, Freundchen, oder ich hole ihn runter, und Sie gleich mit."

# KAPITEL FÜNF
## AUSZEIT

Als Black Swan nach der Landung Arm in Arm mit Fortune Tell davon wanderte, erfror Loyles Lächeln. Er sah dem Pärchen hinterher, als es über den blau-goldenen Hallenboden und durch die kleine Seitentür verschwand. Swan sah sich nicht einmal um, obwohl Crawfords Blicke sich wie eine MG-Salve in ihren Rücken bohrten. Tell stoppte auf der Türschwelle, als fühle er sich plötzlich unsicher. Er drehte sich um und verabschiedete sich mit einem halben Winken und einer leichten Verbeugung, bevor er Swan ins Freie folgte. Loyle entspannte sich und widmete sich wieder den Venturers.

Die meisten musterten ihn zwar zweifelnd, behielten ihre Ansichten aber für sich. Heather Iverian schien kurz davor, sich auf ihn zu stürzen, und der Major sah Eugene, eine Hand besitzergreifend auf den Rumpf der *Hunt* gepresst, neben seiner Maschine stehen. Er zog eine Miene, als wolle er Brandmunition spucken.

Windthorpe kam Ivy zuvor. „Stopper", knurrte er. „Ich hatte mich darauf verlassen, dass du diesem Kerl Tell eine Lektion erteilst. Ich fasse es nicht, dass du ihn einfach davonziehen lässt, nachdem er die *Hunt* entführt hat."

„Er hat sie zurückgebracht, Money Man", stellte Crawford mit sanfter Stimme fest, eine Bemerkung, die ebenso an Iverian gerichtet war, deren Jagdmaschine er sich für den Luftkampf gegen die *Defenders* ausgeborgt hatte. Um ihre Entgegnung abzublocken, fügte er hinzu: „Zumindest habe ich die *Minuet* ohne Einschusslöcher zurück gebracht." Das konnte allerdings weder Heather noch Eugene zufrieden stellen.

Ivy schürzte die Lippen und schleuderte ihrem Kommandeur ihren wütendsten Blick ins Gesicht. „Das Mindeste, was ich erwarten würde, wenn du *Min* noch einmal zu einem Tanz ausführen willst, ist, dass du vorher fragst. Wir sind beide wählerisch, was ihre Partner angeht."

Loyle streckte die Hand aus. Als sie einschlug, zog er sie an sich und wirbelte sie im Walzerschritt herum. Bei aller Überraschung ließ Heather sich ohne Widerstand führen. Er beendete den kurzen Tanz, indem er sie nach hinten beugte und die Position hielt. „Einverstanden", stellte er fest, hob sie wieder aufrecht, gab sie frei und verbeugte sich mit übertriebener Gestik.

Die Theatralik seines Auftritts ließ sie schmunzeln, aber der harte Glanz ihrer normalerweise sanften blauen Augen und das kurze Kopfschütteln machten deutlich, dass er so leicht nicht davonkommen würde. Ein deutlicher Druck seines Arms erinnerte ihn, dass er ihr für den Tanz in ihrer Maschine noch immer etwas schuldete. Dann strahlte sie plötzlich und hüpfte fast zurück zur *Minuet*, was die Aufmerksamkeit von ihrem Staffelführer ablenkte.

Loyle klatschte laut in die Hände, um seinen Vorteil auszunutzen. „In Ordnung, Leute. Die Show ist vorbei. Sehen wir zu, dass wir die Funkgeräte ausgewechselt bekommen, und solange alle hier sind, wie wäre es mit ein paar schnellen Runden über den Fluss, rottenweise."

Die Bombers teilten sich in Rotten auf. Eugene wartete ungeduldig auf die Gelegenheit zu einem ungestörten Gespräch. „Na schön", sagte er schließlich mit ruhigerer Stimme. „Warum hast du Tell nicht durch einen Propeller gedreht, und wie kommt es, dass du mit Black Swan plötzlich so locker umgehst?"

„Tell hat da oben so ziemlich ohne Hilfe zwei Banditen erledigt. Ich bin verspätet aufgetaucht und habe einen Dritten weggeräumt. Ihn danach zur Rede zu stellen, wäre einfach schlechtes Benehmen gewesen." Er hob den Zeigefinger. „Regel Nummer Eins, Money Man: Image ist alles. Ich habe keinen Vorteil darin gesehen, mir Tell zum Feind zu machen, während Black Swan zusieht." Er grinste dünn und schräg wie immer. „Und wenn sie die Vorstellung geschluckt hat, könnte uns das Spielraum verschaffen."

Sein Flügelmann deutete hinaus zu dem immer noch brennenden Redball, dem sich jetzt ein paar Mechaniker mit Feuerlöschern näherten. „Aber Kelly..."

„Ich glaube, es war Tells Angelegenheit, nicht Swans, was sie veranlasst hat, hierher zu kommen und mit Kelly zu reden."

Windthorpe dachte nach. Dann nickte er. „Na schön. Solange wir sie nicht plötzlich fallen lassen."

Loyle strich seine Montur glatt. „Niemals. Von jetzt an werden die Venturers wie Schatten an ihr kleben, solange sie in Empire State ist. Wir werden herausbekommen, was sie plant. Auch wenn wir dadurch die ein oder andere Party oder Broadwaypremiere verpassen. Das hier ist wichtiger."

„Außerdem hat dein Onkel dich für eine Weile an die Kette gelegt, so dass du ohnehin nichts Besseres zu tun hast", stellte Eugene grinsend fest.

„Geteiltes Leid ist halbes Leid", bestätigte sein Rottenführer.

* * *

Trotz der erwarteten Beschwerden über den inoffiziellen Streifendienst absolvierten die Venturers die nächste Woche brillant. Sie hielten die östlichen Kais unter ständiger Beobachtung und verfolgten drei Flüge der zu Korsaren mutierten Piraten Black Swans. Unglücklicherweise entdeckten sie nichts Schlimmeres als zwei Freizeitflüge in die Atlantikkoalition für Kneipenbesuche und anderweitige Unterhaltung, und einen Geleitschutz für einen anderen Zeppelin

Swans den East River hinab, um von Dixie-Luftschiffen erbeutete Ladung abzuliefern. Nach außen spielte Black Swan den Regeln gemäß. Keine Überraschungen.

Loyle hätte wissen müssen, dass es zu einfach war.

Auf dem vierten Flug folgten die Venturers tief an sechs Uhr einer von Swan persönlich angeführten Staffel. Vierzig Minuten Flug aus Manhattan nach Nordwesten brachte beide Staffeln an die nördlichen Ausläufer der Poconos, über Port Jarvis und zum Oberlauf des Delaware. Swans sechs Curtiss-Wright J2-*Furys* hielten eine Flughöhe von achttausend Fuß, knapp unter einer für den Nordosten typischen Decke aus grauen Kumuluswolken. Ihre schwarze Bemalung machte sie zu guten Zielen, aber sie flogen so offen und ungeniert, als wäre es undenkbar, dass irgendjemand es wagen könnte, sie anzugreifen. Das Blau-Gold der *Avengers* verschwamm etwas besser vor dem dunklen Gelände, über das ihr Kurs sie trug, ganz zu schweigen davon, dass sie sich im toten Winkel der *Furys* hielten.

„Binghampton?", spekulierte Money Man, und zog in Gedanken den momentanen Kurs der Piraten auf der Karte in gerader Linie weiter. „Syracuse?"

„Elmira oder Rochester?" Der Vorschlag kam von Kenneth „Iron Horse" Vanderbilt, Heather Iverians Flügelmann. „Vielleicht hat sie eine Schwäche für einen Flieger an den Großen Seen, und das ist eins ihrer berüchtigten romantischen Zwischenspiele."

„Vier Punkt nördlich, und sie könnte nach Monticello unterwegs sein", erklärte Eugene. „Ist dein Onkel nicht dieses Wochenende in seiner Bergvilla, Stopper?"

Das löste eine Runde spekulativer Kommentare über ein „Zwischenspiel" Black Swans mit Bryce Crawford aus. Loyle hörte es sich gutmütig an, dann fragte er: „Was sollte mein Onkel mit Black Swan gemein haben? Kann sich irgendeiner von euch eine absurdere Paarung vorstellen?"

Damit bot er sich natürlich zum Abschuss an. Ivy nahm an: „Klar", erwiderte sie sofort. „Black Swan und dich."

Ein warmer Kitzel lief Loyles Nacken hinab, und seine Verlegenheit überdeckte einen Moment die Gefahr, die sein Unterbewusstsein bereits erkannt hatte. Er bemerkte sie, als der erste schwarze Punkt in den Wolken verschwand. „Sie steigen", rief er und zog die *Madison Dawn* steil hoch. Später zweifelte Loyle daran, dass irgendeiner in der Staffel in diesem Moment etwas anderes vermutet hatte als einen kurzen Abstecher über die Wolken für etwas Sonnenschein, oder eine versteckte Kursänderung.

Als die schwarzen Jäger wieder aus der grauen Wolkendecke fielen, kam das für die Madison Venturers völlig überraschend. Sie hatten den Kurs um 180° gedreht und stießen fast lotrecht auf die Milizmaschinen herab.

„Auseinander!", brüllte Loyle und riss die *Maddy D* hart in eine halbe Schleife. An seiner Steuerbordtragfläche sah er Money Man durch die schnelle Motorwende in Position bleiben. Zwei schwarze Jäger schossen wie dunkle Blitze vorbei und führten die Piratenstaffel mit Höchstgeschwindigkeit mitten durch die Formation der Venturers. Crawford warf die Maschine in eine harte Rolle zurück nach Steuerbord und brach aus dem vorherigen Manöver. Seine Hände waren fest um den Knüppel geklammert, und er konnte nur spekulieren, wie Swan ihre Anwesenheit bemerkt hatte.

„Unverschämter Dreckskerl!" Ein derartiger Ausbruch passte ganz und gar nicht zu Nancy „Market Maker" Morgan. Loyle fand ihn seltsam unpassend für eine ehemalige Hawthorne-Debütantin, bis sie erklärte, was diese Reaktion ausgelöst hatte. „Einer von ihnen hat mir den..." Sie setzte den Satz erst nach einer verlegenen Pause fort. „...eine sehr ungehörige Geste gezeigt."

Der Major zog die *Avenger* in einer so engen Wende herum, dass Eugene es nicht schaffte dranzubleiben. „Wenn sie spielen wollen, sollen sie ihren Spaß haben", rief er. An Backbord sah er Swans Staffel sich in Rotten aufspalten. Er visierte eine Maschine an, die mit einer Doppelrolle aus einem Immelmann kam und entschied auf Grund seines Gefühls und der

Effekthascherei des Manövers, dass sie Black Swan gehörte. Eugene stieg an seiner rechten Tragfläche hoch und fiel wieder zurück, um Loyle wissen zu lassen, dass er aufgeholt hatte. „Versucht, in ihr Heck zu kommen. Zeigt ihnen, dass wir hier sind, Venturers. Wenn sie feuern, zieht auf Waffe."

Zwei Rotten suchten bereits nach dem besten Anflugwinkel, um sich so hinter die Broadway Bombers zu setzen, dass sie in Verfolgerposition kamen. Das Empire-State-Flieger-Ass verließ sich auf seine Piloten und wusste, dass bei diesem ersten Vorbeiflug eine Menge auf Spekulation basierte. Die *Furys*, die er sich zum Gegner ausgesucht hatte, ließen keinen Zweifel daran, dass sie eine frontale Konfrontation planten. Der Flügelmann der Maschine, die er anvisiert hatte, drängte sich vor und nahm Kurs auf ihn.

„Da bist du also", flüsterte Loyle und korrigierte den Kurs auf Swan. Ihr Flügelmann beherrschte seine Maschine hervorragend. Show Stopper erkannte jetzt schon, dass Eugene mit ihm nicht mithalten konnte, aber das war eine harte Lektion, die der jüngere Mann selbst lernen musste. „Was hast du vor, Swan?", fragte er das Cockpit der *Avenger*.

Wie es schien, lautete die Antwort Selbstmord, denn Black Swan schoss in einem Kurs auf Crawford zu, der den beiden Maschinen keinen Raum ließ, aneinander vorbei zu fliegen. Loyle hielt den Knüppel mit weißen Knöcheln fest und weigerte sich, klein beizugeben, als die *Fury* und die *Avenger* aufeinander zu jagten. Das Donnern der Motoren schien unnatürlich laut, so, als könne er den Motor der *Fury* schon hören, der die einmotorige Jagdmaschine in den Bug der *Maddy* bohrte. Der Major ließ sie ein paar Fuß nach Steuerbord rutschen, in einem Manöver, das ein natürliches Abdriften hätte sein können, um die Absichten Swans abzuschätzen. Sie glich sein Manöver aus, offenbar entschlossen, ihn zu einer radikaleren Handlung zu zwingen, oder vielleicht ging es ihn auch um etwas anderes. Loyle zählte darauf, dass die Piratenchefin noch nicht wirklich bereit war, sich dem letzten Gericht zu stellen, und hielt den Knüppel mit beiden Händen umklammert, die Zähne fest zusammengebissen.

Um Haaresbreite, innerhalb der letzten Sekunde, drehte sich die *Fury* Black Swans um die Längsachse auf den Rücken. Es war gerade genug, um über Loyles *Avenger* zu ziehen. Ihre Kanzeldächer zuckten keinen Meter entfernt aneinander vorbei. Der Staffelführer der Madison Venturers sah einen rot-weißen Lichtblitz.

„Lady, du bist eine Gefahr." Er legte die *Maddy* in eine enge Steuerbordwende, und klappte hart das Seitenruder ein, in der Hoffnung, die Piratin zu erwischen, wenn sie wieder aufrecht drehte. Vor seiner Nase zuckte ein schwarzer Schatten, und Loyle stieß den Knüppel nach vorne, so hart und schnell er konnte.

Swan war nicht in einer eleganten Rolle aus dem Manöver gekommen, sondern hatte ihre Maschine auf die Backbordtragfläche gestellt und in eine enge Drehung geworfen, die sie fast in den Bug der *Avenger* schleuderte. Sie legte sich nach Backbord in eine Rolle und drehte aufwärts, während Loyle steil abwärts sauste, um dem zweiten Beinahezusammenstoß auszuweichen.

Der Funkverkehr auf der Privatfrequenz der Venturers zeigte dem Major, dass der Rest seiner Staffel sich bis jetzt einigermaßen hielt. Er verwendete einen kostbaren Sekundenbruchteil seiner Zeit darauf, Eugene zu suchen, und stellte fest, dass der seine Manöver verbissen nachvollzog, auch wenn er immer weiter zurückfiel und vom Flügelmann Swans bedrängt wurde, der sich von seiner Rottenführerin gelöst hatte. Das Empire-State-Ass kurvte an die Steuerbordseite seines Partners, um Windthorpe dabei zu helfen, in Formation zu bleiben, und die *Avenger* ans Heck der *Fury* zu manövrieren, aber wieder entkam der flinkere Piratenjäger der ihm gestellten Falle und stieg in einem Rückwärtslooping hoch, der Loyle in Swans Fadenkreuz aufgespießt hätte, häte er nicht zurück nach Backbord abgeschwenkt, fort von Money Man in *Fortune's Hunt*.

„Er hat mich, Skipper. Ich werde ihn nicht los." Eugene hatte den Tanz mit Swans Flügelmann verloren. Die Frustration und Angst waren seiner Stimme über die Funkverbindung deutlich anzuhören. Wenn der Pirat es wollte, konnte er Money Man vom Himmel schießen.

Loyle trieb die *Madison Dawn* noch immer durch ein Extremmanöver nach dem anderen, in dem Versuch, in seiner schwerfälligeren Maschine mit der agilen *Fury* Swans mitzuhalten. Aber allmählich wurde ihm klar, dass er dieses Duell nicht gewinnen konnte. Für einen scharfen Schusswechsel wäre er besser ausgestattet gewesen als seine Gegnerin, aber in diesem reinen Flugwettstreit war Crawford schwer benachteiligt. Noch spielte sie mit ihm, aber früher oder später würde die Piratin ihn überrumpeln, und er hatte arge Zweifel, dass es ihm je gelingen würde, Black Swan abzuschütteln, wenn sie sich erst an sein Heck gehängt hatte.

Eugene rief erneut um Hilfe, gefolgt von einer beinahe panischen Bitte um Unterstützung von Nancy Morgan. Ivy hing an ihrem Gegner mit der Hartnäckigkeit einer Kletterpflanze, und Vanderbilt hatte seinen lange genug im Visier, um einen Abschuss beanspruchen zu können. Carlton „Carpetbagger" Hawthorne antwortete auf Nancys Hilferuf und schwenkte ein, um den Piraten von ihrem Heck zu vertreiben. Loyle sah, wie Carltons Gegner in der Verwirrung beidrehte und sich an dessen Leitwerk hängte. In Gedanken sah er Black Swan an Backbord von schräg vorne anfliegen und Windthorpe an Steuerbord versuchen, ihren Flügelmann loszuwerden. Loyle neigte die *Avenger* in diese Richtung, so als wolle er seinem Partner zu Hilfe kommen, glitt dann aber hoch in eine Schleife und überzog die Maschine, um sie auf minimale Fluggeschwindigkeit abzubremsen.

Normalerweise hätte das die *Madison Dawn* hilflos in der Luft hängen lassen, eine wehrlose Zielscheibe, die nur darauf wartete, von der schnellen und tödlichen J2 *Fury* auseinander genommen zu werden. Aber diesmal gelang es ihm, Swan zu täuschen. Sie war davon ausgegangen, dass er noch einmal mit einer schnellen Wende versuchen würde, seinem Flügelmann zu helfen, und war auf Kurs, sich hinter ihn zu setzen. Jetzt zuckte sie stattdessen unter der auf dem Rücken liegenden *Avenger* vorbei. Loyle kam aus der Schleife und holte alles aus den Motoren der Maschine heraus, um in die Verfolgerposition hinter Swan zu rutschen. Er ging nicht davon aus, sie lange halten zu können, nicht bei ihrer überlegenen Beschleunigung und dem engeren Wendekreis der *Fury*, aber es genügte.

Black Swan drehte nach Backbord, während ihr Flügelmann sich von Eugene löste und hinter ihr die Flugbahn des tiefschwarzen Jägers kreuzte, um Crawford abzudrängen. Der Major tauchte unter der *Fury* weg und schwenkte auf Money Man zu. Durch Zufall schaute er gerade in die richtige Richtung, als eine Piraten-*Fury* versuchte, Nancy Morgan von Carpetbagger zu trennen.

Loyles Freude verwandelte sich in Entsetzen, als die beiden Jäger zusammenstießen.

Es sah fast aus, als hätten sich nur ihre Flügelspitzen gestreift, und sie würden es beide schaffen, nach Hause zu zockeln. Eine nicht enden wollende Sekunde betete das Flieger-Ass, dass sich diese Hoffnung als wahr erwies, dann musste Loyle mit ansehen, wie die *Fury* die Trümmer ihrer rechten Tragfläche hinter sich ließ und Nancys *Avenger* das gesamte Leitwerk verlor. Die Maschinen brachen weiter auseinander, während sie sich weiter voneinander entfernten und schienen kurz am Rande einer Klippe zu hängen, bevor sie immer schneller auf den Boden zustürzten. Als Loyle gewendet hatte, um nach einem Fallschirm zu suchen – irgendeinem Fallschirm –, waren beide Maschinen schon außer Sicht.

Nancy Morgan und einer der Piloten Black Swans waren abgestürzt, und plötzlich war aus Spiel und Spaß bitterer Ernst geworden. Jeden Moment konnten die ersten scharfen Schüsse fallen. Loyle schaltete auf die allgemeine Flugsicherungsfrequenz Empire States und öffnete das Kehlkopfmikro. Er konnte nur hoffen, dass Swan diesen Kanal abhörte.

„Hier spricht Major Loyle Crawford. Wir stehen vor der Wahl, Swan. Wir können dieses Duell abblasen und auf Suche nach unseren Piloten gehen, oder ihnen da unten Gesellschaft verschaffen."

# KAPITEL SECHS
## AUS HEITEREM HIMMEL

Loyle rollte an die Seite der Wiese und stellte die Maschine neben der vordersten der vier schwarzen J2-*Furys* ab. Ein einzelner Pirat kreiste in der fünften am Himmel und behielt seine gelandeten Kameraden im Auge. Heather Iverian leistete ihm dort oben Gesellschaft, um Dummheiten zu verhindern. Indem er so dicht an den anderen Maschinen parkte, sorgte Crawford für eine weitere begrenzte Garantie gegen einen Verrat. Ein Luftangriff auf seinen Jäger hätte ebenso leicht eine *Fury* treffen können. Und nicht nur irgendeine, sondern die Swans, deren Name in roten Lettern unter dem offenen Kanzeldach aufgemalt war, über einer beeindruckenden Leiste von Abschussmarkierungen, die den Rumpf bis zum Schwanenemblem mit Farbtupfern bedeckten. Unter anderem fielen Loyle zwei *Avenger*-Markierungen in Blau-Gold auf, den Farben der Broadway Bombers. Mit verkniffenem Mund schob er das Kanzeldach auf, schaltete die Motoren ab und stieg aus, während drei weitere Venturers heranrollten, um sich neben der *Maddy* aufzureihen.

Ein hagerer Mann duckte sich unter der Nase der *Fury* Swans hindurch und wartete neben der Tragfläche des Jägers, einen Arm locker auf die Mündung einer Kaliber-.40-Kanone gelegt, die andere Hand auf dem Griff eines schweren Revolvers, den er in einem am linken Bein festgebundenen Holster trug. Sein trotz relativ junger Jahre silbergraues Haar ließ keinen Zweifel an seiner Identität. Das war Black Swans Flügelmann. Soweit Loyle sich erinnerte, hieß er William „Fenn"

Fennel. Stechende grüne Augen starrten das Empire-State-Ass kalt an, als Crawford zu Boden sprang.

„Wo ist Swan?“, fragte der Major und suchte den Waldrand ab.

„Nicht weit“, antwortete Fennel misstrauisch. Mehr sagte er nicht.

Loyle war sich sehr bewusst, dass er unbewaffnet war, und behielt Fennels Linke genau im Blick. Bei den Venturers nahm nur „Iron Horse“ Vanderbilt eine Waffe mit ins Cockpit, eine .44er Remington. Crawford ließ Vanderbilt als Wache bei den Maschinen. Er war nicht bereit, darauf zu vertrauen, dass die Piraten ihre Hände bei sich behielten. Eugene und Carlton schickte er nach Süden und Westen auf die Suche. Der Major machte sich auf den Weg nach Osten.

„Würde ich an Ihrer Stelle nicht tun“, stellte Fenn fest und stoppte Loyle knapp hinter der Nase der *Madison Dawn*. Der Pirat deutete mit dem Kopf nach Osten. „Talia ist da lang gegangen, und sie war nicht gut gelaunt.“

Loyle stockte kurz, als ob er sich diese Information durch den Kopf gehen ließe. Dann nickte er Fennel einmal kurz zu. „Gut“, sagte er und ging weiter.

Dreißig Minuten später kreiste Ivy tiefer und donnerte über das Blätterdach, das vereinbarte Zeichen, dass Nancy gefunden war. Ihre gerissene Rolle teilte Loyle zudem mit, dass Morgan noch lebte. Der Staffelführer der Madison Venturers atmete erleichtert auf. Er drehte jedoch nicht um, sondern ging weiter, denn von der Kuppe eines Hügels hatte er den schwarzen Seidenstoff eines Fallschirms in einem Wipfel ein gutes Stück tiefer im Wald gesehen.

Der Mann Swans hing drei Fuß über dem Boden. Sein Schirm hatte sich in den oberen Ästen einer Eiche verfangen. Wie es aussah, war ihm der Absturz nicht sonderlich bekommen. Er hatte eine blutige Schnittwunde in einem Bein, und ein dunkler Bluterguss an der Schläfe verriet den Grund für seine Bewusstlosigkeit. Loyle starrte den anderen Piloten über eine Minute an und überlegte. Mit angewidertem Kopfschütteln kletterte er hoch, schnitt ihn frei und warf ihn sich im Rettungsgriff über die Schulter. Luftpirat oder nicht, er konnte keinen Verwundeten zurücklassen.

Hundert Yards zurück in Richtung Wiese stoppte ihn das warnende Geräusch eines gespannten Revolverhahns.

„Warum haben Sie meine Staffel verfolgt?" Die Stimme mit dem russischen Akzent war mörderisch kalt.

Loyle drehte sich nicht sofort um, sondern starrte geradeaus. „Ihrem Mann geht es gut, Swan. Schön zu sehen, wie besorgt Sie um Ihre Leute sind." Langsam wande er sich um. Seine blauen Augen suchten den eisigen Blick Swans.

Die unheilsverkündende, düstere Mündung einer russischen Nagant .445 deutete unbewegt auf seine Brust. Die Piratenkapitänin hielt sie in einer seltsamen seitlichen Haltung. Unter ihrer offenen Fliegerjacke sah er die übliche Seidenbluse und den geknoteten roten Schal. Vom Wind zerzaustes rabenschwarzes Haar fiel ihr auf die Schultern und rahmte ein Gesicht ein, von dem Crawford zugeben musste, dass es zwar hart, aber zugleich auch wunderschön war. Er ließ den bewusstlosen Piloten vorsichtig zu Boden gleiten, dann richtete er sich wieder auf. Der Major las Mord in ihren Augen, aber zugleich auch ein widerstreitendes Gefühl zu seinen Gunsten.

Der innere Zwiespalt dauerte nicht lange. Swan ließ den Hahn der Waffe langsam zurückgleiten und senkte den Arm. Sie steckte die Nagant jedoch nicht weg. „Wer hat Ihnen den Befehl gegeben, mich zu beschatten?" An ihrem Tonfall war deutlich zu erkennen, dass sie eine bestimmte Antwort erwartete.

Crawford zuckte die Achseln und täuschte eine Gelassenheit vor, die er ganz und gar nicht empfand. „Ich bin nicht befugt, Ihnen das zu sagen." Ihre Pistolenhand zuckte. Loyle wollte sie nicht zu sehr reizen. „Vielleicht war es meine eigene Idee."

„Ich habe schon Männer dafür getötet, sich in meine Angelegenheiten einzumischen." Ihre Augen funkelten. „Glauben

Sie nur nicht, Ihr Familienname würde Sie schützen. Nicht vor mir. Meine Geschäfte sind genau das: *meine* Geschäfte."

Der Staffelführer schüttelte den Kopf. „Ich bin dafür verantwortlich, den Himmel über Empire State sicher zu halten. Gehen Sie nicht zu weit, Swan." Er senkte den Blick von ihrem wütenden Gesicht zu dem Bewusstlosen. „Bringen wir Ihren Mann jetzt zurück zu den Flugzeugen, oder lassen wir ihn hier?"

Sie trat vor, schob die Nagant zurück ins Holster und bückte sich, um sich den Piraten im Rettungsgriff über die Schulter zu legen. „Ich brauche Ihre Hilfe nicht", stellte sie fest, und tatsächlich zeigte sie keinerlei Anzeichen von Problemen mit dem zusätzlichen Gewicht. „Bleiben Sie aus meinem Luftraum, Crawford."

Loyle schaute ihr nach, als sie mit schnellem Schritt in Richtung ihrer Staffel davon marschierte. Er war sich im Klaren darüber, dass er es besser hätte ruhen lassen, aber das nagende Gefühl ließ ihn nicht los, bis er es schließlich aussprach.

„Wollen Sie wissen, warum ich so sicher bin, dass Sie etwas ausbrüten, Natalia?" Black Swan blieb abrupt stehen, als Crawford sie mit Vornamen ansprach. „Black Swan hätte vorhin abgedrückt. Aber Sie haben es nicht getan, und zwar, weil Sie dadurch etwas verloren hätten, was Ihnen wertvoller ist, als es die bloße Befriedigung darüber gewesen wäre, mich tot zu sehen. Ich werde herausfinden, was dieses Etwas ist. Früher oder später werde ich aufdecken, was Sie in Empire State suchen."

Swan sah sich nicht um. Mit eisiger, beinahe flüsternder Stimme sagte sie: „Sie könnten nicht annähernd begreifen, was ich suche." Dann marschierte sie mit weiten Schritten weiter zu ihren wartenden Flugzeugen.

Der Staffelführer der Broadway Bombers sah ihrer kleiner werdenden Gestalt hinterher. „Wir werden sehen", flüsterte er in der Stille des Waldes.

***

„Geleitschutz für die Luftlimousine des Präsidenten", murmelte Loyle und schüttelte den Kopf, während er einschwenkte, um *Empire 1* an zwei Uhr tief zu halten. Neben seiner Steuerbordtragfläche schob sich Money Man vorbei, um die verlängerte Gyrolimousine La Guardias an seiner Zehn-Uhr-Position zu behalten. Die dunkelgetönten Fensterscheiben sicherten die Privatsphäre des Präsidenten, während die beiden Venturers ihn von seinem Wohnsitz auf Governor's Island zum Büro im Empire State Building eskortierten. Der gepanzerte Autogyro des Sicherheitsdienstes folgte drei Längen hinter der Limousine. Das spezielle Kuppeldach und ein ausgeklügeltes Spiegelsystem verschaffte den vier Agenten im Innern eine Rundumsicht ohne tote Winkel. Weit unter ihnen zuckten die von den vier Maschinen geworfenen Schatten über die Dächer Chinatowns und der Bowery.

Nancy Morgan war vom Privatarzt des Aerodroms kaum wieder für flugfähig erklärt worden, als schon das Telephon geklingelt hatte. Der Innenminister war alles andere als begeistert gewesen, sich mit der Beschwerde über zwei nahe Port Jervis abgestürzte Flugzeuge beschäftigen zu müssen. Als Nächstes war eine milde (und inoffizielle) Rüge von Colonel Richard Merriwether MacKenzie eingetroffen, dem offiziellen Kommandeur der Broadway Bombers. Und danach Anrufe von La Guardias Stabschef, Loyles Onkel Bryce Crawford und der Klatschkolumnistin Alexia White-Coleman.

Bryce Crawfords Nachricht war knapp und direkt ausgefallen, und hatte keinen Zweifel an seiner Verärgerung gelassen. „Wenn du nicht kapierst, was ‚sich bedeckt halten' bedeutet, werde ich es dir zeigen."

Und das hatte er dann auch getan. Während der Rest der Venturers augenblicklich eine Woche Urlaub erhalten hatte, für Familienbesuche und um generell „abzutauchen", wurden Loyle und Eugene zum Lufttransportdienst des präsidialen Sicherheitsdienstes abgestellt. Auf diesem Posten hatten sie acht Stunden täglich Bereitschaft, um die Autogyrolimousine Fiorello La Guardias zu begleiten. Den Zeppelin des Präsidenten zu eskortieren war ein begehrter Auftrag und galt selbst bei den mehrfach ausgezeichneten Piloten der Broadway Bombers als Ehre, aber einen Autogyro zu babysitten war Kadettenarbeit, die ausschließlich daraus bestand, Jagdmaschinen knapp über Abrissgeschwindigkeit durch die Betonschluchten Manhattans zu lenken. Loyle sah geradezu vor sich, wie Black Swan ihn auslachte, und seine Hand an *Madison Dawns* Knüppel verkrampfte sich, bis die Knöchel weiß hervortraten.

Crawford hatte den Eindruck, einen Schatten über die Backbordtragfläche der *Maddy D* gleiten zu sehen. Als er sich umschaute, sah er nichts als klaren blauen Himmel und die Sonne, die hoch über dem Leitwerk am Himmel lachte. Seine Nerven und die Eintönigkeit des Routineflugs mussten ihm wohl einen Streich gespielt haben.

„He, Skipper, ich habe gerade über die Schulter was gesehen", meldete Eugene sich plötzlich. „Spielt da wer Katz und Maus mit uns?"

Er hatte es sich also doch nicht eingebildet. Wieder fiel der Schatten über die *Maddy*, diesmal genau über das Cockpit. Er glitt hinüber zur Steuerbordtragfläche, wo er hängen blieb. Loyle griff nach dem Mikro am Instrumentenbrett, erinnerte sich, dass die Funkgeräte ausgetauscht worden waren, und riss die Hand an die Kehle. Zu spät. Die Nase der *Avenger* schlug heftig aufwärts, als eine Rakete in ihr Heck einschlug. Eine zweite schoss harmlos vorbei.

Loyle rollte hart nach Steuerbord und brüllte: „Abdrehen, Money Man, los, los, los!"

Am Ende der Rolle riss der Major den Kopf herum und entdeckte einen roten Fleck am hellblauen Himmel, der aus der Sonne direkt auf ihn herabstieß. Und er sah zwei weitere Raketen auf sein Heck zuschießen. Er versuchte, ihnen mit einem Looping zu entkommen, aber das Glück blieb ihm nicht hold. Beide Raketen krachten in die Panzerung der

Backbordtragfläche, explodierten in einem Feuerball und schleuderten Schrapnellsplitter durch die Kanzel. Er spürte stechende Schmerzen in der linken Schulter und am Hals, fühlte warmes Blut. Er riss am Knüppel, aber die *Madison Dawn* verweigerte ihm den Gehorsam. Loyle trudelte nach rechts davon, verletzt und außer Kontrolle.

# KAPITEL SIEBEN
## UNFREUNDLICHE ZEITGENOSSEN

Die *Madison Dawn* stürzte in einer engen Spiralbahn ab, deren Drehung Crawford hart zurück und in die linke Seite seines Sitzes drückte. Der beißende Geruch des Flugbenzins aus dem Backbordflügeltank der *Avenger* vernebelte seinen Geist, als die Dunstschwaden durch die Löcher im Kanzeldach eindrangen und in seine Nase stiegen. Seine Schulter und der Hals pulsierten vor Schmerzen von einer Serie von Schnittwunden, die ihm die Splitter des geborstenen Cockpitdachs geschlagen hatten. Mit beiden Händen am Steuerknüppel kämpfte er um die Kontrolle des angeschlagenen Jägers. An der rechten Schulter bemerkte er einen roten Schemen, ohne Zweifel die feindliche Maschine, die zu einem weiteren Angriff einschwenkte.

Endlich gelang es Loyle, die *Maddy* geradezuziehen. Sie flog in etwas mehr als neunzig Grad zum ursprünglichen Kurs. Jeden Moment konnte er das Ende seiner Schmerzen erwarten, wenn der Angreifer aus dem Hinterhalt ihn erledigte. Aber das Flieger-Ass der Venturers dachte nicht daran, es ihm so einfach zu machen. In einem Luftkampf war eine Aktion – jede Aktion – immer besser, als kostbare Sekunden mit der Suche nach der besten Antwort zu verschwenden. Jede verlorene Sekunde konnte den Tod bringen.

Mit einem Blick schätzte er den Schaden an der beschädigten Backbordtragfläche ab. Der Major verzog schmerzhaft das

Gesicht. Es sah nicht danach aus, als ob sie größere Belastungen würde aushalten können. Er zog die *Madison Dawn* auf die Steuerbordtragfläche, überlastete die Motoren und zwang die Jagdmaschine in eine enge Wende. Noch steckte Leben in der *Avenger*. Ihre beiden Motoren donnerten und trieben die Maschine herum, zurück in den Kampf.

Ein Blick zum Himmel genügte, um den Major die Liste der Freunde und Feinde abhaken zu lassen, die er im Kopf aufgestellt hatte. Sein Angreifer, eine rostrot lackierte Fairchild-F6II-*Brigand*, hatte nach Backbord abgedreht und ihn als erledigt abgeschrieben. Jetzt drehte sie ein, um die sehr viel langsamere *Empire 1* zu attackieren, in der Präsident La Guardia saß. Der Totenschädel und die gekreuzten Schwingen am hinteren Rumpf der *Brigand* kennzeichneten ihren Piloten als Mitglied der Red Skull Legion, der größten Piratenbande in den Industriestaaten Amerikas. Präsident La Guardias gepanzerte Gyrolimousine hatte keine Chance, den Kanonen des Piraten zu entkommen. Die Madison Venturers mussten eingreifen, und sie hatten keinen Augenblick zu verlieren.

Money Man war es gelungen, den Angreifer abzuschütteln, aber das Heck der *Fortune's Hunt* erinnerte an Schweizer Käse, so durchlöchert war es, und aus der Steuerbordtragfläche stiegen dünne Rauchfäden auf. Loyles Flügelmann flog aus zehn Uhr an und war auf Kurs, um quer durch seine Flugbahn zu schneiden. Hinter Windthorpe attackierte der zweite Pirat den Special-Services-Autogyro. Die gepanzerte Fluglimousine mit dem Kuppeldach drehte sich in Position und stellte sich dem heranbrausenden Flugzeug entgegen.

Gerade rechtzeitig, um mit ihrer Breitseite aus vier Raketen die MG-Salven der F6II-*Brigand* zu erwidern.

In Parallelbahnen schossen Feuerzungen und graue Kondensstreifen aus dem Autogyro und hämmerten auf Bug und Steuerbordtragfläche der Piratenmaschine ein. Einen Moment hoffte Loyle, die Sicherheitsagenten hätten es geschafft, den Motor des Jägers zu zertrümmern, aber die *Brigand* stieß durch den Feuerball der Raketenexplosionen, und ihre Kanonen überschütteten den Autogyro mit einem Hagel aus glühendem Blei. Eine Mixtur aus Kaliber-.30- und Kaliber-.50-Munition krachte in den Bug des Luftgefährts. Die Stakkatosalven des Piraten durchschlugen die Panzerung des Autogyros, weideten ihn aus und rissen die Rotoren fast komplett weg. Eine endlose Sekunde hing die Maschine reglos am Himmel, dann stürzte sie ins Labyrinth der Straßenschluchten Manhattans, und in den Tod.

Loyle war etwas langsamer am Drücker. Er wählte zwei seiner Blendraketen an und schickte sie auf Abfangkurs gegen die zweite *Brigand*. Den Blick abgewandt, um nicht selbst vom grellen Licht der Detonationen geblendet zu werden, rutschte er nach links, um zu seinem Flügelmann aufzuschließen. Er öffnete das Kehlkopfmikro. „Money Man, schwenk leicht rechts und komm an meinen Steuerbordflügel."

„Geht nicht, Stopper. Der Pirat hat mich böse am Heck erwischt. Mein Seitenruder ist blockiert, und ich kann nur nach Backbord drehen."

Der Kommandeur der Venturers bemerkte, dass in der Stimme seines Flügelmanns nichts von dem panischen Unterton war, der ihm aufgefallen war, als Eugene in dem Scheinduell mit der Staffel Black Swans gegen Fennel angetreten war. Windthorpe war angeschlagen, aber er war nicht eingeschüchtert. Loyle nickte zufrieden, dann nahm er Schub zurück und ließ die *Avenger* zurück nach Steuerbord gleiten. „Dann komm aus der Drehung 'rüber und setz dich vor meine Backbordtragfläche", befahl er.

Eugene befolgte die Anweisungen des Majors. Beschädigt, aber nicht besiegt, formierten Ass und Flügelmann sich wieder zur Rotte und schleppten sich zu La Guardias Rettung.

Zwei zusammenarbeitende Flugzeuge sind dreimal effektiver als eine einzelne Maschine. Die Piraten hatten den Venturers einen herben Schlag versetzt, als sie ihre Formation aufbrachen, aber der Angriff hatte sie nicht erledigt. Jetzt waren die Piloten der Legion hoffnungslos zerstreut, und die Verteidiger waren im Vorteil.

Die vordere *Brigand* sauste an *Empire 1* vorbei. La Guardias Pilot legte die Limousine plötzlich härter zur Seite, als irgendein normaler Autogyro es je ausgehalten hätte. Der Pirat zog in eine weite Schleife, um seine Maschine herum zu bringen. Der Pilot der zweiten *Brigand* war von Crawfords Blendraketen für den Moment außer Gefecht gesetzt und flog schnurgerade durch das doppelt breite Schussfeld der nebeneinander anfliegenden *Avengers*.

Eugene juchzte vor Begeisterung und stieß die Auslöser für extralange Feuerstöße aus den acht Geschützen seiner Maschine durch. Die Kaliber-.60-Kanonen feuerten panzerbrechende Kugeln, die den von den Raketen des Sicherheitsdienst-Autogyros angerichteten Schaden noch vergrößerten. Gekoppelte Kaliber-.30-MGs hämmerten unmittelbar hinter der .60er-Munition ins Ziel und explodierten tief im Innern des vorderen Flugzeugrumpfs. Die vordere Fahrwerkklappe wurde aus der Hydraulik gerissen, und die verbogenen Trümmer des Fahrgestells fielen herab. Öl spritzte aus dem schwerbeschädigten Motorblock und überzog die Vorderscheibe des Kanzeldachs mit dicken schwarzen Schlieren. Dichter schwarzer Rauch wallte unter der Abdeckung hervor. Flammen leckten über den Rumpf, und die *Brigand* stürzte unkontrollierbar ab, donnerte in einer immer schnelleren Drehung senkrecht hinunter auf die Straße.

Die Benzindämpfe verzogen sich, als frischer Wind durch das zertrümmerte Kanzeldach in *Madison Dawns* Cockpit schlug. Loyle fühlte, dass ihm immer noch frisches Blut am Hals entlang lief. Er steigerte die Motorleistung der *Avenger* und schob sich an Eugene vorbei. „Gut gemacht, Money Man. Stopper übernimmt wieder die Führung."

„Bitte sehr, Boss."

Crawford visierte den zurückkehrenden Piraten an. Das rote Flugzeug war ein blutiger Fleck in der blauen Weite des Himmels. Dem Major kam eine Idee. Er schob die *Maddy* weiter nach Backbord, vor die *Fortune's Hunt*, dann mehrere Längen weiter nach links. „Flieg geradeaus, Money Man. Wir werden die Formation etwas lockern."

„Bist du sicher, dass das eine gute Idee ist? Deine linke Tragfläche wirkt nicht so gesund." Trotz seiner Bedenken gehorchte Loyles Flügelmann. Crawford löste sich aus der Formation.

La Guardias Fluglimousine tauchte mit Höchstgeschwindigkeit in die Sicherheit des Wolkenkratzers auf der anderen Seite Chinatowns. Der Pirat senkte die Nase der *Brigand* zu einem Angriff, brach den Anflug aber ab, als er erkannte, dass er den beiden Broadway Bombers damit freie Bahn geben würde, ihn aus der Luft zu blasen. Der Major setzte sich weiter von Eugene ab und wackelte herausfordernd mit den Flügeln. Das genügte dem Legionsflieger. Die rote *Brigand* stieg zu einem Frontalvorbeiflug an Loyle hoch. Windthorpe hing mehrere Längen schräg rechts hinter dem Rottenführer.

„So ist brav", lockte Loyle leise. Er öffnete das Kehlkopfmikro. „Sobald ich meine Raketen abfeuere, Eugene, rollst du an mein Heck."

„Au! Du spielst nicht fair, Stopper." Die Bewunderung in Eugenes Stimme war auch über Funk zu erkennen.

„Die haben angefangen", erinnerte Loyle ihn.

Das Flieger-Ass der Broadway Bombers machte eine volle Raketenbreitseite scharf. Zwei Schall-, zwei panzerbrechende und drei Explosivraketen. Er schätzte die Entfernung über den Daumen, denn ihm war klar, dass bei der Geschwindigkeit, mit der die beiden Jäger aufeinander zu rasten, ein zu früher Abschuss besser war als ein zu später. Er wollte Zeit für mindestens eine zweite Salve. Er zählte von Fünf an rückwärts und sparte eine zusätzliche Sekunde, indem er schon bei Zwei abdrückte. „Jetzt!", stieß er hervor.

Der Pirat hatte nach dem Hinterhalt keine solide Raketensalve mehr zur Verfügung und hatte offensichtlich warten wollen, bis er nahe genug heran war, um eine Breitseite aus seinen Geschützen abzufeuern. Jetzt bezahlte er den Preis dafür, als drei von Crawfords fünf Offensivraketen in Nase und Backbordtragfläche der *Brigand* einschlugen. Panzerung barst und zersplitterte. Ein dünner Rauchfaden stieg aus dem Propellergehäuse. Eine Explosivrakete riss einen Teil des Kanzeldachs weg und schleuderte die Trümmer in die Schutzpanzerung der linken Tragfläche. Dann detonierten die Schallraketen mit zwei Donnerschlägen vor dem angeschlagenen Jäger und schüttelten Maschine und Pilot durch.

Eugene tauchte am Heck seines Rottenführers auf, bereit, dem Major beim Abschuss des Piraten zu helfen.

Loyle hielt den Kurs auf die heranrasende *Brigand* und schaltete auf MGs um, so schnell sein Finger den Auslöser drücken konnte. Er kam sowohl Eugene als auch dem Piraten zuvor, wobei letzterer ohne Zweifel noch mit dem Schock der Schallraketenexplosionen kämpfte. Eine von Crawfords Kaliber-.60-Salven hämmerte auf die Vorderkante der Backbordtragfläche. Vier gekoppelte Kaliber-.30-MGs mit Magnesiummunition (eine Ladung, die mitgeholfen hatte, Loyle seinen Spitznamen „Show Stopper" zu verschaffen), suchten nach einer Schwachstelle in der Panzerung über dem Tragflächentank. Sie schlugen durch das Metall und loderten auf.

Die Tragfläche der *Brigand* flog in einem Ball aus öligen Flammen und Trümmern auseinander. Die Explosion weidete den halben Rumpf aus und erfasste die Haupttanks. Der Major drehte hart ab, so hart, dass er seine eigene beschädigte Backbordtragfläche riskierte. Er schnitt durch die öligschwarze Wolke der Treibstoffexplosion, und wieder füllte sich das Cockpit mit beißenden Dämpfen. Er rollte aus der Wende und reduzierte die Belastung der *Madison Dawn*. Dann schaute er sich um. Er hatte noch immer zwei Tragflächen. An seiner Steuerbordseite wackelte Eugene anerkennend mit den Flügeln der *Fortune's Hunt*.

„Ich bin nicht mal zum Feuern gekommen", beschwerte er sich amüsiert und schickte seinem Kommandeur einen Salut durchs Kanzelfenster. „Was machen zwei Red-Skull-Boys in unserem Hinterhof?"

Loyle winkte zurück, zuckte die Schultern und drückte den Sprechknopf des Mikros. „Wenn du darauf eine Antwort findest, gewinnst du einen Preis." Er konnte ein leichtes Grinsen nicht unterdrücken. Zum erstenmal seit langer Zeit war er sich bei einem Zwischenfall sicher, dass Black Swan nicht die Hand im Spiel hatte. Er nahm Kurs auf La Guardias flüchtenden Autogyro. „Der Präsident ist okay. Ich finde, wir können diese Aufgabe jetzt zwei anderen Piloten überlassen."

„Hast du was Bestimmtes anderes vor?" Eugene machte sich keine Mühe, seine Belustigung zu verbergen.

„Abgesehen davon, die *Maddy* ohne Bruchlandung runter zu bringen?" Loyle schaute sich die Schäden an seinem Jäger näher an. Die Backbordklappen waren kaum mehr als eine Erinnerung, ein geborstener Benzintank verströmte seinen Inhalt, und eine Reihe von Rissen entlang der ganzen vorderen Tragflächenkante machte sie instabil. Er stieß einen leisen Pfiff aus. Besser, er landete auf der Stelle. Obwohl…

„Ich möchte auf keinen Fall, dass mein Onkel glaubt, ich hätte ihn vergessen. Madison Avenue ist nicht weit."

Windthorpe fiel in Position hinter Crawfords Leitwerk. „Du hast die Führung, Stopper. He, zumindest kann dein Onkel sich diesmal nicht beschweren. Ich würde sagen, den Präsidenten zu retten, macht einen kleinen Nachtclubskandal mehr als wett."

Loyles Hand schloss sich fester um *Madison Dawns* Knüppel. Ein unbehagliches Gefühl überkam ihn. Der Schauder überlief ihn und kribbelte im Nacken. Er versuchte, ihn abzuschütteln. Der Major wollte es nicht glauben, aber Eugenes Feststellung war möglicherweise wahrer als er ahnte. Bryce Crawford hatte ihn aufgefordert, sich bedeckt zu halten, bis er etwas arrangieren konnte. Er hatte dafür gesorgt, dass Loyle und Eugene Begleitdienst schoben.

Und ja, einen Präsidenten zu retten, war hervorragende Publicity.

# KAPITEL ACHT
## SCHWANENGESANG

Der Applaus schwoll schnell an. Er brandete wie eine Woge durch den Ballsaal und schwappte über die beiden Piloten, deren Namen gerade am Kopf der Treppe bekannt gegeben worden waren. Sie blieben auf halber Höhe der wenigen Stufen stehen. Loyle fühlte Blicke wie hauchzarte Berührungen über sich tanzen. Er war derartige Aufmerksamkeit gewohnt und hielt ihr stand. Er nutzte den Moment dazu, geschickt die Manschetten gerade zu zupfen, die unter den Ärmeln des schwarzen Smokingjacketts sichtbar waren.

Eugene, nicht minder prächtig herausgeputzt, aber weniger gewohnt, im Zentrum der Aufmerksamkeit zu stehen, wirkte unsicher und blickte von der Menge im Saal zu seinem Staffelführer. „Was machen wir hier, Stopper?" Seine Stimme war gerade so laut, dass nur Crawford ihn hören konnte.

Loyles blaue Augen strahlten. „Posieren", antwortete er knapp.

„Ja, aber für wen?"

Drei jüngere Männer am unteren Ende der Treppe verneigten sich zu einem förmlichen Willkommen. Der Major nickte, dann erwiderte er die Verbeugung. „Ich habe keine Ahnung", flüsterte er, während er mit scharfem Blick den Ballsaal nach einem vertrauten Gesicht absuchte.

Nicht, dass er ihren Gastgeber hätte erkennen können. Crawford kannte Großfürst Kyril nur dem Namen nach. Bis zu diesem Tag hatte er noch keine Gelegenheit gehabt, das berühmte Oberhaupt der russischen Gemeinde Empire States kennen zu lernen. Die Exilrussen blieben weitgehend unter sich, besonders die ältere Generation, die sich weigerte, den Exilantenstatus anzuerkennen. Für sie war Manhattan nur ein Zwischenaufenthalt, ein notwendiger Abstecher vor der Rückkehr in die Heimat, zu den Titeln und Reichtümern, die sie dort zurückgelassen hatten. Es erforderte einen besonderen Status, eine Einladung in diese Kreise zu erhalten.

Nahe einer Wand entdeckte Loyle Präsident La Guardia, bei dem die Aufregungen dieses Tages keine Spuren zurückgelassen zu haben schienen, in Unterhaltung mit mehreren älteren Russen in Uniform. Charles Chaplin, der Schauspieler und Direktor der neuen Empire-State-Studios von United Artists, sprach an einer anderen Wand mit einer Gruppe von Bewunderern. Dort drüben plauderte John Astor mit Rodmilla Vanderbuilt. Wie war es Loyle und seinem Flügelmann gelungen, Großfürst Kyrils Aufmerksamkeit zu erregen? Oder hatte La Guardia diese Einladung als Belohnung für die heutige Rettungsaktion arrangiert?

„Ich wette, mein Onkel weiß es", beantwortete er Windthorpes und seine eigene Frage. Als er Bryce Crawford bemerkte, begrüßte er seinen Onkel mit einem Nicken. Der Madison-Avenue-Mogul hob in einem stummen Gruß eine Sektflöte in Richtung seines Neffen.

Eugene blieb an seiner Seite und folgte ihm im Gleichschritt, als der Major entschlossen Kurs auf seinen Verwandten nahm. „Loyle, das ist nicht der richtige Ort für eine Szene."

„Bleib einfach nur an meinem Flügel, Money Man."

Falls Bryce Crawford die Verstimmung seines Neffen bemerkte, ließ er es sich zumindest nicht anmerken. „Loyle, Eugene", begrüßte er die beiden. „Ich hörte, dass ihr auch eine Einladung erhalten habt. Freut mich, dass ihr kommen konntet."

Der Major nickte kurz. Sein schiefes Lächeln war kalt. „Du hältst dich doch immer auf dem Laufenden, nicht wahr, Onkel? Wann hast du erfahren, dass ein Anschlag auf den Präsidenten geplant war?"

Das Lächeln des älteren Crawford verblasste und verlor deutlich an Wärme. Seine blassblauen Augen zuckten zu einer Gruppe in der Nähe stehender russischer Adliger und vergewisserte sich instinktiv, ob sie mithörten. Aber nachdem sie den Helden des Abends ihren Beifall gezollt hatten, waren die meisten wieder in ihre eigenen Gespräche vertieft oder auf dem Weg zum Tanzparkett, um sich im Walzer zu wiegen. Bryce legte eine Hand auf Loyles Arm und schob sich geschickt zwischen seinen Neffen und Windthorpe. Dann zog er ihn ein paar Schritte beiseite.

„Lass es mich so ausdrücken: Nach den Informationen, in deren Besitz wir gelangt sind, war ein Anschlag wahrscheinlich. Deshalb hat Präsident La Guardia akzeptiert, dass du an Stelle der üblichen Kadetten den Geleitschutz übernimmst."

Der jüngere Crawford versuchte, seine Überraschung nicht zu zeigen. Und nach dem wissenden Schmunzeln seines Onkels zu schließen, misslang es ihm. Es schockierte „Show Stopper", wie leichtfertig er seinem Onkel zwielichtige Motive unterstellt hatte. Trotzdem konnte er die Zweifel nicht ganz und gar abschütteln. „La Guardia war heute kaum bewacht. Ist ihm der Ernst dieses Angriffs bewusst?"

„Er hatte dieselben Informationen wie ich. Das musst du ihn selbst fragen." In den Augen des älteren Mannes funkelte der Schalk. „Oder noch besser, gehe gleich zur Quelle." Er deutete mit einer Kopfbewegung über Loyles Schulter. „Frag sie."

Zum zweiten Mal an diesem Tag fühlte der Major sich überrumpelt. Sein erster Gedanke galt den Berichten, sie würde sich in den Appalachen aufhalten. Sein zweiter Gedanke war, dass Reithose und Lederjacke Black Swan nicht gerecht wurden.

Sie stand am Fuß der Treppe, in ein paillettenbesetztes Abendkleid gehüllt, das sich wie eine zweite Haut an ihren Körper schmiegte und im Licht der Kronleuchter glitzerte. Das tiefschwarze Haar war streng nach hinten gezogen und betonte die kräftige Schönheit ihrer Züge und die blaue Tiefe ihrer Augen. Eine dünne Narbe am linken Arm und eine zweite, die über die rechte Schulter lugte, betonten nur noch die Aura der Stärke und Rätselhaftigkeit, die sie umgab. Sie verliehen ihr einen Reiz der Gefahr, dem keine andere Frau im Saal etwas entgegenzusetzen hatte. Niemand hatte Swan angekündigt, aber die Menge spürte ihre Anwesenheit sofort. Crawford hörte ihren Namen leise durch den Saal wandern.

Loyle nickte. Black Swan verstand es wirklich, einen Auftritt zu inszenieren.

Der Beifall klang zuerst auf der Tanzfläche auf und steigerte sich zu einem donnernden Applaus, neben dem der Empfang der beiden Venturer-Piloten zur Bedeutungslosigkeit verblasste. Crawford bemerkte, dass der frenetischste Beifall von der jüngeren Generation stammte, währende einige der älteren Gäste im Applaudieren die Stirn runzelten. Swan schien die Ovationen kaum zu bemerken. Ihr Blick fixierte die beiden Crawfords. Sie kam herüber – pirschte sich an, hätte Loyle es ausgedrückt –, wobei sie unterwegs ab und an inne hielt, um ein kurzes Wort mit einem Bekannten zu wechseln oder kurz einem Bewunderer zuzulächeln. Sie nickte sich an mehreren Grüppchen vorbei, die sie ins Gespräch zu verwickeln suchten. Der Major hatte das Gefühl, im Fadenkreuz zu stehen, und plötzlich wünschte er sich, statt seines Onkels würde Eugene an seiner Seite stehen. Er wagte es nicht, den Blick abzuwenden und riss sich unter ihren kalten Augen zusammen.

Black Swan blieb mit einer geschmeidigen Bewegung einen Schritt vor den beiden Männern stehen, so als wäre sie schon die ganze Zeit Teil ihres Gesprächs gewesen. Ihre stoische Miene war unlesbar. Der junge Crawford ließ sich nicht lumpen und setzte sein bestes Photographenlächeln auf. Er erinnerte sich an Eugenes Bericht von Swans erster öffentlicher Begegnung mit Fortune Tell und trat einen halben Schritt zurück.

„Muss ich damit rechnen, dass Sie mich jetzt ohrfeigen?“, scherzte er, dann kämpfte er gegen eine heiß aufsteigende Verlegenheit, als er sich erinnerte, dass der Ohrfeige ein leidenschaftlicher Kuss gefolgt war.

Sein verdammtes Mundwerk!

Swans Blick blieb neutral, aber Loyle glaubte ihren linken Mundwinkel kurz zucken zu sehen. „Nun, ich habe mit dem Gedanken gespielt, was ich Ihnen aufs Gesicht drücke“, gab sie zurück und spielte offenkundig auf dasselbe Ereignis an.

Loyle verlor den Kampf und fühlte seine Wangen brennen. Sein Onkel duckte sich hinter die vorgehaltene Hand, um einen plötzlichen, anhaltenden Hustenanfall zu kaschieren. „Ich habe Sie gewarnt, aus meinem Luftraum zu bleiben", erinnerte sie ihn, und ihre Augen verengten sich in Erinnerung an die angespannten Konfrontation in den Poconos.

„Ich habe eine Einladung..." setzte das Flieger-Ass an, in dem Glauben, dass sie ihre momentane Begegnung meinte. Dann fielen die Puzzlestücke an ihren Platz: Seine Einladung heute Abend, der Applaus. „Sie waren in der Limousine!" Sein Tonfall war beinahe anklagend.

Black Swan zuckte leicht zurück. „Ich habe ein Treffen mit Emperor La Guardia fortgesetzt", gab sie zu und benutzte den volkstümlichen Titel des Präsidenten nach seinem Erdrutschsieg bei den letzten Wahlen. Er wurde von den Massen Empire States als Geste der Zuneigung benutzt und von ausländischen Beobachtern, die eine Wahlmanipulation andeuten wollten, spöttisch. Swan benutzte ihn mit einer tonlosen Qualität, die nichts von beidem enthielt. Oder beides.

Immer bereit, bei Black Swan das Schlimmste anzunehmen, machte Loyle sich an diesem Punkt fest. Er war so gut wie jeder andere. „Präsident", korrigierte er. Ein anderer Mann trat hinter Swan heran und in das Gespräch.

„Njet. Großfürst." Der Akzent war schwer, die Stimme kräftig. Wie aus Stein gehauene Gesichtszüge verliehen seinem fortgeschrittenen Alter Charakter. Er blieb neben der Piratenkapitänin stehen und verwandelte das Trio der Gesprächspartner in ein Quartett. „Großfürst Kyril", stellte er sich vor und reichte Loyle die Hand. Black Swans Miene spannte sich an und verriet ihre Verärgerung über die Unterbrechung.

Der Händedruck des Großfürsten war fest und kräftig. „Major Loyle Crawford", erwiderte der Flieger. „Es ist eine Ehre, Ihre Bekanntschaft zu machen, Sir, und eine Freude, Ihre Einladung erhalten zu haben."

Die Umkehrung der Reihenfolge hatte den gewünschten Effekt. Der Großfürst blühte unter der Schmeichelei sichtbar auf. Er löste sich von Loyle und schüttelte Bryce Crawford die Hand. „Towarischtsch Crawford, immer wieder ein Vergnügen." Dann wandten seine dunklen Augen sich Swan zu. „Talia", sagte er und nickte kurz.

Sie erwiderte die Geste ebenso knapp. „Kyril." Selbst Loyle erkannte die Unhöflichkeit. Ein scharfer Blick seines Onkels ermahnte ihn, sich nicht einzumischen.

Dass Swan ihm seine Grobheit mit gleicher Münze zurückzahlte, traf den russischen Adligen. Sein Tonfall blieb locker, aber der Major hörte einen harten Unterton heraus. „Ich habe deinen Auftritt gesehen. Sehr beeindruckend. Man könnte glauben, du hättest Zarenblut, so wie du dich benimmst, Natalia. Und dann ist da natürlich noch die Aura des Geheimnisvollen, die du so liebst."

„Richtig." Ihr Antwortlächeln war keine Freundlichkeit, sondern das Zähnefletschen eines Raubtiers auf der Pirsch. „Vielleicht sollte ich mich einfach Natalia Brassowa nennen und es dabei lassen", stellte sie selbstsicher fest.

Der Großfürst riss schockiert die Augen auf. Sein Mund öffnete sich zu einer Entgegnung, aber kein Laut drang aus seiner Kehle. Er klappte ihn abrupt zu. Loyle verstand nicht, worum es ging, aber sein Onkel war offenbar besser informiert. Bryce Crawford legte dem Adligen sanft die Hand auf den Arm.

„Großfürst Kyril, dort drüben ist jemand, den ich Ihnen gerne vorstellen würde." Ebenso geschickt, wie er ein paar Minuten zuvor Loyle und Eugene getrennt hatte, brach er nun den Kreis entzwei und ließ seinen Neffen in Black Swans Gesellschaft zurück.

Sie sah den beiden älteren Männern nach. Loyle beobachtete sie. „Könnten Sie mir erklären, was sich hier gerade abgespielt hat?", fragte er.

„Ich habe ihn nur daran erinnert, dass es schlimmere Alternativen als einen schwarzen Schwan gibt." Ihr Tonfall blieb locker, lud aber trotzdem nicht gerade zu Nachfragen ein.

Crawford zuckte die Schultern. „Ich kenne keine", stellte er fest. Natalia musterte ihn abschätzend. Ihre Miene wurde plötzlich misstrauisch. Das Flieger-Ass bemerkte mehrere junge Adlige, die auf sie zuhielten und zweifelsohne hofften, Black Swan mit Beschlag zu belegen. „Etwas frische Luft vielleicht?" Jetzt, wo er Swan im Visier hatte, wollte er sie nicht wieder aus den Augen verlieren, nicht, solange er die Chance hatte, etwas über ihre Pläne in Empire State in Erfahrung zu bringen.

Sie spielte verlegene Zurückhaltung, und das auf so übertriebene Weise, dass es fast sardonisch wurde, dann antwortete sie nachdenklich: „Ich soll den Ball des Großfürsten in Begleitung des Staffelführers der Venturers verlassen? Was das meinem Ruf antun würde!"

Loyle zuckte wieder die Achseln, dann verzog er das Gesicht. „Was wird es meinem antun?", fragte er mit größerer Ernsthaftigkeit, als Swan sie gezeigt hatte.

Fast gleichzeitig deuteten sie beide mit einem Nicken zu den sich zur Musik eines Streichquartetts langsam im Walzertakt auf der Tanzfläche drehenden Paaren. Beide verstanden die Absicht des anderen: Es war einfach der beste Ort im Saal für eine halbwegs private Unterhaltung. Swan griff seinen Arm. Ihre Hand umschloss seinen unteren Bizeps wie eine Metallfessel. Crawford war sich nicht sicher, wer von ihnen wen die zwölf Schritte zur Tanzfläche führte.

Ein pulvriger Fliederduft kitzelte in seiner Nase, aber Loyle war sich nicht sicher, ob er von Swans Parfüm stammte oder von einer anderen Tänzerin. Ihre Hand lag warm in seiner Linken, seine Rechte auf der sanften Kurve ihrer Hüfte. Er kämpfte gegen die Gefühle, die ihre Berührung in ihm auslöste, als sie sich unter die Tänzer gesellten. Hier würde es keine Wiederholung des Tanzes geben, den Eugene bei seiner Erzählung der Begegnung zwischen Swan und Fortune Tell beschrieben hatte. Das wenige an Vergangenheit, das der Major und die Piratin teilten, war zum größten Teil feindseliger Natur. Als ihre Blicke sich trafen, schätzten sie beide den jeweiligen Gegner ab. Es gab keinerlei Anziehung zwischen ihnen.

Zumindest versuchte Loyle, sich das einzureden. Obwohl ihre Haut unter seiner Hand dafür erstaunlich warm war.

„Würden Sie mir erzählen, worum es bei Ihrem Treffen mit Präsident La Guardia ging?", fragte Crawford vorsichtig.

„Um Geschäfte." Kalt, emotionslos. Swan hatte deutlich etwas gegen Schnüffler. „Und zudem gestörte Geschäfte." Sie runzelte die Stirn, aber diesmal war nicht Loyle der Grund für ihre Verärgerung. Zumindest nicht allein.

„Ich muss zugeben, Sie wären der letzte Mensch gewesen, den ich in seiner Begleitung zu treffen erwartet hätte. Alle Berichte, die ich gesehen habe, meldeten, dass Ihr Zeppelin über den Appalachen gesehen wurde." Er wollte ihr deutlich zu verstehen geben, dass er es nicht aufgegeben hatte, ihre Bewegungen zu verfolgen.

Sie nickte zurückhaltend. „Dort ist er noch, aber er sollte in Kürze wieder zurückkommen."

„Waren Ihre Nachrichten so wichtig?"

Swan war anzusehen, dass sie sein unablässiges Stochern nach Informationen verärgerte. Sie schüttelte heftig den Kopf. „Vielleicht, vielleicht nicht. So oder so finde ich es manchmal nützlich, wenn man mich an einem anderen Ort vermutet als es den Tatsachen entspricht. Oder sogar an mehreren Orten gleichzeitig." Sie setzte zu einer weiteren Bemerkung an, stockte. Dann fügte sie hinzu: „Sie sollten Houdinis ‚Die Kunst der Täuschung' lesen." Als der Major sie fragend ansah, erklärte sie: „Der Zauberer und Entfesselungskünstler."

Loyle wirbelte Black Swan durch eine Vier-Schritt-Figur, die er einmal mit Heather Iverian einstudiert hatte. Sie funktionierte selbst in einem langsamen Walzer. „Ich weiß, wer Houdini ist. Ich verstehe nur nicht, wozu es gut sein soll, ein Buch über Zauberei zu lesen."

„Durch geschickte Täuschung kann man die Aufmerksamkeit vom wirklich Wichtigen ablenken. Das gilt für einen Luftkampf ebenso wie in der Politik." Ihre Stimme bekam einen träumerischen Klang. „Zum Problem wird es erst, wenn jemand im falschen Moment blinzelt und bemerkt, was man mit der anderen Hand macht."

Loyle glaubte nicht daran, dass sie die Politik ohne tieferen Grund erwähnt hatte, und er konnte sich die nächste Frage nicht verkneifen. „Hatte es die Red Skull Legion heute auf La Guardia abgesehen oder auf Sie?" Der schneidende Ton verriet seinen Verdacht, dass sie das Staatsoberhaupt Empire States in Gefahr gebracht hatte.

„Spielt das eine Rolle?" Ohne auf eine Antwort zu warten, sprach sie weiter. „Es gibt einige Nationen, die ihn oder mich gerne tot sähen, besonders angesichts meines Arrangements mit Empire State. Jede von ihnen könnte hinter dem Angriff stecken. Oder auch eine Koalition, wenn man bedenkt, welch seltsamen Allianzen die Politik hervorbringen kann." Sie zuckte die Achseln. „Kahn könnte auch einfach versuchen, ein paar alte Rechnungen zu begleichen."

Jonathan „Dschingis" Khan, der Anführer der Red Skull Legion, war nirgends gut gelitten. Crawfords Gedanken wirbelten durch seinen Schädel. Er konnte das Gefühl nicht abschütteln, dass Swan mit ihm spielte, indem sie immer wieder bruchstückhafte Informationen in ihre Konversation einstreute. „Ich glaube nicht, dass Sie das ernst meinen", erwiderte er. „Außerdem arbeitet ‚Dschingis' Khan für die Industrial States of America, wenn er nicht auf eigene Rechnung unterwegs ist."

„Sie nehmen eine Menge einfach als gegeben, Major Crawford." Swan schüttelte den Kopf. „Aber das liegt vermutlich ebenso an ihm wie an Ihrer Unwissenheit. Denn würde er eine Vereinbarung treffen, sagen wir mit Dixie oder Appalachia, würde Ihr natürliches Misstrauen gegen die ISA ein perfektes Alibi liefern. Eine gute Täuschung."

Irgendwie erschien Loyle der Gedanke, dass Dixie oder Appalachia mit der Red Skull Legion zusammenarbeiteten, weniger lächerlich, als er es erwartet hätte. Er schrieb es als Nachwirkung des Dixier Angriffs im vergangenen Monat ab und versuchte es aus einem anderen Winkel. „Haben Piraten und Zauberer viel gemein?"

Kaum hatte er es ausgesprochen, da wusste der Major schon, dass es ein Fehler gewesen war. Black Swans Hand spannte sich in seiner. Sie blieb mitten auf der Tanzfläche stehen und schaute ihn kalt an. „Sie wären überrascht."

In der peinlichen Stille, die folgte, versuchte Crawford sich darüber klar zu werden, ob sie wegen der Verallgemeinerung „Piraten" wütend auf ihn war, oder nur, weil er sie in dieselbe Kategorie mit einem wahnsinnigen Killer wie Khan gesteckt hatte. „Und wie steht es jetzt zwischen uns?", fragte er in dem Versuch, den Moment zu retten.

Es war ein Fehlschlag. Black Swan trat zurück aus seiner Reichweite, und ihre Augen funkelten mit dem selben Raubtierblick wie Großfürst Kyril zuvor. Jetzt galt die Warnung dem Kommandeur der Venturers. „Ich stehe in Ihrer Schuld", stellte sie fest. „Und ich hasse es, in Ihrer Schuld zu stehen, Crawford." Sie wirbelte herum, schob sich zwischen den tanzenden Paaren hindurch und verschwand in der Menge.

# KAPITEL NEUN

## AUF HEISSER SPUR

Ein halbes Dutzend *Avengers*, alle perfekt im Blau und Gold der Broadway Bombers lackiert, stürzten aus der tiefhängenden Wolkendecke. Staten Island verschwand unter ihnen. Die Venturers flogen nach Süden über die Fluten des Arthur Kills und setzten sich exakt hinter die vier nichtsahnenden Angreifer. Die vier smaragdgrünen Jäger, je zwei *Valiants* und *Bloodhawks*, drehten nach dem Überfall auf die Docks in Perth Amboy nach Steuerbord und folgten dem Arthur Kill zur Raritan Bay. Von jeder der Piratenmaschinen hing ein langes Kabel herab, an dem mit Harpunenraketen auf den Docks erbeutete Frachtbehälter hingen.

„Kein schlechter Fang", stellte Nancy „Market Maker" Morgan fest. „Vier von vier. Wenn sie sich die richtigen Kisten ausgesucht haben, ist es die Mühe mehr als wert."

Loyle hob die linke Hand ans Kehlkopfmikro und rastete den Schalter in der Sprechposition ein. Seine Rechte blieb fest um den Knüppel der *Madison Dawn* geschlossen. „Nicht, wenn es sie vier Flugzeuge kostet." Der Major änderte den Kurs, um in die erhöhte Sechs-Uhr-Position der vorderen *Bloodhawk* zu kommen, und flachte den Sturzflug ab, um nicht zu schnell an Höhe zu verlieren. „Diesmal hat Diamond Dave seine Halsabschneider zu weit nach Norden geschickt. Jetzt verliert er alles."

Neben der *Maddy D* setzte Money Man sich mit demselben Manöver wie Loyle hinter die zweite *Bloodhawk*. „Nur, wenn die Jersey Chargers ihn sich holen", erinnerte Eugene seinen Rottenführer. „Diamond Dave fliegt eine *Devastator*. Er hat sich um das Ablenkungsmanöver und den Hinterhalt über New Brunswick gekümmert."

Show Stopper hätte es vorgezogen, sich den Anführer der Piraten zu holen. Aber genaugenommen hatte er schon Glück, dass die Venturers in diesem Kampf überhaupt eine Rolle spielten. Sie waren über der unteren New York Bay auf Streife gewesen, als die Flugsicherung ihm mitgeteilt hatte, dass die aus dem Avenal Aerodrom operierenden Chargers auf Berichte eines Luftkampfs und Hilferufs über New Brunswick reagierten. Die Meldung war an ihn weitergeleitet worden, weil die Madison Venturers die nächste bereits in der Luft befindliche Einheit gewesen waren. Da ihre Streife fast vorbei war, hatte Loyle seine Staffel nach Staten Island gebracht, um in Position zu sein, falls die Chargers Unterstützung anforderten. Danach war alles sehr schnell gegangen.

Die Chargers hatten zwei Maschinen Verlust gemeldet, als die *Devastators* sich plötzlich mit Raketensalven auf die Milizjäger gestürzt hatten. Beinahe gleichzeitig war der Hilferuf aus Perth Amboy eingetroffen, wo die Piraten den Hafen überfielen.

„Piraten und die Kunst der Täuschung" war der erste Gedanke gewesen, der Loyle gekommen war.

„Carpetbagger, du und Market Maker fallt zurück und folgt Rotte 1 und 2. Heute übernehmt ihr die Aufräumarbeit. Falls einer von ihnen uns abschütteln kann, gehört er euch."

Heather Iverian meldete sich unmittelbar danach. „Geben wir ihnen keine Warnung? Wir haben sie genau im Visier, das werden sie wissen."

„Sie haben die Docks in Perth Amboy beschossen, bevor sie sich ihre Beute geholt haben." In Crawfords Stimme lag keinerlei Mitgefühl für die Piratenpiloten. „Sie gehören aus der Luft geblasen. Wenn wir ihnen die Möglichkeit lassen, kappen sie die Kabel und hauen ab. Dann könnten wir sie verlieren. Ihre Maschinen sind schneller und beweglicher als unsere *Avengers*. Macht sie fertig! Volle Breitseite! Und jetzt Angriff, Venturers!"

Durch die Beutekisten behindert waren die Piratenflugzeuge leichte Beute für die Kanonen der Broadway Bombers. Loyle neigte den Knüppel nach vorn und tauschte den Rest Höhenvorteil gegen ein sicheres Schussfeld auf sein Opfer. Aus dieser Entfernung konnte er die zwei schwarzen Schrägstreifen auf beiden smaragdgrünen Tragflächen sehen. Im Augenwinkel bemerkte er die typischen Lichtblitze, als seine Staffelkameraden Raketen abfeuerten. Er wartete noch eine Sekunde, bis er entscheidende Yards näher an der vordersten Maschine war. Gerade als die ersten Raketen ins Heck der Jäger einschlugen, löste er einen Schwarm panzerbrechende und Schallraketen aus.

Trotz ihrer leichten Bedenken wegen des Hinterhalts bewies Ivy ihr Talent für die Wahl des besten Angriffswinkels. Ihre Raketen schlugen ins Heck und in die linke Tragfläche einer *Valiant* ein, zertrümmerten den Schubpropeller und rissen den linken Flügel vollständig vom Rumpf der Jagdmaschine ab. Der Jäger stürzte wild um die Längsachse wirbelnd nach Steuerbord, schleuderte große Trümmerstücke durch die Luft und zog dunkle Rauchfäden hinter sich her. Loyle bekam das Schicksal der zweiten *Valiant* nicht mehr mit.

Die *Bloodhawks* kamen besser davon. Eugenes Gegner reagierte augenblicklich und bewies eine beeindruckende Beherrschung seiner Maschine. Es war beinahe, als hätte er den Angriff kommen sehen. Er kappte das Kabel und riss den Jäger in einer abrupten Rolle nach Steuerbord, mit dem Ergebnis, dass nur zwei Raketen ihn trafen. Trotzdem lieferten die schwarzen Rauchschwaden, die aus dem Motor des Schubpropellers stiegen, Money Man einen enormen Vorteil, den er sofort ausnutzte.

Den vordersten Pirat erwischten Crawfords panzerbrechende Raketen an Steuerbordtragfläche und Leitwerk. Ein nebelhafter Dunstschleier, der hinter dem Flügel sichtbar wurde, zeigte Show Stopper, dass sein Treffer den Benzintank auf dieser Seite aufgerissen hatte. Auch der Pilot der führenden *Bloodhawk* verlor keine Zeit, das Kabel zu kappen, und hoffte auf eine Fluchtmöglichkeit, bis Loyles Schallraketen mit ohrenbetäubendem Donnerhall links und rechts der Kanzel explodierten. Die Druckwellen würden den Piloten arg durchschütteln und jede Art von Extremmanöver unmöglich machen.

„Ich habe ihn verloren! Wo ist er hin?"

„…Looping…"

„Ich bin dran!"

Als die Venturers sich auf die gebeutelten Luftpiraten stürzten, verwandelte sich der Funkverkehr in das übliche Chaos des Luftgefechts. Der Major hörte Ivys gelassenes „Abschuss", und kurze Glückwünsche, während Money Man am Heck seines Opfers klebte und die Maschinengewehre knattern ließ.

In gewisser Weise befriedigte es den Major, einen so bilderbuchhaften Kampf auszutragen. Keine Politik. Keine Grauzone. Keine großen Überraschungen, auch wenn er bezweifelte, dass die Chargers diese Ansicht teilten, nachdem sie durch ein Ablenkungsmanöver in einen Hinterhalt gelockt worden waren. Und ehrlich gesagt, der Gedanke, dass ausgerechnet Diamond Dave einen falschen Luftkampf vortäuschte, machte Loyle zu schaffen. Aber er schob seine Bedenken vorerst beiseite. Jetzt war Handeln angesagt.

Der Pilot der *Bloodhawk* überraschte das Flieger-Ass der Venturers. Er schüttelte den Explosionsschock ab und kippte nach Steuerbord. Crawford rollte in dieselbe Richtung, um sich rechts von seinem Gegner zu halten und die stark beschädigte Tragfläche weiter beharken zu können. Er wendete ein paar Yards zu eng und verlor die erste Gelegenheit dazu.

„Stopper, eine andere *Valiant* hat sich gerade an dein Heck gesetzt."

Das war Carlton Hawthornes Stimme. Also griff die Aufräumcrew jetzt ebenfalls ins Geschehen ein. „Schaff ihn mir vom Hals, Carpetbagger." Er riss die Maschine wieder nach rechts und verdarb dem Piraten hinter ihm das Ziel, während er zugleich versuchte, sich in eine Angriffsposition auf die beschädigte *Bloodhawk* zu manövrieren. Die beiden Motoren der *Avenger* heulten unter der Belastung, aber wieder glitt er vorbei. Der Pirat vor ihm rollte erneut nach Steuerbord.

„Abschuss Nummer Zwo!", rief Eugene triumphierend über Funk. „Viel ist nicht mehr ins Wasser geknallt."

Ein grauer Kugelhagel, durchsetzt mit Leuchtspurblitzen, knatterte über Loyles Backbordtragfläche. Er schlug aufs Mikro, „Carpetbagger, schaff mir dieses fliegende Osterei vom Hals." Der Major setzte darauf, dass sein Gegner zurück nach Backbord drehen würde, um Kurs nach Südwesten anzulegen statt zurück nach South Amboy zu fliegen, aber der grüne Jäger kippte zum dritten Mal nach Steuerbord weg.

Der Staffelführer der Venturers änderte mit einem dünnlippigen Lächeln die Richtung. Eine harte Seitenruderbewegung zog die *Madison Dawn* nach Steuerbord. Das Seitenruder des Piraten war blockiert und ließ ihm keine Wahl. Crawford legte den Jäger hart auf die Seite, um den Verlust des Schusswinkels zu kompensieren. Das zog ihn abwärts aus dem Fadenkreuz der zweiten *Valiant*. Die *Bloodhawk* legte sich in eine Wende nach rechts, aber weniger steil als zuvor. Loyle verpasste sie nur um wenige Grad. Die *Maddy D* bockte leicht, und das Klirren und Scheppern von Schrapnellsplittern, die ins Heck des Jägers einschlugen, verkündete das Ende der zweiten *Valiant* kaum eine Sekunde vor „Carpetbagger" Hawthornes Meldung.

„Abschuss Drei!"

„Jetzt bin ich dran", flüsterte Loyle seinem Gegner zu. Er zog hart nach Steuerbord und sofort zurück nach Backbord. Das Heck der Maschine peitschte herum, als er das Seitenruderpedal durchtrat. Er erwischte den Piraten in einer Wende, die dessen *Bloodhawk* geradewegs durch sein Schussfeld trug.

Show Stopper drückte ab. Die Geschütze der *Avenger* spien einen tödlichen Hagel Kaliber-.30- und Kaliber-.50-Patronen. Die Magnesiumkugeln flammten auf, als sie sich ins Querruder und den Flügelholm der Steuerbordtragfläche fraßen. Panzerbrechende Kugeln bohrten sich tiefer, durch den inzwischen leeren Flügeltank. Die strukturelle Integrität der Tragfläche fiel unter den erforderlichen Wert, um der Belastung des Flugs standzuhalten. Der Flügel knickte ab und brach weg. Ein großes Bruchstück stürzte nach hinten in den Schubpropeller und zertrümmerte dessen Blätter. Der Piratenjäger trudelte außer Kontrolle davon und stürzte unter der rechten Tragfläche der *Maddy* ins grüne Wasser der Raritanbucht.

„Nicht schlecht, Stopper." Windthorpe kam in der *Fortune's Hunt* an der Backbordseite seines Rottenführers auf gleiche Höhe. „Nicht annähernd soviel Showeffekt wie die meisten deiner Abschüsse, aber trotzdem beeindruckend. Jetzt wollen wir nur noch hoffen, dass die Chargers Diamond Dave erledigt haben."

Bei dieser Erinnerung an das zum Hinterhalt mutierte Ablenkungsmanöver machte sich der nagende Zweifel wieder in Loyles Geist breit. Er legte die Maschine in eine sanfte Wende und zog sie nach Norden. Paarweise kehrten die Venturers in ihre Formation zurück. „Wenn wir schon auf etwas hoffen, dann besser, dass die beiden abgeschossenen Chargers in die Seide gestiegen und sicher gelandet sind." Die Unsicherheit ließ ihn einen Hauch heftiger reagieren, als es bei einem so klaren Sieg zu erwarten gewesen wäre. Aber irgendetwas bereitete ihm Magendrücken.

Falls die grobe Antwort Eugene zusetzte, ließ er es sich nicht anmerken. „Okay", stimmte sein Flügelmann zu. „Aber ich finde immer noch, wir sollten ihnen zumindest die Daumen drücken, dass die *Devastators* erledigt sind. Ein Exempel für Black Swan, verstehst du? Damit sie sieht, wie wir in Empire State mit Piraten umgehen."

Swan! In Crawfords Geist fielen die Puzzlestücke mit einem beinahe hörbaren Klicken an ihren Platz. Natalia hatte ihm alle Informationen geliefert, aber er war zu sehr mit ihren Motiven und Plänen beschäftigt gewesen, um sich mehr Gedanken darüber zu machen, was sie ihm hatte deutlich machen wollen. Die Kunst der Täuschung. Er sah, wie sie hier zur Anwendung gekommen war, ebenso wie an dem Tag, als Black Swan in Empire erschienen war. Galt das auch für den Angriff der Red Skull Legion auf La Guardia? Was war mit dem Dixie-Angriff einen Monat zuvor? „Was für ein Trottel ich bin."

„Wie bitte, Stopper?"

Loyle griff sich an den Hals und löste den Sprechschalter. „Ich habe gesagt, jetzt ergibt alles einen Sinn", versuchte er, die Situation zu retten. „Umschalten auf Privatfrequenz." Er drückte einen Knopf und schaltete das Funkgerät auf eine von mehreren voreingestellten Frequenzen, in diesem Fall eine für Gespräche zwischen ihm und Eugene. „Erinnerst du dich noch, wie wir unter die Lagerhalle gestiegen sind, Money Man? An dem Tag, als Swan ankam?"

„Sicher doch, Loyle. Wir haben ein gekapptes Tau gefunden, aber die Boote waren schon weg."

„Was für Boote? Der Kai war voller Reporter und Hafenarbeiter. Wieso hat niemand sie gesehen? Was haben wir tatsächlich gefunden?"

Windthorpe stockte und dachte nach. „Blutspuren."

„Aber keine Leichen. Und keine Einschusslöcher", stellte der Major leise fest. „Ich kann mich jedenfalls an keine Einschusslöcher in irgendeinem der Poller erinnern. Du?"

„Nei-ein. Aber ich habe auch nicht danach gesucht." Die Antwort klang selbst in Eugenes eigenen Ohren reichlich schwach. Er setzte einen drauf. „Nein, ich glaube nicht, dass welche da waren. Niemand ist so ein guter Schütze." Er stockte wieder, länger diesmal. „Was meinst du, bedeutet das, Stopper?"

Loyle ließ sich zurück in die Polster seines Pilotensitzes sinken, eine Hand locker am Knüppel, während er nachdachte. Es würde Zeit kosten, es zu überprüfen, möglicherweise auch ein wenig vom Einfluss seines Onkels, aber mit Glück konnte er bis zum Abend die Antwort haben. Das bedeutete eine Rückkehr an die Eastside-Docks.

„Ich denke", sagte er schließlich, „Black Swan bereitet sich darauf vor, ein Kaninchen aus dem Hut zu zaubern."

# KAPITEL ZEHN
## DIE DIXIELAND-VERSCHWÖRUNG

Die summende Lampe, die an einer Seite der alten Crawford-Shipping-Lagerhalle herabhing, warf ein flackerndes gelbes Licht über den Kai, eine kleine Insel in der Dunkelheit des frühen Morgens. Der fahle Lichtschein wurde vom riesigen Fenster im ersten Stock der Halle, das vor Jahren hinaus auf geschäftiges Seehandelstreiben geblickt hatte, und jetzt leer und tot auf nahezu menschenleere Hafenanlagen starrte, matt zurückgeworfen. Schwimmende Hangars und neue Lagergebäude bedienten die riesigen Luftschiffe, die alle wichtigen Frachttransporte übernommen hatten. Das Licht holte grobe, kreosotfleckige Poller aus der Finsternis, einen in der Nähe aufragenden Stapel leerer Holzkisten, ein

Stück abseits einen alten, verrosteten Zeppelin-Auslegermotor und die beiden Broadway-Bomber-Piloten, die im Schatten des Kistenstapels hockten.

Eugene deutete mit einer Kopfbewegung nach Südosten, wo nur ein paar rote Positionslichter den Zeppelin Black Swans verrieten, als er den East River herabkam und über die Williamsburg Bridge zog. „Glaubst du an Zufälle?", fragte er einen Hauch zu laut für die trostlose Umgebung.

Crawford schüttelte den Kopf. Sein Schnurrbart zuckte. „Nicht, was sie betrifft."

Die donnernden Motoren, die das gewaltige Luftschiff antrieben, waren als fernes Brummen zu hören, über dem Summen der Lampe kaum wahrnehmbar. Loyle schüttelte wieder den Kopf. Mit dem Schiff abzulegen würde nicht lange dauern. Aber einen neuen Flugplan für die vorzeitige Abreise einzureichen und die Piraten – nein, Korsaren – der Besatzung zu versammeln, das würde schon Zeit erfordern.

„Swan muss von unseren Nachforschungen erfahren haben", erklärte Crawford leise. „Nicht, dass wir ihretwegen hier wären, aber wer sich selbst verurteilt, sieht selten weiter als die eigene Schuld."

Seine Feststellung klang härter als sie gemeint war. Mit Hilfe des Namens seines Onkels und nicht gerade wenig seines eigenen Einflusses hatte Loyle den größten Teil des vorigen Abends damit verbracht, sich den Zugang zu den Informationen frei zu bluffen, die er brauchte. Er hatte sogar ein paar der zahlreichen Gefallen eingefordert, die der größte Teil der Stadt Bryce Crawford schuldete, jener Gefallen, die sein Onkel eifersüchtig bewachte. Der Major nahm sich vor, es später mit seinem Onkel abzuklären. Und obwohl Black Swan nicht das Ziel war, auf das er es abgesehen hatte, zumindest diesmal nicht, schien sie von seinen Bemühungen erfahren und etwas zu verbergen zu haben. Es machte ihm zu schaffen, dass sie es offenbar für nötig hielt, das Weite zu suchen. Es bestätigte den Verdacht, den er schon die ganze Zeit gehegt hatte. Noch mehr machte ihm zu schaffen, dass sie seine Schnüffelei bemerkt hatte, denn das bedeutete, dass auch andere davon wissen konnten. Der sechste Sinn, auf den er sich im Kampf stützte, jenes Gespür für Gefahr, das alle Fliegerveteranen entwickelten, ließ Alarmglocken in seinem Geist schrillen.

„Das gefällt mir gar nicht, Money Man. Schnapp dir ein Gyrotaxi zurück zum Aerodrom und ruf die Venturers zusammen. Ich habe das dumpfe Gefühl, dass der Vorhang bald hochgeht."

Der jüngere Mann biss sich auf die Unterlippe. „Ich würde lieber hier in Formation bleiben, Skipper."

„Das ist eine einfache Erkundung, Eugene. Das schaffe ich auch solo." Er legte seinem Flügelmann die Hand auf die Schulter. „Wenn es hier etwas zu finden gibt, kann es gut sein, dass wir dringend die Rückendeckung der Staffel brauchen. Und jetzt, wo Swan in der Luft ist, wäre mir wohler, wenn ich wüsste, dass wir bereitstehen."

Widerwillig gab Windthorpe nach. „Na schön. Ich bereite alles vor. Aber melde dich jede Stunde oder so, damit wir wissen, dass du okay bist."

Loyle verabschiedete seinen Partner mit einem letzten Schulterklopfen, dann machte er sich daran, langsam den Kai zu erkunden. Seine Nachforschungen hatten drei Möglichkeiten ergeben, und er handelte sie auf seinem Weg nach Norden der Reihe nach ab.

Nach Black Swans Abfahrt herrschte auf dem 7th Street Seaport ziemliche Ruhe. Nur ab und zu wankte ein einzelner Luftschiffer nach einer langen Nacht in der Stadt an der Kaimauer entlang heim. Loyle vermied die Begegnung mit diesen Gestalten und versuchte, ihre Ausschweifungen zu ignorieren, fragte sich aber unwillkürlich, wie viele von ihnen der Weg in Kitty Foresters Starry Skies Club geführt hatte. Er hielt sich wo immer möglich in den Schatten, und deren reichliche Verfügbarkeit erleichterte es ihm, sich an Bord der ersten beiden riesigen Frachtzeppeline zu schleichen, die im Freien festgemacht hatten statt in einem der Treibhangars.

Zwei Stunden und zwei Anrufe im Aerodrom später, bei denen er keinerlei Erfolgsmeldung hatte durchgeben können, stand der Staffelführer der Madison Venturers vor der dritten, und letzten, Alternative. Gleichzeitig war diese Spur auch die Beste der drei. Dieser Frachtzeppelin war in einem Hangar untergebracht, der neben einem der Docks auf dem East River trieb. Das Fehlen irgendeiner spürbaren Aktivität – es war kaum eine Wache auf Posten – dämpfte seinen Enthusiasmus spürbar. Als er die Gangway zu einer der oberen Hangarluken hinaufstieg, glaubte er, schräg unter sich eine Bewegung zu bemerken. Er erstarrte. Mehrere Minuten regloser Wachsamkeit später entschied er, dass es nur eine der reichlich vorhandenen Hafenratten gewesen war.

Loyle schob sich in den an der Unterseite zum Wasser offenen Hangar und musste nur ein kurzes Stück Laufsteg zurücklegen, bevor er eine Brücke hinauf ins obere Frachtdeck der gigantischen Luftschiffsgondel fand. Aus der einladenden Luke ebenso wie aus einigen Fenstern fiel Licht, genug, um ihm den Weg über den schmalen Balkon zu zeigen. Zwei Dutzend Yards unter ihm schwappte das tiefschwarze Wasser des East Rivers an die Poller. Die Unterseite der Zeppelinhülle trug einen stolzen Namen, der in grünen Lettern auf den sommerweizengelben Stoff gemalt war. *Havana Princess* las der Major, registriert in Miami. Er trat leise ins Innere und schlich sich katzengleich durch hellerleuchtete Gänge zwischen großen Frachträumen. Obwohl sie ein Konföderationsschiff war, verbrachte die *Havana Princess* den größten Teil ihrer Zeit zwischen Havanna und den mit Kuba Handel treibenden Nationen Nordamerikas.

Empire State trieb Handel mit Kuba und importierte vor allem Tabakwaren, die Dixie auf Grund von Embargos nicht mehr liefern konnte. Soweit war alles unverdächtig.

Falls dies tatsächlich die *Havana Princess* war.

Sie war es nicht.

Loyle öffnete vorsichtig die Luke im Deckboden zu einem unteren Frachtraum in der Mitte des riesigen Luftschiffs. Drei

Sprossen die Leiter hinab duckte er sich, um nicht bemerkt zu werden. Die Mechaniker, die unter ihm arbeiteten, hätten reguläre Luftschiffer auf jedem Zeppelin sein können, den er je besucht hatte. Sie trugen Standardoveralls und gingen ihrer Tätigkeit mit derselben kompetenten Selbstverständlichkeit nach wie sie Mechaniker auf der ganzen Welt an den Tag legen. Nur, dass reguläre Wartungsmechaniker an Bord eines Zeppelins keine Jagdflugzeuge mit Bomben, Raketen und Lufttorpedos bestückten. Ein normaler Frachtzeppelin hätte nicht dermaßen viele Jäger mitgeführt. Ein oder zwei vielleicht, hauptsächlich als minimaler Schutz, aber ein Konföderationsschiff hätte innerhalb der Grenzen Empire States nicht einmal das gedurft.

Der Major überflog die Jäger, die er unter sich sah. Eine verstärkte Staffel von acht Maschinen, Bell *Valiants* und zwei *Kestrels*, alle mit grau-blauer Tarnbemalung und den Stars-and-Bars Dixies.

Der Hangar, in dem sie untergebracht waren, war eine schwierige Konstruktion, aber nicht unmöglich. Jeder Zeppelin besaß die Fähigkeit, ein Flugzeug zu starten und aufzunehmen. Was Kampfluftschiffe so effektiv machte, war das Hangardeck, das mehreren Maschinen Start und Landung ermöglichte und genug Platz für ungehindertes Manövrieren bot. Außerdem war ein Kampfluftschiff besser bewaffnet und gepanzert als ein Frachtschiff, aber das lag im Ermessen des Besitzers.

„So umgebaut, dass ein innerer Frachtraum Zugang zum Hangardeck für eine einzelne Maschine bietet", flüsterte das Flieger-Ass. „Jäger können aufgenommen und in kürzester Zeit versteckt werden." Er konnte auch die breiten Klappen der an einen Bombenschacht erinnernden Luke und das Kransystem darüber sehen, die es ermöglichten, Jäger direkt durch den Boden des Zeppelins zu starten.

Damit war Loyles Verdacht weitgehend bestätigt. Es fehlte nur noch ein Element, um seine Theorie endgültig wasserdicht zu machen. „Aber wo sind die Red-Skull-Jäger?"

„Natü'lich im nächsten Fracht'aum vo'aus." Die Stimme antwortete von einer Position über ihm, laut und frech, mit einem schweren Südstaatenakzent. Das unheilvolle Schnappen eines gespannten Pistolenhahns ließ Crawford das Blut in den Adern gefrieren. „Nu' noch eine einzelne Staffel vo' sechs *Devastators*, aber Sie wissen ja wohl, wie das kommt, nicht wah', Major Crawford?"

* * *

Nach fast zwei Stunden Haft in einer Bordkabine ohne Möglichkeit, um Hilfe zu rufen oder auszubrechen, hoffte Loyle, dass Eugene seine Befreiung in die Wege leitete. Eine Hoffnung, die Captain Willem „Firestorm" Fairchild augenblicklich zunichte machte, als er Crawford schließlich zurück in den Frachtraum mit den Dixie-Jägern holen ließ.

„Wi' haben Ihr Aerodrom fü' Sie angerufen", erklärte Fairchild und rieb sich mit einer Hand die rotblonden Bartstoppeln. Die Kaliber-.44-Pistole, mit der er das Flieger-Ass gefangen genommen hatte, trug er immer noch an der rechten Hüfte. Auf der linken Seite schwang griffbereit ein traditioneller Kavalleriesäbel südlicher Herstellung. „Haben mit einem Mechaniker ge'edet und eine von diesen eleganten Fluglimousinen bestellt, die exklusiv fü' die Bombers reserviert sind. Sie e'wartet Sie an der nö'dlichen Rollbahn des Seehafens. Ich bin sicher, die Anfo'derung wird erreichen, wen immer Sie als Rückendeckung bereitstehen haben."

Zwei Red-Skull-Mechaniker hielten Crawford mit alten, aber durchaus noch feuerbereiten Thompson-Maschinenpistolen in Schach. Der Konföderationskapitän lehnte sich mit dem Rücken an eine Bell *Valiant*, zwischen deren Kanzel und siebzehn Abschussmarkierungen sein Name stand. Drei Markierungen zeigten Grumman *Avengers*. Ein anderer Red-Skull-Pirat, dem Aussehen und der Kleidung nach ein Pilot, stand mit geballten Fäusten drohend neben den Posten. In seinen Augen stand eine kaum verhüllte Herausforderung.

„Sie denken an alles", stellte der Major fest, aber sein kalter Tonfall strafte das Kompliment Lügen.

„Auße' da'an, was Sie hier'her geführt hat." Fairchild strahlte geradezu geheuchelte Höflichkeit aus. „Möchten Sie uns ve'raten, wie Sie das geschafft haben, Major?" Bei ihm klang der Dienstgrad wie Mehj-dscha.

Der Anführer der Venturers zuckte die Schultern. „Eher nicht." Aber warum eigentlich nicht? Wenn es verhinderte, dass er sofort wieder eingesperrt wurde, hatte er eine Chance, seine momentane, wenn auch arg eingeschränkte, Freiheit zu seinem Vorteil zu nutzen.

Er stieß einen schweren Seufzer aus. „Das hier ist eine von drei Zigarren, die während der Verwirrung durch den Dixie-Überfall auf Manhattan vor ein paar Monaten angekommen sind. Der Hafeninspekteur, der ihre Frachträume inspiziert hat und alles genau überprüfen sollte, ist drei Tage später spurlos verschwunden. Das hat keinen unmittelbaren Verdacht erregt, aber es hat mir den Hinweis gegeben, dass etwas nicht stimmt. Ich nehme an, Sie hatten Ihre Zweifel, dass er den Mund hält, nachdem er bereits bewiesen hatte, bestechlich zu sein."

Keine Reaktion von Fairchild, aber Loyle bemerkte ein wissendes Grinsen bei den drei Piraten. Der Inspekteur hatte zwei feindliche Jägerstaffeln nach Empire eingeschleust. Er hatte nur bekommen, was er verdient hatte.

„Dann hat die *Princess* am Tag des Attentatsversuchs auf Präsident La Guardia abgelegt, ist aber wenige Stunden später, angeblich wegen Motorschadens, zurückgekehrt. Da Sie den Empire-Luftraum nicht verlassen hatten, kam es zu keiner erneuten Durchsuchung." Der Major starrte den Piratenoffizier an. „Sie haben sie über der oberen New York Bay ausgeschleust, was?" Keine Reaktion. „Alles deutete darauf hin, dass die Red Skull Legion mit Dixie unter einer Decke steckt, was vermutlich bedeutet, die ISA wollen mit nichts in Verbindung gebracht werden. Stattdessen haben sie Ihnen ihre Kettenhunde verkauft."

Alle drei Piraten verzogen das Gesicht. Loyle sah, wie sich ihre Finger um den Abzug spannten, und entschied, dass seine Erklärung beendet war.

Fairchild nickte. Sein freundliches Lächeln wirkte inzwischen deutlich angespannt. „Ga' nicht schlecht kombinie't, abe' es wird Ihnen nichts nutzen. Da Sie eine Weile unse' Gast sein we'den, bis Ihr Onkel Sie auslöst, we'den wir ve'suchen, es Ihnen bequem zu machen. Wi' legen in ein paar Stunden ab, abe' nicht, ohne dem Empire e'st noch einen Stich zu ve'setzen." Er nickte dem Piratenoffizier zu. „Layton hier..." Er unterbrach sich, als der Mann ihn wütend anstarrte. „'Tschuldigung. ‚Falcon' hier wird seine Staffel nach Manhattan raus nehmen un' den Tower ang'eifen. Wird ihn natü'lich nicht zum Einsturz bringen können, abe' vielleicht können wi' ihn böse beschädigen. Vielleicht e'wischen wir diesmal soga' eu'ren Präsidenten."

Bei der Vorstellung, welche Verwüstung eine Staffel der Red Skull Legion am Empire State Building anrichten konnte, musste Loyle gegen eine plötzliche Übelkeit ankämpfen. Trotzdem gelang ihm ein trockenes Kichern. „Zugegeben, nicht einmal die Red Skull Legion kann einen Wolkenkratzer verfehlen. Aber La Guardia hat sie nicht einmal aus dem Hinterhalt in einem Autogyro abschießen können." Er fixierte den Piratenoffizier. „Dafür habe ich mitgesorgt."

Der Mann trat näher. In seinen großen braunen Augen stand der blanke Hass. „Ich weiß, Crawford. Und Sie haben mich zwei meiner Freunde gekostet."

„Ich hätte wirklich nicht gedacht, dass Sie so weit zählen können."

Der Fausthieb traf den Major in der Magengrube. Der Aufwärtshaken riss ihm die Füße vom Boden und trieb ihm die Luft aus den Lungen. Einen Moment wurde ihm schwarz vor Augen, dann sah er Sterne. Der Broadway Bomber wäre vermutlich zu Boden gegangen, aber der Pirat hatte mit der freien Hand Loyles Fliegerjacke gepackt und hielt ihn am ausgestreckten Arm fest.

„Wir werden sehen, ob Sie weit genug zählen können, um festzustellen, in wie viele Fetzen wir Ihren kostbaren Emperor zerblasen." Der Offizier stieß ihn weg.

Crawford stolperte nach hinten an den Rumpf von Fairchilds *Valiant*, und stützte sich mit einer Hand an deren Bug ab, um nicht zu stürzen. Knapp vor seiner Hand glänzte die Bugbemalung des Jägers, eine rothaarige Schönheit in verführerischer Pose und Teufelskostüm komplett mit Hörnern und Dreizack. Der Schriftzug unter ihr lautete „Temptation". Er war versucht, sich unter der Maschine in Sicherheit zu ducken, aber er war zu schwach dazu, und außerdem hielten die Piraten ihn sicher im Visier der Maschinenpistolen. Zwischen keuchenden Atemzügen schüttelte der Major den Kopf, um wieder klar zu werden.

„Die Broadway Bombers werden euch nicht noch einmal nahe genug herankommen lassen."

Fairchild trat zwischen den Piratenoffizier und Crawford. „Aus eben dem Grund we'den meine Südstaatengentlemen bei der Ab'eise Governor's Island angreifen. Das sollte genügen, alle Maschinen aus de' Innenstadt abzuziehen."

Ein erstklassiges Ablenkungsmanöver. Sie waren erledigt. Seine Eingeweide verknoteten sich. Er war völlig hilflos.

Loyle bemerkte eine Bewegung beim Heck der Maschine. Hinter den Piraten und dem Konföderationskapitän traten ein Mann und eine Frau in Sicht. Black Swan persönlich hatte dieses Täuschungsmanöver veranlasst. Sie trug wie üblich eine weiße Seidenbluse und khakifarbene Reithose, hatte aber diesmal auf ihre übliche lederne Fliegerjacke verzichtet. Ein Dixie-Pilot in fleckiger Flugmontur folgte ihr.

Loyles Magen stürzte ins Bodenlose. Sie hatte ihn nach Strich und Faden hinters Licht geführt. Die Piratenkapitänin schlenderte völlig entspannt näher, eine Hand auf dem Griff der Nagant .454. Sie schenkte ihm ein eisiges Lächeln.

„Swan", zischte Crawford hasserfüllt. Er schüttelte den Kopf, diesmal nicht trotzig, sondern trostlos. „Ich hätte es wissen müssen."

„Yeah", bestätigte Fairchild, der Loyles Worte missverstand, weil er der Piratenchefin den Rücken zukehrte und ihre Ankunft nicht mitbekommen hatte. „Wir mussten uns bedeckt halten, solange sie hie' rumgeschnüffelt hat. Aber jetzt ist sie übe' die Grenze und ä'gert jemand anderes."

Diese abfällige Geringschätzung Black Swans in ihrer Gegenwart war das Zeichen für sie, aktiv zu werden. Sie zog die Nagant und stieß den Dixier Piloten in die Piratenwachen. Fairchild drehte sich geradewegs in den Schlag, als sie ihm die Waffe über den Kopf zog, und brach zusammen. Swan hätte ihn ebenso leicht töten können, verzichtete aber darauf.

Sie warf sich zu Boden und rollte knapp vor dem vorderen Fahrgestell unter der *Temptation* hindurch. Loyles Körper reagierte einen Sekundenbruchteil, nachdem sein Hirn die Chance erkannt hatte, und folgte der Piratenchefin unter den Rumpf der *Valiant*, bevor einer seiner Kerkermeister ihn erneut ins Visier nehmen konnte. Er rollte zweimal um die eigene Achse, kam in die Hocke auf und starrte geradewegs in die riesige Mündung der Nagant.

Black Swan saß auf den Knien, die Pistole mit beiden Händen gefasst. In ihrem Blick lag keinerlei Mitgefühl. Die Waffe zitterte keine Sekunde. Sie schaute an ihm vorbei und befahl: „Weg!"

Crawford ließ sich fast im selben Moment fallen, in dem sie abdrückte. Eine Flammenzunge schlug aus dem Lauf der Nagant. Der Major hörte die Kugel einen Zoll über seinem Schädel vorbeipfeifen und in das Opfer einschlagen, einen Piratenmechaniker, der dem Flieger-Ass mit schussbereiter MP gefolgt war. Der Schuss traf ihn voll in die Brust, als er sich unter die *Valiant* duckte, und warf ihn zu Boden. Die Thompson fiel aus erschlaffenden Fingern und schepperte über das Deck. Loyle griff zu und folgte Swan, die herumwirbelte und über einen niedrigen Stapel Kisten an einer Wand sprang.

Hinter ihnen klang Pistolenfeuer auf. Eine .44er hämmerte Kugeln in die Kisten, hinter denen die beiden in Deckung gegangen waren. *Das wird Fairchild sein*, dachte Crawford. Wie auf Zeichen bellte der Südstaatler den überlebenden Piratenposten an, auf die andere Seite zu laufen und sie abzuknallen. Der Piratenoffizier griff mit seiner Waffe ebenfalls in den Kampf ein und wechselte sich mit Fairchild ab, so dass keine Feuerpause entstand, wenn einer von ihnen nachladen musste.

Swan kroch zu einer Schalterleiste an der Wand und studierte die Steuerkontrollen. „Ich hätte ihn umbringen sollen", erklärte sie.

Loyle war sich nicht sicher, wen sie meinte. „Fairchild? Oder den Posten?"

„Ja."

Der Empire-Major drehte den Schaltern den Rücken zu und spähte durch die niedrige Kistenbarriere nach verräterischen Anzeichen von Bewegung ihrer Gegner. Er sah einen Schatten und drückte ab. Der MP-Feuerstoß ging vorbei. „Warum haben Sie ihn nicht umgebracht?", fragte er Swan, während er sich von der Barrikade zurückzog.

Sie schleuderte ihm einen mörderischen Blick zu. „Ich war zu sehr mit der Überlegung beschäftigt, ob ich Sie abknalle."

Diese Feststellung entgeisterte ihn, bis er sich erinnerte, dass er bei ihrer Ankunft geglaubt hatte, sie hätte ihn verraten – nein, sie hätte Empire State verraten. Es hatte unübersehbar auf seinem Gesicht gestanden, in seiner Stimme. „Es soll niemand behaupten, ich wäre nicht dankbar für Ihre Ankunft. Ich entschuldige mich, Natalia." Eine Kugel schlug durch eine der Kisten und pfiff zwischen ihnen vorbei gegen das Metallgehäuse des Kontrollkastens. Loyle zuckte zusammen und duckte sich zurück an die Barrikade, um einen weiteren Feuerstoß in Richtung ihrer Gegner abzugeben. „Sie hätten sich allerdings einen Fluchtweg aussuchen können, der näher an der Tür liegt."

Swan legte ein paar Schalter um und riss anschließend einen Hebel herunter. Irgendwo in der Nähe heulte ein Motor auf.

„Sie wollen eine Tür? Bitte sehr." Sie packte Loyle grob an der Schulter und zog ihn bis auf wenige Zoll vor ihr Gesicht. „Wir sind quitt, Crawford. Das macht die Limousine wett. Wenn Sie jetzt sterben, sind Sie's selber schuld. Bewegung!"

Swan spurtete auf eine Seite der Kisten. Sie sprang um den Stapel herum und zurück auf das Hauptdeck, gefolgt von Crawford zwei Schritt hinter ihr. Eine Piratenwache trat hinter dem Leitwerk einer *Kestrel* hervor. Seine Maschinenpistole folgte der Bewegung Swans. Loyle bremste gerade genug ab, um den Mann mit einer gutplatzierten Salve in den Unterleib auszuschalten. Er presste die Thompson an die Brust und hetzte Black Swan hinterher, die mit einem Satz durch den Boden des Laderaums verschwand.

Der Bombenschacht! Sie hatte das Abwurftor geöffnet und ihnen einen Fluchtweg verschafft. Loyle aktivierte die letzten Kraftreserven. Alles um ihn herum schien sich auf qualvolle Zeitlupe zu verlangsamen, als der Piratenoffizier Layton und Fairchild mit krachenden Pistolen aus der Deckung traten.

Crawfords Füße donnerten über das Deck. Jeder Schritt hallte in seinen Ohren wie das Echo eines Schusses von Pirat oder Südstaatenflieger. Eine Kugel pfiff an seinem Ohr vorbei. Eine andere zerrte am Ärmel der Fliegerjacke. Irgendwie wusste Loyle, dass es Fairchild sein würde, der ihn erwischte. Es war die ruhige Hand an seiner .44er, die seinen Weg nachvollzog, statt die Waffe mit jedem Schuss außer Kontrolle hochzureißen wie der Pirat.

Der Madison Venturer hechtete über die restlichen sechs Fuß, streckte sich nach der Leere in der riesigen Öffnung im Deckboden. Er dachte, er hätte es geschafft, bis ihn ein gewaltiger Schlag in die Brust traf und zur Seite schleuderte, als er in die Dunkelheit stürzte.

# KAPITEL ELF
## ROTER HIMMEL AM MORGEN

Der East River traf Crawford hart am Rückenansatz und sandte einen Schock durch seinen Körper, einen Sekundenbruchteil, bevor das eisige Wasser ihn in einer betäubenden Umarmung einhüllte. Orientierungslos in der Dunkelheit treibend, zwang er sich zu entspannen, um den Auftrieb des Wassers zu spüren, bevor er sich mit ein paar kräftigen Beinschlägen in Richtung Oberfläche stieß, die Thompson immer noch fest an die Brust gedrückt. Er brach durch den Wasserspiegel und spie einen Mund voll Brackwasser aus, vermischt mit Hafendreck und Flugbenzin.

Als er tief einatmete, um wieder abzutauchen und das Weite zu suchen, erinnerte der stechende Schmerz in seiner Brust Crawford an Fairchilds Abschiedskugel. Er konnte kaum glauben, dass der Treffer nicht schlimmer schmerzte. Im schummrigen Licht der drei Stockwerke höher gelegenen offenen Bombenluke sah er nach der Verletzung. Keine dunklen Blutflecken. Dann bemerkte er den zertrümmerten Verschluss der Maschinenpistole. Die Kaliber-.44-Kugel hatte das Metall tief eingedrückt. Er hatte nur einen blauen Fleck, wo Fairchilds Treffer die MP in seinen Leib geschlagen hatte, sonst nichts. Er ließ die unbrauchbare Waffe los und freute sich, noch einmal davongekommen zu sein.

Ein Licht stieß heran und bewegte sich über den dunklen Fluss. Laute Stimmen hallten von oben herab, begleitet von knallenden Schritten auf Luftstegen und Kai. Dies war nicht der geeignete Zeitpunkt für ausgedehnte Glücksgefühle. Ein halbes Dutzend schnelle, leise Schwimmzüge trugen ihn in zeitweilige Sicherheit unter die Mole.

Eine Hand legte sich ihm über den Mund und zog ihn nach hinten.

„Hat lange genug gedauert", zischte Black Swan ihm ins Ohr.

„Sie haben auf mich gewartet, Natalia? Ich dachte, wir wären quitt."

Ihr Griff wurde härter. „Das sind wir auch. Ich hatte zwar nicht erwartet, dass Sie so schnell oder so leicht in das Schlangennest hüpfen, aber als ich erfuhr, dass Sie herumschnüffeln, habe ich meine Crew früher als geplant fortgeschickt, in der Hoffnung, dass Dixie unvorsichtig wird und mir ihr Versteck verrät. Wie haben Sie die Südstaatler vor mir gefunden?"

Sein Ehrgeiz, Swan zu übertrumpfen, kämpfte mit dem natürlichen Wunsch, ihren Anteil an seiner Entdeckung anzuerkennen. Loyle blieb die Entscheidung erspart, als er das Quietschen einer sich öffnenden Falltür hörte und ein Lichtkegel sie davor warnte, sich hier länger aufzuhalten. Crawford zog die mit Wasser vollgesaugte Fliegerjacke aus, zupfte an Swans Ärmel und schwamm tiefer in das Labyrinth aus Pollern und Streben.

In der nächsten Viertelstunde waren sie damit beschäftigt, sich leise von der *Havana Princess* und ihrer Besatzung abzusetzen. Zwei Anlegestellen weiter südlich entschied Loyle schließlich, dass die Luft rein genug war, eine Leiter hinauf zu steigen und sich an Land zu ducken. Er sah sich kurz um, dann rannte er zu einem Haufen Segeltuch und Taurollen. Black Swan folgte ihm hinter die spärliche Deckung. Sie wrang sich das Wasser aus dem schulterlangen Haar und drehte es zu einem Knoten, um es aus dem Gesicht zu halten. Das frühe Morgenlicht war gerade hell genug, um einen Zeppelin über dem East River aufsteigen zu sehen. Mit donnernd zum Leben erwachenden Motoren fuhr er in südlicher Richtung los, als der erste Jäger aus dem Luftschiff startete und kreisend auf seine Gefährten wartete.

„Was meinen Sie?", fragte Crawford mit einer Kopfbewegung in Richtung der *Havana Princess*.

„Sie werden eine Menge Lärm machen, um von der Flucht des Zeppelins in den internationalen Luftraum über dem Atlantik abzulenken." Ihre Augen glühten vor Zorn. „Wnebratschnej!", spie sie das Luftschiff an. Offensichtlich ein

Fluch. Loyle war sich nicht sicher, ob er einer bestimmten Person oder der allgemeinen Situation galt. „Wer weiß, wo Fairchild oder Falcon zuschlagen werden.“ Ihre Hände schlossen und öffneten sich in ohnmächtiger Wut, als würden sie nach dem Knüppel ihrer *Fury* verlangen.

Der Major musterte sie. „Ich kenne ihre Angriffsziele“, stellte er fest, und sah plötzlich einen harten Glanz in Black Swans Augen treten. Sie schaute nach Süden. „Wo sind sie?“

Die Maske senkte sich wieder über ihre Züge, aber es war zu spät. „Wo ist wer?“, fragte sie.

„Nicht wer, Natalia. Was. Ihre Flugzeuge.“ Ihr frustriertes Zischen bestätigte ihm, dass er richtig geraten hatte. „Wenn Dixie und die Red Skull Legion zwei Staffeln über die Grenze schmuggeln konnten, weigere ich mich zu glauben, dass Black Swan nicht auch irgendwo ein paar Jäger versteckt hat.“

Einen Moment glaubte er, sie würde es aus reinem Trotz verneinen, aber dann trat das Raubtiergrinsen auf ihre Züge. „Früher oder später würden Sie sie wahrscheinlich ohnehin finden. Kommen Sie.“

Seine Begeisterung nahm zu, als sie ihn geradewegs zurück zur alten Lagerhalle seines Onkels führte, wo nur ein großes neues Vorhängeschloss an einem Seiteneingang ein unbefugtes Eindringen verhinderte. Sie zog den Schlüssel aus einer Geheimtasche im linken Stiefel. Er drehte sich problemlos im Schloss, und der Bügel sprang auf.

„Direkt vor meiner Nase“, stellte er bewundernd fest.

„Ihr Onkel hatte das beste Mietangebot.“

Swan musste mit Bryce Crawford mehr ausgehandelt haben als nur eine Hallenmiete. Er konnte sich nicht vorstellen, dass zwei so geschickte Geschäftsleute es mit einem so simplen Vertrag bewenden ließen. Sicher ein Dutzend Fragen lagen Loyle auf der Zunge, aber er unterdrückte sie. Er hatte mehr Chancen, die Antworten von seinem Onkel zu erfahren als von Black Swan, die ihm auf keinen Fall mehr mitteilen würde, als sie für nötig hielt.

Sie hasteten beängstigend knirschende Holzstufen hoch, die aber lange genug hielten, um ihr Gewicht zu tragen. Es fiel genug Tageslicht durch die schmutzigen Fenster, um große, von Planen bedeckte Silhouetten zu erkennen. Swan zog eine der Abdeckungen zurück und legte die Nase einer Curtiss-Wright J2 *Fury* frei. Der Major zog an einer anderen Plane und fand einen zweiten Jäger. Die achtundzwanzig Fuß Spannweite der Maschinen ließ gerade genug Platz, um sie nebeneinander aufzustellen und noch genug Platz zwischen Flugzeug und Wand zu lassen, um an ihnen vorbeizugehen.

Black Swan gestattete sich eine Pause, während sie die Planen in einer Ecke des Schuppens verstaute. „Ich habe Ihnen ja gesagt, die Kunst der Täuschung ist ein wertvolles Hilfsmittel."

Loyle blickte von den Flugzeugen zu den Kisten und zurück. „Niemals haben die Frachtbehälter, die Sie haben verschwinden lassen, diese Jäger enthalten."

Swan, die gerade dabei war, ihre Bluse aufzuknöpfen, stoppte und schüttelte den Kopf. „Wir haben die Flugzeuge in mehreren Teilen auf Lastkraftwagen hergeschafft. In den Kisten war Werkzeug. Die Mechaniker haben alles wieder zusammengesetzt." Sie ließ die Seidenbluse offen herabhängen und bückte sich, um die Stiefel auszuziehen, was Crawford eine unglaubliche Sicht lieferte. Als sie bemerkte, wie er sie anstarrte, drehte Black Swan sich um und zog den Deckel von einer nahen Kiste. Sie zog zwei Overalls heraus und warf ihm einen zu. „Besser als nasses Zeug", stellte sie fest und musterte ihn. „Sagen Sie jetzt bloß nicht, Sie sind prüde."

* * *

Das plötzliche Dröhnen von Motoren gab ein paar Sekunden Warnung, bevor MG-Feuer die Morgenstille des 7th Street Seaport zerriss. Ein paar in der Frühschicht eingeteilte Hafenarbeiter starrten überrascht auf die alte Crawford-Shipping-

Lagerhalle, als das große Fenster zum East River in einem Hagel aus Blei und Leuchtspurmunition zerbarst. Glasscherben regneten auf den Kai. Der Motorenlärm steigerte sich zu einem Donnern, dann brach das erste Flugzeug durch die Reste von Glas und Holzstreben. Die zweite *Fury* folgte ihrem Partner in den Himmel. Sie stürzten herab, als wollten sie auf dem Kai zerschellen, dann zogen sie die Nase hoch in den Himmel über dem Fluss.

Beide Maschinen drehten in einer harten Kehre zurück zur Stadt. Ihre Insignien waren unverkennbar: eine schwarze Schwanensilhouette auf einer weißen Scheibe.

* * *

Während er rechts neben Swan über die Bowery jagte, stellte Loyle das Funkgerät auf die Frequenz der Venturers. Als er sie aus der Lagerhalle angerufen hatte, waren sie schon in der Luft gewesen, eine Reaktion auf einen Luftangriff auf Brooklyns Empire-Fulton Ferry State Park. Er hatte sie umgeleitet, weil er wusste, dass sie von Fairchild arrangierten Gespenstern nachhetzten.

„Money Man, wo steckt ihr?"

„Wir fliegen die 4th Avenue entlang zum Union Square und verursachen einen gewaltigen Verkehrsstau unter uns. Stopper, ich hoffe wirklich, du bist dir deiner Sache sicher. Wir haben von Dixie-Überfällen von Queens bis Governor's Island gehört. Alles ist in der Luft, aber bis jetzt ist niemand sicher, wohin er soll."

Loyle fluchte innerlich. Fairchilds Ablenkungsangriffe hatten genau den gewünschten Effekt. An sich waren Überfälle nichts Unerwartetes, aber kaum jemand rechnete damit, dass sie im Stadtinnern begannen und sich die feindlichen Maschinen den Weg nach draußen freischossen. „Eine Staffel der Red Skull Legion wird jeden Moment den Turm angreifen. Wir müssen in Stellung gehen, um sie schnell und hart niederzuknüppeln."

„Sie werden von Osten anfliegen, aus der Sonne." Black Swan war Crawford auf die Frequenz der Venturers gefolgt. „Wenn sie erst einmal ihre Formation aufgelöst haben, steht uns ein langer Kampf bevor."

Der Major gab ihr Recht. „Wir ziehen auf die Park Avenue. Da müssen sie rüber, bevor sie ihren Angriff starten können."

„Und die Glitzerdampfer Ihrer Staffel sieht man aus zehn Blocks Entfernung", schnaubte sie.

„He, Stopper, ist das der, von dem ich denke, dass er es ist?" Money Man klang reichlich ungläubig. „Moment mal, sitzt du da oben in der *Fury*?"

Loyle blickte über die rechte Schulter zurück und sah die *Avengers* seiner Staffel über die Kreuzung 4. Straße und Park Avenue donnern. Er wackelte mit den Tragflächen. „Ich habe sie mir nur ausgeborgt, Eugene." Was die Klatschspalten daraus machen würden, dass er einen Black-Swan-Jäger steuerte, konnte er allerdings nur ahnen. Er drückte die Maschine in steilem Sturzflug hinab in die Schlucht zwischen den Häuserzeilen unter ihnen. Swan folgte ihm. „Wie schon gesagt, Talia, wir nehmen die Park Avenue."

Die J2-*Furys* zogen drei Stockwerke über der breiten Straße gerade, gingen in Position und gestatteten der Venturers-Staffel, sich hinter ihnen zu formieren. Als sie an den Hausfronten entlang flogen, spiegelten sich die sieben Maschinen in den Fenstern. Die Motoren heulten, als sie mit vollem Schub die Park Avenue hinauf rasten, auf die 34. Straße und das Empire State Building zu. Der Turm ragte majestätisch in den leeren, langsam aufhellenden Himmel. Sie waren noch nicht zu spät.

Vier Querstraßen vor ihrem Ziel zogen sechs Maschinen schräg über ihnen vorbei. Sie sahen aus wie rote Pfeile, die sich zum ersten Angriff auf den Turm formierten.

„Engel an elf", sang „Ivy" Iverian. „Kurs Nordnordwest. Sechs *Brigands*, wie aufgefädelt."

Crawford zog den Knüppel nach hinten und trieb die *Fury* in die Höhe, so schnell ihr Motor sie nach oben brachte. An seiner Seite folgte Black Swan seinem Vorbild. Die höhere Beschleunigung der *Furys* ließ die *Avengers* der Madison Venturers leicht zurückfallen. Auch wenn der Jäger nur ein schwacher Ersatz für seine *Madison Dawn* war, war Loyle doch dankbar für die zusätzliche Leistung. Er stellte das Kehlkopfmikro auf offen. „Swan und ich mischen sie auf. Bühne freimachen." Er behielt die Anzeigen auf dem Instrumentenbrett sorgfältig im Auge, während er den Motor an dessen Grenzen trieb, um keinen Ausfall zu riskieren. Swan kannte ihr Flugzeug entweder besser oder war einfach unvorsichtiger, denn sie schob sich mehrere Dutzend Yards nach vorne, als sie die Gefechtsreihe der Red Skull Legion attackierten.

Sie war auch einen Sekundenbruchteil schneller am Abzug, und versenkte drei ihrer ersten vier Raketen in der Bauchseite der dritten *Brigand*. Sie zertrümmerten die Unterseite der Backbordtragfläche und des Rumpfes, sprengten Panzerung ab und schleuderten die Splitter tief ins Innere der Maschine. Dann drehte sie über den Backbordflügel ab, schoss durch die Piratenlinie hoch und ließ ihr Opfer schwer angeschlagen aber noch flugfähig hinter sich.

Der Major rollte geradewegs hinter der vierten *Brigand* aus dem Steigflug, gerade als der Pirat nach Backbord wegzog. Crawford hatte das Manöver vorausgesehen. Er feuerte besonders lange Feuerstöße ab und zog die Salve über die wegsackende Backbordtragfläche und ins Heck. Eine Kaliber-.40-Kanone blockierte, aber der Rest schlug tiefe Breschen in die Panzerung über dem Seitenruder und dem hinteren Geschützturm der Jagdmaschine. Dann hämmerte die unter seinem Rumpf hängende Kaliber-.70-Kanone, und Loyle sah das unverkennbare Glitzern lodernder Magnesiumkugeln. Er hatte die .70er-Salve über das Heck des Banditen gezogen, und jetzt schlugen Flammen und Rauch aus der gesamten rückwärtigen Rumpfsektion des Flugzeugs. Er drückte die Maschine wieder abwärts, aus der direkten Schusslinie, und überließ dem Piraten das Problem, einen waidwunden Jäger zu fliegen.

Der Angriff mitten in die Formation der Red Skull Legion hatte den gewünschten Effekt erzielt, Verwirrung unter den Piraten anzurichten, aber es gestattete der hinteren Rotte auch, sich an die beiden *Furys* zu hängen. In jeder anderen Situation hätte sich Crawford möglicherweise dafür entschieden, augenblicklich abzudrehen und auszuweichen. Jetzt aber waren die beiden vordersten Piratenjäger immer noch auf Kurs zum Empire State Building. Er blieb auf Kurs, rollte nach Steuerbord und entging knapp einem tödlichen Bleihagel aus der Kaliber-.50-Kanone einer *Brigand*.

Das Empire State Building ragte riesig vor der Frontscheibe seiner Kanzel auf. Zu riesig. Er war zu nahe am Gebäude. Er konnte Falcon nicht erlauben, den Angriff durchzuführen, aber im Augenblick konnte er sonst nichts weiter tun. Alle Möglichkeiten der *Fury* waren ausgereizt, und wenn es darauf ankam, war die *Brigand* das schnellere Flugzeug. Er zog hart in eine Wende zurück und jagte der führenden Red-Skull-Maschine die beiden äußeren Splitterraketen hinterher.

Der Trick funktionierte. Die verzögert explodierenden Raketen beunruhigten den Piratenführer genug, um ihn zwei Torpedos aus maximaler Entfernung abfeuern und anschließend sofort ausweichen zu lassen.

Aber Loyle zahlte den Preis für das Manöver. Die *Brigand* an seinem Heck feuerte vier Explosivraketen auf ihn ab und erzielte zwei Treffer an der Rückseite der Steuerbordtragfläche. Eine fraß sich in Klappen und Flügelholm und schlug die Rakete in Position 5 aus der Halterung. Sie stürzte harmlos in die Tiefe. Der zweite Treffer fand die Nahtstelle zwischen Tragfläche und Rumpf. Sie sprengte ihm das Kanzeldach über der rechten Schulter weg, ein kleiner Orkan aus rasiermesserscharfen Splittern schlug über ihm zusammen, und der Lärm der Detonation machte ihn auf einer Seite taub.

Crawfords Hand am Steuerknüppel zitterte. Er drückte die *Fury* aus einer abgebrochenen Wende geradewegs zurück ins Schussfeld der *Brigand*. Ein Stück voraus brach ein Feuerball aus der Seite des Empire State Building. Mindestens einer von Falcons Torpedos hatte sein Ziel gefunden.

Laytons Flügelmann ging in Stellung für seinen Angriff. Diesmal hatte Loyle keine Splitterraketen mehr zur Verfügung, um den Piraten abzulenken. Faustgroße Löcher blühten in parallelen Linien auf der Backbordtragfläche auf, als der Piratenjäger in seinem Heck das Feuer eröffnete.

Das Einzige, was dem Broadway-Bombers-Flieger-Ass in diesem Augenblick durch den Kopf ging, war, dass es eine gewisse Klasse vermissen ließ, seine Laufbahn im Cockpit einer *Fury* Black Swans zu beenden.

# KAPITEL ZWÖLF
## KLARER HIMMEL

Während Loyle den Kopf schüttelte und versuchte, das unaufhörliche Klingeln in den Ohren und die Benommenheit zu vertreiben, die sein Denken behinderte, holten die Venturers Swan und ihn ein und warfen sich enthusiastisch in die Schlacht.

Ein blau-goldener Blitz schoss vor ihm hoch und entpuppte sich als *Avenger*. Sie hing vor seiner Kanzel im Himmel, als sie den Immelmann beendete und frontal auf Crawford zu donnerte. Ihre Kanonen spuckten glühende Leuchtspurkugeln, durchsetzt mit dem grauen Schatten von Schnellfeuermunition. Parallele Bahnen aus tödlichem Metall jagten knapp über die *Fury* des Majors hinweg und hämmerten auf die *Brigand* hinter ihm ein. Crawford zog den Jäger abwärts aus dem Weg, als die *Avenger* eine Breitseite Raketen hinter den MG-Salven herschickte. Die mörderischen Geschosse sausten auf grauen Rauchbahnen über ihn hinweg, dichtgefolgt von der *Avenger*, die in einer Aufwärtsschleife über den angeschlagenen Piratenjäger stieg. Der war inzwischen nur noch ein qualmendes Wrack und stürzte wie ein Backstein in die 32. Straße. Loyle erkannte das Geldsäcke empor haltende Pin-Up-Girl auf der Nase der Maschine seines Flügelmanns, als die *Fortune's Hunt* vorbeisauste und ihr Pilot seinen Abschuss verkündete.

„Pirat Vier ist erledigt. Deine Sechs ist frei, Stopper."

„Carpetbagger" Hawthorne meldete sich unmittelbar im Anschluss. „Market Maker und ich haben Nummer Sechs verfrühstückt."

Endlich wurde Crawfords Kopf wieder klar, nicht zuletzt dank des stechenden Fahrtwinds, der durch das klaffende Loch im Kanzeldach der *Fury* pfiff. Er schaute sich um und sah Swan und Falcon in einem engverschlungenen Luftballett kreisen, in dem beide ihren Maschinen das Letzte abverlangten, während sie versuchten, sich in Schussposition zu manövrieren. Der Major beobachtete, wie Natalia ihre *Fury* durch eine Serie von Wenden zog, um sie dann abrupt zu ihrem Gegner herumzureißen und eine schnelle MG-Salve abzufeuern. Loyle hätte sich eingemischt, aber er war sich ziemlich sicher, dass die Piratenchefin seine Hilfe übelgenommen und ihn vermutlich für seine unverlangte Unterstützung angegriffen hätte. Statt dessen zog er die *Fury* herum, um sich Falcons Flügelmann vorzunehmen, hoffentlich, bevor der Pirat Lufttorpedos auf den Turm abfeuerte.

Heather Iverian kam ihm zuvor. Sie tanzte mit ihrer *Minuet* hinter die *Brigand* und nahm sie mit ihren Geschützen auseinander. Die Kaliber-.30-Heckkanonen des Piratenjägers versuchten sie abzuwehren, aber gegen die sechs MGs und die Kaliber-.60-Zwillingskanonen der *Avenger* hatten sie keine Chance. Windthorpe rollte herüber, um den Jäger zu erledigen, den Black Swan zu Beginn des Kampfes beschädigt hatte, und Ivys Flügelmann duellierte sich mit Luftpirat Nummer Fünf.

Der Major legte die Maschine in eine sanfte Wende und reparierte die Ladehemmung am Maschinengewehr, während er den Himmel nach dem Piraten absuchte, den er zu Beginn anvisiert hatte. Er war nirgends zu sehen. Vanderbilt jagte Nummer Fünf mitten durch sein Schussfeld, und Loyle durchlöcherte der *Brigand* die Frontpartie der Steuerbordtragfläche. Die schwere Kaliber-.70-Kanone unter dem Rumpf der *Fury* setzte ihre Magnesiumsalve knapp über das Emblem der Red Skull Legion. Die Kugeln brannten es von der Tragfläche und arbeiteten sich durch den Flügelholm und die Raketenhalterungen einwärts. Zwei der Raketen stürzten zertrümmert davon, eine dritte explodierte in der Halterung. Die Explosion ruinierte die harte Backbordwende des Piraten und schleuderte die Maschine außer Kontrolle herum.

Vanderbilt nutzte die Gelegenheit. Er gab der *Brigand* noch zwei panzerbrechende Raketen zu verdauen, die der Steuerbordtragfläche den Rest gaben. Unter der Belastung der unkontrollierten Drehung brach sie vom Rumpf. Der Jäger stellte sich auf die Backbordtragfläche, kippte weg und fiel auf die Fifth Avenue.

„Nummer fünf ist aus dem Spiel. Danke für die Assistenz, Major."

„Der Abschuss gehört dir, Kenneth. Ich habe ihn dir nur zurechtgelegt." Mit einem Auge behielt Loyle Swan im Visier, bereit einzugreifen, falls es sich als nötig erweisen sollte.

Er hätte sich keine Sorgen zu machen brauchen. Der Pilot der roten *Brigand* verlor die Geduld und riskierte einen Immelmann. Layton ließ es auf einen Frontalangriff ankommen, statt weiter auf eine Chance zu warten, Swan die Flügel zu stutzen. Natalia warf die *Fury* hart herum, so hart, dass sie fast abtrudelte, und spießte die *Brigand* auf ihr Fadenkreuz. Zwei Raketen jagten aus den Halterungen und detonierten in grellen Feuerbällen auf Nase und vorderer Backbordtragfläche der Red-Skull-Maschine. Als der Piratenoffizier wegsackte und versuchte, die Kontrolle über seinen beschädigten Jäger zurückzugewinnen, feuerte Black Swan ihre Kanonen ab. Die Salve schlug durch die bereits vorhandenen Löcher in der Panzerung der *Brigand*. Mehrere panzerbrechende Geschosse aus ihrem Kaliber-.70-Geschütz schlugen an einem zertrümmerten MG entlang und bohrten sich durch den

Motorblock. Mindestens ein paar schlugen aufwärts durch den Rumpf in den Leib des Piloten und durch das Kanzeldach zurück ins Freie. Crawford sah die Verglasung rot werden, dann legte sich der zerschossene Jäger auf den Rücken und stürzte beinahe senkrecht in den Tod.

Black Swan machte sich nicht die Mühe, ihren Abschuss zu melden. Eugene gab seinen zweiten durch, als er mit den letzten Raketen die *Brigand* mit der aufgerissenen Bauchseite erledigte.

„Venturers, Bericht", bellte Loyle. „Da draußen sind noch zwei. Wer ist an ihnen dran?"

„Was für zwei?", fragte Money Man. „Stopper, du hast Pirat vier im Anflug erledigt. Die Magnesiumkugeln haben sich durch das ganze Heck und in einen Tank gefressen. Er ist ausgestiegen, nur Sekunden, bevor die ganze Kiste in einem Feuerball auseinandergeflogen ist. Mindestens drei Piraten sind in die Seide gestiegen."

„Und ich begleite Pirat Nummer Zwo abwärts", stellte Ivy über die allgemeine Frequenz fest. „Er wird hart aufschlagen." Sie stockte. „Ich komme allerdings nicht mehr rauf."

Loyle riss die Hand ans Kehlkopfmikro, ohne daran zu denken, dass er den Schalter in der Sendeposition eingerastet hatte. „Heather, Bericht. Bist du okay?"

„Ich werd es überleben. Die *Min* hat eine Magnesiumkugel in einen Motor kassiert. Sie hustet Qualm und wird es nicht zurück zum Aerodrom schaffen. Ich setze sie auf der 29. Straße auf. Die ist ziemlich frei."

*Verdammt.* Auf die Nachricht, dass eine seiner besten Pilotinnen aus dem Gefecht war, hätte er wirklich gern verzichtet. Schließlich war der Kampf noch nicht vorüber. Der Major zog die *Fury* herum und nahm direkten Kurs nach Süden. „Iron Horse, du fliegst mit Money Man. Ich fliege mit Swan."

Eugenes Verwirrung war deutlich zu hören. „Gegen wen, Major? Sie sind alle abgeschossen."

Loyle lächelte dünn. „Die Show ist noch nicht vorbei, Leute. Da draußen ist noch eine Südstaatlerstaffel unterwegs, die

Ablenkungsangriffe fliegt, um ihren Zeppelin zu decken. Er dürfte jeden Moment die Narrows erreichen, um über die untere New York Bay auf den Atlantik zu flüchten. Wir werden ihm einen Strich durch die Rechnung machen."

Black Swan brachte ihre *Fury* an Crawfords Tragfläche, so dicht, dass die Flügelspitzen sich fast berührten. „Sie wollen das nicht Sky Control überlassen?" Ihr Tonfall war sehr beherrscht. Es klang wie ein Test.

*Sollte er es der Flugsicherung überlassen?* Loyle rieb sich die schmerzende Brust und erinnerte sich, wie knapp er Fairchilds .44er-Kugel entgangen war. Sein gesunder Menschenverstand riet ihm, alles an Hilfe anzufordern, was er bekommen konnte, um die Dixie-Staffel endgültig zu erledigen, den Südstaatlern keine Fluchtchance zu lassen. Aber seine Gefühle forderten eine private Abrechnung. Das war der letzte Akt im Drama dieser Nacht, und er war schon zu lange auf der Bühne, um sich das Finale verderben zu lassen, verdammt noch Mal.

„Einen Zeppelin anzugreifen ist keine leichte Aufgabe", gab er zu. „Aber ich werde mir Fairchild holen."

„Dann sollten wir uns besser beeilen, bevor eine andere Staffel uns zuvorkommt. Sie werden Ihre Chance bekommen", antwortete Swan. „Und machen Sie sich keine Sorgen wegen des Luftschiffs. Das übernehme ich."

Ein Jäger gegen einen Zeppelin? Das konnte nicht ihr Ernst sein. Selbst ein Frachtzeppelin besaß eine beeindruckende Bewaffnung. „Sind Sie sicher?", fragte der Major nach.

Swan beschleunigte die *Fury* und setzte sich vor ihn. „Sie wollten Black Swan in Ihrem Team, erinnern Sie sich? Sind Sie bereit, gegen mich zu wetten, Crawford?"

Wenn sie es so formulierte: Nein. Er folgte ihr nach Süden.

* * *

Die Venturers donnerten über Manhattan und ignorierten alle Versuche Sky Controls, sie zu einem von Fairchilds

Ablenkungsangriffen umzuleiten. Sie ließen sich von keiner noch so drastischen Aufforderung beeindrucken, sich zu melden. Loyle schaltete auf die Hauptfunkfrequenz der Empire State Militia und schickte einen Funkspruch ab. „Angriff der Red Skull Legion auf den Turm wurde gestoppt. Gebiet ist sicher. Madison Venturers auf Kurs nach Süden."

Mit Sicherheit ließ Captain Willem Fairchild die Hauptfrequenzen abhören. Crawfords Schnurrbart zuckte, als er den Mund zu einem Grinsen verzog. Es gefiel ihm, den Feind wissen zu lassen, dass er noch lebte und in der Luft war. Fairchild sollte wissen, das „Show Stopper" Crawford unterwegs war.

Die Staffel folgte der Park Avenue über den Union Square und die New York University zum Broadway. Die Motoren donnerten, die Nadeln der Drehzahlmesser zuckten in den roten Bereich, als die sechs Maschinen Geschwindigkeiten von über zweihundertfünfzig Meilen in der Stunde erreichten, über die City Hall jagten, dann über Battery Park. Governor's Island. Die beiden schwarzlackierten *Furys* schossen über die obere New York Bay und lösten sich etwas von den ihnen folgenden *Avengers*, bremsten aber sofort, um sie nicht zu weit hinter sich zu lassen. Die vier Meilen bis zur Verrazano Narrows Bridge legten sie in weniger als einer Minute zurück.

Hinter der Hängekonstruktion der Brücke sichtete Loyle die *Havana Princess*. Ihre riesigen Propeller mühten sich ab, den Zeppelin über die Gravesendbucht zur unteren New York Bay und hinaus auf den Atlantik zu bringen. Nur zwei Jäger eskortierten das gigantische Luftschiff. Crawford war klar, dass eine der beiden Maschinen „Firestorm" Fairchild gehörte, bereit zur Flucht, während die anderen Piloten ihm mit Ablenkungsangriffen die nötige Zeit verschafften.

Hinterhalt!

Noch bevor die erste *Valiant* unter der Verrazano hervorschoss, hatte Loyle schon den Knüppel fester gefasst und die Maschine zu einem Sturzflug unter der Brücke hindurch abwärts gedrückt. „Zwölf Uhr tief", rief er. Er zählte vier *Valiants* in Keilformation, die Mitte von zwei etwas zurückhängenden, doppelrümpfigen *Kestrels* verstärkt. Fairchild hatte die Dixie-Maschinen zurückbeordert, um die Venturers aufzuhalten. Sie legten es auf einen Frontalvorbeiflug an, bei dem die *Valiants* in letzter Sekunde eindrehten, um jeden Empire-State-Jäger in ihrem Kreuzfeuer zu zerfetzen, der dumm genug war, sich auf dieses Manöver, genannt „Südstaatenumarmung", einzulassen.

Der Major nahm Kurs auf die Mitte ihrer Formation, um die ersten Salven auf sich zu ziehen. Falls er den Spießrutenlauf überlebte und durchbrach, um dem flüchtenden Dixie-Captain nachzusetzen, ließ er vier Maschinen seiner Staffel gegen das volle Konföderationskontingent zurück. Eine schlechte Ausgangsposition, es sei denn, es gelang ihm, die gegnerische Übermacht auf dem Weg durch deren Formation etwas zu reduzieren. Noch hatte er ein paar Raketen zur Verfügung, aber ob das, was er aufzubieten hatte, gegen eine Südstaatenumarmung ausreichte, war keineswegs sicher. Das Flieger-Ass lächelte grimmig. Show Stopper kannte sich mit der üblichen Raketenladung von Venturers-Maschinen aus und zählte auf die Unterstützung seiner Teamkameraden.

Loyle schätzte die schnell kleiner werdende Entfernung zu den konföderierten Maschinen ab, öffnete das Kehlkopfmikro und machte seine beiden noch verbliebenen Splitterraketen scharf. „Natalia, Splitterraketen genau ins Zentrum. Venturers, einen Schwarm Blendraketen hinter mir, in drei ... zwei ... Jetzt!"

Vier Raketen lösten sich von den *Furys*. Swan feuerte damit ihre letzten Raketen ab. Bei Erreichen der Maximalreichweite brachen die Sprengköpfe auf und streuten eine Serie kleinerer Sprengköpfe an Fallschirmen aus, die in der Flugbahn der heranrasenden Dixie-Staffel hingen. Gleichzeitig bemerkte Crawford grelle Lichtreflexe an den hinteren Tragflächenrändern und Flügelspitzen der *Furys*, verursacht durch die Detonation der von seiner Staffel abgefeuerten Blendraketen.

Eine falsch gezielte Rakete detonierte zwischen Swan und ihm. Loyle hob eine Hand vor die Augen und behielt die andere am Knüppel. Nach dem leichten Wanken zweier *Valiants* und beider *Kestrels* zu schließen, hatten die Detonationen ihren Zweck erfüllt und die feindlichen Piloten geblendet. Drei *Valiants* feuerten ihrerseits Blendraketen ab, aber zu spät. Ein Satz schoss weit ins Blaue und explodierte ohne irgendeinen Effekt. Der Rest detonierte außerhalb von Loyles Blickfeld.

Jetzt waren Swan und er in Position, um der Südstaatenumarmung einen herzhaften Hieb in den Bauch zu versetzen.

Die doppelrümpfigen *Kestrels* flogen schnurstracks in den Schwarm der wartenden Splitterbomben, deren durch die ruckartige Bremswirkung der Fallschirme ausgelöste Explosion die Luft mit einem Hagelsturm aus Schrapnell füllte. Der schwere Jäger, den Crawford sich zum Ziel gewählt hatte, erlitt furchtbare Schäden am Übergang der Backbordtragfläche zum Backbordrumpf. Der vordere Flügelholm barst und riss einen beachtlichen Teil des Kanzeldachs mit. Ein Ölnebel schwärzte den verbliebenen Rest der Kanzel und versprach einen schweren Motorschaden. Eine der von der Blendsalve kampfunfähig gemachten *Valiants* kam dem Splitterhagel ebenfalls zu nahe und wurde an der Backbordtragfläche von einem Schrapnellgewitter erwischt, das ihr mehr oder weniger das Querruder zerfetzte.

Loyle beharkte die beschädigte *Kestrel* aus allen Rohren und zog eine Salve glühendes Blei über Backbordrumpf und -tragfläche. Die Kaliber-.70-Kanone fand die vom Splitterbombardement geschlagene Bresche in der Panzerung und erinnerte Crawford daran, warum er eine solche Vorliebe für Magnesiummunition hatte, als der Flügeltank in einer Feuerkaskade auseinander flog, die sich durch beide Rümpfe und in die Haupttanks fraß. Die Steuerbordtragfläche war das größte Trümmerstück, das hinab ins Wasser stürzte.

Black Swan hatte ebensolchen Erfolg. Ihre Splitterraketen und Geschützsalven trafen die zweite *Kestrel* frontal, die unter dem Rumpf hängende Kanone fraß sich mit panzerbrechenden Kaliber-.70-Geschossen tief in den Doppelrumpf. Schwarzer Qualm wallte aus den Motoren, die innerhalb weniger Sekunden mehr Erinnerung als funktionstüchtige Maschinerie waren.

„Abschuss", gaben Loyle und Swan im Chor über Funk.

Crawfords *Fury* bockte schwer und kippte nach Steuerbord, als zwei panzerbrechende Raketen in die Nase und die Vorderseite der Backbordtragfläche einschlugen.

Eine von den Blendraketen anscheinend nicht betroffene *Valiant* hatte versucht, die Südstaatenumarmung aus eigener Kraft durchzuziehen, indem sie einschwenkte und eine Raketenbreitseite auf die Maschine des Venturer-Staffelführers abfeuerte. Loyle rollte nach Steuerbord weg, dann zog er hart nach links und versuchte, seinen Gegner zu erwischen, während er nach dem Angriff abdrehte.

Money Man war schneller. Als allzeit getreuer Flügelmann sorgte Eugene sich noch immer um den Schutz seines Rottenführers. Er war aus der Formation der Venturers vorgeprescht und flog jetzt aus Backbord schräg von hinten an. Seine Kanonen spien Feuer und glühendes Metall, sprengten die dünne Panzerung der *Valiant* weg und hämmerten geradewegs in den Schubpropeller und Motor. Ein Teil des rechten Seitenruders überstand den Angriff, aber nicht annähernd genug, um auch nur halbwegs die Kontrolle über die tödlich getroffene Jagdmaschine zu gestatten. Das Flugzeug wirbelte durch die Luft und entging nur um Haaresbreite einer Kollision mit Loyles *Fury*. Das Kanzeldach glitt auf, und der Pilot stürzte sich in die Fluten der Narrows. Er war zu tief über dem Wasser, um den Fallschirm öffnen zu können, und hoffte wohl darauf, dass er mehr Chancen hatte, den Sturz zu überleben, als sich nach dem Aufprall seiner Maschine noch aus deren nassem Grab retten zu können.

„Nummer drei", rief Eugene und beanspruchte damit zugleich die dritte Dixie-Maschine und seinen dritten Abschuss an einem Tag. Er legte die *Hunt* hart Backbord, um in die

Formation zurückzukehren, während sein Rottenführer mit Black Swan weiterflog. Crawford war von der abtrudelnden *Valiant* weggeschwenkt. Jetzt winkte er Money Man kurz einen Dank nach, bevor er abtauchte, um unter der Verrazano Narrows Bridge hindurch und hinaus über Gravesend Bay zu donnern, in direkter Linie zur abziehenden *Havana Princess* und den zwei Jägern ihrer Eskorte.

„Diesen Flügelmann sollten Sie im Auge behalten", warnte Swan ihn mit beinahe lachender Stimme. „Wenn er so weiterfliegt, wird es nicht lange dauern, bis er eine eigene Staffel will."

Das beiläufige Kompliment an seinen Schützling behagte Crawford. „Eugene bleibt, wo er ist. Ich gewöhne mich langsam daran, Könner an meiner Seite zu haben", erwiderte er die verbale Anerkennung. Er schaltete auf die allgemeine Frequenz der Bombers, sicher, dass Fairchild oder jemand an Bord des Zeppelins mithörte. „Hier spricht Major Loyle Crawford, Broadway Bombers, Madison-Venturers-Staffel. Ich rufe Captain Fairchild. Am Boden und mit Piraten im Rücken waren Sie ziemlich mutig, Willem. Wie hält sich Dixie im Soloflug?"

Die Nachricht erreichte den Südstaatler anscheinend über den Zeppelin, denn es dauerte ein paar Sekunden, bis er antwortete. „Wenn Sie einen Zweikampf wollen, damit kann ich Ihnen dienen, Crawford." Die beiden *Valiants* lösten sich von der *Havana Princess*. Fairchilds *Temptation* führte die Rotte an, als sie in Antwort auf die Herausforderung umdrehte. „Aber von jemand, der die *Fury* eine' Piratin fliegt, klingt die Frage gewaltig seltsam."

„Korsarin, nicht Piratin", bellte Loyle. „Da besteht ein Unterschied." Ein Unterschied, den er allmählich zu schätzen lernte. Er schaltete die Funkfrequenz zurück. „Sie sagten etwas in der Art, dass Sie sich den Zeppelin vornehmen wollten, Swan, oder?"

„Ich?", erwiderte sie in unschuldigem Ton, dann wurde ihre Stimme sarkastisch. „Ich werde mindestens den Flügelmann dieses Dixieland-Knaben zu Wasser lassen. So einfach drängen Sie mich nicht aus diesem Kampf."

„Aber Sie haben gesagt..."

„Ich habe gesagt, ich übernehme den Zeppelin", unterbrach sie ihn. Loyle konnte das eisige Grinsen auf ihren Zügen fast sehen. „Korsarin oder Piratin", stellte sie fest und teilte ihm damit mit, dass sie seinen Wortwechsel mit Fairchild mitgehört hatte. „Manches bleibt sich gleich. Umschalten auf Broadway-Bombers-Kanal."

Crawford änderte die Frequenz und bekam noch mit: „...jetzt, Fenn. Euer Auftritt."

Hinter Norton Point auf der Sea-Gate-Halbinsel, eine Viertelmeile voraus im Fahrtweg der *Havana Princess* stieg der Zeppelin Black Swans auf, die Hubkraft der schwarzen Gashülle unterstützt von den Motorengondeln, die das Luftschiff in steilem Winkel aufwärts trugen. Die Schwanensilhouette auf dem weißen Vollkreis war unübersehbar. Flankiert von einer unterzähligen Staffel aus fünf Jägern schob sich der Zeppelin in den Fluchtweg des Konföderierten-Luftschiffs. Die Südstaatler-Besatzung war ohne Zweifel ebenso geschockt wie Loyle angesichts des wie durch Zauberei aus heiterem Himmel auftauchenden Luftschiffs. Selbst Houdini konnte Black Swan nicht das Wasser reichen, und der Major hatte gewaltige Zweifel, dass irgendwer in der Dixie-Crew auch nur in seine Nähe kam.

Schon starteten die ersten Korsaren-Segler in Richtung der *Princess*, als Swans Leute sich daran machten, das Schiff wie angekündigt zu übernehmen.

Der Venturers-Staffelführer hatte keine Zeit, mehr zu beobachten, denn Captain Fairchild hatte ihn erreicht.

Von Anfang an war Loyle klar, dass er es mit einem Könner zu tun hatte. Firestorm schwenkte den Jäger mit einer Leichtigkeit von einer Seite zur anderen, die es mit den besten Piloten aufnehmen konnte, die Crawford je gesehen hatte. In ihrem ersten Frontalvorbeiflug entglitt der konföderierte Jäger dem Visier des Majors, nur um unmittelbar darauf an der Backbordseite der *Fury* aufzutauchen und sehr dicht am Flügeltank vier Kaliber-.30-Einschusslinien über die schwarze Tragfläche zu zeichnen. Aus einer der Linien schlugen die unverwechselbaren Funken von Magnesiumkugeln. Crawford spannte sich unwillkürlich und wartete auf die Explosion. Die Sorge ließ ihn die Steuerbordwende verziehen, und er verpasste die Gelegenheit, einen Schuss aufs Heck der *Temptation* abzufeuern, als der grau-blau gefleckte Jäger bei seinem Backbordmanöver vor der *Fury* vorbeizog.

Immerhin gelang es Loyle aber, durch einen kurzen Motorleerlauf in Position hinter dem agilen Südstaatenjäger zu bleiben. Die beiden Maschinen schnitten zurück zur Brücke. Der Major zog nach Backbord, um in Schussposition zu gelangen, während Firestorm seine *Valiant* nach Steuerbord warf und dann versuchte, mit einer Kehre auszuweichen. Die *Maddy D* hätte er damit ausmanövrieren können. In der *Fury* allerdings konnte Loyle an ihm dran bleiben, indem er den wendigen kleinen Jäger an die Grenzen seiner Belastbarkeit trieb. Aber auf Dauer konnte das nicht gut gehen. Seine Maschine war von den Spuren eines harten Kampftags gezeichnet, und früher eher als später würde sie vor einer derartigen Belastung kapitulieren. Er musste eine Entscheidung erzwingen.

Als die beiden Maschinen das nächste Mal aneinander vorbeischerten, stellte Show Stopper den Jäger auf die Backbordtragfläche, dann rollte er ihn mit voll ausgefahrenen Klappen auf den Rücken und überzog die Maschine. Die beschädigten Klappen an der Steuerbordtragfläche vibrierten protestierend und schüttelten das ganze Flugzeug durch. Ohne das bewusste Überziehen wäre Loyle Gefahr gelaufen, die Herrschaft zu verlieren und abzutrudeln. Er hing antriebslos in der Luft, so lange er konnte, und rollte erst wieder gerade, als Fairchilds *Temptation* unter ihm vorbei und mitten in Crawfords Schussfeld jagte.

So groß die Versuchung auch war, seinem Gegner mit einer tödlichen Raketenbreitseite den Garaus zu machen, Loyle entschied sich für die Kanonen und stieß den Feuerknopf in die Fassung. Die Kaliber-.40-Kanone an Backbord blockierte wieder, und beide Kaliber-.30er ebenfalls, aber erst, nachdem sie einen Satz Hochgeschwindigkeitskugeln in die kaum gepanzerte Hinterseite der Steuerbordträgfläche des Gegners geschleudert hatten. Die kleinkalibrigen MGs bohrten sich tief genug ins Metall, um den Flügeltank zu durchlöchern, und Flugbenzin trat in einer Dunstwolke aus. Die schwere Rumpfkanone der *Fury* spie Magnesiummunition tief in den Außenrand der Tragfläche und brannte die Steuerbordklappen und -querruder weg, verfehlte aber den entscheidenden Tankbereich.

Die *Temptation* zog an der äußeren Tragfläche eine Flammen- und Rauchspur hinter sich her. Die Magnesiumkugeln brannten sich immer tiefer. Der Jäger schoss davon und nutzte seine höhere Geschwindigkeit, um der plötzlich überzogenen *Fury* zu entkommen.

Eine Explosion links von Loyles Position lenkte seine Aufmerksamkeit kurz ab, als Swan Fairchilds Flügelmann den Gnadenstoß versetzte. Dieser Moment der Unaufmerksamkeit wurde Loyle Crawford fast zum Verhängnis. Firestorm Fairchild bemerkte die nachlassende Geschwindigkeit der *Fury* und das Ausbleiben von Ausweichmanövern, und brachte die *Temptation* in einer schnellen Immelmann-Kehre zurück auf Kollisionskurs mit dem Venturers-Flieger-Ass. Fairchild feuerte seine restlichen Raketen in einer Salve, die Loyle in die Narrows schleudern sollte. Vier der sechs Geschosse detonierten entlang der Frontpartie seines Jägers, und die Explosivsprengköpfe detonierten in rotorange aufblühenden Feuerbällen, die Loyles *Fury* von einer Flügelspitze bis zur anderen einhüllten.

Trotz der Schäden, die seine Backbordtragfläche erlitten hatte, war es der frühere Steuerbordschaden, der ihn beinahe erledigte. Mit geschwächten Holmen an Vor- und Rückseite und nach der Raketensalve abrupt geleertem Tank verdrehte der Flügel sich am Rumpf und drohte abzureißen. Scheinbar nur durch schiere Willenskraft und Loyles Mantra „Halt durch, halt durch, halt durch" überstand der trotzige kleine Jäger das Feuergefecht und donnerte direkt auf den Feind zu. Mit über seinem schrägen Grinsen zuckenden Schnurrbart stieß Loyle den Auslöser durch, um der *Valiant* die volle Breitseite der *Fury* zu schmecken zu geben.

Er hatte vergessen, dass die Kanonen eine Ladehemmung hatten. Nur zwei Waffen feuerten.

Das noch einsatzbereite Kaliber-.40-MG fraß sich von vorne in die Steuerbordtragfläche der *Valiant*, wo es Panzerung abscheuerte, aber ansonsten wenig ausrichtete. Die Kaliber-.70-Kanone allerdings machte das wett. Die Magnesiumkugeln schlugen kurz vor dem leeren Flügeltank in „Firestorm" Fairchilds Tragfläche. Diesmal gab es keine spektakuläre Explosion, aber als das brennende Metall sich seinen Weg durch den vorderen Flügelholm schnitt, verlor die Tragfläche abrupt ihre strukturelle Integrität, und der komplette Flügel faltete sich gegen den Rumpf ein. Die Flügelspitze schlug in den Schubpropeller und zerschmetterte dessen Blätter. Die *Valiant* rollte nach Backbord und legte sich auf den Rücken. Ihre Nase kippte zum Wasser hinab. Fairchild blieb keine Zeit auszusteigen. Der Schwung seiner Maschine trieb den Jäger hinab in die Wogen. Dann verschwand die *Temptation* unter der Oberfläche der Narrows.

„Abschuss", flüsterte Crawford. Sich des Zitterns seiner Maschine sehr bewusst, steuerte er die *Fury* in eine weite Wende, um den Himmel nach weiteren Gegnern abzusuchen.

Die *Avengers* hatten den Kampf für sich entschieden. Er konnte nicht eine Dixie-*Valiant* oder *Kestrel* entdecken. Aber es war ein harter Kampf gewesen. Auch die Venturers hatten nur noch zwei Maschinen in der Luft. Black Swan hatte ihn verlassen, um die beiden Luftschiffe zu eskortieren, die inzwischen ohne Zweifel beide von ihren Leuten befehligt wurden. Sie war zurück bei ihren Piloten und schuldete ihm nichts mehr. Er schaltete das Funkgerät zurück auf die Standardfrequenz seiner Staffel. „Money Man, wo steckst du?"

„Über deinem Steuerbordflügel, Stopper. Oder dem, was davon übrig ist. Dein Abschuss war der Letzte. Wir haben zwei Maschinen im Wasser, Hawthorne und Vanderbilt. Aber sie sind rechtzeitig raus gekommen. Ich habe die Küstenwache gerufen, damit sie die beiden aus dem Wasser fischt, zusammen mit den Dixie-Piloten, die es vielleicht überlebt haben." Er stockte. „Fliegen wir rüber zu Swan bei den Zigarren?"

Loyle schaute sich zu den Luftschiffen um, dann drehte er nach Norden. „Nein, sie hat ihre Prise und ist zurück, wo sie hingehört. Zeit für uns, es ebenso zu machen." Er konnte nur hoffen, dass er sich selbstsicherer anhörte, als er sich fühlte.

* * *

Über dem Battery Park stieß eine schwarze *Fury* herab und setzte sich neben Crawfords beschädigte Backbordtragfläche. Loyle hörte Eugene und Nancy Morgan über Funk schockiert Laut geben, als hinter ihm zwei weitere *Furys* in Formation mit den drei heimwärts zuckelnden Maschinen sanken.

Der Major schaltete das Kehlkopfmikro offen. „Ich dachte, Sie würden Ihre neueste Prise den East River hoch eskortieren."

Black Swan winkte ihm kurz aus dem Cockpit zu, bevor sie antwortete. „Das kann Fenn auch erledigen. Ich hatte noch eine andere Verpflichtung."

Ihre Stimme war um nichts leichter zu deuten als zuvor. „Nämlich?"

Swan rollte ihre Maschine dreimal schnell um ihre Achse. „Nämlich, Ihre Staffel für die Siegesrolle über der Madison Avenue ergänzen. Ich möchte nicht, dass Ihr Onkel auf seinen traditionellen Tribut verzichten muss."

Wieder ein offener Hinweis, dass Bryce Crawford mit Black Swan verbandelt war. Aber Loyle wusste, von ihr hatte er keine klaren Antworten zu erwarten. Vielleicht würde eine Zurschaustellung der Solidarität zwischen seinen Fliegern und den Korsaren seinem Onkel eine Erklärung abnötigen. „Eugene und Nancy, übernehmt die Spitze." Loyle wollte seinem Onkel und allen Zuschauern am Boden deutlich machen, dass die Madison Venturers die gemischte Staffel anführten. „Ihr habt euch heute gut geschlagen, und mein Jäger schafft keine allzu enthusiastische Siegesrolle mehr."

Black Swan durchschaute seine Strategie sofort. „Versuchen Sie immer noch, mich auszustechen, Crawford?" Ihr Ton war knapp, aber nicht so feindselig wie er hätte sein können. Und sie machte Platz, um die *Avengers* an die Spitze der Formation zu lassen, und blieb auf einer Höhe mit Loyle.

„Es dürfte Ihnen nicht entgehen, dass ich ebenfalls bei Ihnen hier hinten bin", grinste er. „Mein Onkel würde es die Kunst der Darstellung nennen. Außerdem ist es politisch klug. Wenn die Industriestaaten von Amerika sich mit Dixie verbünden, könnte Empire State Einiges bevorstehen. Es ist besser, wenn die Menschen die Broadway Bombers an der Spitze sehen. Damit ist keine Beleidigung beabsichtigt." Sein Grinsen wurde breiter, als sie die Madison Avenue erreichten. „Sie wissen ja: the show must go on."

# DER GROSSE HELIUMKRIEG

## von Robert E. Vardeman

Originaltitel: The Great Helium War.
Übersetzung von Reinhold H. Mai

# KAPITEL EINS
## Wettrennen in den Untergang

„Goliad Squadron, Aach-tung!", brüllte der mit Orden bepflasterte Sergeant. Wie ein Mann rissen die zwölf Elitepiloten der Einheit die Schultern zurück und starrten geradeaus.

„Sind sie nicht ein hübscher Anblick?", murmelte John „Coffee" Hayes. Der beleibte Mann kratzte sich die Bartstoppeln auf dem fleischigen Kinn und schob seinen Stetson nach hinten, um die Männer auf der Bühne des New Braunfels Aerodrom besser sehen zu können.

„Alle Mann herausgeputzt in ihrem Lederzeug", bestätigte Houston Travis. „Sieht mächtig heiß aus." Der braunhaarige Flieger wischte sich mit einem langen weißen Schal den Schweiß von der Stirn. Der texanische Sommer war einfach zu verdammt heiß für derartige Idiotien. Travis fragte sich, wie viele von „Marshal" Bill Redmanns Piloten wohl mit Hitzschlag umkippen würden. Er stand im Ruf, reichlich Personal zu verbrauchen ... in der Luft und am Boden.

„Nichts als eine Pudelshow für Typen wie den", raunzte Coffee verächtlich. Er zog den Pistolengurt hoch, der das Holster an der linken Hüfte hielt, in dem mit dem Griff nach vorn, ein .44 Colt steckte. Travis trug eine Waffe des selben Kalibers im Schulterholster, das unangenehmer wurde, je höher die Sonne stieg. Die schwüle Luft machte den beiden Zuschauern schwer zu schaffen, aber keiner von Redmanns Fliegern ließ sich das geringste Unbehagen anmerken.

Ein kleinwüchsiger Mann in einer deutschen Luftwaffenuniform trat vor. An seiner Kehle glänzte blau und golden der Pour le Mèrite. Er musterte die Reihe der Piloten, und sein Mund verzog sich zu einem leichten Lächeln.

„Ernst Udet, das jüngste deutsche Flieger-Ass", stellte Travis fest. „Zu seiner Zeit war er ein ziemlicher Könner."

„Na, so alt sieht er noch nicht aus. Was meinst du, Houston? Vierzig?"

„Einundvierzig", erklärte Travis abwesend. Ihn interessierte weniger, was das deutsche Flieger-Ass von der Goliad Squadron hielt, als warum Udet überhaupt hier war. Bill Redmann war kein angenehmer Kommandeur und hatte nie die geringste Neigung gezeigt, mit seinen Leuten zu prahlen, obwohl sie die besten Leistungen im Air Corps der Republik Texas aufwiesen. Und trotzdem paradierte er sie jetzt vor diesem Deutschen. Nein, Udet war aus einem anderen Grund gekommen, und Travis fragte sich, wie der aussehen mochte ... und, wie er es herausfinden konnte.

„Wir haben heute die Ehre, dass Flugmeister Udet uns einen Besuch abstattet", bellte Redmann. Er war groß, hager und schneidig wie ein Kavalleriesäbel, und er hatte Augen, die Travis an einen Wanderfalken erinnerten – oder einen Geier. Es lag Intensität und Intelligenz in ihrem Blick, aber gleichzeitig auch Kälte. Vor allem Kälte.

„Lass die Umschweife", murrte Hayes. „Je schneller das hier vorbei ist, desto eher kriege ich einen Kaffee. Dieses Gesülze anhören zu müssen, macht mich verdammt durstig."

„Da drüben gibt's Rußentferner", grinste Travis. Er deutete zu Redmanns Williams-and-Colt-*Peacemaker*, die nicht weit entfernt vor einem Hangar stand. Marshals Bodencrew arbeitete an der Maschine und hatte die vier Kaliber-.60-Maschinengewehre ausgebaut, um sie gegen neue Waffen zu ersetzen. Redmann hatte alle vier schweren Waffen verschlissen.

„Rußentferner ist mir zu lasch", antwortete Coffee. Wieder zog er den Revolvergurt hoch, dann berührte er kurz ein kleines Päckchen im Innern seines Hemds, bevor er abzog, um mit Redmanns Crew zu reden. Als er mit für seinen Körperumfang erstaunlich schnellen Schritten der krummen Beine davontrottete, fiel ein düsterer Schatten auf Travis. Er blickte über die Schulter ... und starrte zu so ungefähr der größten Frau hoch, die er in seinem Leben je gesehen hatte.

Ihr Haar war schwärzer als die tiefste Nacht, und sie war deutlich über eins neunzig. Ihr Körper spannte die enge Ledermontur an all den richtigen Stellen und in genau den richtigen Proportionen, mit dem Ergebnis, dass nicht sie riesig wirkte, sondern er klein. Eine blassrote Narbe zog sich von einer Stelle knapp über der linken Augenbraue über ihre Adlernase bis an den rechten Rand des Kinns. Die Narbe sah aus, als hätte die Verletzung Stiche benötigt, sie aber nicht bekommen.

„Sie blockieren da eine feine texanische Sonne", grinste Travis. „Aber ein Wolkenkratzer wie Sie hat da wohl nicht viel Wahl. Mein Name ist..."

„Ich weiß, wer Sie sind", unterbrach sie mit einer Stimme wie knirschendes Glas. „Sie glauben, Sie könnten Mitglied dieses Geschwaders werden. Sie sind nicht gut genug. Ihr Antrag ist abgelehnt."

„Danke für die aufmunternden Worte", erwiderte Travis. „Wollen Sie sich auch anmelden? Ich habe gehört, der Marshal soll ziemlich schwer zu beeindrucken sein."

„Ich bin Lieutenant Anna Rasputin, die Flügelfrau des Marshals. Man nennt mich Cossack."

Travis hob die Augenbrauen. Ihrem Akzent nach zu urteilen, war Lieutenant Rasputin Russin. In einer anderen Kleidung als der ledernen Fliegermontur und ohne die entstellende Narbe hätte sie eine Schönheit sein können. Allerdings nur, solange man ihr nicht in die Augen sah. Wie bei so vielen ihrer Landsleute waren sie ein Fenster in eine gepeinigte Seele. Ein wunderschöner Körper, in dem ein verkrüppelter Geist steckte.

„Dann brauch ich mich vor Ihnen nicht zu beweisen, wo Sie auch nur Personal sind", schlunzte Travis. „Ich bin eine Weile in der Stephen-F.-Austin-Staffel auf Randolph Field geflogen, aber da fehlte mir irgendwas."

„Das sind Muschis", erklärte sie kalt.

„Yeah, stimmt schon. Aufregung gab's da keine", sprach er weiter. „Sie gingen immer auf Nummer Sicher. Das ist nicht meine Sache."

„Und in diesem Geschwader werden Sie Ihre Sache nie finden", stellte Redmanns eisige Stimme fest. Er kam herüber und trat neben Rasputin. Irgendwie ließ seine schiere Ausstrahlung die Frau trotz seiner fast skelettartigen Dürre schrumpfen.

„Sieht nicht so aus, Marshal“, erwiderte Travis. „Sie sind auch nicht besser als all die anderen. Wie haben Sie sie genannt, Lieutenant. Ach ja: Muschis.“

„Jeder meiner Piloten könnte Sie in Streifen schneiden“, erklärte Redmann kalt.

„Das bezweifle ich, da Sie der Beste in Ihrem Geschwader sind und weder mit mir noch mit meiner Maschine mithalten können.“ Travis deutete zu seiner am Rand der Asphaltbahn wartenden Bell *Kingcobra*, auf deren Bug eine hastig gemalte Calamity Jane prangte.

„Soll das eine Herausforderung sein?“ Redmann schien von seiner Waghalsigkeit fast belustigt. „Wenn meine Crew nicht gerade die Maschinengewehre ausgebaut hätte, würde ich…“

„Ich kümmere mich um ihn, Sir“, unterbrach Rasputin.

„Wie wäre es mit einem Wettrennen, wenn ihr Flugzeug ohne Waffen auskommen muss?“, fragte Travis, ohne den Lieutenant zu beachten. „Es hat seit Jahren kein Thompson-Trophy-Rennen mehr gegeben. Legen wir einen Kurs fest. Ich werde zurück sein und auf Sie warten, zehn Minuten bevor Sie auch nur die Räder vom Boden kriegen.“

„Die gelben Masten“, erklärte Redmann und deutete zu den vier sechzig Fuß hohen Masten an den Ecken des Flugfelds. „Fünf Runden. Wollen Sie die Waffen ausbauen, um Ihr sogenanntes Flugzeug leichter zu machen?“, höhnte Redmann. Die *Kingcobra* hatten einen Allison-V-1710-Motor mit 1325 PS und selbst ohne die Kaliber-.37-Kanone und die vier Kaliber-.50-Maschinengewehre hätte sie gegen die leistungsstärkere Maschine des „Marshals“ ein schwaches Bild abgegeben.

„Wozu Zeit verlieren?“, fragte Travis arrogant. „Ich habe keine Munition geladen. Das ist leicht genug für mich.“ Er ging zu seiner Maschine, zog das Kanzeldach auf und ließ sich in das enge Cockpit hinab. Er brauchte mehrere Minuten, bis er den Motor angeworfen hatte und alle Anzeigen beste Werte zeigten. Auf den Öldruckmesser musste er zweimal mit dem Finger klopfen, bevor er reagierte. Dann rollte er auf drei Rädern an den Start und ließ neben Redmanns Jäger den Motor aufheulen.

Er hob den Daumen, um zu zeigen, dass er bereit war. Die kleine Geste gab Redmann den Vorsprung. Der „Marshal" gab Schub und löste die Klappen. Er schoss die Rollbahn hinab und ließ Travis mit erhobenem Daumen hinter sich. Der fluchte und startete ebenfalls, am Start schon einige hundert Yards im Hintertreffen.

Was Travis an Leistung in der Geraden fehlte, machte er in Beweglichkeit wett. In jeder Wende um einen der gelben Masten verkürzte er den Vorsprung seines Gegners um kostbare Sekunden, so dass er ihn nach zwei Runden fast eingeholt hatte. Fast.

Mit in seiner Hand vibrierendem Knüppel konzentrierte Travis sich darauf, alles aus der *Kingcobra* herauszuholen. Zoll um Zoll holte er Redmanns Maschine ein, bis sie auf gleicher Höhe waren. Der Gestank heißen Öls stach ihm in die Nase, und ein dünner Nebel verdreckte seine Brille. Travis wischte das Öl weg und ignorierte die Probleme, auf die es hindeutete. Das einzige, was jetzt zählte, war das Rennen. Nach drei Runden übernahm er die Führung.

„Komm schon, *King*, lass mich jetzt nicht im Stich", murmelte er seinem Flugzeug zu und duckte sich entschlossen über den Knüppel. Plötzlich ging ein Schlag durch die Maschine, und Travis sah – und fühlte –, warum Redmann herübergedriftet war, bis seine Flügelspitze unter die der *Kingcobra* glitt. Redmann legte die *Peacemaker* leicht zur Seite und rammte seine Tragfläche in die der kleineren Maschine, um sie aus Travis' Kontrolle zu schleudern.

Einen Moment sah Houston nur noch Redmanns kaltes Gesicht und die Bugbemalung seiner Maschine: einen Dolch, der eine Rose durchbohrte, und von dessen Spitze ein einzelner Blutstropfen fiel.

„Rose Blood“, knurrte Travis, legte die Maschine zur Seite und trieb sie in einen sanften Sturzflug, aus dem er wieder aufwärts schoss, zurück in Position neben Redmann. Als der das selbe Manöver ein zweites Mal versuchte, war Travis vorbereitet. Er kippte den Jäger leicht, um dem gefährlichen Senkrechtausleger der *Peacemaker*-Tragfläche auszuweichen, dann zog er seine Tragfläche über Redmanns und kratzte eine tiefe Spur in die Aluminiumlegierung des Flügels.

Wäre das Rennen auf ein Dutzend Runden mehr ausgelegt gewesen, hätte Travis möglicherweise eine Chance gehabt. Der Druck, dem beide Flugzeuge ausgesetzt waren, während sie mit beinahe 300 Meilen in der Stunde um das Flugfeld rasten, hätte Redmanns beschädigte Tragfläche früher oder später ruiniert und ihn aus dem Rennen gezwungen. Aber es blieb nur noch eine Runde.

Travis wendete noch näher am gelben Mast, so dicht, dass er sich beinahe sicher war, nach der Landung einen gelben Farbstreifen auf dem Rumpf zu finden. Der Andruck war mörderisch, aber er hielt durch und wiederholte das Manöver am nächsten Mast. Redmann konnte in seiner schwereren Maschine unmöglich so eng wenden, und er versuchte es auch nicht.

Nach der zweiten Wende lag Travis vor Redmann, und die Entfernung zwischen ihn wuchs stetig.

„Jahuuu!“, brüllte er triumphierend. Er würde vor „Marshal“ über die Ziellinie jagen. Travis duckte sich nach vorne und flog, suchte schon nach einer Möglichkeit, seinen Vorsprung am dritten Mast noch zu vergrößern. Aber er versteifte sich, als ein sechster Sinn ihn vor einer drohenden Gefahr warnte. Travis riss den Kopf herum und schaute über die Schulter. Seine Augen hefteten sich auf den weißen Kondensstreifen der Rakete, die Redmann auf ihn abgefeuert hatte. Auf diese Entfernung konnte er ihr unmöglich ausweichen.

Die Explosion schlug durch die *Kingcobra*, als wäre sie gegen eine Mauer geflogen, und Travis stürzte Bug voraus ab. Die Sicherheitsgurte drückten ihm die Luft aus der Lunge, als er nach vorne fiel, aber sie bewahrten ihn vor einer ernsten Verletzung.

Er schaute hoch und sah Redmann vorbeidonnern, aber der Triumph seines Gegners war nur von kurzer Dauer. Plötzlich setzte Redmanns Motor mit dem ohrenbetäubendem Kreischen gepeinigten Metalls aus, und er stürzte ebenfalls steil ab, eine dichte Fahne öligschwarzen Qualms hinter sich herziehend.

# KAPITEL ZWEI
## EIN LUFTSCHIFF IN FLAMMEN

Bill Redmann grinste, als sein Daumen den Auslöser drückte. Eine Rakete glitt aus der Halterung und krachte ins Leitwerk der verfluchten Bell-*Kingcobra* vor ihm. Die Maschine stürzte sich um die Längsachse drehend ab, und er richtete seine Aufmerksamkeit von Hinterhältigkeiten wieder auf die Ziellinie. Er musste das Rennen erfolgreich beenden, um Ernst Udet zu imponieren, dem Mann, der sein Motto „Du doch nicht" aufs Heck seiner *Albatros* D-5 geschrieben hatte.

Gerade als in Redmann ein Gefühl tiefer Befriedigung über seinen bevorstehenden Sieg aufstieg, hörte er ein metallisches Knirschen aus dem Motorraum. Dann ging die Welt unter. Die *Peacemaker* verdrehte sich, als würde ihr Heck durch eine Mangel gedreht, zerrte mal in diese Richtung, dann in die andere, während ihr Motor sich in seine Einzelteile auflöste. Ein lodernder Metallklumpen schlug durch das Kanzeldach, und Redmann zog instinktiv den Kopf ein. Dann riss er den Steuerknüppel nach hinten so hart er konnte, um nicht die texanische Landschaft aufzupflügen.

„Marshal" Redmann war mehr als nur gut, er war der beste Flieger, der jemals den texanischen Luftraum gekreuzt hatte. Irgendwie gelang es ihm, sein Flugzeug aus dem Sturzflug zu ziehen und fast fünfzig Fuß waagerecht zu segeln, bevor er endgültig zu Boden ging. Die Unterseite der Maschine schleuderte bei der Bruchlandung einen Vorhang glühender Funken auf, und das Fahrwerk riss vom Rumpf ab. Weit weg hörte er Sirenen. Die Feuerwehr rollte an, das Buschfeuer zu löschen, das sein unvorgesehener Absturz ausgelöst hatte.

Er schob das zertrümmerte Kanzeldach auf und sprang ins Freie. Ein kurzer Blick bestätigte ihm, dass sein Flugzeug nur noch Schrottwert hatte. Er zuckte kurz die Achseln. Er hatte eine zweite Maschine im Hangar. Es würde nur ein paar Minuten kosten, die Bugbemalung anzubringen, dann konnte er wieder starten. Er marschierte hocherhobenen Hauptes von der Absturzstelle davon, auf Anna Rasputin zu, die mit halsbrecherischer Geschwindigkeit in einem Kabriolett heranraste und mit quietschenden Bremsen vor ihm anhielt.

„Ich hab gewonnen", stellte Redmann klar, bevor sie etwas sagen konnte.

Er wirbelte herum, als er ein trockenes Lachen hörte. Zwölf Yards hinter ihm stand dieser unerträgliche Houston Travis und grinste von einem Ohr zum anderen.

„Ich befürchte, da irren Sie sich, Marshal." Seine braunen Haare klebten ihm nass von Schweiß und Öl auf der Stirn. Travis wischte sie zurück. „Meine Maschine liegt näher an der Ziellinie als Ihre. Sieht aus, als wären meine ‚Probleme' weniger ernst gewesen."

„Er hat Ihre Maschine sabotiert, Marshal!", rief Rasputin. „Sein Flügelmann hat es zugegeben."

„Coffee? Jep, ich schätze, er hat einen Unterbrecher in Ihre Maschine eingebaut", bestätigte Travis fröhlich.

„Sie geben die Sabotage zu?", bellte Redmann. „Ich lasse Sie vor ein Exekutionskommando…"

„Glaube ich kaum, Marshal", erwiderte Travis. „Sie müssen wissen, Coffee hatte den Unterbrecher so eingestellt, dass nichts passiert … solange Sie keine Rakete abfeuern."

„Ich bringe ihn mit bloßen Händen um!" Rasputins Narbe glühte blutrot vor Wut, als sie aus dem Wagen sprang und auf Travis zustürzte.

„Nein“, stoppte Redmann sie mit widerwilliger Anerkennung. „Möglicherweise ist das genau die Sorte Pilot, die wir brauchen. Ich mag einen solchen Erfindungsreichtum.“ Er machte eine Pause und lächelte Travis eisig an. „Ein einziges Mal.“ Er wirbelte herum und schob sich an Rasputin vorbei, um in das schwarze Hudson-Kabrio zu steigen. „Bring mich zurück zum Aerodrom“, befahl er.

Sie gehorchte.

Auf dem Rückweg zum Flugfeld lehnte Redmann sich zurück und genoss den heißen Fahrtwind auf seinem Gesicht. „Lass mein Reserveflugzeug fertigmachen. Wir müssen morgen sehr früh zu unserer Mission aufbrechen.“

„Nach Amarillo?“, fragte sie.

„Piraten“, sagte er mit leiser Freude. „Sie können so irritierend sein ... und zugleich so interessant. Sie stellen einen vor einzigartige Probleme mit ihrer breiten Palette von Ausrüstung und Fähigkeiten. Ausnahmsweise wird es einmal Spaß machen, Trouts Drecksarbeit zu erledigen.“

„Cutthroat Trout.“ Rasputin spie den Namen aus wie einen Fluch.

„Du tust ihm Unrecht“, erklärte Marshal leichthin. „Er ist ein Kämpfer, so wie wir. Er benutzt nur andere Waffen.“

„Er kauft unseren Schutz. Wir sind seine Nutten.“

„Zugegeben, er besticht so ziemlich die ganze Republik Texas“, gab Redmann zu. „Es ist jetzt fast fünf Jahre her, dass er all seine Ölanteile verkauft und sich ganz darauf konzentriert hat, an den Naturgasschloten Helium abzubauen. Ein Geschäft, das ihn märchenhaft reich gemacht hat, da er nur mit Leuten handelt, die er mag ... oder die ihm genug bezahlen.“

„Die Republik sollte die Heliumminen beschlagnahmen“, knurrte Rasputin. „Sie sind zu wertvoll, als dass ein Einzelner sie kontrollieren dürfte.“

„Es sind die größten Minen der Welt. Nur die in Polen kommen auch nur in die Nähe. Ja, Trout hat da einen äußerst wertvollen Besitz.“

Rasputin sah ihn misstrauisch an. „Ich höre einen Unterton in Ihrer Stimme, Marshal. Was haben Sie vor?"

Redmann setzte ein dünnes Lächeln auf. „In einem Punkt bin ich mit dir einer Meinung. Die Heliumminen sind zu kostbar für jemanden wie Samuel Trout, einen Mann, den nur die Anhäufung von Geld interessiert."

„Aber?"

„Aber nicht für Bill Redmann und seine loyale Flügelfrau. Oder bist du da anderer Meinung?"

„Sie würden die Republik Texas hintergehen? Sie beschützt Trout. Das wäre ein gefährliches Unternehmen." Trotzdem grinste Rasputin breit.

„Ja, das wäre es, nicht wahr?" Redmann lachte schallend. Sie hielten mit quietschenden Reifen an und er sprang aus dem Wagen, um eine letzte Verhandlungsrunde einzuschieben, bevor Flugmeister Udet ins Vaterland heimkehrte.

* * *

„Goliad Squadron", bellte Redmann in sein Mikrophon. „Südlich und westlich der Heliumminen auf Patrouille. Trouts Flak auf jeden Fall aus dem Weg gehen. Denen ist egal, auf wessen Seite wir sind. Sie schießen jedes Flugzeug ab, das die Minen überfliegt."

„Da fühlt man sich doch gleich willkommen", kommentierte „Coffee" Hayes.

„Kein Geschnatter auf Befehlsfrequenz", schnappte Rasputin.

„Ich wollte nur deine süße Stimme nochmal hören, Cossack", lachte Coffee.

Redmann knirschte mit den Zähnen. Er hatte Travis und dessen Flügelmann mit auf diesen Streifenflug genommen, um sie im Auge zu behalten. Sie waren zu gut, um wahr zu sein. Hatten die Air Rangers von seinen Plänen Wind bekommen und die beiden als Spione bei ihm eingeschleust? Wenn ja, dachte Marshal, würden diese Spione sich haargenau so benehmen wie Travis und Hayes.

Er legte die Maschine in eine Wende, und Rasputin folgte ihm wie ein Schatten. Sie hatte das Manöver vorhergesehen. Travis und Hayes reagierten kaum langsamer. Er beobachtete die *Kingcobras* der beiden genau, wie sie erst zurückfielen, und dann schnell wieder an seiner linken Seite in die Formation zurückkehrten. Die beiden waren gute Piloten. Es würde sich zeigen, wie gut. Bald.

„Ich wiederhole", gab er noch einmal durch, „haltet euch von den Flugabwehrgeschützen um die Minen fern."

„Ich hab gehört, er soll da unten Geschützbunker und sogar Panzer haben. Ist da was dran, Marshal?", fragte Travis.

„Mehr", antwortete Redmann. „Trout ist in der Lage, sich gegen jeden Bodenangriff zu verteidigen. Die Republik Texas liefert ihm den Schutz in der Luft." Er starrte auf die sichtlich übereilt gemalte Calamity Jane auf Travis' zerbeulter Rumpfnase und machte sich seine Gedanken, aber dann verwarf er sie wieder. Das Bild passte auf Houston Travis, denn er würde tatsächlich bald Unannehmlichkeiten bekommen, auch wenn er nicht Jane hieß.

„Patrouille im Norden", befahl Redmann. „Wir suchen nach Piraten-Zeppelinen die versuchen, die Heliumtanks zu überfallen."

„Müssen wir damit rechnen, dass die Zeppeline mit Wasserstoff gefüllt sind?", fragte Travis.

„Natürlich", erwiderte Rasputin sarkastisch. „Wenn man ihnen Helium verkaufen würde, bräuchten sie es nicht zu stehlen."

„Schluss mit dem Palaver", befahl Redmann. „Wir sind hier, um Streife zu fliegen, nicht zum Plaudern." Er schaltete auf die Privatfrequenz um, die er mit seiner Flügelfrau teilte. „Cossack", rief er sie an. „Was meinst du?"

„Ich schaffe sie beide."

„Ist noch nicht nötig", pfiff er sie zurück. „Wir fliegen auf Streife und gehen auf Distanz von den anderen im Geschwader. Ich will keine Zeugen."

Er legte die Maschine auf die Seite und musterte die Abwehrstellungen, die Trout um seine Heliumminen errichtet hatte. Lange orangegelbe Flammenzungen leckten in den Himmel, wo das Erdgas abgefackelt wurde, bis nur das Helium noch blieb, das in Drucktanks abgeleitet wurde. Der Minenkomplex war nur zwanzig Hektar groß, aber die Verteidigungsanlagen erstreckten sich über Meilen.

Dreifach gestaffelte Zäune, alle mit Schneiddraht gekrönt, markierten die äußere Grenze der Minen. Redmann hatte gehört, dass der Bereich zwischen den beiden äußeren Zäunen dicht mit Minen gesät war, und dass Fußstreifen mit Wachhunden zwischen den inneren Zäunen die Runde drehten. Die Geschützbunker, die Travis erwähnt hatte, waren grau und gedrungen, und sie starrten vor Kanonen. Hinter diesen Zementbunkern war schwere Artillerie versteckt, aber Redmann sah genug wassergekühlte MG-Läufe, um sich sicher zu sein, dass keine Armee ohne furchtbare Verluste an dieser Linie vorbei kam. Und selbst wenn er es geschafft hätte, an den Bunkern vorbeizukommen, hätte es einem Angreifer nicht viel genutzt. Es waren reichlich Gerüchte über Geheimwaffen im Umlauf, und „Cutthroat" Trout war genau die Sorte Mann, die sie anschaffen würde.

„Er ist nur aus der Luft verletzbar", murmelte Redmann.

„Was, Marshal?"

„Nichts, Cossack. Nichts."

Er schaltete durch die Frequenzen, suchte nach der von Travis und seiner Flügelmann. Dann fand er sie und lauschte.

„...schon, wer war es, Houston?", fragte Hayes. „Ich weiß, dass du mit fast allen gutaussehenden Puppen in Texas aus warst, aber ich kann mich an keine erinnern, die Jane hieß. Jedenfalls an keine mit so einer Kurvenpracht."

Travis' Lachen knisterte aus dem Lautsprecher. „Ich mag die Damen halt, Coffee, aber da war eine..."

„Und seit zwei Jahren pinselst du sie auf jede neue Maschine? Die muss ja wirklich erstaunlich gewesen sein, wenn du ihr immer noch derart nachtrauerst."

Redmann schaltete sofort zurück auf die Befehlsfrequenz, als er den Punkt am nördlichen Horizont bemerkte. Bevor er die Warnung durchgeben konnte, waren Travis und „Coffee“ schon auf derselben Frequenz und teilten ihm mit, dass sie den Banditen ebenfalls bemerkt hatten.

„Wir haben einen!“, riefen sie im Chor.

„Einen Zeppelin“, stellte Redmann fest, dessen scharfe Augen verräterische Einzelheiten ausmachten. „Ein Piratenzeppelin, und er hält Kurs auf die Heliumminen.“

„Gibt's einen Bonus für den Abschuss der Riesenknackwurst?“, fragte Coffee. „Abgesehen von der Befriedigung, euch allen zuvorgekommen zu sein?“

„Du darfst zusehen, wie ich sie durchlöchere“, erklärte Rasputin.

Redmann stand über derartiger Prahlerei. Er zog den Worten Taten vor. Und er stellte fest, dass für Houston Travis das selbe galt. Die beiden lösten sich gleichzeitig aus der Formation und nahmen Kurs auf das Luftschiff.

„Ich schieße Standardmunition“, meldete Travis. „Ich habe keine Lust, in eine Feuerwand zu rasen.“ Damit zog er die *Kingcobra* aufwärts, um sich aus der Sonne auf den Piratenzeppelin stürzen zu können.

Redmann flog in gerader Line weiter und schaltete auf die beiden Kaliber-.60-Kanonen unter dem Steuerbordrumpf. Normalerweise hätte er ein, zwei Raketen abgefeuert – seine bevorzugte Methode, einen Zeppelin abzuschießen –, aber nicht heute. Heute würde er Brandsalven benutzen.

Plötzlich füllte sich der Himmel ringsum mit Kondensstreifen. Der Luftschiffkapitän hatte die heranrasenden Jäger endlich bemerkt und war beigedreht, um Redmann seine Breitseite zu zeigen. Nicht ohne Grund. Ein halbes Hundert Maschinengewehre und Raketen feuerten entlang der Flanke des Luftschiffs, ein tödliches Bombardement, dem er augenblicklich mit Sturzflug ausgewichen wäre, hätte er nicht auf Travis gewartet.

Der texanische Pilot stieß auf seine Beute hinab wie ein Jagdfalke und hämmerte seine Stahlmantelgeschosse in die Gashülle des Zeppelins. Hie und da wurden winzige blaue

Flämmchen sichtbar und bewiesen, dass der Pirat sich mit wasserstoffgefüllten Gaszellen in der Luft hielt. Ein Grinsen trat auf Redmanns Lippen. Er lud die Kanonen durch und beschleunigte, um zeitgleich mit Travis' Sturzangriff zur Stelle zu sein.

Kugeln bohrten sich durch den Rumpf seines Jägers, aber Redmann ließ sich davon nicht beeindrucken. Ein Teil des linken Flügels brach ab. Marshal korrigierte den Kurs und flog weiter, den Daumen auf dem Feuerknopf des Steuerknüppels. Abrupt formten sich ein Dutzend Details zu einem Ganzen. Der Zeppelin. Seine Position. Travis' *Kingcobra*, die aus dem Sturzflug gerade zog.

Bill Redmann feuerte eine volle Salve Magnesiumkugeln auf das Piratenluftschiff ab. Das Abzeichen auf der Gashülle, eine schwarze Faust, die einen Krummsäbel hielt, wurde braun und verkohlte, bevor der Stoff wegfiel. Er feuerte eine zweite lange Salve in die Gaszellen, und diesmal explodierte der Wasserstoff in einem einzigen, gigantischen Feuerball.

Redmann riss die *Peacemaker* hoch und zur Seite, während Travis' *Kingcobra* von der feurigen Eruption voll erwischt wurde. Der in sich zusammenklappende Zeppelin und der eingebildete Pilot stürzten gemeinsam von Flammen eingehüllt auf den Union Estacado.

„Jetzt, Cossack", gab Redmann über den Privatkanal das Zeichen. Er hörte Rasputins Kanonen ihre tödliche Botschaft bellen und wusste, dass Coffee seinem Freund gerade ins Jenseits gefolgt war.

„Marshal" Redmann drehte bei, feuerte auf ein paar am Boden herumrennende Piraten, die den Absturz ihres Zeppelins überlebt hatten, dann zog er hoch und kehrte zu Cossack zurück. Sie hob hinter dem Cockpitfenster den Daumen. Mission erfüllt.

Sie flogen zurück zu den Heliumminen und dem Rest der Goliad Squadron, um ihren Sieg bekannt zu geben … und nebenbei den bedauernswerten Verlust ihrer beiden neuesten Rekruten.

# KAPITEL DREI
## VERRAT

Redmann warf einen unbeteiligten Blick auf den von Leichen übersäten Boden, als er mit Rasputin an den brennenden Trümmern des Zeppelins vorbeizog. Er hatte die Insignien auf der Seite des Schiffes nicht erkannt, aber das spielte keine Rolle. Seine Informationen hatten sich als korrekt erwiesen. Er hatte einen Piratenüberfall auf Trouts Heliumminen abgewehrt.

Die Politiker in Austin würden sich freuen, dass die Air Rangers der Republik wieder einmal gesiegt hatten. Redmann verzog verächtlich den Mund. Natürlich würden sie das. Schließlich wurden sie prächtig dafür bezahlt, dafür zu sorgen, dass keine Piraten oder besser organisierte Überfälle aus den Nachbarstaaten die Luftabwehr der Minen durchstieß.

„Was ist mit Travis?", fragte Rasputin. An seiner Backbordtragfläche suchte Cossack im Zickzackflug den Prärieboden nach den Überresten der *Kingcobra* ab. Sie hatte ein paar Besatzungsmitglieder des Zeppelins abgeschossen, die zu verwundet waren, um davonzulaufen. Das sollte reichen, ihre Stimmung für den Rest des Tages zu heben.

„Er ist tot. Niemand kann die Hitze einer Wasserstoffexplosion unmittelbar vor der Maschine überleben", versicherte hr Redmann.

„Für einen Rechtsanwaltssohn nehmen Sie zu viel als gegeben hin", warf Rasputin ihm vor. Redmann knurrte wütend. Sein Vater war ein bekannter Richter in Dallas gewesen, und sein hervorragender Familienhintergrund hatte ihm die beste Ausbildung gesichert, deren Früchte er allerdings zum überwiegenden Teil entweder abgelehnt oder ignoriert hatte. Von Anfang an war er sich sicher gewesen, dass der Weg zum Erfolg nicht darin bestand, den Gesetzen zu folgen, sondern sie zu brechen, während die Schafe zufrieden grasten und aufs Scheren warteten.

Genau wie er es jetzt mit Samuel Trout plante.

„Houston Travis ist tot", wiederholte er nachdrücklich. „Was ist mit seinem Flügelmann?"

„Er hat Qualm gespuckt, als er in einer Wolke verschwunden ist", gab Anna zurück. „Ich bin über ihr gekreist, dann durchgestoßen. Es war keine Spur von ihm zu finden. Nichts als ein qualmender Krater in der Prärie."

Redmann verkniff sich einen bissigen Kommentar über Cossaks Tendenz, offensichtliche Antworten zu akzeptieren. Es hätte nichts genutzt, sich mit ihr zu streiten. Er hatte Besseres zu tun, als sich von ihren Sticheleien in Rage versetzen zu lassen.

„Goliad Squadron, Bericht", befahl er über die Befehlsfrequenz.

„Marshal, wir haben eine einzelne Kundschaftermaschine abgeschossen. Keine Markierungen, aber Six-Gun hält sie für eines der neuen Modelle, die bei den Mormonen drüben in Salt Lake in Dienst gekommen sind", berichtete „Stetson", der Staffelführer.

„Die Lämmer Gottes?", fragte Redmann überrascht. Die mormonische Separatistenenklave war in einen erbitterten Krieg mit der Navajo Nation verwickelt. Jede Verletzung des Luftraums der Republik Texas – und der Heliumminen – musste auf einer beachtlichen Kursabweichung beruhen.

„Könnte sein", traf „Stetsons" von Rauschen überdeckte Antwort ein.

„Streifenflug fortsetzen. Ich habe einen Piratenzeppelin abgeschossen. Wahrscheinlich ist er nicht der Einzige."

„Was ist mit Travis und Coffee? Ich sehe sie nirgends, Marshal."

Redmann hatte Mühe, die tiefe Befriedigung in seiner Stimme zu verbergen. „Tot. Sie sind in Panik geraten und haben versucht, vor der Zigarre zu fliehen. Sender-Sucher-Raketen in den Arsch, alle beide. Jetzt zurück auf Posten und haltet Funkstille." Redmann schaltete auf seine Privatfrequenz um. „Wir gehen runter", teilte er Cossack mit. „Du weißt, wo."

Sie kreisten in engen Schleifen über dem Estacado, bis der Rest des Geschwaders außer Sicht war, dann nahmen sie Kurs auf ein verlassenes Flugfeld zwölf Meilen vor Amarillo und keine fünf von den ersten Abwehranlagen um die Heliumminen entfernt. Redmann rollte neben seiner Flügelfrau aus, stieß das Kanzeldach auf und stieg aus. Im Innern der Kanzel war es heiß, aber in der Nachmittagssonne Texas' war es noch heißer. Er warf den Fliegerhelm beiseite und griff unter die Jacke, um sicherzugehen, dass die 9mm Parabellum Walther P-38, die Udet ihm als Bestätigung ihrer Übereinkunft verehrt hatte, sicher im Schulterholster steckte. Die 960 Gramm waren ein beträchtliches Gewicht, aber er hatte sie ausprobiert und wusste, dass sie ebenso genau feuerte wie die vier Kaliber-.60-Geschütze seiner *Peacemaker*.

Bill Redmann wusste, worauf er sich verlassen konnte.

Rasputin kam herüber, sagte aber nichts, als sie Redmanns Haltung bemerkte. Sie setzte sich in den Schatten der Tragflächen und nahm ihre Pistole auseinander, um sich die Zeit zu vertreiben. Er wartete ungeduldig, bis der winzige, grellorangefarbene Punkt tief am Horizont auftauchte.

„Scourge ist hier", sagte er. „Zeit wird's."

Das grell bemalte Flugzeug, ursprünglich eine französische Marke, aber inzwischen so oft repariert, dass es unmöglich einem bestimmten Bautyp zuzuordnen war, rollte heran. Ein hoch aufgeschossener, rothaariger Bursche in einem unmöglichen, grün-gelb gemusterten Overall sprang aus dem Cockpit und schlenderte zu Redmann und Rasputin.

„Marshal", lachte er herzhaft. „Sie sind zu früh. Oder komme ich zu spät? Es ist so schwer, sich an Termine zu erinnern, wenn man so viel zu stehlen hat wie ich."

„Pirat", knurrte Rasputin.

„Allerliebste Cossack, wie geht es Ihnen?", fragte der Luftpirat und verbeugte sich tief in ihre Richtung. „Sie sind ein Fixpunkt in einem ansonsten chaotischen Universum."

„Genug geplaudert", unterbrach Redmann ihn grob. „Ich habe die Kennsignale, die uns an den Luftabwehrbatterien der Minen vorbei bringen. Wie viele Piloten können Sie an die Tafel bringen?"

„Ah, Marshal", bedauerte Scourge. „Zu schade, dass Ihre Goliad Squadron den Rangers treuer ergeben ist als Ihnen. Sie haben einige gute Piloten in Ihren Reihen ... auch wenn natürlich keiner von ihnen meinen Anforderungen entspricht."

„Wie viele?", fragte Redmann erneut. Er musste sich beherrschen, um nicht auf die Uhr zu schauen. Das hatte eine kurze Begegnung werden sollen, aber Scourge bestand jedes Mal auf zeitraubender Konversation. „Können Sie liefern, wenn ich den Befehl gebe?"

„Sie müssen immer den Befehl führen, was, Redmann?" Der Pirat legte den Kopf zur Seite. „Eines Tages wird das noch Ihr Tod werden. Sie sollten es nicht immer darauf anlegen, als erster durch die verschlossene Tür zu preschen. Überlassen Sie ab und zu auch mal anderen das Risiko."

„Wie viele?", wiederholte Redmann ärgerlich.

„Zweiundzwanzig der härtesten Luftpiraten weit und breit", prahlte Scourge. „Und zum richtigen Preis gehören sie alle Ihnen."

„Sie werden fürstlich belohnt werden." Redmann winkte Rasputin aufzustehen. „Sie wird Ihnen die Einzelheiten erläutern." Seine Flügelfrau zog ein kleines Päckchen mit Karten und anderen Papieren aus der Tasche, reichte es aber nicht sofort an Scourge weiter. „Ich muss fort."

„Warum so eilig, Marshal?", fragte „Scourge". „Ich habe eine gute Flasche Bourbon dabei, die ich mit Ihnen teilen will. Ich habe sie letzte Woche erst aus einem Dixie-Zeppelin mitgehen lassen."

Redmann verzichtete auf eine Antwort. Er kletterte zurück in seine Maschine, warf den Motor an und rollte los. Sie durften keine Zeit verlieren, und um den rothaarigen Piraten konnte Cossack sich kümmern. Scourge und seine Flieger waren nichts als ein Ablenkungsmanöver – Kanonenfutter, genauer gesagt. Sie waren seine ungeteilte Aufmerksamkeit nicht wert. Mit einem Donnergrollen und einer Fehlzündung des Motors zog er den Knüppel zurück und fühlte den starken Hub der Tragflächen, ein sicheres Zeichen für einen erfolgreichen Start.

„Und?", fragte „Scourge" Anna Rasputin.

„Und", erwiderte die narbengesichtige und trotzdem schöne Pilotin und schob das Päckchen Papiere in den Ausschnitt ihres halb geöffneten Overalls.

„Der Bourbon war für Redmann gedacht. Für Sie, meine liebreizende Cossack, habe ich eine Flasche feinsten Wodka. Auf Eis. Was haben Sie für mich?"

„Schmerz", antwortete sie, und trat näher. „Oder vielleicht, Vergnügen." Ihre Lippen trafen sich, und sie sanken im Schatten ihres Flugzeugs auf den Boden. Der Wodka war fürs Erste vergessen.

* * *

Bill Redmann hielt sich tief, bis er die Wolken sah. Er stieg schnell aufwärts, bis der weiße Dunst ihn einhüllte, dann wendete er scharf und stieß genau auf Ostkurs zurück ins Freie, über den Ebenen Oklahomas. Er reckte den Hals und suchte nach den Markierungen, dann fand er sie endlich außerhalb von Elk City. Auf einem dürren, vor Hitze aufgerissenen Acker stand ein Flugzeug, das er sehr gut kannte, ein moderner IL-2 *Stormovik*-Sturzkampfbomber. Er hatte eine Crew von zwei Mann. Normalerweise. Heute lehnte nur eine Person am Fahrgestell und wartete. Redmann verlor keine Zeit und landete auf der Stelle.

„Du hast dir reichlich Zeit gelassen, hier aufzutauchen, Bill", wies die Schönheit ihn zurecht. Sie hatte etwa von seine Größe, erheblich kleiner als Rasputin, aber Xenon, Xenon die Eroberin, wie ihre Söldner sie respektvoll nannten, stand seiner Flügelfrau an Schönheit in nichts nach. Ihr langes blondes Haar wurde von keinem Helm gebändigt. Xenon zog es vor, im Cockpit nur eine Schutzbrille mit dreieckigen

Gläsern zu tragen. Irgendwie schaffte sie es, ihre prachtvolle Mähne trotzdem gepflegt zu halten. Das war nur eines der sie umgebenden Geheimnisse, die Redmann so anzogen.

„Wo ist dein Heckschütze?", fragte er.

„Lars? Er hatte eine heiße Verabredung in Oklahoma City. Wer bin ich denn, dass ich meiner Crew die Liebesabenteuer verderbe?"

„Ja, wer bist du eigentlich?", fragte er, und das Herz hämmerte ihm in der Brust, als er sie anstarrte. Er versuchte sich zu beherrschen. Scourge hatte er vom ersten Moment an geplant zu hintergehen, aber Xenon war von anderem Kaliber. Mit ihr an seiner Seite würde er die Welt erobern können. Ganz sicher konnten sie Nordamerika wieder vereinigen ... unter ihrer Herrschaft.

„Dieses Treffen war deine Idee, Bill", stellte sie fest. Ihre Stimme war ein seidiges Schnurren. Xenon bewegte sich wie eine Dschungelkatze, mit einer flüssigen Eleganz, die es fast unmöglich scheinen ließ, dass ihr Körper feste Knochen enthielt. Sie trat lautlos näher an ihn heran. Er konnte ihr Parfüm riechen, vermischt mit Öl und Flugbenzin. Die Kombination des teuren französischen Duftwassers und der vertrauten Flugzeugatmosphäre brachten seinen Puls erst recht zum rasen.

„Ich habe ein Angebot für dich", sagte er.

„Das trifft sich gut", hauchte sie und lächelte lüstern. Ihre Arme legten sich um seinen Hals und zogen sein Gesicht näher. „Ich habe nämlich auch eines für dich."

# KAPITEL VIER
## HELIUM-DIEBE

Houston Travis biss die Zähne zusammen, als er die Maschine in den Sturzflug drückte und mit allen vier Kaliber-.50-Maschinengewehren das Feuer eröffnete. Er hielt die 37mm-Kanone in Reserve, bis er ein besseres Schussfeld auf die Gondel des Zeppelins hatte. Von oben sah er nur eine weite Tuchfläche, die glatt über das starre Innenskelett gespannt war. Der Zustand der Stoffhülle war erschreckend, und selbst wenn diese Piraten eine der tödlichen fliegenden Festungen ihr eigen nannten, konnten sie nicht sonderlich erfolgreich sein. Möglicherweise hatten sie das Luftschiff in den ISA gestohlen. Oder sogar noch weiter östlich, aber eines war sicher, die Piraten hatten es verkommen lassen.

Travis stürzte sich hinab. Der Andruck presste ihn in die Sitzpolster. Seine Kanonen hämmerten ein tödliches Stakkato und jagten Stahlmantelgeschosse in die Gashülle der Zigarre. Er grinste begeistert über die Vernichtung, die er anrichtete. Indem er von oben angriff, war er sicher vor der furchtbaren Zerstörungsgewalt der Luftschiffsgeschütze. Er konnte den Zeppelin sogar ausschalten und zu Boden zwingen und die gesamte Besatzung gefangen nehmen.

Aus dem Augenwinkel sah er „Marshal" Redmann in direkter Linie auf den gasgefüllten Giganten zusteuern. Eine Million Gedankensplitter zuckten ihm durch den Kopf. Redmann war auf einem Selbstmordkurs, es sei denn…

Travis zerrte den Knüppel hart zurück und brach den Angriff ab, einen Pulsschlag, bevor das Luftschiff in einer blendend grellen Explosion auseinander flog. Die Druckwelle und der auflodernde Wasserstoff schleuderten die *Kingcobra* umher wie ein Blatt im Sturm. Wieder und wieder überschlug sie sich, war völlig außer Kontrolle. Vor seinen Augen drehte sich alles. Er hatte nicht die leiseste Ahnung, wo unten und wo oben war.

Sein einziger Anhaltspunkt war die immer höher steigende Fontäne aus brennendem Wasserstoff. Ihr Vorbeidonnern jeden Sekundenbruchteil gab Travis eine Vorstellung davon, wo „oben“ war. Er kämpfte mit dem Knüppel und versuchte, zu steigen. Der Andruck nahm zu, und sein Sichtfeld kollabierte zu einem engen, schwarzen Tunnel.

„Nicht ohnmächtig werden. Nicht. Nicht“, krächzte er, während er mit dem Knüppel rang. Das Blut entwich seinem Kopf, und er verlor für ein paar Sekunden das Bewusstsein. Als er wieder zu sich kam, sah er, dass die Nase der Maschine senkrecht auf den Boden zeigte, auf den er mit enormer Geschwindigkeit zu raste. Er riss den Knüppel zurück. Die Luft zerrte an der Maschine. Metall kreischte protestierend. Travis fürchtete, beide Tragflächen müssten abreißen. Dann fühlte er den Druck nachlassen. Er brauste flach über den Boden, keine fünfzig Fuß hoch.

Er musste abdrehen, um nicht gegen einen hohen Baum zu prallen, vermutlich den einzigen im Texas Panhandle. Dann bemühte er sich, festzustellen, wo genau er eigentlich war. Die extreme Hitze der Explosion hatte das Plexiglas geschmolzen. Stellenweise hatte es Blasen geworfen und war von handtellergroßen dunkelbraunen Flecken bedeckt. Langsam wurde ihm klar, dass das nicht sein einziges Problem war. Der Motor seiner Maschine spuckte und hustete, und er verlor Geschwindigkeit.

„Coffee, hörst du mich?“, brüllte er ins Funkmikro. Stille. Nicht einmal Rauschen. Die Explosion hatte mehr als nur die Frontscheibe und den größten Teil der Tragflächen zerstört. Travis kämpfte den fliegenden Backstein auf den Boden. Im letzten Moment verfing sich das Vorderrad in einem Präriehundloch, und die Maschine überschlug sich in einem riesigen silbernen Salto.

Der Aufprall raubte ihm das Bewusstsein. Als er wieder zu sich kam, hing er kopfüber in den Gurten. Travis bemühte sich, sich aus ihrem Griff zu befreien, dann stieß er die zerschmolzene, geborstene Frontscheibe aus dem Rahmen und ließ sich durch die Öffnung fallen. Als er über den Boden rollte, war ihm klar, dass es nur einen Grund geben konnte, warum das Flugzeug bei der Bruchlandung kein Feuer gefangen hatte: die Tanks waren leer.

Er schleppte sich davon. Unterwegs fiel seine zerfetzte Flugmontur stückweise von ihm ab. Die Sonne brannte vom Himmel, wenn sie hinter dunkelgrauen Wolken auftauchte, die Regen versprachen, ohne ihr Versprechen wahr zu machen. Travis sank auf die Knie und wischte sich mit dem weißen Seidenschal Schweiß, Blut und Dreck aus dem Gesicht.

Über sich hörte er das Motorengeräusch eines Flugzeugs, das dringend eine Wartung benötigte. Travis drehte sich um und winkte, als er „Coffee" Hayes erkannte. Alle Raketen seines Flügelmanns waren verschwunden. Abgefeuert? Und seine *Kingcobra* schien noch mehr Reparaturen zu benötigen als die, die Travis so nachdrücklich in die Landschaft gesetzt hatte.

„Wie hältst du das Ding in der Luft?", schrie er. „Und was kümmert es mich? Hol mich ab!" Er winkte mit dem Schal, bis Coffee zur Antwort mit den Tragflächen wackelte. Travis sah sich nach einem geeigneten Landeplatz um, dann gefror ihm das Blut in den Adern, als er einen tieferen Motor brummen hörte. Regelmäßig. Stark.

„Was ist los, Coffee?", rief er, als ob sein Flügelmann ihn hätte hören können. Er hob schützend die Hand über die Augen und sah eine Jägerstaffel schnell hinter Coffee anfliegen, mit Maschinen, wie er sie noch nie vorher gesehen hatte. Travis war klar, dass er und sein Partner in bösen Schwierigkeiten steckten.

Die geheimnisvolle Staffel eröffnete das Feuer auf Coffees Flugzeug und trieb ihn weg. Coffee hielt sich dicht über dem Boden, und nutzte, was er in Caprock County an Erhebungen finden konnte, um vor den Angreifern in Deckung zu gehen.

Eines der seltsamen Flugzeuge sauste vorbei und bot Travis einen guten Blick auf seine schlanken Linien und fortschrittlich aerodynamische Bauweise. Es hatte Geschütze in beiden

Tragflächen und am Rumpf in der Nähe des Cockpits. Das deutete auf beachtliche Feuerkraft hin. Aber die nutzte nichts, wenn dem Pilot die nötige Erfahrung fehlte, sie richtig einzusetzen. Leider konnte Travis daran, wie sie Coffee hetzten, mit einem Blick erkennen, dass sie es mit Veteranen zu tun hatten.

Er zog seinen Colt .44 und suchte nach einem Versteck. Geschichten über Bill Redmann, der hilflos am Boden flüchtende Piloten aus der Luft niedermähte, gingen ihm durch den Kopf. Aber das waren nicht Redmanns Flieger.

Er hechtete in einen Hohlweg, als die vorderste Maschine nur wenige Fuß über dem Boden zurückkehrte. Das Bienenkorbemblem war frisch aufgemalt, und er erkannte es nicht. Er hätte die Maschinen für Piraten oder Söldner auf der Jagd halten können, aber sie trugen alle dieselben Insignien, und ihre Jäger waren praktisch identisch. Das deutete auf offizielle Streitkräfte hin.

Travis zielte mit dem Colt auf das Flugzeug, als es über ihm kreiste, aber dann ließ er sich zurücksinken und wartete. Jetzt Widerstand zu leisten, wäre sinnlos gewesen. Der Pilot landete und rollte heran. Dabei hielt er die Nase der Maschine auf Travis gerichtet, um mit voller Feuerkraft zuschlagen zu können, sollte es nötig sein. Travis stand auf und hob die Hände.

„Ich gebe auf", rief er. Der Pilot kletterte aus dem Cockpit, Waffen in beiden Händen. „Wem genau ergebe ich mich?"

Der Pilot kam näher. Ein Lächeln trat auf Travis' Lippen. An der Art, wie der Flieger ging, erkannte er, dass er es mit einer Frau zu tun hatte. Als sie den Helm nach hinten schob und den Schal herabzog, der ihre Clara-Bow-Lippen bedeckte, wurde aus dem Lächeln ein Grinsen. Sie war noch hübscher als das It-Girl persönlich.

„Wie heißen Sie?", fragte sie. Beide Revolver zielten stetig auf ihn.

„Houston Travis, Republic of Texas Air Rangers", antwortete er. „Und wer sind Sie?"

Sie versteifte sich. „Ich stelle hier die Fragen. Waren Sie zum Schutz der Heliumminen abgestellt?“

„Sie sind Heliumräuber?“ Das erstaunte ihn. Heruntergekommene Piraten in gestohlenen Luftschiffen, das verstand er, sogar Söldner in einer schnellen Überfallaktion, aber diese Frau sah nach Berufsmilitär aus.

Er musterte sie genauer. Das honigblonde Haar war nach hinten gezogen und zu einem Zopf geflochten, der ihr über die Schulter hing. Leuchtend grüne Augen, denen keine Kleinigkeit entging, bohrten sich in seine. Starke Hände hielten zwei Sechsschüsser. Er hatte keinen Grund zur Annahme, dass sie nicht hervorragend damit umgehen konnte. Alles an ihr strahlte Selbstbewusstsein und Können aus. Und Schönheit.

„Sie waren bei Bill Redmanns Goliad Squadron“, erklärte sie und spie den Namen fast aus.

„Mein Flügelmann und ich haben einen Piratenzeppelin angegriffen“, stellte er fest und wurde ernst. Travis hatte keinen Zweifel, dass Redmann die Brandmunition absichtlich auf den wasserstoffgefüllten Zeppelin abgefeuert hatte …, um ihn zusammen mit den Piraten umzubringen. Das bedeutete, Redmann musste herausgefunden haben, dass Hayes und er mehr waren als einfache Rekruten.

„Meine Flieger werden Ihren Mann inzwischen haben“, behauptete sie zuversichtlich.

„Coffee ist ein erstklassiger Pilot. Ihre Leute müssten schon verdammt gut sein, um ihn abzuschießen.“

Sie versteifte sich. „Fluchen Sie nicht.“

„Bitte um Verzeihung, Ma'am“, entschuldigte er sich. „Es war ein harter Tag. Ich bin es normalerweise nicht gewohnt, so abgeschossen zu werden. Nicht, dass ich wirklich abgeschossen worden wäre. Es war mehr so, dass die alte Maschine den Geist aufgegeben hat.“

„Sagen Sie mir, was Sie über die Luftverteidigung um die Minen wissen. Ich weiß, dass Trout moderne Flakgeschütze besitzt. Wie kommt man daran vorbei?“

„Mit Kennsignalen, die ich nicht kenne", antwortete Travis. „Wie wollen Sie mit denen Helium aus den Minen schaffen?" Er deutete auf ihr Flugzeug. „Das ist ein hübscher kleiner Korsar, aber er hat nicht die Tanks für einen Raubzug."

„Wir sind keine Piraten!", fauchte sie. „Wir sind Lämmer Gottes!"

Allmählich fragte Travis sich, wie viele Überraschungen ihm heute wohl noch bevorstanden. „Sie sind Mormonen?", fragte er. „Ich habe nicht gewusst, dass Sie so flinke Maschinen haben."

„Wer wir sind und was wir an den Minen planen, geht Sie nichts an", schnappte sie.

„Das tut es sehr wohl, falls ich ein Kriegsgefangener bin", erklärte Travis. „Hat irgendeine Utah-Enklave der Republik Texas den Krieg erklärt?"

Sie hob eine Waffe und winkte. Ein zweites Flugzeug ihrer Staffel landete und rollte heran. Sie unterhielt sich schnell mit dem Piloten, vermutlich ihrem Flügelmann, während sie Travis mit einem smaragdgrünen Auge im Blick behielt.

„Aber Sarah, wir können niemanden gefangen nehmen. Wo sollen wir ihn lassen?", protestierte der junge Mann, als er aus dem Cockpit kletterte.

„‚Captain Young' heißt das", korrigierte sie ihn in eisigem Ton.

„Du bist meine Schwester, verdammt!"

„Du sollst nicht fluchen, Zeke!"

Der kurze Streit ließ Sarahs Revolver einen Hauch zur Seite driften. Travis schlug ihr blitzartig die Waffen aus den Händen und stieß sie hart zu Boden. Bevor ihr Bruder reagieren konnte, versetzte er dem Mann eine schnelle Gerade in den Magen, die ihn zusammenklappen ließ wie ein Taschenmesser. Ohne langsamer zu werden, sprang Travis auf die Tragfläche und von dort ins Cockpit.

„So viel anders wird ein Mormonenflugzeug auch nicht sein", murmelte er. Die meisten Kontrollen wirkten vertraut genug. Er warf den Motor an, sicher, dass er auch in der Luft noch herausfinden konnte, wozu die unbekannten Instrumente dienten.

Eine Kugel schlug neben seinem Kopf durch die Frontscheibe. Travis hob die Hand und grüßte Sarah Young, als er an ihr vorbei donnerte und in dem leichtgängigen Jäger schnell an Höhe gewann. Sie war eine gute Schützin.

„Dieses Baby muss einen 1500-PS-Motor haben", staunte er. Travis ging schnell die Kontrollen durch, fand die Raketenschalter und den Feuerknopf für die Maschinengewehre an den Tragflächen. Die Bugkanone ignorierte er.

„Wo könntest du stecken, Coffee?", fragte er sich laut, als er kreisend höher stieg. Aber alle Gedanken an seinen Flügelmann verflogen, als er Sarahs Maschine hinter sich sah. Wenn er nach rechts schwenkte, würde er durch ihr Schussfeld ziehen. Er musste weiter entgegen dem Uhrzeigersinn kreisen, während er höher kletterte, bis er eine Höhe erreichte, in der er freier manövrieren konnte.

Sie saß ihm dicht im Nacken, und ihre Kanonen hämmerten einen mörderischen Rhythmus. Eine Salve kostete ihn einen Teil des Seitenruders und machte die Maschine schwerfälliger. Er gab vollen Schub. Sarah gab keinen Fingerbreit nach.

„Wenn du es so willst", stieß er aus. „Du bist zwar wirklich hübsch, aber allmählich wirst du echt lästig." Er zog abrupt hoch und stellte die Maschine senkrecht in die Luft. Es fühlte sich an, als hätte er sie in eine Mauer geflogen ... und das Manöver funktionierte. Sarahs Maschine zuckte vorbei. Travis senkte die Nase und beschleunigte wieder, bis er genau hinter ihr hing.

„Tut mir wirklich leid, Lady, aber..." Travis feuerte drei kurze Feuerstöße ab. Der Letzte zertrümmerte ihr die Höhenruder, und die Maschine trudelte gefährlich ab.

Er tastete nach dem Mikrophon und bellte hinein: „Steigen Sie aus! Sie können sie nicht mehr halten!" Travis bezweifelte, dass Sarah ihn hörte. Er war sich nicht einmal sicher, ob er das Funkgerät eingeschaltet hatte, aber sie stieß das Kanzeldach auf und sprang aus dem unkontrolliert durch die Luft wirbelnden Flugzeug.

Er kreiste, während sie am Fallschirm zur Erde sank. Ihre deutliche Wut gefiel ihm zwar nicht, aber trotzdem bot Sarah Young einen prächtigen Anblick, wie sie so in den Fallschirmgurten hin und her schwang.

Dann formten ihre Lippen Worte, die Travis abrupt in die Gegenwart zurück rissen.

„Holt ihn euch!", hatte sie geschrien.

Houston Travis wirbelte herum, schaute nach links und rechts. Sarahs restliche Staffel griff ihn an. Acht Maschinen, und alle hatten es darauf abgesehen, ihn für den Abschuss ihrer Kommandeurin zu durchlöchern.

Leuchtspurmunition flammte blutrot auf und verriet die tödliche Präzision der Stahlmantelgeschosse zwischen den Leuchtkugeln. Wohin Travis sich auch wendete, gleichgültig ob er wegtauchte oder kletterte. Die Lämmer Gottes gingen in Stellung für ein Blutopfer.

# KAPITEL FÜNF
## DOPPELTER VERRAT

Bill Redmann ging ein warmer Schauder durch den Leib, als er sich an sein allzu kurzes Abenteuer mit Xenon erinnerte. Sie war die perfekte Frau: grausam, wenn es sein musste, sanft, wenn die Situation es erforderte. Anna Rasputin war eine unglaubliche Flügelfrau, gleichzeitig fähig und skrupellos, aber Xenon war ihm in jeder Hinsicht gleichwertig.

Als die Erinnerung an die absolute Skrupellosigkeit seiner Flügelfrau ihm durch den Kopf ging, fragte Redmann sich unwillkürlich, warum sie immer noch am Boden bei dem verlassenen Hangar war, wo er sie mit diesem jämmerlichen Luftpiraten zurückgelassen hatte. Redmann legte die *Peacemaker* auf die Seite und kreiste über dem Feld, um sich zu vergewissern, dass alles in Ordnung war. Er wollte nicht in eine Falle tapsen, wenn er so kurz davor stand, die Macht in die Hände zu bekommen, nach der er suchte.

Als er keine Hinweise auf Schwierigkeiten am Boden sah, machte Redmann sich klar, dass Rasputin sich möglicherweise nur vergnügte. Er wusste, wie schwer es ihr fiel, einen Partner zu finden, der ihre ausgefallenen Wünsche teilte. Redmann lachte grob, zog die Maschine durch eine Rolle und landete. Er ließ den Jäger neben dem *Peacemaker* seiner Flügelfrau ausrollen. Anna Rasputin saß im Schatten des verwitterten Hangars. Als er aus dem Cockpit stieg, stand sie auf. Sie bewegte sich wie eine drohend geschmeidige Schlange über die Prärie.

„Der Rest des Geschwaders ist auf Streife", meldete Cossack, bevor Redmann fragen konnte, was sie aufgehalten hatte. Heißer Wind wehte aus Amarillo herüber und trug den beißenden Geruch abgefackelten Erdgases mit sich, das in den Minen abgefackelt wurde, um an das kostbare Helium zu gelangen. Aber für Redmann war es nicht der Gestank brennender Kohlenwasserstoffe. Es war der Duft von Geld und Macht.

„Gibt es Schwierigkeiten mit deiner Maschine?", fragte er. „Warum bist du nicht auf Streife?"

Redmann beobachtete Cossacks Züge genau, aber sie zeigte keinerlei Unbehagen bei der Frage und antwortete sofort.

„Benzinmangel. Irgendwo ist eine undichte Stelle im Tank. Wenn ich weiter auf Streife fliege, habe ich nachher möglicherweise nicht genug Treibstoff für die … wahre Mission", erklärte sie delikat, dann grinste sie wie eine Wildkatze beim Anblick einer Maus.

„Gibt's hier irgendwelche Kanister?", fragte er und schaute sich auf dem verlassenen Flugfeld um. „Ich kann dir etwas aus meinem Tank ablassen."

„Es wird reichen", erwiderte Rasputin. „Fliegen wir." Sie schloss den Reißverschluss ihres Overalls und ging zu ihrer Maschine. Redmann beobachtete Cossack, als sie geschmeidig in ihr Cockpit stieg. Wie verschieden sie und Xenon waren, wie schwarzes Eis und blondes Feuer. Er kletterte auf die Tragfläche seiner *Peacemaker* und schwang sich in die Kanzel. Dann warf er den Motor an und drehte die Maschine in Position, um über die von Schlaglöchern übersäte Startbahn aufzusteigen. Cossack rollte rechts neben ihn und hob den Daumen.

Es wurde Zeit, abzuräumen ... und märchenhaft reich zu werden.

* * *

Fünfzehnhundert Fuß über der Prärie musterte Redmann die Verteidigungsanlagen, die Trout um seine Minen aufgebaut hatte, und nickte langsam. Sein kalter, analytischer Verstand erarbeitete die beste Methode, das Gelände anzugreifen und zu besetzen. Trout hatte eine Menge Geld in Flugabwehrkanonen investiert, aber die würde Redmann neutralisieren, indem er „Scourge" vorschickte, um das Sperrfeuer abzulenken und ihre Munition aufzubrauchen. Wenn die Luftpiraten dezimiert und Trouts Verteidigung ausgeschaltet war, würden ein paar Piloten seines Geschwaders, bei denen er darauf vertrauen konnte, dass sie sich, vor die Wahl gestellt, nicht für die Republik entscheiden würden, sondern für ihn, zum Todesstoß ansetzen. Das komplexe Flugschema, das er dafür ausgearbeitet hatte, würde verhindern, dass einer seiner Leute abgeschossen wurde ... falls Trouts Verteidiger noch Munition hatten. Dann würde er die weltgrößte Heliumproduktion in Besitz nehmen und die Bedingungen diktieren! Falls Scourge es irgendwie überlebte, umso besser. Redmann würde den Luftpiraten mit den Kanonen seiner Leute zerblasen. So oder so würde der Texas-Millionär seine Minen verlieren, und möglicherweise auch noch das Leben, sollte er dumm genug sein, nicht rechtzeitig zu flüchten.

„Die Abwehranlagen, Marshal, sehen Sie das?", kam Cossacks angespannte Stimme über Funk. Redmann drehte leicht bei, um die Flakstellungen und die an Schildkröten erinnernden Panzer in Sicht zu bringen, die Trout außerhalb der Anlage patrouillieren ließ. Als er herumkam, runzelte er die Stirn. Im ersten Moment wusste er nicht, was los war. Dann sah er es.

„Dieser Trottel!", schrie er. „Scourge greift an, bevor ich ihm das Zeichen gegeben habe!"

„Das ist nicht Scourge", stellte Rasputin fest. „Der hat keine Bodentruppen. Er ist ein Luftpirat, Marshal."

Redmann fluchte lang und breit. Cossack hatte Recht. Scourge hatte möglicherweise einen speziellen Stoßtrupp für Infiltrations- und Sabotageeinsätze, aber das dort unten waren keine Guerilleros, die Bomben platzieren wollten. Das waren Bodentruppen. Mit Panzern und Artillerie. Er wendete und senkte die Nase seiner Maschine. Die *Peacemaker* bockte, als er das Feuer auf die Soldaten eröffnete. Augenblicklich schlug ihm vom Boden schweres Abwehrfeuer entgegen. Redmann brach den Angriff ab und kletterte höher, außer Reichweite der Kaliber-.50-Maschinengewehre, die unter ihm knatterten.

„Wer ist das?", brüllte er außer sich vor Zorn. „Diese Idioten ruinieren meine Planung!" Er strich mit dem Daumen über den Schalter, der sein Funkgerät auf die mit Scourge vereinbarte Frequenz schalten würde. Sollte er den Piraten jetzt schon gegen diese Invasoren in den Kampf werfen, diese möglichen Usurpatoren seiner Macht? Falls ja, würde Trout sehen, wie Luftpiraten gemeinsame Sache mit der Goliad Squadron machten.

Mit einem unterdrückten Fluchen schaltete Redmann auf die allgemeine Befehlsfrequenz. „Sofort zu den Heliumminen zurückkehren", bellte er seine Flieger an. „Die Minen werden vom Boden aus angegriffen. Greift die Truppen an und jagt sie weg!"

Er klappte die Höhenruder ein und stürzte sich mit hämmernden Kanonen auf die Angreifer. Eine bösartige Befriedigung durchlief ihn, als ein Nachschublaster das Opfer seiner schweren MG-Salven wurde. Ein paar Kugeln schlugen durch mit Tarnmuster bedrucktes Segeltuch, dann musste Redmann kämpfen, um die Kontrolle über die *Peacemaker* nicht zu verlieren, als der Laster wie ein feuerspeiender Vulkan explodierte. Redmann hatte einen Munitionstransporter in die Luft gejagt, und jetzt hatte er Mühe, den Schwärmen glühenden Bleis auszuweichen, die himmelwärts schlugen. Seine linke Tragfläche wurde von den wild umherschwirrenden Kugeln getroffen, dann war er aus der Gefahrenzone und stieg steil aufwärts. Aus dem Augenwinkel sah er Cossack zu einem neuen Angriff einschwenken. Sie hatte das Schlimmste des Bleigewitters verpasst, dass er ausgelöst hatte.

Redmann kreiste und sah den Rest seines Geschwaders von der Scheinmission zurückkehren, auf die er sie geschickt hatte. Sie stürzten sich auf die Bodentruppen und gaben Redmann Gelegenheit, seine Taktik zu überdenken, nachdem die Angreifer dort unten seine ursprüngliche Planung zunichte gemacht hatten. Wenn es darum ging, Pläne zu schmieden, war „Marshal" Bill Redmann flexibel.

Langsam kreiste er hoch über der Schlacht und ließ das Bild auf sich wirken. Trouts Männer erwiderten jetzt das Feuer. Die schweren Kanonen spien mit jeder Sechs-Zoll-Granate dichte weiße Qualmwolken. Die leichteren Kanonen, hauptsächlich MGs, knatterten in der Ferne und verrieten Redmann, dass die Armee aus mehreren Richtungen angriff. Konnte er das zu seinem Vorteil wenden?

„Ich gehe runter, um mir das näher anzusehen", gab er an seine Flügelfrau durch. Cossack folgte ihm. Er war sich nicht sicher, ob er sie dabei haben wollte – zu zweit zogen sie möglicherweise Abwehrfeuer auf sich, das ein einzelnes Flugzeug vermeiden konnte –, aber er sagte nichts, als sie immer noch kreisend tiefer sanken. Scourge würde inzwischen Blut schwitzen und sich fragen, ob Redmann ihn verraten hatte. Marshal verzichtete darauf, sich mit dem Luftpiraten in Verbindung zu setzen, bis er sah, wie sich der Kampf unter ihm entwickelte. Falls die Angreifer gewannen, würde er Scourge gegen sie in Marsch setzen, aber es würde schwieriger sein, sie zu besiegen. Die Armee würde auf einen Gegenangriff vorbereitet sein, und was noch schlimmer war, Redmann hatte keine Ahnung, welche Möglichkeiten sie hatte.

„Was machen wir? Fordern wir ... Unterstützung an?", fragte Cossack verschlüsselt. „Das könnte gefährlich für ihn werden."

„Sieh dich vor, Cossack", schnappte Redmann. „Jemand könnte diesen Kanal abhören." Die scharfen Augen des Marshals strichen über den Zangenangriff, der sich unter ihnen abspielte. Es war ein bestens geplanter Vorstoß, der die Hohlwege und leichten Anhöhen der ansonsten flachen Prärie des Llano Estacado geschickt ausnutzte. Und dort unten tummelten sich mehr Soldaten, als er ursprünglich gedacht hatte.

Wer war der unverschämte Kommandeur, der versuchte, sich den Preis zu holen, den Redmann für sich beanspruchte?

„Runter", befahl er. „Wir haben noch eine Menge Kampf vor uns, bevor wir Unterstützung anfordern." Redmann feuerte, bis einer seiner MG-Läufe schmolz. Ein anderes Geschütz blockierte. Ein drittes schepperte ominös und schickte ein hartes Rütteln durch den Metallrahmen, wenn es das Ende eines Munitionsgurts erreichte. Cossack hatte dieselben Probleme mit der Munition, aber sie kämpften lange und gut, und sie töteten Dutzende Infanteristen.

Marshal und Cossack kreisten am Rande der Vernichtungsorgie, in Maschinen, die löchrig waren wie Schweizer Käse, und fast ohne Munition. All seinen Fliegern ging es ähnlich. Das bedeutete, er konnte Scourge nicht rufen. Die Piratenkräfte wären zu frisch, intakt und vollbestückt gewesen, als dass er sie nach Abschluss des Angriffs hätte eliminieren können. Redmann fluchte und erledigte mit einer Explosivrakete einen kleinen Panzer, der sich über die unebene Prärie wälzte. Was sollte er jetzt machen? Abdrehen, sich auf einem Air-Rangers-Feld neue Munition besorgen und in der Hoffnung zurückkehren, dass Trouts Verteidigung bis dahin durchhielt? Oder versuchen, die Armee aufzuhalten, bevor sein ganzes

Geschwader zum hilflosen Zuschauen verdammt wurde … oder starb?

Er brauchte nur einen Moment, sich zu entscheiden.

„Noch einmal!", brüllte er seinen Leuten zu. „Noch einen Angriff. Haltet nichts zurück diesmal. Fegt die Hurensöhne vom Angesicht der Erde!"

Sein Motor heulte auf, als er zum nächsten Angriff ansetzte.

# KAPITEL SECHS
## Los Dos Muertos

Houston Travis schaute sich verzweifelt um, suchte nach einer Möglichkeit, dem Tod von der Schippe zu springen. Wohin er auch blickte, er sah die Jäger der Lämmer Gottes. Die Flugzeuge waren bizarr, aber sie waren wendig … und genau das war das Problem. Travis hielt sich für den besseren Piloten, aber seine Gegner kannten die Möglichkeiten der Maschinen. Er hatte nicht die Muße, zu lernen, welche Besonderheiten dieser Flugzeugtyp hatte.

„Das gefällt mir ganz und gar nicht", sagte er, als ihm eine der Maschinen unters Fadenkreuz wanderte, und sein Finger den Feuerknopf suchte. Er gab einen kurzen Feuerstoß ab, genug, um die Maschine aus dem Gefecht zu werfen ohne den Piloten umzubringen. Zumindest hoffte Travis das, da er nichts gegen den Flieger hatte. Aber das Flugzeug explodierte in einem brodelnden Feuerball und wurde in der Luft zerfetzt, als seine Salve durch einen Benzintank und in ein Munitionslager im Mittelrumpf schlug. Travis zog hart zur Seite, um der Explosion und den in alle Richtungen davongeschleuderten Trümmern auszuweichen. Das konnte der Pilot unmöglich überlebt haben.

Aber Travis verlor keine Zeit damit, sich Sorgen um den gegnerischen Piloten zu machen. Er war zu sehr damit beschäftigt, sein eigenes Leben zu retten. Er rollte, tauchte ab, wirbelte nach Steuerbord, nach Backbord … was er auch tat, er konnte die beiden Lämmer Gottes nicht abschütteln, die ihm am Heck klebten. Ab und zu schlug irgendwo hinter ihm mit dumpfem Knall eine Kugel ein. Wie lange konnte die Maschine diese Misshandlung noch durchhalten, bevor sie abstürzte?

Selbst diese Frage verblasste, als Travis bemerkte, dass ihm die Munition ausgegangen war. Er versuchte ein MG nach dem anderen. Alle waren leer.

Wenn er seine Gegner nicht ausmanövrieren oder niederkämpfen konnte, blieb ihm nur noch eine Alternative. Flüchten! So schnell er konnte!

Travis' einziger Vorteil war die Tatsache, dass er das Gelände kannte. Er drehte nach rechts, dann kippte er hart nach links und steuerte auf schnellstem Weg den Palo Duro Canyon an, ein unwahrscheinliches Loch im Boden, das es an Steilheit der Wände, wenn auch nicht an Tiefe, mit dem Grand Canyon aufnehmen konnte. Der einzige wirkliche Unterschied zwischen den beiden Schluchten, den Travis wahrnahm, lag darin, wie flach die Felsklippe oberhalb des Palo Duro war, und wie abrupt er zum Boden des Canyons abfiel. Der Grand Canyon verriet sein Geheimnis bereits, bevor man in seine nebelverhangenen Tiefen schaute. Der Palo Duro Canyon nicht.

Plötzlich stürzte der eintönig flache Boden unter seinen Tragflächen sechshundert Fuß tief ab.

Travis tauchte ab und schwang herum, folgte den Windungen des felsigen Risses im Boden des Estacado. Während er sich durch die Schlucht schlängelte, sah er, dass die Lämmer Gottes den Einbruch überflogen hatten und in die plötzlichen, tödlichen Aufwinde geraten waren, die den Canyon berüchtigt machten. Mit etwas Glück würde sie das zehn Minuten beschäftigt halten, auch wenn Travis es eher bezweifelte, dass Piloten ihres Kalibers solange brauchten, der Luftströmungen über der Schlucht Herr zu werden. Aber er konnte zumindest hoffen. Nach allem, was ihm heute schon widerfahren war, hatte er etwas Glück verdient. Er wedelte knapp über dem Boden des Canyons erst zur einen, dann zur anderen Seite und sah zu, dass er die feindliche Staffel so weit wie möglich hinter sich ließ.

Warum waren sie überhaupt hinter ihm her? Er lächelte, als er sich daran erinnerte, was für eine Schönheit Sarah Young war – und dazu noch eine erstklassige Pilotin. Aber was machte eine Staffel aus einem winzigen Utaher Freistaat hier im Panhandle? Waren sie die Invasionsstreitmacht, zu deren Abwehr Bill Redmann hierher geschickt worden war, ohne es zu ahnen?

„Zu viele freilaufende Fragen, und keine Möglichkeit, sie einzusammeln und zu markieren", murrte Travis. Er machte sich daran, die unvertraute Instrumententafel zu enträtseln. Es dauerte ein paar Minuten, aber er fand die wichtigen Anzeigen. Was ihn erstaunte, war die Tankanzeige. Er klopfte zweimal darauf, um sich zu vergewissern, dass sie nicht fehlerhaft war. Trotz des wilden Luftgefechts war der Tank noch fast halbvoll. Mit einer derartigen Reichweite konnten die Jäger in Salt Lake City starten, nach Amarillo fliegen, kämpfen und möglicherweise sogar nach Hause zurückkehren, ohne zwischendurch auftanken zu müssen. Er wünschte sich, seine inzwischen schrottreife *Kingcobra* hätte eine derartige Reichweite und Beweglichkeit besessen.

„Zeit, mich daheim zu melden", stellte er fest, zog am westlichen Ende des Palo Duro Canyons hoch und stieg auf eine komfortable Flughöhe. Er sah keine Spur der Lämmer Gottes, also wechselte er die Frequenz und sprach hastig ins Mikro. „Mutterhenne, hier ist dein vermisstes Küken. Ende."

Er bekam keine Antwort. Travis verbrachte mehrere Minuten damit, an den Knöpfen zu drehen, bis er eine vertraute Stimme hörte. Er hatte seinen Kontaktmann auf Randolph Field erreicht.

„Haben eine Invasionsstreitmacht, Boden und Luft, nahe der Heliumminen entdeckt", meldete er. „Es sind Lämmer Gottes, und sie wirken entschlossen. Rate zu Unterstützung für Goliad Squadron … reichlich Unterstützung." Auch wenn Redmann ihn verraten hatte, der Rest der Männer in seinem Geschwader verdiente, dass man ihnen zu Hilfe kam.

„Vermisstes Küken, hier ist die Mutterhenne", erreichte ihn die leise Antwort. „Wir haben Probleme. Die Franzosen haben ein halbes Dutzend Staffeln gegen Dallas in Marsch gesetzt und bringen möglicherweise ein Bataillon der Fremdenlegion in Stellung. Wir können uns erst um Amarillo kümmern, wenn wir die Froschfresser zurück nach Baton Rouge gescheucht haben, Ende."

„Ich bin außer Gefecht", gab Travis durch. „Gehe auf Westkurs, mit Absicht, einzuschwenken und nach Randolph Field zurückzukehren, falls ich das in der Beutemaschine schaffe." Travis dachte sich, dass er besser die Gelegenheit benutzte und seinen Kommandeur wissen ließ, dass er nicht in der *Kingcobra* heim kam.

„Negativ. Verteidigen Sie die Heliumminen. Ich wiederhole, kehren Sie nicht zurück, vermisstes Küken. Wir müssen die Kontrolle über die Heliumminen behalten."

„Verstanden", antwortete Travis und stieß einen tiefen Seufzer aus. Er hatte keinen Schimmer, wie er ohne Munition bei der Verteidigung der Minen sonderlich nützlich sein sollte, und hinzu kam ein ungutes Gefühl, dass Redmann eigene Pläne verfolgte. Aber wie konnte Redmann mit einer Frau wie Sarah in Beziehung stehen?

„Unmöglich", stellte er laut fest. Was auch immer Sarahs Beweggründe waren, sie hatten nichts damit zu tun, was Redmann umtrieb. Captain Briggs von den Air Rangers hatte Travis losgeschickt, um herauszufinden, wie loyal „Marshal" Redmann tatsächlich war. Der Mann hatte keine sichtbaren Anzeichen von Verrat gezeigt, aber Travis' Instinkt sagte ihm etwas anderes. Möglicherweise hatten die Lämmer Gottes nur zufällig angegriffen, bevor Redmann seinen eigenen Plan in die Tat umsetzen konnte … wie immer der auch aussah.

Travis orientierte sich und drehte nach Norden, um nach Amarillo und zu den Heliumminen zurückzukehren. In dem

Moment spiegelte sich die Sonne auf einer Metallfläche, und der grelle Lichtblitz ließ ihn herumfahren.

„O nein!", schrie er. Er hatte die beiden von der tief im Westen stehenden Sonne überstrahlten Flugzeuge über sich nicht bemerkt. Er riss die Maschine zur Seite und spürte mehr, als dass er es hörte, wie die Kugeln einer Kaliber-.30-Kanone sich durch ihren Rumpf bohrten. Das Bild des Fliegers, der sich nach einem Rumpftreffer aus seinen MGs in einen Feuerball verwandelt hatte, trat vor seine Augen. Travis ging kein Risiko ein, von einer zweiten Salve getroffen zu werden. Er zog den Jäger in ein Ausweichmanöver, dass ihn herumwirbelte, bis ihm schummrig wurde.

„Eigentlich hatte ich nicht vor, den Rio Bravo zu besuchen", murmelte er und benutzte den mexikanischen Alternativnamen für den Rio Grande. „Aber wie es aussieht, habe ich keine Wahl." Seine Maschine schien etwas schneller als seine neuen Verfolger zu sein, aber eines musste er den Piloten lassen: Sie waren gut. Möglicherweise zu gut. Und um dem Ganzen die Krone aufzusetzen, hatte er keine Munition mehr. Wenn er sie zu dicht heranließ, war er nichts weiter als eine Zielscheibe.

„Volles Rohr. Immer der Nase nach. Rücken zur Wand. Gib ihm, bis es qualmt", knurrte er und holte aus der erbeuteten Maschine alles an Geschwindigkeit heraus, was sie hergab. Travis war beeindruckt, als der Jäger auf über 300 Meilen in der Stunde beschleunigte. Der Fahrtwind war ohrenbetäubend. Ab und zu schaute er hinab auf das unter dem Flugzeug dahinrasende Land und sah, wie es sich in eine Wüsteneinöde verwandelte. Vor ihm wurden die Davisberge größer. Er konnte über sie hinwegfliegen, tiefer gehen und dem Rio Bravo nach Süden durch die steilen Schluchten der Chisos folgen, an Mule Ears Peak vorbei, und dann zurück nach Randolph Field bei San Antonio abbiegen. Ob er genug Treibstoff für eine so lange Strecke hatte, wusste er nicht sicher, aber er konnte immer noch auf Elmo Johnsons Ranch kurz vor der Mariscalschlucht zwischenlanden und mit ihm um etwas Flugbenzin feilschen. Travis war sich ziemlich sicher, dass der Alte illegale Geschäfte mit mexikanischen Rebellen machte, warum also nicht auch mit einem Texas Ranger?

Gerade als Travis sich innerlich auf den Heimflug eingestellt hatte, zuckte Leuchtspurmunition an seiner Kanzel vorbei. Er schaute über die Schulter und stellte fest, dass die beiden Verfolger noch immer hinter ihm waren.

„Was benutzt Ihr als Treibstoff, Chilipfeffer?", fragte er sich laut. Die Maschinen kamen noch näher, und ein kalter Schauder erfasste ihn.

„Los Dos Muertos", stieß er beinahe ehrfürchtig aus. Von allen Grenzbandidos waren diese beiden möglicherweise die Schlimmsten. Beide waren in einem der endlosen Bürgerkriege, die in der Bundesrepublik Mexiko tobten, abgeschossen und für tot zurückgelassen worden. Irgendwie hatten sie überlebt und betrachteten sich jetzt als lebende Tote – mit dem Resultat, dass sie im Kampf keinen Hauch von Angst zeigten. Schlimmer noch, sie waren Könner.

„Zum Teufel mit der Geheimhaltung", grummelte er. Er schaltete das Funkgerät ein und drückte den Sprechknopf. „Air Ranger Captain J. B. Briggs, bitte melden. Verdammt nochmal, melden Sie sich. Ich brauche Unterstützung. Los Dos Muertos hängen mir im Nacken!"

Die einzige Antwort, die er auf seinen Funkspruch erhielt, war ein ohrenbetäubendes Schweigen. Er war ins Gebirge geflogen, und jetzt blockierten die Gipfel sein Signal. Aber wenn er höher stieg, um eine Funkverbindung aufbauen zu können, trug ihn das unter Garantie in die Schusslinie der tödlichen Salven der beiden mexikanischen Luftpiraten.

Damit blieb ihm wieder nur die Flucht, und Travis war sich nicht sicher, ob er oder seine gestohlene Maschine dazu noch die nötigen Reserven besaßen. Ein erneuter harter Treffer schüttelte das Flugzeug durch. Das konnte nur bedeuten, dass die Kugel in eine wichtige Strebe oder einen Holm eingeschlagen war. Er glitt zur Seite, und spürte, wie noch mindestens zwei Treffer in Tragfläche und Heck schlugen. Dann zog einer seiner Verfolger über ihn und beharkte praktisch die gesamte Maschine mit glühendem Blei.

Houston Travis murmelte ein Stoßgebet und tauchte in die sich windenden Canyons der Davisberge. Er hoffte darauf, die mexikanischen Luftpiraten dort abschütteln zu können, aber ehrlich gesagt, glaubte er selbst nicht daran.

# KAPITEL SIEBEN
## DREIFACHER VERRAT

Es war Selbstmord, aber Redmann tat es trotzdem. Nur wenige Fuß über dem Boden donnerte er mit knatternden Kanonen auf die Infanteriekolonne zu. Er grinste, als er die Soldaten im Kugelhagel sterben sah, dann jagte er vorbei. Die Invasoren hatten sich entweder flach auf den Boden geworfen, um seinen MG-Salven auszuweichen, oder wenn nicht, waren sie tot. Er allein wagte Angriffe aus dieser Tiefe, und damit wendete er das Kriegsglück der Schlacht. Plötzlich erfasste die bis dahin siegessicheren Bodeneinheiten Todesangst.

Redmann gab seiner Maschine die Sporen und schoss aufwärts, orientierte sich und überprüfte, wie der Rest der Goliad Squadron sich schlug. Er stieß einen ärgerlichen Seufzer darüber aus, wie viele der blöden, unfähigen Narren sich vom tödlichen Flugabwehrfeuer der Infanterie hatten abschießen lassen. Aber Cossack griff weiter gnadenlos an und drängte den Bodenangriff auf Trouts Heliumminen zurück.

„Dranbleiben. Keine Gnade", funkte der Marshal sein Geschwader an, aber immer weniger der texanischen Flieger feuerten auf die Angreifer. Die Munition war ihnen ausgegangen, und ein paar hatten wegen Treibstoffmangel sogar landen müssen.

„Sie fliehen!", lachte Rasputin. Dann kehrte ihre normale missmutige Stimmung zurück, als sie auf die Privatfrequenz umschaltete, die sie mit Redmann teilte. „Was machen wir jetzt, Marshal?", fragte sie. „Scourge können wir nicht anfordern. Er stünde allein gegen die Abwehrgeschütze der Heliumminen. Unser Geschwader fällt aus."

„Alle Maschinen sollen auf dem Feld am Rand von Amarillo landen", befahl Redmann schnellentschlossen. „Wir werden zusammenklauben, was wir können, und so viele Jäger wie möglich in der Luft halten."

„Sie wollen die Munitions- und Benzinreste sammeln und auf einen kleinen Teil der Maschinen verteilen?", fragte Rasputin. „Guter Plan. Dann können wir..."

„Such die aus, die am würdigsten sind, mit uns zu fliegen", ordnete Redmann bedeutungsschwer an. Seine Flügelfrau wusste, was er damit meinte. Sie sollte den Piloten, die am loyalsten zur Republik Texas standen, Munition und Treibstoff nehmen und es denen mit zweifelhafter Loyalität geben. Nur die Piloten würden heute noch einmal aufsteigen, die bereit waren, Redmanns Befehlen fraglos zu gehorchen ... und bald würden sie die reichsten Heliumminen der Welt erobern!

Als die Goliad Squadron einzeln oder paarweise über der verlassenen Flugbasis kreisten und landeten, auf der er sich nur Stunden vorher mit Scourge getroffen hatte, gab Redmann das Signal, das den Luftpiraten und seine Flieger alarmierte. Die Invasionsarmee war zurückgeschlagen, und mit etwas Glück würden Trouts Verteidigungsstellungen so geschwächt sein, dass Scourge durchbrechen konnte.

Dann erwartete ihn die wahre Überraschung. Bill Redmann würde sich nie bereit erklären, die Macht mit einem bloßen Banditen wie Scourge zu teilen.

Redmann rollte in die Nähe der an einem Ende des Flugfelds nebeneinander aufgereihten *Peacemakers* seines Geschwaders. Er fragte sich, wie es auch nur eines der Flugzeuge geschafft hatte, sich in der Luft zu halten. Eine Maschine schien mehr aus Löchern zu bestehen als aus irgendeinem festen Material. Anderen lief das Benzin aus dem Rumpf und sammelte sich in großen Lachen auf dem Asphalt. Ein Flugzeug brannte. Dichter Qualm schlug unter der zerbeulten Motorhaube hervor. Seine Piloten verstanden ihren Job und füllten schnell und effizient Benzin von einer Maschine zur anderen. Die Verteilung der restlichen Munition war schwieriger, und er war mit dem Ergebnis ganz und gar nicht zufrieden. Selbst nach dem Einsammeln der Restmunition aller Jäger des Geschwaders blieb ihm nur ein sehr magerer Vorrat für seine eigenen Kanonen – und er hatte sich den Löwenanteil der Reste gesichert.

„Ihr habt euch heute alle gut geschlagen", rief Redmann den Piloten von der Tragfläche der *Peacemaker* zu. „Jetzt ist es an der Zeit, dass eine ausgewählte Elite den Kampf fortsetzt."

„Teufel, Marshal, wir haben diese Hurensöhne verjagt. Die kommen so schnell nicht wieder!" Six-Gun lachte, als lauter Jubel seinen Zwischenruf quittierte. Redmann hob die Hand, um den Lärm zu unterdrücken.

„Du irrst dich. Wir haben die Armee vertrieben und wir haben die Luftkomponente des Angriffs zurückgeschlagen, aber jetzt droht den Heliumminen eine neue Gefahr. Luftpiraten!"

„Wen haben wir denn gerade besiegt da draußen, wenn nicht Luftpiraten?", wollte Six-Gun wissen.

„Söldnertruppen", antwortete Cossack mürrisch. „Aus einem Utah-Freistaat."

„Ich habe mich über ein paar ihrer Flugzeuge gewundert", stellte ein anderer Pilot fest. „Lämmer Gottes, oder?" Er kratzte sich am Arm und schaute sich um. „Ganz egal, was sie fliegen oder wer sie sind. Wir haben es ihnen gezeigt!"

„Der Kampf ist noch nicht vorbei", insistierte Redmann. „Ich habe meine Befehle vom Hauptquartier. Und jetzt gebe ich denen von euch, die mich ins nächste Gefecht begleiten werden, meinen Befehl: Wir werden den Luftpiraten nicht gestatten, die Minen zu erobern. Blast sie in Stücke!"

Cossack wirkte überrascht von seinem blutrünstigen Befehl. Sie setzte zu einer Bemerkung an, dann klappte sie abrupt den Mund wieder zu. Inzwischen musste Scourge den Angriff auf die Heliumminen längst gestartet haben. Möglicherweise war er sogar schon durch die geschwächten Verteidigungslinien gebrochen.

„Wir machen keine Gefangenen", erklärte Redmann und starrte seiner Flügelfrau geradewegs in die Augen, in offener Herausforderung, ihm zu widersprechen. „Alle Maschinen ohne Lone-Star-Emblem werden ohne Vorwarnung weggepustet!"

Wieder stieg lauter Jubel über dem Flugfeld auf. Dann gingen die Piloten zu ihren Maschinen. Manche von ihnen halfen widerwillig ihren Kollegen, die ausgewählt worden waren, Redmann und Rasputin zu begleiten. Mehr als die Hälfte des Geschwaders war schon außer Gefecht oder hatte die eigenen Maschinen zu Gunsten ihrer Kameraden geleert. Redmann stieg mit weniger als einem Fünftel der Piloten wieder auf, mit denen er ursprünglich vom Aerodrom New Braunfels gestartet war, und das war ihm ganz Recht so. Er hatte sich den Abschaum der Squadron als Begleiter ausgesucht, die Männer mit zwielichtiger Vergangenheit, mit Schwierigkeiten, Autorität anzuerkennen und Respekt zu zeigen, wie es von Air Rangers verlangt wurde. Killer und Renegaten. Bill Redmanns Brüder im Geiste.

Die Staffel stieg auf, und augenblicklich knisterte es auf seiner Privatfrequenz zu Cossack.

„Was soll das heißen: ‚Wir machen keine Gefangenen'? Scourge erwartet unsere Hilfe, nicht unsere Kugeln!", bellte Rasputin. „Wir wollten die Beute teilen, und sie ihm nicht wegnehmen!"

„Wir brauchen weder ihn noch seine Luftpiraten, Cossack", antwortete Redmann zurückhaltend. Ihr Ton gefiel ihm nicht. Scourge zu hintergehen, hätte ihr zweite Natur sein müssen. Dass dem offenbar nicht so wahr, machte ihn misstrauisch.

„Na schön", stellte sie wenig begeistert fest. Redmann wischte mit der Hand über die Frontscheibe des Kanzeldachs und starrte zu seiner Flügelfrau hinüber, konnte ihre Miene aber nicht erkennen. Sie hatte sich über den Knüppel gebeugt und starrte geradeaus, scheinbar ganz aufs Fliegen konzentriert. Redmann ließ sich zurück in die Polster sinken und konzentrierte sich auf die bevorstehende Schlacht. Und was für eine Schlacht das werden würde.

Entweder hatte Scourge sich ohne nennenswerte Gegenwehr auf die Heliumminen gestürzt, und seine Kräfte waren noch intakt, oder er hatte sich den Weg freigekämpft, und seine Truppen ebenso wie Trouts waren geschwächt – und so tödlich wie in die Ecke gedrängte Ratten. Die relativ schwachbrüstige Staffel, die Redmann ins Gefecht führte, brauchte das Überraschungselement auf ihrer Seite. Selbst wenn die meisten von Scourges Maschinen abgeschossen worden waren, würden die verbliebenen Piloten weit ausgeruhter sein und erheblich mehr Munition zur Verfügung haben als die Goliad Squadron.

Ein schnelles Kreisen über den Minen brachte das erste verhaltene Siegerlächeln auf Redmanns Lippen. Die angreifende Mormonenarmee hatte breite Schneisen durch die Stacheldrahtzäune geschlagen, bevor Goliad Squadron sie dezimiert und zum Rückzug gezwungen hatte. Die Kanoniere in den Betongeschützbunkern waren tot oder verletzt, und der Weg für Scourges Angreifer war frei.

„Da ist er“, stellte Redmann fest, als er die grellbunt bemalte Maschine des Luftpiraten entdeckte. Auf der Motorabdeckung glänzte eine obszöne Bugbemalung – genau die Art Geschmacklosigkeit, die Redmann von solch einem Kerl erwartet hatte.

Was er nicht erwartet hatte, war, dass Cossack plötzlich zur Seite wegfiel, ihre Maschine durch eine Schleife zog und hinter ihm wieder hoch kam, wobei ihre Kanonen in einem tödlichen Stakkato sangen. Die Kugeln zerfetzten sein Seitenruder, und die *Peacemaker* geriet ins Trudeln.

Redmann kämpfte um die Kontrolle der Maschine. Als er die Gewalt über das Flugzeug zurückgewonnen hatte, sah er nicht nur Cossack, sondern auch Scourge angreifen. Das erklärte alles. Rasputin hatte sich auf die Seite des Luftpiraten geschlagen!

„Das ein oder andere Ass habe ich noch im Ärmel", knurrte Redmann grimmig. Er schaltete das Funkgerät auf eine andere Frequenz und schickte eine kurze Botschaft ab: „Xenon, der Kampf ruft!" Dann widmete er sich dem Luftduell mit der heimtückischen Anna Rasputin und ihrem neuen Partner.

Redmanns bevorzugter Trick im Luftgefecht bestand aus einer Finte nach rechts, gefolgt von einer Wende Backbord und einer Schleife ins Heck seines Opfers. Er wusste, dass Rasputin seine Kampftechnik genau studiert hatte und darauf vorbereitet sein würde. Er täuschte vor, zu seinem üblichen Manöver anzusetzen, führte es jedoch nicht zu Ende. Ein harter Riss am Knüppel ließ die beschädigte *Peacemaker* in metallener Agonie aufkreischen, als er weiter nach rechts drehte und im rechten Winkel zu Scourge aus dem Manöver kam. Zwei schnelle Feuerstöße genügten, um den Luftpiraten in ein ölig schwarzes Leichentuch aus Qualm gehüllt zu Boden zu schicken.

Aber Marshal bekam keine Gelegenheit, diesen leichten Sieg auszukosten. Scourge war ein schlechter Pilot gewesen. Sein schneller Tod bewies es. Anna Rasputin jedoch war aus anderem Holz geschnitzt. Sie war mehr als nur gut. Sie konnte selbst Redmann das Wasser reichen. Aber seine veränderte Taktik hatte sie überrascht. Als er nach rechts drehte, hatte sie ihre Maschine irrtümlich hart nach Backbord geworfen, um ihn zu erwischen, wenn er durch ihr Schussfeld zog. Dass er sie mit dieser Finte abgeschüttelt hatte, hatte ihm die Gelegenheit verschafft, Scourge zu erledigen und Höhe zu gewinnen.

Rasputin mochte ihm das Wasser reichen können, dachte Redmann, aber besser als er war sie nicht. Und er machte sich daran, das zu beweisen.

Sie versuchte, unter ihm hochzuziehen und die Bauchseite der *Peacemaker* zu durchlöchern. Er brachte die Maschine in einem Laubfallmuster tiefer, fing sie ab und zog hinter Cossack gerade. Sein Finger berührte den Feuerknopf der Maschinengewehre, dann glitt er weiter zu dem Knopf, der die beiden Raketen abfeuerte, die noch in den Halterungen unter seinen Tragflächen hingen.

„Adios, Anna", verabschiedete er sich von Rasputin. „Du warst eine annehmbare Flügelfrau, und ich werde dich in Erinnerung behalten. Dich und deinen Verrat!" Er stieß den Feuerknopf in die Fassung, und zwei weiße Kondensstreifen lösten sich von der *Peacemaker*.

Sie sah die Gefahr und drückte den Jäger in einen Sturzflug, um den Raketen zu entkommen, aber es waren Sucherraketen, und Redmann hatte sie perfekt gesetzt. Die erste sprengte Rasputins Steuerbordtragfläche weg. Als die Maschine sich aufbäumte, traf die zweite Rakete ihr Heck und verwandelte hartes Metall in einen Schmelzregen, der hinab auf die staubtrockene Prärie fiel. Was von der Jagdmaschine noch übrig war, überschlug sich heftig und unkontrolliert, während es aus dem Himmel stürzte.

Redmann wollte den Trümmern zu Boden folgen, um sicherzugehen, dass Cossack tot war, als sein Funkgerät knisterte.

„Marshal, bist du da?", erklang die süße Stimme Xenons der Eroberin.

„Bereit und willig, neue Höhen zu erklimmen", antwortete er. „Folge mir." Redmann drehte ab und nahm direkten Kurs auf die Heliumminen. Scourge und seine verräterische Flügelfrau ließ er in der Wüste zurück. Seine neue Verbündete wartete.

# KAPITEL ACHT
## ERSTES UND LETZTES LICHT

Travis rang mit den Kontrollen der Maschine, aber ihm war klar, dass er keine Chance auf eine sichere Landung hatte. Im besten Fall konnte er auf eine kontrollierte Bruchlandung hoffen. Er starrte durch die geborstene Frontscheibe, sah aber nur gewaltige, massive Felsbrocken und viel zu viele Gruppen Feigenkakteen und stachelige, peitschenartige Opuntien für seinen Geschmack. Er biss die Zähne zusammen, packte den Knüppel mit beiden Händen und mühte sich ab, die Unterseite der Maschine mehr oder weniger parallel zum Boden zu halten.

Es gelang ihm ganz gut, bis ein erneuter Feuerstoß aus den MGs der Dos Muertos dem Jäger die rechte Tragfläche abriss. Dann war es vorbei. Das Flugzeug überschlug sich mehrmals und schleuderte eine gewaltige Sand- und Staubwolke auf, bis es am Fuß eines mittelgroßen Berges aufschlug und Wolken zertrümmerter Steinsplitter und Vegetationen in alle Richtungen warf wie ein wahnsinnig gewordener Koch, der mit dem Hackmesser auf seine Ingredienzien losging.

Travis wurde für einen Moment schwarz vor Augen. Als er zu sich kam, baumelte er kopfüber im Cockpit, nur von den breiten Gurten gehalten, die sich über seiner Brust kreuzten. Er stöhnte und fühlte sich wie mittendurch geschnitten. Dann machte er sich klar, dass er ohne die Gurte überhaupt nichts mehr gefühlt hätte, denn er wäre tot gewesen.

Wobei er nicht hätte beantworten können, warum er noch lebte. Er schlug auf den Schnellverschluss der Gurte und fiel unbeholfen auf das Kanzeldach. Er wartete auf den stechenden Schmerz gebrochener Knochen. Schmerzen hatte er reichlich, aber sie waren alle noch im Anfangsstadium. Dumpfer, drückender Schmerz behinderte ihn, und er wusste nur zu gut, dass er sich noch ausbreiten würde, wenn sich erst alle Prellungen entwickelt hatten. Im Moment allerdings konnte er sich bewegen. Langsam nur, und unter Schmerzen, aber er konnte sich bewegen. Und das tat er.

Travis sackte auf dem Wüstenboden zusammen und schaute hinauf in den dunkler werdenden blauen Himmel. Zwei winzige silberne Punkte hoch über ihm verrieten die Position von Los Dos Muertos. Er kam hastig wieder auf die Füße, stolperte an einem Mesquitstrauch vorbei und schnitt sich an den dornigen Zweigen. Dann hechtete er in ein ausgetrocknetes Flussbett, gerade noch rechtzeitig, um den Kugeln zu entgehen, die sich in zwei Spuren über den Wüstenboden und quer durch seine bereits zertrümmerte Maschine zogen. Im Tank des erbeuteten Flugzeugs war nicht einmal mehr genug Benzin, um es explodieren zu lassen.

Als er aufblickte, sah er die beiden mexikanischen Piloten am Himmel kreisen wie Geier, die auf einen Todesfall warteten.

„Was wollt ihr von mir?", fragte Travis sich. Einen anderen Piloten abzuschießen, war eine Sache. Das kombinierte die Erregung der Todesgefahr mit einem Duell des Könnens. Einen schon abgeschossenen Piloten noch am Boden zu verfolgen, ergab keinen Sinn, es sei denn, ein Flieger war besonders bösartig oder über irgendetwas reichlich wütend.

Houston folgte dem Trockental zum Fuß eines Berges, an dessen Seite eine offenbar reichlich benutzte ungepflasterte Straße hinaufführte. Er runzelte die Stirn und fragte sich, was wohl am Gipfel lag. Im einbrechenden Zwielicht, den Himmel ständig misstrauisch im Auge behaltend, stieg er aufwärts, bis er an ein Schild kam: Mount Locke, Heimat des McDonald Observatoriums. Ein Projekt der Universität Texas.

Er war am Hang des einzigen Berges in Westtexas abgestürzt, der mit Sicherheit über ein Funkgerät verfügte. Travis hatte von dem großen Teleskop gehört, das in den Davisbergen gebaut wurde, hatte aber nicht geahnt, dass er sich auch nur in dessen Nähe befunden hatte. Als er weiter den Weg hinaufstieg, hörte er das leise Brummen sich nähernder Flugzeuge. Er drehte sich um, sah aber nicht die erwarteten zwei Lichtpunkte, sondern eine Keilformation aus zwölf

Maschinen. Aus dem seltsam knackenden Motorengeräusch schloss er, dass die Doppeldecker vermutlich Vought *Corsairs* der Bundesrepublik Mexiko waren, und nicht Los Dos Muertos in einem erneuten Anlauf, ihm das Lebenslicht auszublasen. Travis unternahm keinen Versuch, in Deckung zu gehen, bis die ganze Staffel tiefer ging, kaum zwanzig Fuß über dem Boden anflog und das Feuer eröffnete.

„Nein, nicht!“, schrie er, aber es half nichts. Selbst wenn die Piloten nahe genug gewesen wären, ihn zu hören, hätte das Knattern der Maschinengewehre seine Stimme übertönt. Travis warf sich flach auf die Straße, presste das Gesicht in den Staub und ließ die großkalibrigen Kugeln über sich hinwegpfeifen. Als die erste Salve vorbei war, rollte er in den Straßengraben. Die beiden nächsten Angriffswellen feuerten weiter. Travis verzog das Gesicht, als eine Kugel eine brennende Streifspur über seinen rechten Oberarm zog. Verglichen mit den Prellungen nach dem Absturz war es der Rede nicht wert, aber es schmerzte trotzdem.

„Was ist hier los?“, stöhnte er, während er auf ein Dickicht aus Zederzypressen und Zwergeichen zulief, das dicht neben der Straße lag. Die niedrigen Bäume würden ihm zumindest eine gewisse Deckung bieten.

Hinter dem Dickicht fiel Travis hart zu Boden und riss den Overall auf, um die Wunde freizulegen. Wie er sich schon gedacht hatte, war die Verletzung nicht ernst, aber sie behinderte ihn in der Bewegung, und es bestand Gefahr, dass sie sich entzündete. Nachdem er sie verbunden hatte, so gut es unter den Umständen ging, fühlte er sich besser … und wütend genug, es mit der ganzen Staffel aufzunehmen, die ihn angegriffen hatte, und wenn er mit Steinen nach ihnen werfen musste.

Unbeholfen zog er den Colt .44 aus dem Schulterholster und marschierte zurück zur Straße, wütend genug, die feindlichen Piloten mit bloßen Blicken zu töten.

„Na los, ihr verdreckten Propellerjockeys!“, brüllte er in die anbrechende Nacht. „Ich schieße euch mit der Pistole ab, verdammt nochmal!" Die einzige Antwort, die er erhielt, kam vom erwachenden Leben in der ihn umgebenden Wüste. Er drehte sich um und suchte nach der Flugzeugstaffel, die ihn angegriffen hatte, aber am schnell dunkler werdenden Himmel war keine Maschine zu sehen. Travis fühlte sich um seine Rache betrogen. Wütend rammte er den Sechsschüsser zurück ins Holster und marschierte weiter die steile Straße hinauf.

Er marschierte fünfzehn Minuten, bis er hinter sich das Spucken und Scheppern eines Motors hörte.

„Na endlich, eine gute Neuigkeit", stieß er aus. Seine Füße taten weh. Sein ganzer Körper schmerzte, und er hatte viel zu viel Zeit damit verloren, als Zielscheibe zu dienen. Es war nur fair, dass er sich zum Gipfel des Mount Locke mitnehmen lassen konnte. Er trat an den Straßenrand und wartete, bis die falsch eingestellten Scheinwerfer eines großen Lastkraftwagens über die Straße näher kamen und ihn in helles Licht tauchten.

„Hier! Hier drüben!", rief er, um sicherzugehen, dass der Fahrer ihn sah. Und dann wollte er davonstürzen wie ein Kaninchen beim Anblick eines Coyoten. Aus dem Laderaum des Lastwagens sprang ein halbes Dutzend Männer in Uniform, alle mit Gewehren bewaffnet, die sie augenblicklich auf ihn richteten.

„He, Jungs, wartet 'ne Minute. Ihr habt den Falschen erwischt!" Travis riss die Hände hoch und betete, dass sie ihn nicht auf der Stelle abknallten. Er sah sich hastig nach einer Deckung um, falls er wieder flüchten musste. Aber diesmal hatte ihn das Glück wirklich verlassen. Der nächste Felsbrocken war mindestens acht Schritte entfernt, und die Baumgruppe hinter ihm beinahe zwanzig – mehr als genug Zeit für die Soldaten, seine Leiche um ein, zwei zusätzliche Pfund Blei schwerer zu machen.

„Con cuidado!", bellte ein Mann mit Sergeantenstreifen an der Uniform. Er hatte einen alten Revolver in der Hand, der neu gewesen war, als Pancho Villa über die Wüste von Chihuahua geritten war. „Bewegen Sie sich nicht!"

„Sie haben den falschen Hombre, Señor", erklärte Travis mit erhobenen Händen. Das Gewicht seines Colts lockte, aber seine Arme und Brust schmerzten derart, dass er es nie geschafft hätte, die Waffe schnell genug aus dem Holster zu befreien, um sechs Soldaten mit bereits um den Abzug gekrümmten Fingern zuvorzukommen.

„Sie sind der Flieger. Wir haben den Richtigen", insistierte der Sergeant. „Sie sind unser Gefangener und werden morgen früh verurteilt und hingerichtet."

„Was, ohne letzten Wunsch? Ohne Henkersmahlzeit?", fragte Travis, der allmählich zu der Überzeugung kam, dass es besser war, hier in einem Feuergefecht zu sterben als an einer Lehmhüttenwand von Kugeln durchsiebt zu werden. „Was soll ich eigentlich verbrochen haben, das euch alle so in Rage versetzt?"

„Genug geredet. In den Lastwagen." Der Sergeant winkte mit dem alten Revolver, und Travis gehorchte. Im Dunkeln bestand die Chance, dass der Soldat seinen Colt nicht bemerkt hatte. Er senkte leicht die Arme und zog sie dichter an den Leib, um die verräterische Ausbeulung seiner Jacke zu verbergen. Als er an dem Sergeant vorbeikam, sah er die Insignien auf der zerschlissenen Uniform. Republica Federal Mexico. Wahrscheinlich gehörten sie zu der Doppeldeckerstaffel.

Irgendjemand hatte ein ganzes Land so wütend gemacht, dass es Flugzeuge und Soldaten auf ihn ansetzte. Unglücklicherweise glaubten diese Soldaten, er wäre dieser jemand.

Als er auf der Höhe des Sergeants war, schlug Travis zu. Er packte die Waffe des Mannes und schlug sie beiseite. Ein Schuss löste sich mit einem dumpfen Knall, der schlechtes Pulver verriet. Travis gab sich keine Mühe, darüber nachzudenken. Er war zu sehr damit beschäftigt, dem Mann den Revolver aus der Hand zu zerren.

Der Sergeant tat etwas, das Travis überraschte. Er gab den Revolver einfach frei und ließ sich nach hinten fallen. Travis starrte in die Mündungen viel zu vieler Gewehre.

„Tötet ihn", befahl der Sergeant.

Travis ließ die mexikanische Waffe fallen und griff nach seinem Colt, als ein scharfer Befehl durch die Nacht gellte.

„Alto!" Die Autorität dieser Stimme ließ alle erstarren, auch Travis.

So ungefähr die schönste Frau, die Travis je unter die Augen gekommen war, kam schnellen Schritts die Straße heran, als ob ihr der Berg und alles darauf gehörte. Sie war mittelgroß, wirkte aber durch die befehlsgewohnte Ausstrahlung, die sie umgab, weit größer. Ihr glänzend schwarzes Haar war zu einem modischen Bubikopf geschnitten, und ihre Augen funkelten. Sie war gekleidet wie ein mexikanischer Bauer, aber an dem silbernen Conchagürtel oder dem handgeschmiedeten Silberreif um ihr Handgelenk war nichts Billiges.

„Das ist kein Bandido", stellte sie fest. „Seht ihr das nicht?"

Der Sergeant stand auf und klopfte sich den Staub von der Uniform. „Aber er hat…"

„Ich nehme ihn euch ab."

„Aber Señorita, ich habe meine Befehle."

„Er ist kein Bandit. Er ist … einer meiner Leute. Auf dem Berg."

„Wirklich, Ma'am", erklärte Travis. „Ich kann nicht zulassen, dass Sie für mich lügen. In Wahrheit bin ich Pilot in einer Staffel der Republik Texas. Ein Air Ranger."

Die Soldaten wechselten Blicke, an denen Travis sah, dass er mit seiner Feststellung keinen großen Eindruck auf sie machte. Einen Air Ranger zu erschießen, machte ihnen ebensowenig aus wie einen Banditen.

„Sie haben Probleme mit Banditen?", fragte er. „Da kann ich Ihnen helfen. Lassen Sie mich einfach Kontakt mit meinem Captain aufnehmen, und ich werde das klären. Es gibt nichts, was Captain Briggs lieber tut, als Jagd auf Luftpiraten zu machen."

„Sehen Sie, Sergeant?", fragte die Frau und stemmte die Fäuste in die Seiten. „Er ist nicht gekommen, um Ihre Dörfer zu überfallen. Außerdem sind Sie auf der falschen Seite des Flusses. Das hier ist texanisches Territorium."

„Ihre Flieger haben auch auf mich geschossen", bemerkte Travis. „Aber das kann ich übersehen. Ein Irrtum. Schließlich war ich gerade erst von echten Bandidos abgeschossen worden. Los Dos Muertos."

„Los Muertos!" Der Sergeant spie aus, und der lodernde Hass in seinem Blick zeigt Travis, dass er endlich etwas Richtiges gesagt hatte.

„Sie und Ihre Leute sind im Observatorium willkommen", erklärte die Frau.

„Ah, nein, wir müssen unsere Patrouille fortsetzen." Der Sergeant winkte seinen Leuten, die widerwillig zurück an Bord des alten Lasters stiegen und abfuhren.

„Ich schulde Ihnen mein Leben", stellte Travis fest. „Mein Name ist Houston Travis. Ich bin auf Randolph Field stationiert. Bei den Air Rangers."

„Ich bin Consuela St. Croix", stellte sie sich vor und reichte ihm die Hand. Houston schüttelte sie und war verliebt.

„Es ist mir eine Freude", sagte er.

„Daran habe ich keinen Zweifel", erwiderte St. Croix amüsiert. Sie drehte sich um und ging ihm den Berg hinauf voraus. Travis folgte ihr, und war so in den Anblick versunken, dass er weder den langen Weg bemerkte, noch sich fragte, wie St. Croix gerade in dem Moment hatte auftauchen können, in dem er ihre Hilfe am dringendsten benötigte.

# KAPITEL NEUN

## HELIUMS FALL

„Marshal" Bill Redmann wünschte sich, mehr seiner loyalen Flieger hätten überlebt. Aber dem war nicht so, und vor allem anderen war er Realist. Er würde mit denen auskommen, die ihm geblieben waren. Der schwerste Verlust war der seiner

Flügelfrau. Redmann verfluchte Rasputin leise, dann strich er sie aus seinen Gedanken und konzentrierte sich auf das unter dem Instrumentenbrett hängende Funkgerät, aus dem Rauschen und wirre Befehle aus den Heliumminen drangen.

„Captain Bill Redmann von den republikanisch texanischen Air Rangers, Goliad Squadron“, bellte er. „Allen Funkverkehr auf diesem Kanal einstellen.“ Er schaute über die Schulter und sah Xenon neben sich durch die Lüfte schneiden. Nur ein Hauch von Kondensation floss wie zitternde Schaumkronen über die Tragflächen ihrer Maschine. Die Markierungen ihres Flugzeugs entsprachen offensichtlich nicht denen der Air Rangers, aber Redmann zögerte keinen Moment. Die Narren in den Heliumminen würden so froh sein, überhaupt Flugzeuge zu sehen, die ihnen zu Hilfe kamen, dass sie bestimmt keine Fragen darüber stellen würden, wer ihn begleitete.

„Was ist los, Captain?“, erreichte ihn die besorgte Frage aus den Minen. Redmann hatte gehofft, den verschlagenen Minenbesitzer in der Anlage zu erwischen, um sich die Freude machen zu können, Trout persönlich eine Kugel ins Hirn zu jagen, aber jetzt erkannte er die Stimme als die seines Stellvertreters, eines Mannes, der sich mehr durch Loyalität auszeichnete als durch Intelligenz.

„Danken Sie dem Himmel, dass die Republik Texas auf Mister Trouts Investitionen aufpasst“, erklärte der „Marshal“ trocken. „Das waren so ziemlich die schlimmsten Luftpiraten südlich der ISA.“

„Das war kein Haufen Luftpiraten“, beschwerte sich der Mann am anderen Ende. „Das war eine Invasionsstreitmacht. Dem Aussehen nach zu schließen aus Utah.“

„Hören Sie gut zu“, ermahnte ihn Redmann. „Kenncode Alpha Ralpha Boulevard.“

„Verstanden“, antwortete sein Gegenüber. „Sie haben Landefreigabe. Wie viele Maschinen hat Ihre Staffel?“

„Mein Geschwader ist nahezu zerstört. Wir haben … ein paar der Piratenmaschinen requiriert.“ Redmann sah hinüber zu Xenon, die den Daumen hob und ihm ein breites Grinsen zuwarf. Er erwiderte es.

„Der durchgegebene Kenncode war korrekt, Sie sind freigegeben zur Landung", erklang die Stimme eines Fluglotsen. Trouts Mann hatte die Verantwortung bereits weitergegeben. Redmann nahm Kurs auf das südlichste Stück des Stacheldrahtzauns und zwei grüne Masten. Er flog knapp über dem Zaun zwischen ihnen hindurch. Xenons Luftpiraten und die Überreste der Goliad Squadron folgten ihm eine Maschine nach der anderen. Die Maschinen setzten nacheinander auf und rollten hinter Redmann, der endlich den Motor seiner beschädigten *Peacemaker* abstellte und aus der Kanzel kletterte. Er schüttelte den Kopf. Wie sie sich so lange in der Luft gehalten hatte, war ihm ein Rätsel. Er machte sich in Gedanken eine Notiz, sich einen neueren, besseren und robusteren Jäger zu besorgen.

Xenon stieg aus ihrer Maschine und winkte. Das war das Zeichen für ihre Piloten, als Infanterie anzugreifen. Die Männer und Frauen holten Gewehre und Patronengurte aus den Stauräumen ihrer Flugzeuge und machten sich auf den Weg, um Trouts Verteidiger auszuschalten. Die Lämmer Gottes hatten die Heliumminen aus der Luft und am Boden gehörig bombardiert, und die Überlebenden waren verletzt und verwirrt. Sie würden leichte Beute für die Piloten werden, in denen sie ihre Retter vermuteten, im Glauben, sie würden immer noch die Republik Texas repräsentieren. Man würde die ganze Schuld den Air Rangers anlasten.

„Nicht mehr lange, Marshal", sagte Xenon und trat an seine Seite. Ihre Hand lag auf einer im Holster steckenden Waffe, und ihre gleichmäßigen Zähne strahlten in einem triumphierenden Lächeln. „Bald werden wir die volle Kontrolle haben!"

„Wir haben es fast geschafft", bestätigte Redmann, der ferne Schüsse hörte. Trouts Verteidiger hatten keine Ahnung, dass sie einen Wolf in ihre Mitte gelassen hatten. Die Lämmer Gottes hätten möglicherweise nur die Kontrolle über die

Minen übernommen und die Arbeiter am Leben gelassen. Redmann war zu schlau, um auch nur einem der Verteidiger das Leben zu schenken. Auch ein besiegter Feind blieb ein Feind. Nur wenn man alle umbrachte, konnte man sicher sein, dass einem später niemand den Dolch in den Rücken stieß.

„Du siehst so … raubtierhaft aus", stellte Xenon fest.

„Macht dir das Angst?", fragte er.

„Es erregt mich", sagte sie und kam näher.

Als Redmann die Piratenchefin in die Arme nahm, knisterte und zischte sein Funkgerät. Er ignorierte es, bis er die Stimme erkannte, die seinen Namen rief.

„Travis!", knurrte er und stieß Xenon fort. „Wie kann der noch leben? Er ist mit der Zigarre in die Luft geflogen!"

„Was für eine Zigarre?", fragte Xenon.

„Irgendein kümmerliches Piraten-Mutterschiff", erklärte Redmann abfällig. „Ich habe es mit einer Brandsalve in die Luft gejagt und dachte, Travis hätte es dabei mit erwischt. Wie ich sehe, war das ein Irrtum."

„Sind Sie da unten, Marshal?", bohrte sich Travis Stimme in sein Ohr. „Ich dachte mir schon, dass Sie reichlich Ärger machen würden. Sieht aus, als hätten Sie die Kontrolle über die Heliumminen. Was wird der liebe Mister Trout dazu sagen? Und was wird Captain Briggs erst sagen, wenn er erfährt, dass Sie gemeinsame Sache mit Luftpiraten machen? Ich könnte 'ne Million darauf wetten, dass er und das Oberkommando keinen Schimmer davon haben, dass Sie hier die Kontrolle übernommen haben."

„Lass dich von ihm nicht reizen, Bill", rief Xenon, als Redmann auf die Tragfläche seiner zerbeulten *Peacemaker* sprang. „Wir kontrollieren jetzt die Verteidigungsanlagen. Wir können jeden Angriff abwehren, selbst mit den geschwächten Flakbatterien. Wir sind hier sicher!"

„Ich dachte, er wäre tot. Ich dachte, ich hätte ihn umgebracht", stieß Redmann wütend aus. Er fühlte sich betrogen. Schlimmer noch, er hatte das Gefühl, deklassiert worden zu sein. Das war eine Beleidigung, die er nicht hinzunehmen bereit war.

„Der Kerl ist unwichtig", redete Xenon auf ihn ein. „Wir kontrollieren die Minen, aber wir müssen unsere Position absichern. Warte ein paar Minuten, dann..."

„Nichts dann. Ich will den Kerl ins Fadenkreuz bekommen!", brüllte Redmann. Er riss das Mikro vom Haken und stieß wild den großen schwarzen Sprechknopf an der Seite herunter. „Sie haben verloren, Travis", zischte er. „Sie haben schon lange verloren, Sie und Ihr Partner, den Rasputin abgeschossen hat. Sie sind nur noch nicht tot. So wie er!"

„Coffee is' ein mächtig guter Flieger", erreichte ihn die von Rauschen überlagerte Antwort. „Der kann sich um sich selbst kümmern. So wie ich mich um Sie kümmern werde – mit meinen Kanonen an Ihrem Arsch!"

Xenon packte Redmanns Arm. „Nicht, Bill", rief sie drängend. „Er lockt dich in eine Falle."

„Es wird meine Falle werden", raunzte Redmann. Er stieß sie fort. Xenons Mund verwandelte sich in einen wütenden Strich. Dann sprang sie zu Boden und marschierte zu ihrem Flugzeug. Redmann beachtete sie nicht. Er ließ sich in das enge Cockpit der *Peacemaker* gleiten und startete den Motor. Nach den Misshandlungen der letzten Stunden hustete und spuckte er, aber dann beruhigte er sich und lief mit einem kräftigen Brummen, das Houston Travis Ende ankündigte. Redmann überprüfte seine Bewaffnung. Er wünschte sich, er hätte mehr zur Verfügung gehabt, aber die wenigen Schuss, die er noch in den MGs hatte und die einzelne Rakete unter der linken Tragfläche würden genügen müssen.

Mehr würde es nicht brauchen, um Travis zur Hölle zu schicken ... und diesem lästigen Captain Briggs eine deutliche Botschaft darüber zukommen zu lassen, wer der beste Flieger bei den Rangers war.

Redmann trat die Seitenruderpedale und wendete den Jäger. Dann senkte er die Klappen und ließ den Motor aufheulen. Die leistungsstarke Maschine zitterte, als er den

Motor auf Touren brachte, dann löste er die Bremsen und hob die Klappen. Die *Peacemaker* schoss in die Höhe wie abgeschossen, eine schlanke, silberne Gewehrkugel, geradewegs zwischen den Masten hindurch, die den Anflugweg für das Flugfeld markierten.

„Wo sind Sie, Marshal?", höhnte Travis' Stimme. „Sie versuchen doch nicht, sich vor dem kleinen Travis zu verstecken?"

Redmann suchte das kristallklare Himmelsgewölbe ab. Im Westen sammelten sich Gewitterwolken, und er sah einen Blitz aus ihnen zu Boden fahren, als sie sich langsam in Richtung Amarillo bewegten. Die Gewitterfront sah aus, wie er sich fühlte. Redmann stieg kreisend höher und suchte mit Adleraugen nach seinem Gegner.

„Sie verstecken sich vor mir", beschuldigte er Travis und verrenkte sich den Hals, um das Flugzeug des Air Rangers zu entdecken. Dann schreckte er zurück, so abrupt, dass er die Maschine kurz überzog und einen Moment brauchte, sie wieder zu stabilisieren. Travis war wie aus dem Nichts aufgetaucht und so dicht vorbeigedonnert, dass er Redmanns Kanzeldach abgerissen hätte, wäre sein Fahrgestell ausgefahren gewesen.

Der „Marshal" fing sich wieder und fluchte über seine eigene Nachlässigkeit. Er schaute sich die andere Maschine näher an und runzelte die Stirn. Das war nicht Travis' *Kingcobra*. Es war ein Modell, wie er es in Texas noch nie gesehen hatte. Er schwang herum, um in Travis' Heck zu ziehen, solange sein Gegner sich noch produzierte.

„Was ist das für ein Schrotthaufen, den Sie fliegen?", funkte Redmann Travis an, um ihn für einen entscheidenden Moment abzulenken, der genügen würde, ihn in das Schussfeld der *Peacemaker* zu bringen.

„Ob Sie's glauben oder nicht", kam Travis' Antwort. „Das hier ist ein ganz neues Flugzeug. Habe es von einer großzügigen kleinen Lady am Rio Grande bekommen. Sie hat es mir nur geliehen, deshalb muss ich es unversehrt zurückbringen."

„Ich werde ihr die Überreste zuschicken, damit sie es beisetzen kann“, stellte Redmann fest und sah, dass seine *Peacemaker* immer noch schneller und beweglicher als Travis' Maschine war. Sein Daumen spannte sich, und er feuerte einen schnellen Feuerstoß ab, um Travis und seinen neuen Jäger in Schweizer Käse zu verwandeln. Zu Redmanns Überraschung ging seine Salve um mehrere Zoll vorbei.

Travis hatte den Angriff erwartet und wackelte im letztmöglichen Moment mit den Tragflächen, so dass die schweren Kugeln harmlos vorbeipfiffen.

„Das halten Sie nicht durch. Ihrer Maschine geht meine Geschwindigkeit ab. Und Ihnen mein fliegerisches Können“, erklärte Redmann. Er feuerte noch eine Salve, dann segelte er plötzlich an der wuchtigeren Maschine vorbei.

Er erkannte, dass er in Schwierigkeiten steckte, als er das Stakkato der Maschinengewehre des Air Rangers hörte. Vier schwere Kanonen, und Travis hatte reichlich Munition, um die gefräßigen Schnellfeuer-MGs zu füttern.

„Diese Stute hat mehr in den Beinen, als Sie ihr zugestehen“, funkte Travis. „Außerdem beißt sie wie eine Klapperschlange. Das weckt sicher Heimatgefühle in Ihnen, Sie verkommener, dreckiger Verräter!“

Redmann zog zur Seite und entging nur knapp den vier Bleisalven, die aus Travis Kaliber-.50-Kanonen zuckten. Möglicherweise hatte er dessen schwerfälligem Himmelsbus Schnelligkeit und Beweglichkeit voraus, aber der Air Ranger hatte mehr als genug Feuerkraft.

Redmann musste also seine wenige Munition und die eine Rakete sehr gezielt einsetzen. Dann konnte er sich wieder seinen Pläne für die eroberten Heliumminen widmen. Fürs Erste konnte Xenon deren Verteidigung übernehmen. Redmann hatte interessantere Pläne. Aber erst musste er diesen widerlichen Travis vom Himmel pusten. Mit einer schnellen Wende schob er sich hinter den Texas Air Ranger. Sein Puls raste als er das Fadenkreuz genau auf die langsamere Maschine zog. Dann kehrte Redmanns übliche eisige Ruhe zurück.

Eine mörderische Ruhe. Sein Daumen lag auf dem Feuerknopf, bereit feurige Leuchtspurmunition geradewegs in Travis' Rumpf zu jagen.

# KAPITEL ZEHN
## Hundert zu Eins

Das seltsam konstruierte Flugzeug trug Travis ruhig und problemlos durch die Lüfte, während er sich mit den Instrumenten vertraut machte. Die Steuerung hatte mehr Spiel, als ihm lieb war, aber dieses Flugzeug war ein schwerfälliges Ungetüm – allerdings mit mehr Feuerkraft als irgendeine andere Maschine unterhalb eines Zeppelins. Travis richtete die Nase nach Nordosten und beschleunigte auf maximalen Schub. Allzu begeistert war er über das Ergebnis nicht, denn er schaffte es kaum an die 100 Meilen in der Stunde.

Noch während er sich darüber ärgerte, wie lange er dadurch brauchen würde, um zurück nach Amarillo und zu den Heliumminen zu kommen, wanderten seine Gedanken zurück zu Consuela St. Croix. Er hatte noch nie eine Frau gesehen, die ihn stärker fasziniert hatte ... mit Ausnahme von Jane, der großbusigen, rotzfrechen Calamity Jane, die als Bugbemalung auf mehr als einer seiner Maschinen geprangt hatte. Consuela allerdings war ganz und gar keine schwüle Jane. Consuela vereinte Verstand und Schönheit, und besaß dazu eine Zähigkeit, die Travis bewunderte.

Er hatte mit diesen mexikanischen Soldaten in gewaltigen Schwierigkeiten gesteckt, und Consuela hatte ihm durch ihren Auftritt die Haut gerettet. Mehr noch, neben dem Mount-Locke-Observatorium hatte sie auf einem kleinen Flugfeld diese kleine Schönheit verfügbar gehabt. Travis wusste, dass sich die Astronomen dort auf dem Berggipfel kaum darum kümmerten, was Consuela trieb. Aber sie hatte ein leistungsstarkes Funkgerät, mit dem er Captain Briggs unten auf Randolph Field hatte anrufen dürfen. Das machte ihm klar, dass es Consuela um mehr ging als nur den Bau eines riesigen Teleskops, um die hellen Sterne über Texas zu beobachten.

Aber um was? Für wen arbeitete sie? Für die Air Rangers? Dieses Flugzeug war kein Serienmodell, sondern eine Spezialanfertigung. Consuela hatte ihm erklärt, dass sie gelegentlich darin an der Grenze zur Bundesrepublik Mexiko patrouillierte, um zu verhindern, dass Bandidos sie überquerten und in der Republik für Ärger sorgten. Captain Briggs hatte ihr regelmäßige Air-Ranger-Streifen am Fluss entlang versprochen, damit die Bandidos den Farmern und Ranchern keine Schwierigkeiten machten.

Travis hätte nichts dagegen gehabt, einen Teil dieser ansonsten ziemlich trostlosen Aufgabe zu übernehmen, wenn es bedeutete, dass er auf dem Gipfel stationiert war und Consuelas Gesellschaft genießen konnte.

„Sie ist alles, was ein Mann sich nur wünschen könnte, selbst so ein störrischer Bastard wie ich", dachte Travis laut vor sich hin. Er pfiff eine Strophe von „The Yellow Rose of Texas" und fragte sich, ob Consuela wohl gelbe Rosen mochte. Falls nicht, würde er herausfinden, welches Blumenarrangement ihr zusagte, und es besorgen. Schließlich war er ein Flieger und konnte sie besorgen, wo immer im Land sie verfügbar waren.

Ein paar Versuche, knapp außerhalb von Odessa über eine dräuende Gewitterfront zu steigen, überzeugte ihn, dass der Maschine nicht nur Geschwindigkeit und Beweglichkeit abgingen, sondern auch die Motorleistung für schnelle Steigflüge. Aber die Kanonen! Sie hatte genug Kanonen, um ein ganzes Regiment Bandidos abzuschießen. Travis musste sich ermahnen, dass er nicht mehr in seiner *Kingcobra* saß. Er konnte froh sein, überhaupt ein Flugzeug zu haben, geschweige denn eines, das bis an die Zähne bewaffnet war.

„Ich muss diese Feuerkraft richtig einsetzen", ermahnte er sich, dann konzentrierte er sich wieder auf den Flug. Unterwegs sang er aus voller Brust. Seine Stimme hallte durch das geräumige Cockpit, aber Travis verstummte, als er westlich von Amarillo aus den Gewitterwolken brach und die Heliumminen sah. Die Aktivität rund um das Gelände verriet ihm alles, was er wissen musste.

Trouts Verteidiger waren besiegt, aber nicht von den Lämmern Gottes. Luftpiraten flogen ungehindert kreuz und quer über das Minengelände und machten Travis klar, wer die wichtigste Einnahmequelle der Republik Texas kontrollierte. Schlimmer noch, es bedeutete, dass die Air Rangers sich nicht mehr auf einen reichlichen Heliumnachschub für die Luftschiffsflotte der Republik verlassen konnten. Falls Redmann entschied, nur mit Luftpiraten Geschäfte zu machen, lag es im Interesse aller Nationen, ihn hier und jetzt aufzuhalten. Die Republik Texas war vielleicht nicht gerade der großzügigste Staat, und Trout war ohne Zweifel ein habgieriger Geschäftemacher, aber beide waren unendlich besser als Bill Redmann.

Travis drehte am Einstellknopf des Funkgeräts und suchte nach der Frequenz, auf der „Marshal" Bill funkte. Als er sie fand, bestätigten sich seine schlimmsten Befürchtungen. Redmann hatte sich mit Xenon der Eroberin und ihrer Piratenbande zusammengetan, um Trouts Heliumminen in die Hand zu bekommen.

„Redmann, hören Sie mich, Boy?", schickte Houston über den Äther. „Billyboy, komm raus spielen, Kleiner." Er wollte Redmann wütend machen. Wütend genug, einen Fehler zu begehen. Nach allem, was Travis im Moment sehen konnte, hatte der Marshal bis jetzt herzlich wenig Fehler begangen. Ein schneller Vorbeiflug über die Heliumminen zeigte nur eine Handvoll Maschinen der Goliad Squadron, aber sie wurden von Dutzenden Maschinen verstärkt, die Xenons Emblem trugen.

„Sind Sie da unten, Marshal?", rief Travis. Er sah die *Peacemaker* des Goliad-Kommandeurs beim Verwaltungsgebäude der Minen am Boden stehen. Travis beschimpfte den Verräter weiter, bis aus dem Funkgerät eine von Knistern überdeckte Antwort drang.

„Sie haben verloren, Travis", hörte er die gezischte Antwort des Marshals. Redmann setzte noch ein paar Beleidigungen gegen Coffee hinterher, aber Travis hörte nur mit halbem Ohr zu. Er war damit beschäftigt, sich in Position zu manövrieren, um Redmann beim Aufstieg zu erwischen. In einem Luftgefecht und am Knüppel dieser schwerfälligen Kiste war er sich nicht sicher, ob es ihm gelingen würde, den Mann zu übertrumpfen, der mehr Abschüsse auf seinem Konto hatte als die zwei nächstrangigen Flieger-Asse der Air Rangers zusammen.

Travis brauchte länger, um Redmann zu finden, als er erwartet hatte. Der Mann musste noch am Boden begonnen haben, ihn über Funk zu reizen. Aber nachdem er sein Ziel einmal entdeckt hatte, konzentrierte er sich völlig darauf. Wie er es vorausgesehen hatte, stieg Redmann kreisend höher. Travis schätzte Entfernung und Geschwindigkeit, gab seinem schwerfälligen Bus die Sporen und jagte so schnell er konnte auf Redmann zu.

Er hatte geplant, eine Breitseite aus den Maschinengewehren abzufeuern, aber die ungewohnte Platzierung des Auslösers machte ihm einen Strich durch die Rechnung. Plötzlich donnerte er geradewegs auf die *Peacemaker* zu und drohte die andere Maschine zu rammen. Travis zog leicht hoch und jagte vorbei. Er hoffte darauf, dass er Redmann damit entgeistert hatte, aber er verlies sich lieber nicht darauf. Wahrscheinlich hatte der Beinahezusammenstoß ihm mehr Angst eingejagt als seinem Gegner.

„Was ist das für ein Schrotthaufen, den Sie fliegen?", spottete der Marshal. Travis mühte sich ab, die Maschine zu einem erneuten Angriff umzudrehen. Diesmal würde er rechtzeitig den Daumen auf den Feuerknopf legen. Und er würde sein Ziel nicht verfehlen.

Hin und her flog er, kletterte, tauchte ab, wich aus und lieferte allen möglichen Zuschauern die beste Demonstration fliegerischer Kampfkunst, die man über Texas seit Jahren zu Gesicht bekommen hatte. Aber Travis' Schultern schmerzten allmählich von der Belastung, ein so schweres, schwerfälliges Flugzeug zu steuern. Und er kämpfte gegen einen der besten Flieger, die er je gesehen hatte. Alle Maschinengewehre der Welt konnten in einem echten Luftgefecht fehlende Geschwindigkeit nicht ersetzen.

„Ich werde ihm zeigen, was ich kann", schwor Travis sich. Und das tat er. Unter seiner Hand sang Consuelas Flugzeug, es tanzte, es stellte sich aufs Heck und bellte … und die Kanonen übernahmen das Bellen.

Plötzlich rollte die *Peacemaker* weg, und bevor Travis seine schwerfällige Maschine herumreißen konnte, war er schon an dem Rangerrenegaten vorbei. Fluchend bemühte er sich, zu einem neuen Angriff einzuschwenken, als seine Maschine sich abrupt unter einem Hagel glühenden Bleis in die Flanke schüttelte.

„Was, zum …" Travis riskierte einen schnellen Blick. Seine Augen weiteten sich, als er den Zeppelin sah. Er schien aus dem Nichts aufgetaucht zu sein. Jetzt drehte er bei und wendete ihm die Breitseite zu. Dutzende schwerer Geschütze eröffneten das Feuer. Der schwebende Gigant verfügte über mehr Feuerkraft als die ganze Goliad Squadron in ihren besten Zeiten. Vielleicht sogar mehr Feuerkraft als das komplette Air-Rangers-Geschwader auf Randolph Field. Houston Travis tauchte weg. Schnell.

Er versuchte, dem schlimmsten Bombardement auszuweichen, aber sein fliegender Lastkahn musste beachtlichen Schaden einstecken. Mit jedem Treffer wurde er durchgeschüttelt. Dann eröffnete das Luftschiff mit Kanonen das Feuer, die an Artilleriegeschütze erinnerten. Selbst auf diese Entfernung und vor dem Donnern der Flugzeugmotoren klingelten ihm die Ohren. Er hatte noch nie einen Zeppelin gesehen, der eine derartige Kampfkraft hatte.

Travis hatte Redmann aus den Augen verloren, und ehrlich gesagt war es ihm egal. Seine eigene Haut zu retten war jetzt wichtiger. Die schwere Jagdmaschine raste geradewegs auf den Erdboden zu, und er bezweifelte, dass er sie noch rechtzeitig wieder hochziehen konnte. Aber er tat sein Bestes.

Seine Schultern kreischten vor Schmerzen, seine Bauchmuskeln verkrampften sich vor Anstrengung, seine Füße traten die Ruderpedale bis zum Boden durch, um sich aufzustemmen. Er zog den Knüppel auf sich zu. Erste Bauteile der Maschine brachen ab und fielen davon. Redmann hatte ihn gehörig zerschossen, und der Zeppelin erst recht, aber der Andruck, gegen den Travis jetzt ankämpfte, zerlegte die Maschine noch schneller.

Er fühlte, wie die Haut seines Gesichts nach hinten gedrückt wurde. Blut strömte in seinen Kopf. Die Welt vor seinen Augen wurde rot, röter, noch röter, bis die Nase sich plötzlich hob und die Maschine keine fünfzig Fuß über dem Boden dahinschoss.

„Das war knapp", hauchte Travis und fragte sich, ob er nach Redmann suchen und zu Ende bringen sollte, was er begonnen hatte. Selbst wenn das Luftschiff Marshal beschützte, dessen Spott über Coffee hatte Travis wütend gemacht. Außerdem dachte er gar nicht daran, zuzulassen, dass Redmann damit prahlte, ihn besiegt zu haben!

Travis überprüfte die Steuerung der Maschine. Sie reagierte schwerfällig, aber sie hatte eine schier unglaubliche Belastung ausgehalten und flog immer noch. Travis fragte sich kurz, wie es wohl wäre, mit Consuela auf seinem Schoß in diesem Flugzeug Jagd auf Bandidos zu machen.

„Ein Traum", seufzte er und zog den Jäger in eine Aufwärtsspirale, um wieder Höhe zu gewinnen. Sein Kurs trug ihn gefährlich dicht an das Gewitter, das er auf dem Weg zu den Minen durchquert hatte. Inzwischen tobte es heftiger. Blitze zuckten und wurden von lautem Krachen im Lautsprecher des Funkgeräts begleitet. Travis reduzierte die Lautstärke, als er sich der Wolkenwand näherte. Als er beidrehte, riss er entsetzt die Augen auf. Er hatte erwartet, Redmann und die Reste der Goliad Squadron zu sehen. Selbst Xenon und ihre

Flieger. Aber der Himmel war übersät von Dutzenden Jagdmaschinen.

Und auf jeder einzelnen leuchtete das Bienenkorbemblem der Lämmer Gottes.

„Heiliges Gürteltier", flüsterte er. Er mühte sich nach Kräften ab, seine Maschine in eine engere Spirale zu zwingen und aus der Nähe der Mormonenstaffeln zu verschwinden, aber er spürte den Aufprall der Salven auf die rechte Tragfläche mehr, als dass er sie hörte. Als er aus der Kanzel schaute, sah er eine grell lodernde Brandkugel unter einer Flügelstrebe klemmen. Die Magnesiumladung fraß sich an einer Stelle in das Metall, an der sie drohte, ihn ein Viertel der Tragfläche zu kosten und das ohnehin schwerfällige Flugzeug noch unbeweglicher zu machen.

Und falls er sich zurück ins Gewitter wagte, war er verloren. Die Sturmböen und Blitzschläge hätten ihn vom Himmel gefegt, bevor er auch nur ein Stoßgebet sprechen konnte.

Travis rang mit der Steuerung. Er war froh, dass Consuela nicht bei ihm war. Es gab keinen Grund für sie beide zu sterben. Mit Mühe schaffte er es, aus der Spiralbahn zu steuern und die Maschine geradezuziehen. Leuchtspursalven zuckten vor dem Flugzeug vorbei. Travis streckte die Hand aus und drehte das Funkgerät lauter.

Eine nur zu vertraute Stimme gellte durch die Gewitterstörungen aus dem Lautsprecher.

„Landen Sie, oder Sie werden abgeschossen", befahl sie kalt.

Houston Travis blickte über die linke Tragfläche und sah die blonden Haare und das vertraute Gesicht Sarah Youngs. An ihrer Miene war allerdings nichts Hübsches. Travis war klar, dass er ihr nicht entkommen konnte, und Sarahs Jäger war intakt. Wahrscheinlich waren ihre Munitionskammern randvoll, und es juckte ihr in den Fingern, sie ihm in den Pelz zu jagen.

„Wer hätte gedacht, dass wir uns so schnell wiedersehen, schöne Lady", antwortete er und winkte.

„Landen Sie, oder Sie sterben."

Er kam zu dem Schluss, dass sie nicht in der Stimmung für Verhandlungen war. Und die hundert anderen Flieger in ihrem Kampfgeschwader auch nicht. Travis wackelte mit den Tragflächen und machte sich auf die Suche nach einem Landeplatz.

# KAPITEL ELF
## REDMANNS GASTFREUNDSCHAFT

„Du bist nichts als ein Floh, eine lästige Mücke, Ungeziefer!", brüllte Bill Redmann, während er seine beschädigte Maschine hin und her riss, um Houston Travis' MGs zu entkommen. Wie konnte der Air Ranger dieses sperrige Ungetüm dermaßen geschickt fliegen? Wohin immer Redmann auch drehte, es trug ihn vor Travis' Kanonen. Und was für Kanonen der Kerl hatte!

Redmann zog die Nase hoch und rollte die Maschine zur Seite, um Travis vorüberzulassen. Die gegnerische Maschine wuchtete sich an ihm vorbei, und Redmann zog in Position, um Travis seine letzte Rakete ins Heck zu jagen, als er an seiner Seite eine düstere, drohende Silhouette bemerkte. Fluchend rollte der „Marshal" wieder zur Seite und drehte ab. Er griff nach dem Mikrophon.

„Was geht da vor?", brüllte er.

„Zeppelin bereitet Landung vor. Wir kümmern uns auf dem Weg zur Anlegestelle um dieses kleine Ärgernis für Sie, Marshal", antwortete der Kapitän des Luftschiffs munter. „Kein Problem, wie man in diesem Teil des Landes sagt."

Das Luftschiff drehte sich langsam, und Redmann erblickte die Zeilen von Maschinengewehren entlang der Gondel. Dutzende Kanonen. Und nicht nur MGs. Er sah Kanonenmündungen von bis zu zwei Zoll Durchmesser, die nur darauf warteten, auf ein Ziel gerichtet zu werden, das sie ins Jenseits ballern konnten.

„Ich will ihn selbst abschießen!", schrie Redmann.

Noch während ihm die Worte über die Lippen kamen, schüttelte sich seine Maschine und gab ein asthmatisches Röcheln von sich. Eine von Travis' Kugeln hatte sich wohl in den Motorraum gebrannt. Der Lärm und der plötzlich aufsteigende ölig-schwarze Qualm zeigten Redmann nur zu deutlich, dass er sich nicht mehr lange in der Luft halten konnte.

„Wenn du ihn unbedingt willst, Marshal, gehört er dir", klang Xenons Stimme aus dem Funkgerät. „Aber ich habe den Zeppelin auf ihn angesetzt. Wir können nicht zulassen, dass irgendjemand den Luftraum über meinen Minen verletzt – äh, unseren Minen, wollte ich sagen", korrigierte sie sich hastig. Redmann hörte darüber hinweg. Xenon hatte offensichtlich vor, ihm die Beute streitig zu machen.

Hätten die Dinge anders gelegen, hätte er es ihr gegenüber vermutlich genauso gemacht.

„Ich komme zurück", antwortete Redmann. „Mein Motor hat faustgroße Löcher."

„Kannst du noch steuern?", fragte Xenon. Redmann fragte sich, ob sie ihre Chance gekommen sah. Falls er abstürzte, brauchte sie ihn nicht umzubringen und konnte die loyalen Überlebenden der Goliad Squadron möglicherweise für ihre Bande rekrutieren. Falls nicht, würde sie einen anderen „Unfall" für ihn arrangieren müssen.

Er entschied sich, es darauf ankommen zu lassen. „Gib deinen Flakschützen Bescheid, dass ich einschwebe", gab er durch. „Ich habe keine Steuerung mehr." Redmann schlug mit dem Mikro auf das Instrumentenbrett, als das Funkgerät laut krachte und Xenons Antwort verschluckte. Allen Anzeichen nach hatte er Elektrik und Hydraulik verloren. Er packte den Knüppel fester und ging vorsichtig tiefer, bis er eine Stelle über den Minen erreichte, die sich zur Landung eignete. Er kurbelte hastig das Fahrgestell von Hand aus und hoffte, dass es eingerastet war. Ohne Instrumente flog er blind. Er wollte nicht auch noch tot fliegen.

„Xenon, siehst du mein Fahrgestell? Ist es ausgefahren und eingerastet?" Er erhielt keine Antwort. „Marshal" fragte sich, ob auch das Funkgerät ausgefallen war. Wenn die Elektrik beschädigt war …

Er biss die Zähne zusammen und ging tiefer. Es wurde eine annehmbare, wenn auch nicht gerade hübsche, Notlandung. Die *Peacemaker* hüpfte und schepperte, und als sie in Schräglage zum Stehen kam, fielen an mehreren Stellen Bruchstücke vom Rumpf. Als seine letzte Rakete spontan aus der Halterung schoss, war Redmann klar, dass nicht ein System der Maschine mehr ordnungsgemäß funktionierte.

„Was soll das? Wozu hast du die Rakete abgefeuert?", herrschte Xenon ihn an, als sie mit vier Leibwächtern herüber kam. Die Männer in ihrer Begleitung waren ebenso schwer bewaffnet wie der Zeppelin, der sich gerade einem stählernen Haltemast in der Mitte der Minenanlage näherte.

„Verschrotten", stellte Redmann fest und zeigte mit dem Finger über die Schulter zu seiner Maschine. Dann schaute er über Xenons Schulter zu dem Luftschiff hinüber. „Was macht die hier? Du hast nie davon gesprochen, schwere Luftschiffe aufzufahren."

„Sie tankt Helium", erklärte Xenon knapp.

„Wozu? Die Minen gehören jetzt uns. Du kannst, wann immer du willst, genug Helium für eine ganze Flotte bekommen." Er beobachtete die Piratin genau. Auf seine Art liebte Redmann sie, und es schmerzte ihn zu sehen, wie sie sich gegen ihn kehrte. Aber die Verlockung eines derartigen Reichtums wäre selbst für die liebevollste und loyalste Gefährtin zu viel gewesen, und erst recht für eine skrupellose Luftpiratin. Mit einer bewussten Anstrengung schüttelte Redmann die Beweise für Xenons Treulosigkeit ab. Er konnte verstehen, dass sie Geld und Macht vor ihm den Vorzug gab.

Er würde mit ihr dasselbe machen.

„Die Lämmer Gottes sind noch in der Luft. Ein ganzes Geschwader. Wir müssen darauf vorbereitet sein, sie abzuwehren, Darling", erklärte Xenon glatt und schaute ihn mit einem treuherzigen Augenaufschlag an. Er gab ihr einen sanften Kuss, ohne sich um die Blicke der Leibwächter zu scheren.

„Seit wann sind die Utah-Enklaven so stark?" Er schüttelte den Kopf und staunte über die Überraschungen der Politik. „Sie müssen eine neue Geldquelle gefunden haben, um diese militärischen Abenteuer zu finanzieren. Dem sollte man nachgehen ... später."

„Später", stimmte Xenon zu. „Erst müssen wir unsere Kräfte hier in den Minen ausbauen. Die Republik Texas ist momentan noch an der Ostgrenze mit der französischen Fremdenlegion beschäftigt, aber wenn sie den Froschfressern erst eine Abreibung verpasst hat, wird sie sich überschlagen, auf Trouts Hilferufe zu antworten. Der Mann hat Möglichkeiten, von denen wir keine Ahnung haben."

Und die Rangers würden noch eifriger bei der Sache sein als normal, weil sie gegen einen der ihren kämpfen würden: einen Verräter. Redmann machte sich keine Illusionen darüber, wie die Republik Texas oder die Air Rangers ihn sahen. Bevor man berühmt wurde, war man immer erst einmal berüchtigt, und anders hätte Bill Redmann es auch nicht haben wollen. Zu viele versuchten es auf die leichte Art, befolgten blindlings die kleingeistigen Anweisungen irgendwelcher Vorgesetzter, ohne jemals ihren Verstand zu benutzen. Redmann spielte um größere Einsätze. Und er ließ sich nicht von niemandem die Butter vom Brot nehmen.

Eine Explosion warf ihn auf die Knie. Als Redmann wieder aufstand, sah er, dass das auf das heiße Metall tropfende Flug benzin seines Jägers schließlich die kritische Masse erreicht und die Maschine in die Luft gesprengt hatte. Er sah zu, wie die Flammen seine *Peacemaker* einhüllten, und ein trockenes Lächeln umspielte seine Lippen.

„Du wirkst amüsiert", stellte Xenon fest. „Der Luftschiffskapitän hat gemeldet, dass er Travis ins Gewitter abgedrängt hat. Ich hätte erwartet, du würdest wütend sein, dass du ihn nicht selbst abgeschossen hast."

„Das bin ich auch“, gestand Redmann ein. Die Flammen schlugen höher, so hoch wie seine Ambitionen. Er rieb sich mit den Händen übers Lederzeug und ballte die Fäuste. „Travis ist vermutlich tot. Aber wenn nicht, werde ich ihn eines Tages erledigen.“

„Du steckst das besser weg, als ich erwartet hatte“, sagte Xenon und musterte ihn mit kühlem Blick.

„Ich höre Schüsse“, wechselte Redmann das Thema und drehte sich zur Mitte der Anlage um. „Sind Trouts Leute immer noch am Leben?“

„Wir müssen ein paar Bunker aufsprengen, um die Letzten auszuräuchern“, antwortete Xenon. „Nichts von Bedeutung.“

„Natürlich nicht“, kommentierte Redmann trocken. „Lass sehen.“

Gefolgt von Xenons Leibwächtern machten die beiden sich zum Anlegeplatz auf, wo der Zeppelin Dutzende Heliumtanks lud. Als sie in die Nähe des Andockmasts kamen, pfiff eine Kugel dicht über Redmanns Kopf durch die Luft. Nicht erkennbar beeindruckt, zog er die Walther P-38, die Udet ihm gegeben hatte, lud die Waffe durch und machte sich auf die Jagd nach dem Heckenschützen.

Vier schnelle Schüsse sprengten Backstein und den Mann weg, der unvorsichtigerweise hinter der Mauer vorlugte. Redmann steckte die Pistole wieder ein und ging weiter. Er genoss den Ausdruck auf Xenons Gesicht und fragte sich, ob ihre Leibwächter wohl ebenso beeindruckt waren. Nicht, dass es von Bedeutung gewesen wäre. Er würde sie und ihre Piratenbande nicht mehr lange brauchen.

„Sind irgendwelche Frachtzeppeline unterwegs?“, fragte Redmann, als er sah, wie schnell Xenons Leute die Heliumtanks in das Luftschiff schafften.

„Vielleicht später“, antwortete Xenon, und er wusste, dass sie log. Sie wollte die Minen ausplündern, einsacken, was sie konnte, und dann verschwinden, bevor die Republik Texas ihre beachtlichen militärischen Kräfte zum Tragen brachte. Redmann konnte nicht einmal ausschließen, dass Samuel

Trout eine beachtliche Privatarmee besaß, die sich bereits zum Gegenangriff sammelte. Der Heliummogul würde bestimmt nicht zulassen, dass Luftpiraten das Juwel seines Geschäftsimperiums stahlen, ohne zurückzuschlagen. Xenon wusste das. Redmann auch. Aber er hatte ebenso wenig vor, die Minen zu halten, wie sie.

„Wo ist meine Staffel gelandet?“, fragte er.

„Dort hinten“, sagte Xenon und deutete auf die andere Seite des Luftschiffs. Redmann war sich sehr bewusst, dass alle seine verbliebenen Flugzeuge im Schussfeld der Zeppelingeschütze standen.

„Gut, ich muss mit meinen Offizieren reden. Wo können wir uns nachher treffen, meine Liebe?“ Redmanns Mund lächelte, aber sein Blick blieb kalt.

„Am Fuß des Haltemasts“, erwiderte sie. „Bleib nicht zu lange fort, Marshal. Wir haben viel zu feiern.“

„Das haben wir allerdings.“ Er sah der Piratenkapitänin und ihren Leibwachen eine Weile nach. Dann hastete er um den Zeppelin und studierte unterwegs dessen Unterseite, die Aufstellung der Geschütze, die Größe der Seitenruder und andere Details, die sich als nützlich erweisen würden, wenn er das nächste Mal einen aus der Luft schoss. Redmann lächelte. Diesmal war seine Freude echt. Wer weiß? Vielleicht würde ja sogar genau dieser Zeppelin sein nächster Abschuss werden.

Als er sich dem anderen Ende des Landefelds näherte, an dem fünf *Peacemakers* parkten, wurde er langsamer. Keine Mechaniker arbeiteten an den zerbeulten Maschinen.

„Howdy, Marshal“, begrüßte ihn eine schleppende Stimme. „Freut mich, dass Sie die Zeit gefunden haben, uns einen Besuch abzustatten.“

„Six-Gun“, antwortete Redmann erleichtert. Er sah, dass der Pilot fünf andere Staffelmitglieder dabei hatte, die Wache standen. Im Gegensatz zu Xenons heruntergekommenen Piraten waren seine Männer aufmerksam und kampfbereit, am Boden ebenso wie in der Luft.

„Dachte mir schon, dass Sie früher oder später vorbeikommen würden. Haben Sie den Hurensohn erledigt?"

„Travis? Der ist nicht mehr von Bedeutung", erwiderte Redmann, ohne auf Einzelheiten einzugehen. Es ärgerte ihn immer noch, dass er den lästigen Schnüffler nicht selbst abgeschossen hatte.

„Gut", erklärte Six-Gun. „Die Jungs und ich sind zu allem bereit."

„Ich sehe mehr Piloten als Maschinen", stellte Redmann fest.

„Boise und Hammer teilen sich eine. Wir sind flugbereit, wenn auch nicht allzu gut in Schuss." Six-Gun trat näher. „Wohin fliegen wir?"

Redmann atmete tief durch. Er hatte für diesen Moment bewusst die skrupellosesten und bestechlichsten seiner Piloten ausgesucht, aber er war sich noch immer nicht sicher, wie sie reagieren würden. „Die Air Rangers sind kein Ort für so feine Kämpfer", erklärte er schmeichelnd. „Ihr verdient mehr als den kümmerlichen Sold, den die Republik Texas anbietet, und ihr werdet bekommen, was ihr verdient: Wenn ihr bei mir weiterfliegt. Das ist die Geburtsstunde von Redmanns Raiders!"

Six-Gun musterte ihn mit schmalen Augen und wog in Gedanken ihre Erfolgschancen ab, bevor er erkennbar zu einer Entscheidung kam. „Wohin Sie fliegen, folgen wir. Geben Sie den Befehl, Marshal."

Redmann schaute hinüber zu den anderen und sah, dass sie ebenfalls bereit waren, Six-Guns Vorbild zu folgen. Er hatte die Skrupellosigkeit in allem, was Six-Gun tat, gesehen, und auch dessen fliegerisches Können gefiel ihm. Er würde einen guten Ersatz für die verräterische Rasputin abgeben. Bis jetzt hatte Six-Guns blutrünstiges Wesen sich noch nicht soweit entwickelt, ihn glauben zu lassen, er sei besser geeignet als Redmann, die Einheit zu kommandieren.

Aber eines Tages würde er zu einem Problem werden, so wie Rasputin, das war Redmann klar. Und er würde auf diesen Zeitpunkt vorbereitet sein.

„Wo ist die Fracht, die ihr mitbringen solltet?", fragte er.

„Die liegt da drüben, in der Maschine im Schatten, Marshal", antwortete sein neuer Flügelmann. „Wir haben sie reingeschafft, sobald wir die Flakbatterien am Nordrand ausgeschaltet hatten."

„Macht eure Maschinen startklar, Six-Gun", befahl der Marshal. „Wir fliegen in Kürze ab. Wir treffen uns südlich von hier, am Missouri."

„Es steht auf meiner Seele gedruckt", versicherte Six-Gun ihm blumig.

„Falls du noch eine Seele hast", murmelte Redmann leise, als er sich auf den Weg zum Frachtflugzeug machte.

„Moment, Marshal", rief Six-Gun ihm nach. „Wie kommen Sie von hier weg? Wenn das Ihr Flugzeug war, dass auf der anderen Seite der Anlage die Bruchlandung gebaut hat... Na ja, es ist ein langer Fußmarsch."

„Mach du dir keine Sorgen um mich. Seht ihr nur zu, dass ihr auf ein hübsches Feuerwerk zur Feier unseres Sieges vorbereitet seid." Redmann überließ Six-Gun die Startvorbereitungen der Staffel und ging hinüber zu der sogenannten Frachtmaschine. Der Stauraum hatte kaum genug Platz für seinen Bedarf, aber für das, was er plante, reichte es. Er zerrte die sperrige Luke auf und zog zwei große Tornister heraus. Er schwang sie sich über die Schultern und ging los.

Auch wenn er nur fünfzig Pfund Sprengstoff hatte, wenn er sie richtig platzierte, konnte er maximalen Schaden an den Heliumminen und den sie umgebenden Bauten anrichten. Das war eine Aufgabe, der Bill Redmann durchaus gewachsen war.

# KAPITEL ZWÖLF
## Ein letztes, tödliches Geschäft

Houston Travis trat nach der brennenden Magnesiumkugel in der Tragfläche seiner Maschine. Sie zischte, als die Stiefelspitze sie traf und auf den Boden schleuderte. Dann blickte er auf und sah Sarah Young aus dem Cockpit ihrer Maschine springen. Ihrer neuen Maschine.

„Sie, Sie…" Die Mormonin kochte vor Wut. Vier andere Lämmer-Gottes-Piloten stiegen aus und stellten sich, die Hand auf der Waffe, um Travis' Maschine auf. Keiner zog eine Pistole, aber er brauchte nur eine falsche Bewegung zu machen, und man würde ihn schneller durchlöchern als selbst Redmanns Maschinengewehre. Er setzte sich auf den Rand der wuchtigen Tragfläche und ließ die Beine baumeln.

„Tut mir Leid, dass ich Ihren anderen Jäger stehlen musste", erklärte er. „Ich fürchte, Los Dos Muertos haben ihn mir unter dem Hintern weggeschossen."

„Was? Diese Luftpiraten!" Sarah stampfte auf und trug sich erkennbar mit dem Gedanken, ihren Leuten zu befehlen, sie sollten ihr Travis ein für allemal vom Hals schaffen. Aber sie riss sich zusammen und wartete, bis ihr Zorn sich gelegt hatte, bevor sie weitersprach.

„Wenn ich Sie im Moment nicht bräuchte, würde ich…" Sie verstummte. Die Wut schnürte ihr die Kehle zu.

„Denke ich mir", stimmte Travis zu. „Da die Maschine während eines offiziellen Air-Rangers-Einsatzes verlorengegangen ist, können Sie vermutlich eine Entschädigungszahlung von meinem Kommandeur bekommen."

„Captain Briggs", schnappte sie. „Den kenne ich. Er ist auch nicht besser als Sie."

„Aber?", fragte Travis, der eine Veränderung im Tonfall Captain Youngs bemerkt hatte.

Sarah Young atmete tief ein und ließ die Luft langsam wieder entweichen. „Ich bin befugt, im Namen der Allianz der Utah-Enklaven ein Abkommen mit der Republik Texas zu unterzeichnen", erklärte sie widerwillig. „Wir helfen Ihnen, die Heliumminen zurückzuerobern, wenn wir im Gegenzug die Garantie erhalten, das Gas zum selben Preis wie die Republik Texas kaufen zu können."

„Ich schätze, darauf wird Trout sich einlassen, wenn er seine Minen zurückbekommt", stellte Travis fest.

„Nein! Das ist eine weitere Bedingung für unsere Hilfe. Trout kann eine Entschädigung für seinen Verlust erhalten, aber die Heliumminen müssen unter die Kontrolle eines Konsortiums von Nationen gestellt werden. Eine internationale Zone, die kein einzelner Staat kontrolliert, und in der niemand Sonderprivilegien hat."

„Das ist wirklich egalitär von Ihnen, anderer Leute Besitz so freimütig wegzugeben", kommentierte Travis amüsiert. „Aber da ich noch nie viel von ‚Cutthroat' Trout gehalten habe, bin ich einverstanden. Allerdings verändert die Einrichtung einer neutralen Zone das Machtgleichgewicht in der Region. Ich weiß nicht, ob die Republik damit einverstanden sein wird."

„Die Lämmer Gottes werden eine Staffel zu ihrer Verteidigung stellen", bot Sarah an.

„Das kann die Republik Texas auch, aber so wie die Dinge zwischen uns und Dixie liegen ..."

„Ich bin auch berechtigt, für die ISA zu sprechen", erklärte Sarah. „Gemeinsam können diese drei Mächte..."

„Die Leutchen weiter westlich könnten sich ebenfalls anschließen. Und die Bundesrepublik Mexiko. Auch Hollywood. Und..., aber ich schätze, Sie verstehen, worauf ich hinaus will. Wenn es eine neutrale Zone geben soll, muss jeder willkommen sein."

„Mit Ausnahme von Luftpiraten", bestand Sarah.

„Darüber sollen sich die Politiker den Mund heiß reden. Ich persönlich würde schätzen, dass sie zustimmen werden. Aber erst einmal müssen wir das Ungeziefer aus den Heliumminen verjagen."

„Einverstanden." Sie streckte die Hand aus. Travis schüttelte sie und staunte über die Entschlossenheit der jungen Blondine. Ohne Bill Redmanns Einmischung hätte sie die Minen erobert. Jetzt hatte ihr Plan, gleichberechtigten Zugang zu den wichtigen Heliumminen zu sichern, gute Erfolgschancen. Vorausgesetzt, sie konnten sie Redmann entreißen.

„Ich bin ehrlich stolz, an Ihrer Seite und der dieser bemerkenswerten Jäger zu fliegen, in denen Sie unterwegs sind", erklärte er. „Ihr Geschwader hat einige erstklassige Piloten."

„Die hatte Ihres auch", stellte Sarah trocken fest. Travis zuckte bei der Erinnerung zusammen wie viele gute Leute heute ihr Leben gelassen hatten. Unter anderem „Coffee".

„Machen wir uns auf den Weg und räuchern diese Schlange aus", sagte Travis und stieg wieder auf den Flügel der Maschine, die Consuela ihm geliehen hatte. Er zögerte kurz und staunte darüber, welches Füllhorn weiblicher Schönheit das Schicksal über ihm ausgeschüttet hatte. Dann zuckte er die Schultern, schob sich in das geräumige Cockpit und brachte seinen langsamen Elefanten der Lüfte auf Touren. Lange Minuten, nachdem Sarah Youngs Staffel aufgestiegen war, schwang er sich ebenfalls in die Höhe.

Als er sie eingeholt hatte, war der Luftkampf bereits in vollem Gange, aber er warf sich sofort ins Geschehen. Mit seinen schweren Geschützen schlug Travis tiefe Schneisen durch die Reihen von Xenons Verteidigern, aber allmählich machte ihm die Unbeholfenheit seiner Maschine zu schaffen.

Als er Sarah zum zweiten Mal anfunken musste, um sich dafür zu bedanken, dass sie ihm einen Banditen vom Heck geschossen hatte, war ihm klar, dass er eine bessere Verwendung für seine Geschütze suchen musste. Die Lämmer Gottes säuberten den Himmel auch ohne seine Hilfe schnell von Piraten. Irgendetwas musste es doch geben, was er tun konnte.

Travis zog im Tiefflug über das Minengelände und wich dem sporadischen, schlecht gezielten Flakfeuer der südlichen Bodenbatterien ohne Schwierigkeiten aus. Die Piraten kannten sich mit der Bedienung der Geschütze nicht aus, und dadurch konnte er sie fast beliebig bombardieren. Aber Travis fand wenig Genugtuung darin, die Bodentruppen zu scheuchen. Diese Art der Kriegsführung war ihm zu erbärmlich, auch wenn ihm allmählich klar wurde, dass Consuelas Maschine speziell für ebendiese Art des Einsatzes gebaut war.

Dann weiteten sich seine Augen, als er das riesige Luftschiff die Leinen abwerfen und schnell an Höhe gewinnen sah. Er schwang herum, gab vollen Schub, um in die Nähe des Zeppelins zu gelangen, und feuerte eine Breitseite auf das Schiff, in der Hoffnung, den Leviathan daran hindern zu können, in die Schlacht einzugreifen. Aber obwohl ein Großteil seiner Kugeln durch die Tuchhülle schlugen, zeigten sie keine Wirkung. Xenon hatte das Heliumschiff so konstruiert, dass es unglaublichen Schaden einstecken konnte, und sie hatte ihre Sache gut gemacht.

„Sarah!", warnte er seine Verbündete. „Zeppelin im Anflug!" Noch während er sprach, sah er, wie sich die Luken in der Gondel öffneten. Das Krachen feuernder Maschinengewehre dröhnte in seinen Ohren und verkündete den Tod aller am falschen Ende der Breitseite … und dazu gehörten viel zu viele der Lämmer Gottes. Die Schlacht, die bis jetzt so eindeutig zu ihren Gunsten verlaufen war, nahm eine dramatische Wende.

„Travis!", rief Sarah. „Der Zeppelin ist zu viel für uns! Wir müssen uns zurückziehen…"

„Na dann tun Sie das mal ruhig, kleine Lady. Wir Air Rangers werden diese dreckigen Pestbeulen schon zerquetschen."

Travis brauchte ein paar Sekunden, um sich klar zu werden, wer sich da auf dem Funkkanal der Lämmer Gottes ins Gespräch eingemischt hatte. Das Herz hüpfte ihm im Leib, als er die von Rauschen verzerrte Stimme erkannte.

„Coffee! Wo hast du gesteckt?"

„Auf Sommerfrische. Ich hab etwa 'ne Bazillion Air Rangers dabei. Alle aus Rudolph, wo die verflixt besten Piloten der Welt ihre Maschinen unterstellen!"

Travis musste blinzeln, als er ein Geschwader Air Rangers nach dem anderen aus Südosten anfliegen sah. Coffee hatte nicht untertrieben. So ziemlich jedes verdammte Flugzeug in der gesamten Luftwaffe der Republik Texas war heute aufgestiegen.

„Wir waren fertig damit, die Froschfresser zu vermöbeln, und das hat so einen Spaß gemacht, dass wir noch nicht aufhören wollten", bemerkte Coffee.

„Dann nur weiter so!", riefen Travis und Sarah im Chor. Während sich die Air Rangers auf die Piraten stürzten, setzte Travis seinen Tiefflug über die Minenanlage fort, schaltete MG-Nester aus und tat sein Bestes, um die Jäger – aus Utah und Texas – vor Flugabwehrfeuer zu beschützen. Es drängte ihn, aufzusteigen und gegen Xenons Maschinen mitzumischen, aber er wusste, dass er hier unten besser aufgehoben war, und seine Bemühungen bewahrten Dutzende Kameraden davor, abgeschossen zu werden.

Nach über zwanzig Minuten heftiger Kämpfe entwickelte der Zeppelin Schlagseite nach Backbord. Es kostete noch zehn Minuten Raketenfeuer und Magnesiumbeschuss, aber dann sank der besiegte Koloss schließlich doch im Zeitlupentempo dem Ende zu.

Die Vernichtung des Zeppelins gestattete Travis, in die Mitte des Minenkomplexes zu fliegen. Als er den Platz überquerte, bemerkte er einen einzelnen Jäger und drehte zum Angriff ein.

* * *

„Es ist vorbei!", rief Xenon und starrte mit Entsetzen auf ihren riesigen Zeppelin, der eine Viertelmeile südlich der Hauptgebäude aus dem Himmel stürzte.

„Sieht so aus", bestätigte Redmann und sah auf die Uhr. Er hob eine Hand und ballte die Faust, das Zeichen für seine Piloten zum Abfliegen. Der Kampf war vorbei, Redmann hatte gewonnen. Jetzt musste er nur noch seinen Lohn kassieren.

„Deine Männer! Sie fliehen!", brüllte Xenon wütend.

„Nein, meine Liebe, sie befolgen ihre Befehle. Hier ist alles verloren." Ein Raubtiergrinsen trat auf seine Züge.

Xenon rannte zum Jäger. Redmann riss die Walther P-38 aus dem Holster und setzte ihr eine Kugel in den Rücken. Die Luftpiratin wurde von der Wucht des Aufpralls zu Boden geworfen, zuckte einmal und starb. Redmann stieg auf dem Weg zu ihrer Maschine – nein, seiner Maschine – über ihre Leiche. Der Jäger hatte verschiedene Besonderheiten, die ihm zusagten, aber bevor Redmanns Raiders sich in den Himmel schwangen, unabhängig von allen Nationen und nur dem Plündern verschworen, würde sie eine komplett neue Bemalung benötigen.

Der Motor sprang an, und der anfangs hämmernde Leerlauf verwandelte sich in ein sauberes Brummen. Redmann fuhr ans Ende der Startbahn und rollte an. Er schaute noch einmal auf die Uhr, bevor er abhob. Gerade rechtzeitig.

Der Air-Ranger-Renegat legte den Jäger über den Heliumminen für einen letzten Blick zurück auf die Seite und sah Travis' schwerfällige Maschine anfliegen.

„Bist du immer noch nicht tot?", knurrte er. Er wusste, dass Xenon reichlich Munition für die Kanonen in beiden Tragflächen und der Nase geladen hatte, aber ihm blieb keine Zeit. Absolut keine Zeit mehr. „Ein andermal, du Hurensohn", versprach Redmann, erhöhte den Schub und flog Travis schnell davon.

* * *

Travis setzte das sperrige Flugzeug auf und rollte an der Stelle aus, von der Redmann nur Minuten zuvor abgehoben hatte. Als er nach links schaute, sah er Sarah Youngs Jäger sanft aufsetzen und zu ihm herüber rollen. Hinter ihr kam Coffee Hayes. Die drei trafen sich am Zeppelinmast.

„Ein gutes Tagwerk, auch wenn ich es selbst sage", stellte Coffee fest. Er reichte Sarah die behandschuhte Hand. „Freut mich, Ihre Bekanntschaft zu machen, Ma'am. Vor allem, nachdem Sie mir da oben mehr als einmal das Fell gerettet haben."

„Ich schulde Ihnen was", antwortete Sarah. Es dauerte nicht lange, und die beiden waren in eine angeregte Unterhaltung vertieft, in der Houston keine Rolle spielte. Das störte ihn nicht weiter, im Gegensatz zu etwas anderem.

„Er hätte mich aus dem Himmel pusten können", überlegte er. „Seine Maschine war in einwandfreiem Zustand und doppelt so schnell wie meine. Redmann hätte mich abknallen können und hat es nicht getan. Warum nicht?" Travis kratzte sich die Bartstoppeln und ließ den Blick über die Minenanlage schweifen. Flieger aus Sarahs Geschwader und aus der Republik Texas landeten und machten sich zögernd bekannt, Öl und Wasser in misstrauischer Toleranz gemischt.

Es war ein guter Anfang, aber warum war Bill Redmann so schnell abgeflogen? Der Renegat musste einen Grund gehabt haben, sich so hastig aus dem Staub zu machen. Travis wanderte über das Gelände und schaute sich in den verlassenen Gebäuden um. Während seiner Suche formte sich eine Idee in seinen Gedanken, die der Erkundung eine zunehmende Dringlichkeit verlieh.

Die erste Bombe fand er an einer Erdgasleitung. Wäre sie detoniert, hätte sie den halben Komplex zerstört. Travis' Suche wurde noch gehetzter. Schließlich fand er eine zweite Bombe, diesmal am Fuß eines Benzinsilos. Glücklicherweise war Redmann ebensowenig ein Sprengstoffexperte wie Travis, und die Bomben ließen sich leicht entschärfen, selbst in der kurzen Zeit, die ihm dafür noch zur Verfügung stand. Die zweite Bombe deaktivierte er nur Minuten vor der Explosion. Ihre Zündung hätte ein Viertel der Gebäude in Trümmer gelegt und den Rest in Brand gesetzt.

Schon eine der beiden Sprengladungen hätte genügt, die Heliumminen für eine sehr lange Zeit unbrauchbar zu machen.

„He, Houston, wir haben eine Nachricht vom Captain", rief Coffee and kam herüber, begleitet von Sarah Young. Er zog die Stirne kraus, als er die beiden Tornister voll Sprengstoff sah. „Was has'n da?"

„Ein kleines Abschiedsgeschenk vom Marshal", antwortete Travis, besorgt, es könne noch eine dritte Bombe geben. Er beobachtete, wie die Zünder harmlos weiter tickten. Als sie fast gleichzeitig Null erreichten, und nirgends eine Detonation ertönte, entspannte er sich. Jetzt konnten sie den Sieg genießen.

„Na, Cap'n Briggs hat auch ein Geschenk für ihn", stellte Coffee fest. „Redmann ist zum Staatsfeind erklärt worden, und es ist ein Kopfgeld auf ihn ausgesetzt."

„Die Utah-Enklaven setzen ebenfalls eine Belohnung auf ihn aus", fügte Sarah hinzu. „Er wurde für seine Gräueltaten bei dem Angriff auf die Minen zum Kriegsverbrecher erklärt."

„Die Sache mit dem Angriff würde ich erst einmal für mich behalten", schlug Travis vor. „Aber die Belohnung geht in Ordnung." Er grinste breit. „Ich hätte nichts dagegen, mich mit dem Kopfgeld für Redmanns Abschuss als reicher Mann zur Ruhe zu setzen."

„Redmann war ein fleißiger Hund, bevor er zum Verräter wurde", erzählte Coffee weiter. „Wie es aussieht, hat er eine Art Geschäft mit diesem deutschen Gesellen abgeschlossen."

„Udet?", fragte Travis. Plötzlich wurde ihm einiges klar. „Deshalb war er gekommen, um sich die Goliad Squadron anzusehen. Es hatte keine militärischen Gründe. Er wollte diese Anlage in die Luft jagen, damit die Deutschen die Kontrolle über die polnischen Heliumminen übernehmen können. Mit diesen Minen in Trümmern hätten die Boches nahezu ein Weltmonopol für Helium."

„Und dazu hat er ein Geschäft mit Redmann abgeschlossen", nickte Hayes. „Dieser Dreckskerl war bereit, seine Kameraden zu verkaufen."

„Zumindest einen Teil von ihnen", korrigierte Sarah. „Wir haben sechs Überlebende nach Norden fliegen sehen."

„Sie werden Probleme haben", stellte Travis fest und tätschelte die Sprengstofftornister. „Da sie die Minen nicht gesprengt haben, werden die Deutschen kaum bereit sein, zu zahlen. Sie sind auf sich selbst gestellt."

„Wir lassen Suchplakate für die ganze Bande drucken", sagte Hayes. „Es ist nur eine Frage der Zeit."

„Da wäre ich mir nicht so sicher." Travis wusste, wie clever Redmann sein konnte. Was auch immer der Renegat als Nächstes plante, er würde ihnen wieder Schwierigkeiten machen. Bald. Aber erst einmal hatte Travis eine andere Mission zu erledigen. Der Anblick Sarahs und Coffees hatte in ihm ein sehnsüchtiges Verlangen geweckt, den Rio Bravo wiederzusehen. Und Consuela St. Croix.

„Sag Captain Briggs, ich bringe eine geliehene Maschine zurück und bin zurück auf Randolph Field, sobald es sich ergibt."

Coffee und Sarah verabschiedeten sich mit einem spöttischen Salut und wanderten davon, die Köpfe in einer angeregten Unterhaltung zusammengesteckt. Travis hätte nicht sagen können, was sein Flügelmann und die hübsche Mormonin gemein hatten, aber er hegte den starken Verdacht, dass sie noch etwas außer ihrer Liebe zum Fliegen finden würden.

Er stieg zurück in Consuelas breites, schwerfälliges Flugzeug und brachte es in die Luft, gerade als der Regen einsetzte. Er drehte nach Süden zu seiner verlockenden Besitzerin. Travis freute sich schon darauf, herauszufinden, was Consuela und er gemein hatten.